Jana Winter

Als wir glücklich waren

Roman

GOLDMANN

Originalausgabe

Der Verlag behält sich die Verwertung der urheberrechtlich geschützten Inhalte dieses Werkes für Zwecke des Text- und Dataminings nach § 44 b UrhG ausdrücklich vor. Jegliche unbefugte Nutzung ist hiermit ausgeschlossen.

Penguin Random House Verlagsgruppe FSC® N001967

1. Auflage
Copyright © der Originalausgabe November 2023
by Wilhelm Goldmann Verlag, München,
in der Penguin Random House Verlagsgruppe GmbH,
Neumarkter Str. 28, 81673 München
Umschlaggestaltung: UNO Werbeagentur GmbH
Umschlagmotiv: Arcangel/Joanna Czogala; FinePic®, München
Redaktion: Lisa Wolf
LK · Herstellung: ik
Satz: KCFG – Medienagentur, Neuss
Druck und Bindung: GGP Media GmbH, Pößneck
Printed in Germany
ISBN: 978-3-442-49485-9

www.goldmann-verlag.de

2018

Als Kind hatte ihr das Knacken im Gebälk Angst gemacht, das Geräusch aufflatternder Vögel, das Rauschen des Windes hoch oben im Schober. Dann hatte sie die Augen geschlossen und gedacht, der Sturm kehre zurück. Jetzt, über siebzig Jahre später, erfasste Irma dieses Unbehagen immer noch, aber sie konnte es dorthin zurückdrängen, wo es hingehörte – in den verborgensten Winkel ihres Bewusstseins. Und dann gab es Momente wie diesen, in denen sie sich wünschte, sie könnte Wände zum Einsturz bringen, um jenen Mann darunter zu begraben, der sich mitten auf der Stallgasse aufgebaut hatte, die Hände in die Seiten gestemmt und sich umsah, die Augen kritisch verengt.

»Ganz schön heruntergekommen.«

Irma schwieg. Neben ihr stand ihr Stallmeister Hannes, ein Relikt aus alten Zeiten ebenso wie sie. Aus Zeiten, als es undenkbar gewesen wäre, dass so ein Wichtigtuer auf Gut Grotenstein stand, die Backen aufblies und sagte: »Das Einzige von Wert ist das Haus. Na ja, und natürlich die Pferde. Die jungen zumindest, die alten nimmt wohl nur noch der Abdecker.« Er lachte in Irmas versteinertes Gesicht.

Sie schloss die Augen, lauschte auf das Flattern der Vögel im Gebälk, spürte, dass der Sturm schon lauerte, bereit war, im nächsten Moment über sie hinwegzufegen. Rasch öffnete sie die Augen wieder.

»Sie leben hier mit Ihrer Schwester?«, fragte der Mann.
»Nein, seit gestern nicht mehr.«
»Ist sie ausgezogen?«
»Nein.«
Er verstand. »Herzliches Beileid.«
Irma nickte knapp.

Mit einem Räuspern in die hohle Hand wandte der Mann sich ab. »Die Bank braucht Sicherheiten, verstehen Sie?«
»Natürlich.«
»Also gut, ich denke, ich habe genug gesehen. Sie hören von uns, wenn das Gutachten erstellt wurde.«

Sein joviales Lächeln zersplitterte an ihrem Schweigen, und die betont lässige Haltung des Mannes bekam mit einem Mal etwas Gezwungenes.

»Noch einen schönen Tag.« Damit verließ er die Stallungen, und kurz darauf war zu hören, wie er sich schnellen Schrittes entfernte.

»Und nun?«, fragte Hannes.
»Wir werden sehen.«

Das Aufheulen eines Motors war zu hören, das Knirschen von Reifen auf kleinen Steinchen. Es war ein strahlender Sommertag, der sich jedoch nicht in das kühle Halbdunkel der Stallungen verirrte, das hatte er noch nie getan.

»Hast du Rudolf angerufen? Weiß er, dass Katharina tot ist?«
»Ja.«

Nach so langer Zeit hatte sie die Stimme ihres Bruders Rudolf wieder gehört, auch wenn er kaum etwas gesagt hatte. Offenbar war er nach all den Jahren immer noch nicht dazu in der Lage, ein vernünftiges Gespräch zu führen. Ein Bruder, der nicht reden konnte. Aber das passte wohl zu einer Schwester, die das Lachen, und einer, die das Lieben verlernt hatte.

***

»Bestimmt lässt die nette Dame dich einmal aufs Pferd.« Die Frau beugte sich zu ihrer Tochter im Kindergartenalter hinunter, die allerdings nicht so wirkte, als wäre sie besonders versessen darauf. Offenbar hatte das kleine Mädchen mehr Pferdeverstand als seine Mutter. Diese blickte hoch, wartete auf Lenyas Reaktion. »Na, oder auch nicht. Sie hat wohl kein Herz, mein kleiner Schatz.«

Lenya, die nette Dame ohne Herz, tat weiterhin so, als hätte sie nichts gehört, hielt das nervöse Tier am Haltestrick und wartete darauf, es in seine Box zurückführen zu können. Der »kleine Schatz« schenkte ihr ein schüchternes Lächeln, das Lenya erwiderte. Das Kind konnte ja nichts für die Mutter, und die hatte schon allein dadurch einen schlechten Stand bei Lenya, da sie eine gute Freundin ihrer Schwiegermutter war.

»Lernen die Kinder auf solchen Pferden reiten?«, sprach die Frau Lenya nun direkt an. Der Hengst warf den Kopf zurück, tänzelte auf der Stelle. »Dann könnten wir das ja mal ausprobieren.«

»Der ist noch nicht zugeritten.«

Der Mund der Frau wurde schmal und verkniffen. »Na ja, ich meinte halt so ähnliche, nicht *dieses da*. Ich kenne mich schon ein bisschen aus.«

»Für die Kleinen gibt es Reitponys. Vorausgesetzt, sie sind schon bereit dafür. Wir fangen in der Regel erst mit sechs Jahren an.«

»Mir wurde gesagt, dass Mathilda durchaus Talent hat.«

Wahrscheinlich war sie beim Kirmes-Ponyreiten nicht aus dem Sattel gerutscht. »Das wird sich zeigen, wenn sie ein paarmal bei uns geritten ist«, wich Lenya aus.

»Du kannst ihn reinbringen!« Andreas, der jüngste Auszubildende auf dem Hof, winkte ihr zu. Die Box war bereit, und erleichtert führte Lenya das Tier in den Stall. Sie warf noch einen Blick zurück und sah, wie die Mutter der begabten Mathilda nun wild auf Andreas einredete, und obwohl er Lenya leidtat, überließ sie ihn seinem Schicksal. Das war eine gute Bewährungsprüfung für die Zukunft. Lenya sah auf die Uhr und stellte fest, dass sie bereits weit hinter ihrem Zeitplan für heute zurückhing. Alles Unvorhergesehene warf den gut durchgetakteten Plan über den Haufen, und sie musste sich neu organisieren. Dass der junge Hengst sich verletzt hatte, weil in seiner Box eine Mistgabel gelegen hatte, war so ein Fall.

»Was für eine verdammte Pfuscherei ist das?«, hatte der Stallmeister gebrüllt.

Danach hatten die Auszubildenden die gesamte Box ausmisten und akribisch jeden noch so kleinen Splitter des Holzstiels entfernen müssen. Der Tierarzt hatte kommen müssen, und inzwischen war es beinahe halb vier, was bedeutete, der Kindergarten würde in einer Stunde die Pforten schließen.

Ihre Kinder hatten zum Glück Ganztagesplätze, was nach Dafürhalten von Lenyas Schwiegermutter aber sehr klar für mütterliche Defizite sprach. Schon als die Große, Anouk, in den Kindergarten gekommen war, hatte Alexanders Mutter vor Lenya gestanden, den Mund leicht gespitzt. »Aber du arbeitest doch nicht.«

Damit schien alles gesagt. Lenya arbeitete nicht. Die Hausarbeit, das Kochen, die Reitstunden, die sie nebenher gab, die Buchhaltung für die Reitschule der Schwiegereltern, bei der sie immer wieder mit einsprang – all das war unbezahlt und demnach keine echte Arbeit. *Du arbeitest doch nicht.* Der Satz war bei jedem weiteren Kind gefallen, das in den Kindergarten ging, und noch einmal, als die Älteste in die Schule gekommen und für den offenen Ganztag angemeldet worden war.

Ihr Handy brummte in der Hosentasche – zum vierten Mal innerhalb der letzten Stunde –, und mit einem entnervten Augenrollen zog Lenya es hervor. Ihr Vater. Schon wieder. Kurz überlegte sie, ihn erneut wegzudrücken, aber wenn er es so oft versuchte, war es wahrscheinlich wichtig.

»Ja, Papa?«

Er ließ einen kurzen Kommentar über ihre schlechte Erreichbarkeit ab. Dann kam er endlich auf den Punkt, und Lenya lauschte ihm zunehmend irritiert.

»Moment«, fiel sie ihm ins Wort, »nur damit ich das richtig verstehe. Du hast eine Schwester?«

Ja, wie gesagt, erklärte er ihr, als wäre es das Normalste der Welt. Als hätte er, den Lenya zeit ihres Lebens allein auf der Welt gewähnt hatte, nicht gerade wie ein Magier eine Familie mitsamt Vergangenheit aus dem Hut gezaubert. Lenya lehnte sich an ihren Wagen, brauchte einen Moment, ehe sie weiterreden konnte.

»Dich hat also deine Schwester angerufen«, wiederholte sie, als wäre sie begriffsstutzig.

Das hatte sie getan, erzählte er, um ihm vom Tod der anderen Schwester zu erzählen. Lenya war – und das geschah ihr selten – schlichtweg sprachlos.

»Darf ich fragen, wie du dir das vorstellst?« Alexander stand mit dem Rücken an die Kochinsel gelehnt, die Arme vor der Brust verschränkt.

»Ich kann Anouk nun mal nicht mitnehmen, sie hat Schule.«
»Und wie lange willst du dort bleiben?«
»Nur ein paar Tage, die Beerdigung ist am Samstag.« Lenya

schnitt den Rand von den Broten für die beiden Kleinen. »Gibst du mir bitte die Tomaten?«

Alexander reichte sie ihr, und sie wusch sie und richtete sie auf den Tellern an. »Du kennst diese Frau doch nicht einmal«, sagte er.

Die Worte ihres Vaters spukten ihr durch den Kopf. Vier Worte, die alles veränderten. *Meine Schwester ist gestorben.* Lenya hatte eine Familie. Ich weiß gar nichts über dich, antwortete sie ihrem Vater nun im Stillen, während ihr das Herz in raschen Schlägen ging und ein leichtes Zittern in ihren Atemzügen lag. Deine Schwester züchtet Pferde auf einem Gutshof in Aschendorf?, fragte sie ihn nun stumm, legte all die Bitterkeit hinein, zu der sie während des Telefonats schlicht nicht imstande gewesen war. Auf die Idee, dies deiner reitbegeisterten, mutterlos aufgewachsenen Tochter mitzuteilen, bist du bisher nicht gekommen?

»Bis heute wusstest du nicht einmal, dass dein Vater überhaupt Geschwister hat«, sprach Alexander ihre Gedanken laut aus. »Und jetzt willst du so überstürzt aufbrechen, um irgendeine Frau zu beerdigen, von der du gestern nicht einmal wusstest, dass sie existiert? Was dein Vater von einer weiteren Schwester erfahren hat, von deren Existenz du ebenfalls nichts wusstest.«

»Genau deswegen muss ich hin.« Er verstand es einfach nicht, konnte nicht nachvollziehen, wie sehr das Gespräch mit ihrem Vater sie aus der Bahn geworfen hatte. Da war sie, die Gelegenheit, endlich einen Blick in die Vergangenheit zu werfen. Darauf konnte sie unmöglich verzichten. Zudem stand sie ihrem Vater – aller Schweigsamkeit zum Trotz – sehr nahe. Seit ihrem zehnten Lebensjahr hatte er sie alleine großgezogen, und wenn er sie nun bat, ihn zu einer Beerdigung zu begleiten, dann sagte sie ohne lange Diskussionen zu.

»Ich kann mir nicht einfach so freinehmen«, nahm er das Thema wieder auf.

»Du bringst Anouk morgens zur Schule und fährst zur Arbeit. Dann machst du einfach mal einige Tage lang pünktlich Schluss und holst sie ab. Schaffen etliche berufstätige Frauen im ganzen Land Tag für Tag.«

Lenya ließ ihn stehen und trug die Teller zum Esstisch der großen Wohnküche, goss Wasser aus einer Karaffe in drei Gläser und rief die Kinder zu Tisch. Normalerweise war es ihr wichtig, dass sie das Abendessen im Familienkreis einnahmen, und dass Lenya an diesem Tag keinen Wert darauf legte, musste Alexander mehr als deutlich zeigen, wie aufgewühlt sie war.

Auf dem großen Tisch im Esszimmerbereich, der durch einen offenen Türbogen vom Wohnzimmer getrennt war, lagen Unterlagen, offenbar hatte Alexander sich Arbeit mit nach Hause gebracht. Er arbeitete halbtags als Anwalt in einer Sozietät und verbrachte die andere Hälfte des Tages mit dem Dressurtraining. Eigentlich warteten noch zwei Körbe Wäsche auf das Zusammenlegen, aber Lenya hatte gerade wirklich anderes im Kopf. Sie klappte den Laptop auf, öffnete die Suchmaske und gab *Aschendorf* ein.

Stadtteil der emsländischen Stadt Papenburg und einer der ältesten Orte Niedersachsens. Lenya trommelte mit den Fingernägeln gedankenverloren auf das Holz, während sie den weiteren Text überflog. Sie öffnete die Suchmaske erneut und tippte *Gut Grotenstein*. Der Hof hatte keine eigene Website, und was man darüber lesen konnte, war sehr allgemein gehalten. Lenya klickte nacheinander einige Links an, ging auf die Bildersuche, die immerhin ein urig aussehendes Gutshaus in einer herbstlichen Landschaft zeigte. Dann gab sie den Namen ihrer Tante ein, Irma von Damerau. Ihre Tante – wie sich das anhörte. In Lenyas

Leben hatte es nie Tanten, Onkel oder sonstige Verwandtschaft gegeben, immer nur sie und ihren Vater. Die Suche nach seiner Schwester spuckte keinen Treffer aus.

Sie schloss den Browser und lehnte sich zurück, dachte an das Gespräch mit ihrem Vater. Von beiden Elternteilen war er ihr immer das größere Rätsel gewesen. Alter preußischer Adel, so viel wusste sie, aber auch das nur, weil ihre Mutter es ihr mal erzählt hatte. Alexander hatte das damals seinen Eltern gegenüber extra erwähnt, als er ihnen – alteingesessener Münsteraner Bauernadel – Lenya vorgestellt hatte. Ihre Mutter kam aus Krakau, war ein Einzelkind, hatte ihre Jugendjahre in einem Waisenhaus verbracht und war als Erwachsene nach Deutschland gekommen, wo sie als gelernte Krankenschwester tätig gewesen war.

Bis heute verstand Lenya nicht, was ihre Eltern zusammengebracht hatte, aber sie hatte ihre Mutter auch nicht lange genug gekannt, um das herauszufinden. Immerhin wusste sie, wer ihre Mutter war und woher sie kam. Das Leben ihres Vaters schien dagegen erst mit dem Studium in Münster begonnen zu haben, als hätte es die Zeit zwischen Ostpreußen und seiner Ankunft in dieser Stadt nicht gegeben. Und jetzt öffnete er ohne jede Vorwarnung die bisher so sorgsam verschlossene Tür zu seiner Vergangenheit.

Sie hörte das Schaben von Stuhlbeinen auf dem Küchenboden, bekam mit, wie Alexander die Kinder aufforderte, sich die Zähne zu putzen. Sollte er das nur an diesem Abend übernehmen. Lenya klappte den Laptop zu und stand auf, um sich eine Tasse Tee zu machen, während ihr das Gespräch mit ihrem Vater im Kopf herumspukte. Was hatte er sich überhaupt dabei gedacht, ihr so etwas am Telefon zu sagen, obwohl ihm ihre schlechte Erreichbarkeit – über die er sich so aufgeregt hatte –

hätte zeigen müssen, dass sie beschäftigt war. *Hallo Lenya, wie geht es dir? Meine Schwester ist gestorben, begleitest du mich zur Beerdigung?* Als ob das alles nichts wäre, als ob Lenya ihn nicht jahrelang ständig darum gebeten hätte, etwas aus seinem Leben zu erzählen.

Oben regte sich Alexander gerade darüber auf, dass irgendwer das Wasser zu stark aufdrehte und nun alles nass war. Sie widerstand dem Impuls, hochzulaufen und zu helfen, sollte er sich ruhig auch mal um die Mädchen kümmern.

Als sie mit dem Tee ins Wohnzimmer zurückkehrte, kamen die Kinder gerade in ihren Schlafanzügen die Treppe hinunter und liefen ins Wohnzimmer, um ihre abendliche halbe Stunde Kinderprogramm einzufordern. Lenya stellte den Tee auf einen Beistelltisch und setzte sich aufs Sofa, wo sich Anouk, ihre Älteste, an sie kuschelte. »Wie lange bleibst du denn weg, Mami?«, fragte sie.

»Nicht lange, mein Schatz. Ich begleite Opa, damit er nicht allein fahren muss.« Sie legte den Arm um ihr schon siebenjähriges Mädchen und drückte es leicht an sich. »Außerdem holt Papa dich jetzt ja jeden Tag ab und geht mit dir in den Reitstall.«

Alexander, der gerade das Wohnzimmer betrat, warf ihr einen missmutigen Blick zu.

»Ja!«, jubelte Anouk und drehte sich zu ihrem Vater um, dessen düstere Miene zu einem Lächeln schmolz.

Ihre Älteste kam nicht nur charakterlich, sondern auch äußerlich ganz und gar nach ihrem Vater mit dem dunkelblonden Haar und den blauen Augen. Bei der fünfjährigen Marie ließ sich das nicht so recht sagen, das dunkle, leicht gelockte Haar hatte sie von Lenya, aber die Züge glichen eher ihrem Vater, die mandelförmigen Augen hatte sie von ihrer Mutter. Die dreijährige Caro ließ noch nicht so richtig erkennen, wem sie ähnelte, sie hatte braune Augen und dunkelbraunes Haar wie ihre ältere Schwester, allerdings nicht in sanften Wellen, sondern in wilder Lockenpracht wie Lenya. Wieder sah diese zu Alexander, der sie aber nicht zu bemerken schien, sondern an der Fensterfront stand und in Gedanken versunken in den abendlichen Garten sah.

Als die Kinder endlich im Bett waren, öffnete Lenya die Verandatür, um die laue Abendluft ins Wohnzimmer zu lassen. Alexander saß mittlerweile am Tisch im Esszimmer und ging noch einige Unterlagen durch. Die Wäsche war gefaltet, die Küche aufgeräumt, alles für den kommenden Tag vorbereitet. Packen würde sie am nächsten Morgen, wenn alle aus dem Haus waren. Mit einem Buch in der Hand ließ sich Lenya auf dem Sofa nieder, aber es fiel ihr schwer, sich darauf zu konzentrieren.

Wie oft hatte Lenya ihren Vater nach seiner Kindheit gefragt, nach all dem, was man als Kind eben wissen wollte. In der Grundschule hatten sie einmal die Hausaufgabe bekommen, die Eltern zu fragen, wie es früher in der Schule gewesen war. Ihr Vater hatte ihr einfach einen Artikel aus einem Sachbuch vorgelesen. *Schule gestern und heute.* Im Unterricht hatte Lenya es so formuliert, als hätte ihr Vater die Dinge selbst erlebt. Als sie älter war, hatte Lenya den Geburtsnamen ihres Vaters im Internet eingegeben und sogar etwas gefunden – *von Damerau – Grafengeschlecht aus Ostpreußen, Familiensitz in Heiligenbeil.* Da war es aber schon zu spät gewesen, um das Ganze in Schulhofpopularität umzumünzen. Darüber hinaus waren die Informationen nur spärlich, die Familie wohl nicht sehr bedeutsam, abgesehen von einem Ritter, der sich irgendwann im 14. Jahrhundert hervorgetan hatte, und einem General im Dreißigjährigen Krieg. Bilder vom Gut gab es keine, vermutlich stand es gar nicht mehr.

Lenya klappte den Roman zu und legte ihn weg. Sie sah Alexander an, der seine Lesebrille aufgesetzt hatte und konzentriert las. Sein Haar war nicht mehr ganz so ordentlich, seitdem er mehrmals mit den Fingern hindurchgefahren war, und einige Strähnen hingen ihm in die Stirn. Früher einmal hatte dieser Anblick in ihr den Impuls ausgelöst, ihm das Haar zurückzustreichen, mittlerweile jedoch waren Berührungen selten geworden.

Lenya versuchte, sich zu erinnern, wann sie zuletzt miteinander geschlafen hatten. Einige Monate war das bestimmt schon her. War es in diesem Jahr überhaupt schon dazu gekommen? Doch, Neujahr auf jeden Fall, daran erinnerte sie sich. Früher waren sie ständig miteinander ins Bett gegangen, selbst nach dem ersten Kind war ihnen zunächst noch das Kunststück gelungen, regelmäßig miteinander zu schlafen. Wann war es weniger geworden? Nach Caro? Nein, eigentlich schon davor. Weil sie nur noch so sporadisch miteinander schliefen, hatten sie die Verhütung ein wenig zu nachlässig gehandhabt, und so war die Kleinste entstanden. Sie konnte sich noch genau an das missbilligende Gesicht ihrer Schwiegermutter erinnern, als sie ihr die Neuigkeit mitgeteilt hatten. »Ach herrje, noch ein Kind? Das hört ja gar nicht mehr auf.«

Nachdenklich betrachtete sie Alexander. Ob er den Sex vermisste? Oder holte er ihn sich möglicherweise woanders? Dass er eine Geliebte haben könnte, kam ihr zum ersten Mal in den Sinn, gerade jetzt, wo sie ihn für einige Tage verlassen würde, dachte sie an so etwas. Aber so unwahrscheinlich wäre es nicht. Sie lebten zunehmend aneinander vorbei, ja, Lenya befürchtete fast, er sei damals die Ehe mit ihr nur in einem Anfall von Rebellion gegen seine Eltern eingegangen. Vielleicht ging ihm allmählich auf, dass das jetzige Leben nicht das war, was er sich von einer Partnerschaft erträumt hatte. Sie sah das ähnlich, aber wer fragte schon danach? Sie hatte mal einen Artikel gelesen, in dem stand, wenn man sich entfremdete, sollte man sich regelmäßig zu schlechtem Sex verabreden und ihn auf diese Art wiederentdecken. Mit Alexander war er allerdings – wenn er denn mal stattfand – immer noch ziemlich gut.

Lenya erhob sich, streckte sich und ging zu ihm an den Tisch. Sie hatte ein seltsames Gefühl, was die Reise betraf, vor allem weil sie nicht wusste, was sie erwartete. Eine möglicherweise verschrobene alte Tante und die Beerdigung einer Person, die sie nie kennengelernt hatte. Vielleicht tat ihr und Alexander der Abstand ja gut. Möglicherweise nahm er dann nicht alles, was sie tat, als so selbstverständlich hin, als kleine Gegenleistung dafür, dass er sie immerhin alle ernährte und ihnen einen doch recht ansehnlichen Wohlstand ermöglichte.

Er blickte auf, nahm die Brille ab und rieb sich die Augen. »Gehst du ins Bett?«, fragte er.

Seine Stimme klang inzwischen wieder normal. Vielleicht freute er sich ja auch auf den Abstand, dann konnte er seine Geliebte hier ungestört empfangen. Lenya schüttelte den Kopf, wollte diesen unwillkommenen Gedanken nicht zulassen, der sich so unvermittelt in ihr festsetzte.

»Nicht?«, deutete er ihr Kopfschütteln.

»Doch, aber ich wollte nicht allein gehen«, antwortete sie.

Er hob die Brauen.

»Abschiedssex?«

Jetzt erschien er sogar ein klein wenig belustigt. »Mir war nicht klar, dass du für immer gehst.«

Keine Geliebte, dachte Lenya, das war in diesem Moment nur zu offensichtlich. Gleichzeitig offenbarte es, wie es zwischen ihnen stand und dass ihm das ebenso bewusst war wie ihr. Sie war nur ein paar Tage fort. Trotzdem wären sie früher in den letzten Stunden vor ihrer Abreise kaum aus dem Bett gekommen. Und jetzt?

»Heute passt es gerade gut, morgen muss ich zum Elternabend«, war alles, was ihr dazu einfiel, und jetzt lachte er.

※※※

Die Dämmerung war zu einem Bleigrau ausgeblichen, und die Dunkelheit floss vom Horizont, verdichtete sich langsam über den Feldern. Irma stand am Fenster ihres Zimmers und sah hinaus, dachte an das Gespräch mit Rudolf. Er hatte seine Spuren nicht besonders gut verwischt damals. Hatte er gewollt, dass sie ihn fand, oder war es ihm schlicht und ergreifend egal gewesen? Und hätte es etwas geändert, wenn sie ihn früher angerufen hätte? Aber warum hätte sie das tun sollen? *Er* war gegangen, nicht sie.

Seine Stimme. Wenn sie sich in den vergangenen Jahren an ihn zurückerinnerte, hatte sie immer das Bild des Mannes vor Augen gehabt, der damals gegangen war, jung und voller Erwartungen an das Leben. Der Mann am Telefon hatte sich alt und müde angehört. »Irma?« Dieser kurze Moment des Innehaltens. Hatte er sich etwa daran erinnern müssen, wer sie war? Er hatte ein Kind. Enkelkinder. Wer blickte schon auf sein altes Leben zurück, wenn er seit Jahrzehnten ein neues führte? Irma gönnte ihm dieses Leben nicht, hätte gerne eine Schrunde hineingeschlagen. Am liebsten hätte sie ihm erzählt, dass die große Schwester bis zu ihrem Tod im Schlaf geweint hatte, wenn der Sturm durch ihre Träume zog. Dass sie selbst auch ein Kind gewollt hatte, dies aber kein Leben war, in das eines gepasst hätte. Hätte ihn gern gefragt, ob er nachts immer noch das Licht brennen ließ.

Unvermittelt kam ihr das Lied in den Sinn, das sie ihm hin und wieder abends vorgesungen hatte. Das Einzige, was sie von daheim mitgenommen hatten, damals, in einem anderen Leben in Heiligenbeil. »Lasst uns all nach Hause gehen«. Als Kind hatte Irma das Lied manchmal in ihrem Innern ablaufen lassen wie eine Spieluhr mit der Stimme der Mutter, hatte Trost daraus geschöpft. Sie wusste nicht mehr, wann sie aufgehört hatte, an das Lied zu denken. Nun war es auf einmal wieder da, entfaltete sich vor ihr. Worte wie alte Seide, die brüchig geworden war, weil niemand sie mehr trug.

Lasst uns all nach Hause gehen, lasst uns all nach Hause gehen, weil die Stern am Himmel stehen, weil die Stern am Himmel stehen. Schlafen schon die lieben Vöglein ...

1945

Frostig kalt quoll der Schneematsch in ihre Schuhe, von den Bäumen tropfte Schmelzwasser, und längst hatte sich das wollene Tuch, das Irma um Schultern und Kopf trug, vollgesogen mit Nässe. An ihre rechte Hand klammerten sich die kalten Finger ihres kleinen Bruders, der das Weinen bereits aufgegeben hatte und nur noch schniefte. Ihre linke Hand wurde fast zerdrückt vom Griff der großen Schwester, die ihr ein Halt sein sollte und die doch wirkte, als würde sie zu Boden fallen und nie mehr aufstehen, wenn Irma sie nicht festhielt.

Schlafen schon die lieben Vöglein, sind so müd die kleinen Äuglein. Zu beiden Seiten des Wegs lagen dunkle Felder, weißbetupft von Schneeresten, und in bleiernem Grau kroch die Dämmerung vom Horizont her über den Himmel. *Atmen Nebel unsre Felder, stille stehn die dunklen Wälder.* An diesem Tag, so ihre Schwester Katharina morgens, würden sie das Haus der Großmutter erreichen. Es sei ganz in der Nähe. Das sagte sie allerdings schon seit Tagen, und so langsam fragte Irma sich, ob Katharina überhaupt wusste, wo das Gut der Großmutter lag. Sie war sich sicher, wenn sie an diesem Abend nicht ankamen, würde sie zu Boden fallen und einfach liegen bleiben. *Ruhet aus von eurer Mühe, Gott bewahrt euch spät und frühe.* Seit Tagen hatten sie kaum etwas gegessen, hier und da ein wenig Brot, einmal sogar einen Kanten Schinken, das meiste gestohlen. Von nahezu jedem Hof jagte man sie fort.

»Verdammte Polackenbrut!« – »Zigeunerbande!« – »Warum kommt ihr ausgerechnet zu uns?« Anfangs hatte Katharina noch versucht zu erklären. Sie seien keine Polen, kein fahrendes Volk, sie kämen von Gut Damerau aus Heiligenbeil, ihre Eltern seien Grafen gewesen.

»Na, dann pack dich, Frau Gräfin.«

Irma hob den Arm, soweit es ging, ohne ihre Schwester loszulassen, und rieb die tropfende Nase an dem rauen Stoff. Daheim hatte man nie jemanden fortgeschickt. An Feiertagen hatten die Kinder der Pächter Geschenke bekommen, die Kinder der Angestellten hatten im Sommer gemeinsam mit den Kindern der Herrschaften an dem großen Tisch im Hof gesessen, wenn Schlachtfest war.

Anfangs hatte der stete Hunger in Irma Übelkeit ausgelöst, inzwischen hatte er sich in ihrem Bauch zusammengerollt und krallte sich mit Klauen darin fest, lag still und unbeweglich, ein steter Schmerz. Den Durst stillten sie mit Schnee vom Straßenrand, aber auch der wurde weniger. Irma spürte ihren Bruder Rudolf zittern, hörte, wie er beständig schniefte. Ihre Blicke suchten die Umgebung ab, blieben an Häusern hängen, von denen keines so aussah wie das Gut der Großmutter, das sie nur aus Erzählungen kannten.

Von Großmutter Henriette hatte Irma viel gehört, als sie noch zu Hause gewesen war. Streng sei sie, so ihre Mutter. Stets habe man sich benehmen müssen, habe nicht so wild sein dürfen, wie Irma es bisweilen war. »Da hätte es von Oma Henriette aber was gesetzt.« In ihrer Fantasie stellte Irma sich Oma Henriette vor wie jene Gestalt, von der ihr polnisches Kindermädchen so oft erzählt hatte. Baba Jaga, die Hexe, die Kaltherzige, im Bunde mit dem Teufel. Irma wusste natürlich, dass es keine Hexen gab, und doch konnte sie sich Oma Henriette nicht vorstellen, ohne an jenes Bild zu denken, das ihr Anushka in einem Buch gezeigt hatte.

Inzwischen war es stockfinster, und Rudolf fiel immer wieder hin, konnte sich kaum noch auf den Beinen halten. Katharina sah sich um, ihre Schritte verlangsamten sich. So war es immer, wenn sie Ausschau nach einem Nachtlager hielt. Also würden sie auch heute nicht ankommen. Irma stand der Atem vor dem Mund, der Rotz klebte kalt über ihren Lippen, und erneut strich sie mit dem Ärmel darüber.

»Dorthin.« Katharinas Stimme war ein geisterhaftes Wispern in der Stille. Zielstrebig verließ sie den Weg und ging auf ein Haus zu, wuchtig, finster, in dessen oberstem Geschoss ein einzelnes Fenster erleuchtet war. Sie hatten den Hof gerade erreicht und wollten zu den Stallungen gehen in der Hoffnung, dort bis zum Morgengrauen unbemerkt unterzukommen, als ein Hund anschlug. Erst verhalten, dann immer aggressiver. Eine Kette wurde entrollt, und ein geradezu riesenhaftes Vieh schoss auf sie zu.

Irma schrie auf, taumelte zurück, stolperte über Rudolf und wäre beinahe gefallen. Der Hund warf sich in die Kette, bellte fast schon hysterisch.

»Was ist denn da los?«, rief jemand.

Die Tür ging auf, und Licht fiel in den Hof, gerade ausreichend, um die Kinder zu erkennen.

»Wir suchen ein Nachtlager.« Obwohl Katharina die Stimme hob, konnte sie das Bellen kaum übertönen.

»Verschwindet, oder ich hetze den Hund auf euch! Verdammte Bagage!«

Weder Irma noch Katharina wollten ausloten, wie ernst die Drohung gemeint war, und so drehten sie sich um und flohen vom Hof, Rudolf, der wieder zu weinen begonnen hatte, hinter sich herziehend. In sicherer Entfernung blieben sie stehen, sahen zum Gehöft, das nun wieder finster dalag. Der Hund hatte aufgehört zu bellen.

»Es gibt bestimmt eine Scheune«, sagte Katharina.

»Und was ist mit dem Hund?«

»Die denken doch, wir sind über alle Berge.«

Sie gingen das weitläufige Grundstück entlang, vorbei an den Stallungen und dem Gesindehaus. Rudolfs Atem ging in leisen Schluchzern, und zweimal fiel er hin. Irma musste ihn hochheben, damit er wieder auf die Beine kam. Hinter dem Gehöft erstreckte sich Weideland, und Katharina steuerte den Weg zwischen Hof und Koppel an. Steinchen knirschten unter ihren Füßen im Matsch, und mehrmals hielten die Geschwister inne, lauschten auf Hundegebell. Stille.

»Dort«, wisperte Katharina.

In der Tat, eine Scheune, offenbar als nächtlicher Unterstand für die Tiere gedacht, die ganzjährig draußen standen. Die drei wankten auf das Gebäude zu, das zur Weide hin ein Tor hatte, das verschlossen war. Katharina öffnete eine seitliche Tür, die geräuschlos aufschwang, und die Geschwister traten zögernd ein. Irma atmete den vertrauten Geruch nach Vieh und Heu, und etwas ganz tief in ihr zog sich schmerzhaft zusammen, wurde klein und hart. *Lasst uns all nach Hause gehen, lasst uns all nach Hause gehen, weil die Stern am Himmel stehen.*

Die Scheune war dampfig, Rascheln war zu hören, Atmen, leises Schnauben. Sie kletterten die Leiter hoch auf den Boden, krochen auf allen vieren ins Heu, und Irma war eingeschlafen, noch ehe sie lag. In ihren Träumen hörte sie Katharina weinen, laute Wehschluchzer, bis jemand sie packte und schüttelte.

Es dauerte einen Moment, bis ihr aufging, dass das Weinen ebenso Wirklichkeit war wie das Schütteln. Eine fremde junge

Frau hatte sie an den Schultern gepackt und rüttelte sie. Irma fuhr auf, desorientiert. Fahles Licht fiel durch staubige Dachluken, schälte eine Fremdheit heraus, die wehtat, weil sie doch so sehr an daheim erinnerte. Neben ihr schluchzte Katharina immer noch, blinzelte, als würde sie erst jetzt richtig wach werden.

»Habt ihr ein Glück, dass ich heute als Erste hier bin. Seht zu, dass ihr wegkommt, aber schnell. Wenn euch die Herrin sieht, die hetzt euch den Tarras auf den Leib. Also los, verschwindet.«

»Wir haben Hunger«, sagte Irma.

»*Wir haben Hunger*«, äffte die junge Frau sie nach. »Hat keiner drum gebeten, dass hier alle einfallen wie die Heuschrecken. Gibt kaum genug zu essen für unsereins.«

Inzwischen war auch Rudolf wach und verzog den Mund, als wollte er jeden Moment wieder weinen. Die Geschwister stiegen die Leiter hinab und verließen die Scheune, fröstelten, als der kalte Wind in ihre feuchte Kleidung fuhr.

Den Morgen verbrachten sie damit, in den umliegenden Gehöften zu betteln, und jedes Mal wurden sie fortgeschickt. Einmal jedoch lief ihnen ein Knabe hinterher und hielt ihnen eine dicke Scheibe Brot mit Schinken hin. »Ich sag', der Hund hat's geklaut.«

Heute, so Katharina, heute würden sie ankommen, da war sie sich sicher. Der blasse Morgen ging über in den Mittag, und zum Nachmittag hin schoben sich verrußt aussehende Wolken über den Himmel, schluckten das Tageslicht noch vor seiner Zeit. Wieder ging Irma zwischen ihren Geschwistern – sie fühlte sich wie ein Stück Holz, das in einem Fluss trieb und an dem man sich nur festhielt, um nicht unterzugehen.

Als sie auf einen hohen Torbogen zusteuerten, wagte Irma nicht, zu fragen, ob sie hier endlich am Ziel waren. Denn wenn nicht, dann würde sie hier neben dem Tor auf dem Boden schlafen, im Schneematsch, das war ihr gleich. Keinen Schritt weiter wollten die Beine sie tragen, keinen Moment länger konnte ihr müder Arm Rudolf mit sich ziehen. Die erleuchteten Fenster warfen einen sanften Schimmer auf den Hof, versprachen Wärme und Behaglichkeit. Irma erschien es, als hätte sie nie mehr gefroren als in diesem Moment. Sie überquerten den Hof, taumelten auf die schwere hölzerne Haustür zu, hielten inne, hoben witternd die Gesichter. Pferde. Es roch wie daheim. Irma zitterte heftig, und als sie von den dunklen Stallungen her ein leises Wiehern hörte, spürte sie, wie Rudolf zusammenzuckte und Laute von sich gab, die klangen, als würde er beständig vergeblich nach Luft schnappen. »Ha«, machte er. »Ha, ha, ha.«

Katharina griff nach dem Klingelstrang, zog daran, und ein Gong ertönte tief im Innern des Hauses. Nichts geschah, und Katharina läutete erneut. Sie wollte es gerade ein drittes Mal tun, als die Tür geöffnet wurde. Irma schrak zurück, sah in das faltige Gesicht, auf die knotige Hand, die einen Besen umklammert hielt, ihn drohend hob. Baba Jaga.

»Packt euch! Zigeunerbande!« Baba Jaga stieß mit dem Besen nach ihnen, als wollte sie die Kinder von der Schwelle kehren.

»Großmutter?«, kam es atemlos von Katharina.

Die Frau hielt in der Bewegung inne, den Mund geöffnet, und Irma bemerkte, dass ihr mehrere Zähne fehlten.

»Was, um alles in der Welt, ist hier los?«, hörte Irma nun eine andere Stimme, dunkler, weicher als die von Baba Jaga. Die Alte drehte sich um, trat zurück, gab den Blick auf eine Frau frei, die groß und schlank war und aussah wie Mama, nur mit grauem Haar, das zu einem Knoten aufgesteckt war.

»Großmutter?«, wiederholte Katharina.

Die Frau schlug die Hand vor den Mund. »O Gott, dem Herrn sei es gedankt!«

2018

»Wie lange dauert das noch?« Friedrich Czerniak saß am Küchentisch, eine Tasse Kaffee vor sich, die Lenya ihm rasch aufgebrüht hatte, damit ihm das Warten nicht zu lang wurde.

»Wir sind sofort fertig.« Lenya hatte schon am Vortag gepackt, aber dann war sie doch nicht mit allem so schnell fertig geworden wie geplant. Außerdem musste sie Caros Lieblingsstofftier suchen. Die Kleine behauptete, es auf den Koffer gelegt zu haben, doch es war nirgends zu finden.

»Wann fahren wir denn endlich?«, maulte Marie, die nun ebenfalls in die Küche kam.

»Sofort, habe ich gesagt.«

Lenyas Vater setzte die Tasse ab und sah ihr zu, wie sie durch den Flur hastete. »Du musst lernen, dich besser zu organisieren.«

Genau dieser Kommentar hatte ihr zu ihrem morgendlichen Glück noch gefehlt. »Ich tue, was ich kann«, antwortete sie knapp. Dabei war sie gar nicht unglücklich darüber, dass sie so viel zu tun hatte, das hielt sie vom Grübeln ab, von den unzähligen Fragen, auf die sie seit ihrer Kindheit nie eine zufriedenstellende Antwort bekommen hatte und die sich nun mit aller Macht in den Vordergrund drängten. Aber dies war nicht der richtige Moment, sie zu stellen.

»Möglicherweise wäre es gut, wenn du wieder arbeiten würdest«, sagte ihr Vater.

Lenya zählte innerlich von zehn rückwärts. *Wieder* arbeiten. Meinte er so etwas wie ihre Studentenjobs früher?

»Mama arbeitet doch«, antwortete Marie mit ernster Stimme.

Danke, mein Schatz. Lenya strich ihrer Tochter im Vorbeigehen über den Kopf und räumte das Frühstücksgeschirr in die Spülmaschine.

»Ich meinte richtige Arbeit, Liebes«, entgegnete Friedrich Czerniak und lächelte seine Enkelin an.

Lenya warf die Klappe des Geschirrspülers zu, dass es klirrte. »Ich bin so weit, wir können los.« Sie lief in den Eingangsbereich, wo die Garderobe war. »Caro!«

Schritte waren auf den Treppenstufen zu hören, und ihre Kleinste erschien, das Haar ordentlich in einem geflochtenen Zopf gebändigt, die feinen Löckchen, die seitlich hervorstanden, mit einem schmalen Haarreif aus dem Gesicht gehalten. Sie hatte sich offensichtlich umgezogen, denn Lenya war sich sicher, dass sie das alte Trägerkleidchen, an dem das Kind mit hingebungsvoller Liebe hing, an diesem Morgen nicht ausgesucht hatte. Es stammte noch von Anouk und sollte längst aussortiert sein. Lenya setzte bereits zu einer Schimpftirade an, als Caro auf das Trägerkleid zeigte.

»Das hab' ich gefunden.« Sie sah ihre Mutter aus braunen Rehaugen treuherzig an.

Vermutlich lag oben in Caros Zimmer der halbe Inhalt des Kleiderschranks auf dem Boden verstreut. Lenya seufzte und reichte ihrer Tochter die Sandalen. Sie war nicht mehr in Stimmung, die Kleine auszuschimpfen. Sollte Alexander doch oben aufräumen.

»Das ist mein Haarreif«, beschwerte sich Marie, als sie mit ihrem Großvater ebenfalls im Flur erschien.

»Ich weiß, ich habe ihn ihr gegeben, du trägst ihn ja nie.«

Während Lenya noch einmal kurz in der Küche kontrollierte, ob alle Geräte ausgeschaltet waren, trug ihr Vater die Koffer und Taschen ins Auto und befestigte die Kindersitze auf der Rückbank. Sie nahmen sein Auto, obwohl Lenya angeboten hatte, selbst zu fahren. Aber er saß gerne am Steuer, und so hatte sie nachgegeben. Zur Abwechslung war es ja auch mal ganz nett, sich chauffieren zu lassen.

Als Lenya das Haus absperrte, war ihr Vater gerade dabei, die Kinder in den Sitzen anzuschnallen. Mochte er auch ein distanzierter Vater gewesen sein – was nicht bedeutete, dass er Lenya nicht von klein auf geliebt und verwöhnt hatte –, so war er ein sehr aufmerksamer Großvater, und es bereitete ihm stets Freude, Ausflüge mit den Kindern zu unternehmen.

Lenya stieg in seinen schwarzen BMW, ihr Vater ließ den Motor an, setzte rückwärts aus der Ausfahrt und fädelte sich in den Verkehr ein.

»Ich habe vergessen, für Alexander das Mittagessen aus dem Gefrierschrank zu holen.« Es fiel Lenya in dem Moment ein, als sie auf die Autobahn auffuhren.

»Na, das wird er ja wohl noch selbst hinbekommen.« Friedrich hatte seine Tochter seit deren zehntem Lebensjahr allein erzogen und zeigte nur wenig Verständnis für Männer, die nicht einmal ein paar Tage allein zurechtkamen. Sein Vermögen war im Gegensatz zu dem von Alexanders Eltern nicht ererbt, sondern hart erarbeitet, was wohl der Grund war, dass er ihrer dünkelhaften Arroganz, die sie wie einen Schutzschild vor sich hertrugen, immer mit vorsichtig getarntem Sarkasmus begegnete, den sie nicht zu bemerken schienen. Ihr Vater hatte studiert, war Hoch- und Tiefbauingenieur, der sich nach dem Studium zusammen mit einem Freund selbstständig gemacht hatte – ein Unternehmen, das schon bald florierte. Dafür dass Lenya ihr Geografie-

Studium für Alexander aufgegeben hatte, zeigte er absolut kein Verständnis.

»Du machst dich vollkommen abhängig von ihm«, hatte er seinerzeit geschimpft. Ob sie nicht wenigstens eine Ausbildung in seinem Betrieb machen wolle, dann hätte sie einen Abschluss in der Tasche. »Was, wenn der Kerl eines Tages beschließt, dass es mit euch doch nicht das Richtige war?«

Lenya hatte tatsächlich darüber nachgedacht. Aber dann war sie schwanger geworden und hatte die Sache erst einmal aufgeschoben. Den Gedanken, dass Alexander und sie sich irgendwann einmal trennen könnten, hatte sie weit von sich gewiesen. Alexander Fürstenberg, erfolgreicher Dressurreiter, dessen Poster in den Zimmern etlicher schwärmerischer Pferdemädchen hing, hatte sich für sie, Lenya Czerniak, entschieden. Sie war so glücklich gewesen, dass ihr jeder Gedanke an ein Scheitern dieses Glücks unvorstellbar erschien. In letzter Zeit jedoch kam ihr dieser Gedanke immer wieder – vorzugsweise dann, wenn alles so festgefahren schien, dass die Vorstellung, von vorne anzufangen, verlockend war.

Natürlich würde sie auch bei einem Scheitern der Ehe nicht auf der Straße landen. Das Haus ihres Vaters war groß genug, dass sie mit den Kindern dort einziehen könnte, und Alexander würde mit dem Unterhalt sicher nicht geizig sein. Aber wollte sie das? In den letzten Monaten war Lenya zunehmend schmerzlich bewusst geworden, dass es keinen Plan B gab, dass sie sich lediglich mit Aushilfsjobs über Wasser halten könnte. Sie konnte natürlich weiterhin Reitstunden geben, dabei verdiente sie zwar wenig, aber das war besser als nichts. Natürlich nicht in dem Stall, wo sie jetzt war, denn der gehörte anteilig Alexanders Eltern. Aber sie würde schon einen Reitstall finden, in dem man sie unterrichten ließ.

Den Blick aus dem Fenster gerichtet, versuchte sie, sich ihr weiteres Leben mit Alexander vorzustellen. Es lief nicht, in keiner Hinsicht. Der Haushalt wuchs ihr über den Kopf und unterforderte sie gleichermaßen, so skurril das auch klang. Sie liebte die Kinder, haderte aber zunehmend damit, für die Leute immer nur Anouks, Maries oder Caros Mama zu sein, als hätte sie keinen richtigen Namen. Letztens hatte eine Klassenkameradin ihrer Tochter sie im Vorbeigehen mit »Hallo, Anouks Mama« begrüßt. Die erwachsene Variante davon war »Alexander Fürstenbergs Ehefrau«. Die beiden einzigen Konstanten, in denen ihr Leben verankert war.

Die letzte halbe Stunde begleitete die fast im Fünfminutentakt gestellte Frage: »Sind wir bald da?«

Lenya bemerkte die zunehmende Angespanntheit ihres Vaters, die sich nicht nur in der steilen Falte zwischen seinen Brauen offenbarte, sondern auch darin, den Kindern schließlich gereizt über den Mund zu fahren. »Ich sage schon Bescheid, wenn wir da sind.«

Marie verstummte augenblicklich, Caros Unterlippe zitterte und schob sich leicht vor. Lenya lag der Vorwurf auf der Zunge, dass ihr Vater auch einen anderen Ton hätte anschlagen können, aber sie wollte keinen Streit vom Zaun brechen, und so begnügte sie sich damit, nach hinten zu greifen, Caros Hand zu drücken und Marie anzulächeln. »Opa ist müde, weil er so lange fahren musste.«

Neben ihr stieß ihr Vater den Atem in einem langen Seufzer aus. »Ja, eure Mama hat recht. Es tut mir leid.«

Auf Maries Lippen erschien ein zögerliches Lächeln.

»Sind wir denn bald da?«, fragte Caro.

Kurz darauf steuerte Friedrich auf einen hohen, moosbewachsenen Torbogen zu, und der Wagen ruckelte über ein Kopfsteinpflaster, das sicher schon viele Jahrzehnte alt war. Vor ihnen befand sich ein Gutshaus aus hellem Backstein, Stallungen waren im Halbkreis um den Hof herum angelegt. Ein Geländewagen stand in einer ehemaligen Remise, jemand hatte *Ich war hier* in den Staub der Rückscheibe geschrieben. Friedrich parkte den BMW daneben, schaltete den Motor aus und blieb einen Moment lang sitzen, wirkte, als müsste er sich sammeln. Schließlich löste er den Anschnallgurt und öffnete die Tür.

Sobald sie ausgestiegen war, atmete Lenya den unvergleichlichen Geruch von Pferden und Heu. Sie hielt kurz inne, ließ den Blick über den Hof gleiten und hörte das Wiehern eines Pferdes. Eine Katze döste träge in der Sonne, auf dem Reitplatz wurde ein Pferd longiert, ein Mädchen schob eine Schubkarre aus einem Stallgebäude und um die Ecke.

»Hier bist du aufgewachsen?«, fragte sie ihren Vater beinahe fassungslos.

»Ja.« Er öffnete eine der rückwärtigen Wagentüren, damit Marie aussteigen konnte, während Lenya sich daranmachte, den Sicherheitsgurt von Caro zu lösen und ihr hinauszuhelfen.

Ein struppiger Hund kam auf sie zugelaufen, die Schnauze schon ganz grau, der Gang träge. Marie stieß einen Laut des Entzückens aus und wollte zu ihm gehen, aber Lenya hielt sie fest. »Nicht auf fremde Hunde zulaufen!«

In dem Moment öffnete sich die schwere Eingangstür aus dunklem Holz, und eine Frau trat aus dem Gutshaus. Schlank, fast schon dünn, eine sehr gerade Haltung, das graue Haar in einer modernen Kurzhaarfrisur. Die Frau blieb in der Tür stehen, den Blick auf Friedrich gerichtet, während sich in ihrem Mienenspiel in rascher Folge Überraschung, Bestürzung und jähe Traurigkeit zeigten, über die sie rasch eine Maske regungsloser

Erwartung legte, die im nächsten Augenblick Risse zeigte, als sie sich Lenya und den Kinder zuwandte. In ihren Augen schimmerte es, und sie blinzelte, als wollte sie die Tränen, die in ihr aufstiegen, auf keinen Fall zulassen.

»Hallo, Irma«, sagte Friedrich schließlich, als sie am Haus angelangt waren.

»Rudolf.« Sie nickte knapp, sah dann zu Lenya und den Kindern. Wieder dieses kurze Zucken der Verwunderung in Irmas Gesicht.

Lenya war einen Moment lang irritiert, als Irma ihren Vater Rudolf nannte, ehe ihr einfiel, dass Friedrich sein Zweitname war, den er als Rufnamen nutzte. Klingt besser, hatte er einmal lapidar erklärt, als sie als Kind darauf gestoßen war.

»Meine Tochter Lenya und meine beiden Enkelinnen Marie und Carolin.«

Die Frau nickte ihnen zu. »Herzlich willkommen. Ich bin Irma, eure Tante oder Großtante, je nachdem.«

»Wo sind die Pferde?«, kam Marie auf den für sie wichtigsten Grund der Reise zu sprechen.

»Die meisten Pferde sind auf den Koppeln.« Irma von Damerau atmete tief ein, schien etwas hinzufügen zu wollen, deutete dann aber nur auf das Innere und sagte schließlich: »Kommt doch rein, das Mittagessen ist gleich fertig.«

Es war kühl im Haus, nicht kalt, aber doch ein merklicher Unterschied zu draußen, was jetzt im Sommer durchaus angenehm war. Friedrich ließ Lenya und den Kindern den Vortritt, und Lenya sah sich neugierig um, während sie in die Eingangshalle trat. Für diesen Terrazzoboden hätten Alexanders Schickeria-Freunde gemordet. Eine elegant geschwungene Treppe führte in das Obergeschoss, und über der Eingangshalle verlief eine Galerie. Die Kinder hatten die Köpfe in den Nacken gelegt und sahen hinauf, Caro drückte sich schüchtern an Lenya, versteckte sich halb hinter ihrem Bein.

Linkerhand konnte man durch eine halb geöffnete Tür die Küche erkennen. Vom Eingangsbereich gelangte man geradeaus durch eine breite, doppelflügelige Tür in die große Wohnstube, aufgeteilt durch dicke hölzerne Stützbalken. Ein riesiger, gemauerter Kamin befand sich links, gewebte Teppiche lagen auf dem Boden, die restliche Einrichtung umfasste zwei Sofas, einen Sessel, einen niedrigen Couchtisch aus Wurzelholz und ein Sideboard aus demselben Material. Auf der rechten Seite befand sich ein sehr alt aussehender Büfettschrank und links davon eine Truhe aus dunklem Holz mit eisernen Beschlägen. An den Wänden hingen Bilder, altmodisch anmutende Gemälde, während die Fensterbänke mit Topfpflanzen übersät waren, zwischen denen hölzerne Laternen standen. Im Winter musste es hier sehr gemütlich sein.

Irma von Damerau führte sie durch die Wohnstube, deutete auf eine Tür zu ihrer Rechten und ging voran in ein Esszimmer. Der ebenfalls ziemlich große Raum war im selben Stil eingerichtet wie das Wohnzimmer, neuere Möbel wurden mit sehr alten kombiniert. In der Mitte stand ein großer Tisch mit Stühlen aus dunklem, gewachstem Holz, die beiden Kommoden und die Vitrine schienen jedoch beinahe antik zu sein. Wie auch die Wohnstube ging das Esszimmer zum Garten hinaus. Anstelle eines Kamins gab es hier einen gekachelten Heizofen. Besorgt musterte Lenya das teure Geschirr auf dem Tisch und hoffte, dass nicht ausgerechnet heute einem ihrer Kinder ein Malheur passierte und etwas zu Bruch ging.

Friedrich ging zu den Kommoden und betrachtete die dort aufgestellten sepiafarbenen Fotografien in den angelaufenen Silberrahmen. An seiner Miene war nicht abzulesen, was er dachte oder fühlte, und wenn Lenya auch nur irgendeine Regung erwartet hatte, so wurde sie enttäuscht. Auch die Begegnung mit seiner Schwester, die er seit Jahrzehnten nicht gesehen hatte, würde nicht dazu führen, dass er sich vergaß und das Herz auch nur für einen Moment auf der Zunge trug.

»Nehmt bitte Platz.« Irma sah Friedrich an, nickte dann Lenya und den Kindern zu, die Miene etwas weicher als beim Blick zu ihrem Bruder.

Lenya hatte Caro auf einen der Stühle geholfen und wollte Irma gerade um ein dickes Kissen bitten, damit die Kleine etwas höher saß, als Marie schüchtern an ihrem Ärmel zupfte.

»Mama, ich muss mal«, murmelte sie.

Lenya wandte sich zu Irma um, aber noch ehe sie ihre Frage stellen konnte, wies diese zur Stube hin. »In das Bad kommst du über die Veranda und dann durch den Wintergarten. Oben ist aber auch eines.«

Als Lenya sich mit Marie an der Hand abwandte, kletterte Caro rasch vom Stuhl. »Ich will auch mit.«

»Musst du auch?«

»Nein.« Aber es war offensichtlich, dass sie nicht allein in dieser fremden Umgebung bleiben wollte.

Friedrich ging zu ihr und nahm sie auf den Arm. »Komm, Spätzchen, möchtest du ein Bild von mir sehen, als ich ungefähr so alt war wie du?«

Caro nickte kichernd und schlug sich dabei eine Hand vor den Mund. Offenbar fand sie diese Vorstellung völlig absurd.

Lenya brachte Caro zum Badezimmer, schloss die Tür und wartete davor. Der Wintergarten war vermutlich allein zu dem Zweck angelegt worden, auch im Winter und bei Regen trocken und ohne allzu sehr zu frieren, ins Bad zu gelangen, sah aber wirklich hübsch aus mit seinem gusseisernen Tisch und den dazugehörigen Stühlen. Der Garten, der sich dahinter erstreckte, war überwältigend groß und wurde von einem verwitterten Holzzaun eingegrenzt. Unwillkürlich hielt Lenya Ausschau nach möglichen Gefahrenquellen für Caro, konnte aber keine entdecken. Die Kinder würden dort bestimmt ihre helle Freude haben. Die Tür wurde geöffnet, und Marie kam aus dem Bad.

»Mama, ich glaube, die Frau mag uns nicht«, sagte sie.

»Wie kommst du denn darauf?«, fragte Lenya, die diesen Eindruck durchaus selbst gehabt hatte.

»Sie guckt so böse.«

»Sie guckt ernst, nicht böse.«

Marie zuckte nur mit den Schultern, und gemeinsam gingen sie zurück ins Esszimmer. Lenya selbst wusste die Frau noch nicht so recht einzuordnen und blieb in einer vorsichtigen Erwartungshaltung.

※ ※ ※

Rudolf hatte Irma den Rücken zugewandt, den Arm um seine Enkelin gelegt, und deutete auf die Fotos, während er der Kleinen flüsternd etwas erklärte. Natürlich hatte er nicht zurückkommen wollen, dachte Irma, ums Verrecken nicht, das zeigte jede seiner Bewegungen, die er getan hatte, seit er den Hof betreten hatte, seine abweisende Mimik, die knappen Worte. Und trotzdem stand er hier, hielt seine kleine Enkelin im Arm und atmete in jedem Winkel die Erinnerung an diese so sorgsam ausgemerzte Vergangenheit. Irma konnte sehen, wie er sich aus den Bausteinen seines neuen Lebens ein Haus gebaut hatte, und nun kam sie, riss Teile davon heraus und schob unliebsame Erinnerungen an ihre Stelle. Nichts passte mehr, das gesamte Gebilde wurde wacklig.

Rudolf drehte sich zu ihr, und ihre Blicke trafen sich kurz, dann wandte Friedrich sich wieder den Fotos zu. »Siehst du, Spätzchen? Das bin ich als kleiner Junge.«

Das Kind gluckste. Warum hatte er seine Tochter und die Kinder überhaupt mitgebracht? Hatte er nicht allein kommen wollen? Brauchte er sie als Anker zu seinem neuen Leben, damit er sich nicht in seinem alten verlieren und nicht wieder zurückfinden würde? Er war so unnahbar, wich ihr aus, dabei hätte Irma nur zu gerne gewusst, ob ihn die Begegnung ebenso bewegte wie sie.

Ihr Herz hatte schon bei dem Gedanken an ein Wiedersehen mit ihm heftig geklopft. Sie hatte sich vorgestellt, wie er sich erklärte, wie er sagte, er hätte sie vermisst. Wie er sich umsah mit jenem Blick, den man in ihrer Vorstellung hatte, wenn man an den Ort zurückkehrte, an dem man aufgewachsen war. Alles Mögliche hatte sie sich ausgemalt, sogar ein Wiederaufleben des Streits, den sie vor so vielen Jahren geführt hatten – nur diese vehemente Schweigsamkeit, die hatte sie nicht erwartet. Warum eigentlich nicht? Rudolf war immer schon verschlossen gewesen, und selbst wenn er sich draufgängerisch gegeben hatte, dann nie durch große Worte.

»So viele hübsche Pferde«, hörte sie die Kleine bewundernd sagen. »Vermisst du die?« Das Mädchen sah den Großvater aus großen Augen an.

Irma stieß ein harsches Lachen aus. »Vermisst du sie?«, wiederholte sie die Frage und richtete den Blick ebenfalls auf ihren Bruder.

Rudolf schwieg.

»Nein, Kindchen«, antwortete sie an seiner Stelle, »ich glaube nicht, dass er sie vermisst hat. Dein Opa hatte schon immer Angst vor Pferden.«

Rudolf blickte auf, musterte seine Schwester. »Ich habe es überwunden. Damals schon.«

»Ja? Du bist ihnen aus dem Weg gegangen. Mehr nicht.«

Jetzt, dachte sie, als ihre Blicke sich trafen, jetzt war da endlich Bewegung in seinen Augen, eine Erinnerung schien jäh aufzuflackern. Doch in diesem Moment betrat seine Tochter den Raum, und sie verfielen wieder in ein Schweigen, das sich wie eine Glocke über den Raum senkte. Selbst die beiden Mädchen blieben stumm.

»Opa hat Angst vor Pferden«, sagte Caro schließlich zu Lenya.

Deren Blick wurde aufmerksam, taxierend. Ob sie es gewusst hatte? Hatte seine Tochter mitbekommen, dass ihr Vater Angst vor Pferden hatte? Um Irmas Lippen zeigte sich ein schmales Lächeln, denn sie ahnte, dass sie gerade dafür gesorgt hatte, dass das komplizierte Konstrukt seiner jetzigen Existenz ein wenig ins Wanken geriet. »Ich trage das Essen auf«, sagte sie und verließ den Raum.

∗ ∗ ∗

Dafür, dass sie sich so lange nicht gesehen hatten, schienen Friedrich und Irma sich herzlich wenig zu erzählen zu haben, und das Essen ging in fast schon unbehaglichem Schweigen vonstatten. Es gab geschmorten Rinderbraten mit Gemüse, und während Lenya – die ohnehin nicht gewöhnt war, so früh zu Mittag zu essen – nur wenig Fleisch aß, pickten die Kinder das Gemüse heraus, aßen nur ein paar Kartoffeln und ließen das Stück Fleisch auf ihrem Teller liegen. Mit erhobenen Brauen hatte Irma das beobachtet.

»Rudolf«, es war das erste Mal, dass Irma beim Essen das Wort an ihren Bruder richtete, »*das* wäre uns damals im Traum nicht eingefallen.«

Ihr Vater erwiderte zwar Irmas Blick, schwieg aber, sah die Kinder an, lächelte ihnen aufmunternd zu, denn sie hatten durchaus verstanden, dass sie den Unmut ihrer Gastgeberin auf sich gezogen hatten. »Hunger«, sagte er dann, »kennen sie glücklicherweise nicht.«

»Stimmt nicht!«, rief Marie. »Ich habe nach dem Kindergarten immer Hunger.«

Wieder musste ihr Vater lächeln, und auch Irmas strenge Miene erhellte ein kurzes Zucken um die Mundwinkel.

»Wirst du zur Totenwache gehen?«, fragte Irma ihren Bruder.

»Ja, ich möchte sie noch einmal sehen.«

»Das hätte sie sich gewünscht.«

Friedrich verengte kaum merklich die Augen, doch noch ehe er darauf reagieren konnte, fragte Marie: »Was ist eine Totenwache? Bewacht man da Tote?«

Ihr Vater schien froh über den Themenwechsel zu sein, denn er wandte sich nun an seine Enkelin und erklärte es ihr. Währenddessen beobachtete Lenya ihre Tante, suchte in diesem fremden Gesicht Spuren familiärer Vertrautheit. Als Irma sich ihr zuwandte, trafen sich ihre Blicke kurz, und es wirkte, als suchte Irma in Lenyas Gesicht dasselbe wie diese in ihrem, dann sahen sie beide wieder aufs Essen.

Zum Nachtisch gab es Erdbeeren mit Mascarponecreme, Irma jedoch versetzte der Begeisterung der Kinder einen kleinen Dämpfer, als sie anmerkte, dass nur Nachtisch bekam, wer sein Essen aufaß.

»Wir sind da nicht so streng«, erklärte Lenya.

»Außerdem habe ich nur wenig gegessen, damit Platz für Nachtisch bleibt«, fügte Marie erklärend hinzu.

Irmas Gesicht war reine Missbilligung, sie schwieg jedoch, als Lenya den Kindern Nachtisch auftat. Vermutlich atmete ihr Vater ebenso auf wie sie, als sie sich endlich erheben und das Esszimmer verlassen durften.

»Darf ich jetzt zu den Pferden?«, fragte Marie.

»Ich sage einem der Mädchen, die hier im Stall aushelfen, es soll dich begleiten«, sagte Irma. »Hattest du schon einmal Kontakt mit Pferden außer beim Ponyreiten, wo die armen Geschöpfe auf irgendwelchen Volksfesten den ganzen Tag im Kreis herumgeführt werden?«

Lenya stieß hörbar den Atem aus. »Doch, ja. Die Mädchen sind sozusagen im Reitstall aufgewachsen. Mein Mann ist Dressurreiter. Alexander Fürstenberg.«

»Ah, der.«

Auch wenn es gerade nicht zum Besten um ihre Ehe stand, gefiel Lenya der Ton nicht, der in Irmas Antwort mitschwang. »Ja, genau der.«

»Nun gut. Meine Pferde sind allerdings keine Sportgeräte, die nach dem Training in die Ecke geräumt werden. Hier gehen wir achtsam mit den Tieren um.«

»Lenya«, sagte ihr Vater rasch. »Wie wäre es, wenn du dich mit den Kindern ein wenig umsiehst. Dagegen hast du doch sicher nichts einzuwenden, oder, Irma?«, wandte er sich an seine Schwester. »Und ich fahre in die Totenhalle.«

Lenya nickte dankbar, nahm die Kinder rechts und links an die Hand und verließ gemeinsam mit ihnen und Friedrich das Esszimmer in Richtung Haupteingang.

»Kein Wunder, dass du sie jahrelang nicht sehen wolltest«, sagte sie, als sie sich in der Eingangshalle und außer Hörweite ihrer Tante befanden.

Flüchtig glitt sein Blick zur Seite, als wollte er sicherstellen, dass sie nicht gehört wurden. »Gib ihr etwas Zeit«, sagte er. »Falls du aber früher nach Hause willst, kannst du den Wagen nehmen und mich abholen, sobald hier alles erledigt ist.«

»Bis zur Beerdigung bleibe ich auf jeden Fall, das habe ich dir ja versprochen.« Sie blickte sich um und bemerkte Irma, die nun ebenfalls die Eingangshalle betreten hatte.

»Opa, bist das auch du?«, krähte Marie in diesem Moment und zeigte auf ein Foto, das im Eingangsbereich auf der Anrichte stand. Ein blondes Mädchen auf der Schwelle zur Frau, den Blick an der Kamera vorbei in die Ferne gerichtet, stand neben einem jüngeren Mädchen, das den blonden Jungen neben sich keck ansah.

Für einen kurzen Moment fiel die Maske kühler Beherrschung von ihr ab, Irmas Gesicht wirkte schlaff, der Mund öffnete sich in einem raschen Atemzug.

»Das ist Thure«, antwortete sie schließlich, und als Lenya aufblickte, hatte Irma sich wieder unter Kontrolle.

»Ah ja, Thure«, sagte ihr Vater. »Was ist denn aus dem eigentlich geworden?«

1945

Das Haus von Großmutter Henriette blieb ihr fremd, und Irma fühlte sich auch Monate nach ihrer Ankunft immer noch so, als wäre sie auf der Durchreise, als müsste bald der Vater kommen und sie abholen. Wie er es damals getan hatte, als sie bei Tante Gudrun in Johannisburg gewesen war. Die Großmutter hatte noch am Abend ihrer Ankunft alles herrichten lassen, es hatte eine warme Mahlzeit gegeben, und die Geschwister hatten trotz der Warnung zur Mäßigung die Suppe mit dem fetten Hammelfleisch hinuntergeschlungen, das Brot nachgestopft und sich im Anschluss direkt übergeben. Rudolf gleich auf den Boden im Esszimmer, Irma im Garten auf dem Weg zum Bad, während Katharina es noch hinein geschafft hatte. Die Haushälterin – nach wie vor von Irma nur Baba Jaga genannt – hatte fortwährend geschimpft, während sie alles hatte aufwischen müssen.

Sie mussten erst wieder lernen zu essen, so wie sie lernen mussten, Wärme auszuhalten, ohne zugleich Angst davor zu haben, danach in die Kälte hinausgeschickt zu werden. Sogar das Schlafen lernten sie wieder, und das war ungleich schwerer. Schlafen, um zur Ruhe zu kommen, und nicht dieser tiefe, ohnmachtsartige Erschöpfungsschlaf, in den sie auf ihrem Weg immer wieder gefallen waren. Irma und Katharina bekamen ein gemeinsames Zimmer, während Rudolf in dem angrenzenden Raum untergebracht war. In der ersten Nacht hatte Irma ihn weinen hören, war zu ihm gelaufen und hatte gesehen, dass er aufrecht im Bett saß und am gesamten Körper zitterte. Sie hatte ihn mit zu sich genommen, und da war er bis zum Sommer geblieben. Großmutter hatte schließlich resolut gesagt, ein Junge gehöre nicht in ein Mädchenzimmer, und er sei jetzt groß genug, um allein in seinem Bett zu schlafen. Manchmal legte Irma sich heimlich zu ihm und sang ihm leise etwas vor. *Lasst uns all nach Hause gehen.* Im Herbst hatte er aufgehört, jede Nacht zu weinen, und jetzt, im Winter, schien er sich in sein Schicksal zu fügen. So recht wusste man das bei Rudolf nie, da er nicht sprach.

Wer auf einem Gut lebte, auf dem Pferde gezüchtet wurden, durfte nicht schreckstarr dastehen, wenn er sie wiehern hörte, und bisher hatte nur Irma die Stallungen betreten wollen. In dieser Hinsicht wiederum insistierte die Großmutter nicht, denn von Pferden verstand sie etwas. Wer angstzitternd vor ihnen stand, hatte nach ihrem Dafürhalten in einem Stall nichts verloren. So war es ausschließlich Irma, die im Stroh saß und Fohlen streichelte, die Hände in struppige Mähnen gleiten ließ, das Gesicht ins dichte Winterfell drückte.

An diesem Morgen stand Irma am Ufer des kleinen Sees nahe dem Gut und beobachtete die Kinder, die dort mit ihren Schlittschuhen liefen. Ihre eigenen Schlittschuhe hielt sie an den langen Riemen fest, und sie rieb sich mit ihren dick behandschuhten Händen über die kribbelnde Nase. Daheim in Heiligenbeil waren sie oft Schlittschuh gelaufen, zusammen mit den Kindern der Gutsangestellten und der Pächter. Das war immer ein Riesenspaß gewesen. Diese Kinder hier machten jedoch kein Geheimnis daraus, dass sie Irma nicht dabeihaben wollten, das war von Anfang an so gewesen. Polacken nannten sie sie, Zigeuner. Ihre Eltern waren Grafen gewesen, hatte Irma einmal dagegengehalten und war ausgelacht worden. Seit die Kinder sie beim letzten Mal auf dem Eis so fest gestoßen hatten, dass sie mit dem Mund aufgeschlagen war und heftig geblutet hatte, traute sie sich nicht mehr hinauf. Doch heute sollte der Weihnachtsbaum in der großen Eingangshalle des Gutshofs von den Gutsangestellten geschmückt werden, in der Küche wurde gekocht und gebacken, und so hatte Großmutter Henriette Irma fortgeschickt. »Geh an die frische Luft, nimm deine Schlittschuhe mit. Du kannst nicht den ganzen Tag in der Stube hocken.«

Katharina dagegen durfte zu Hause bleiben, weiterhin Menschen aus dem Weg gehen und sogar angstvoll vor ihnen zurückzucken. Sie musste nichts weiter dulden als den beruhigenden Arm von Großmutter Henriette um ihre Schultern. Und auch Rudolf wurde erlaubt, im Zimmer zu sitzen und schweigend zu spielen. Anfangs hatten die Leute geglaubt, er sei nicht ganz gescheit, weil er nie sprach. Aber Irma hatte erklärt, dass er früher gesprochen hatte. Er hatte so viel geplappert, dass einem ganz schwindlig davon werden konnte.

Als sie von daheim aufgebrochen waren, hatte er es noch getan, hatte gejammert über die Kälte, hatte immer wieder wissen wollen, wie lange es denn noch dauerte. Jetzt noch glaubte Irma den beißenden Frost auf den Wangen zu spüren, und sie erinnerte sich noch gut daran, dass sie ständig Angst gehabt hatte, in diesem Riesenstrom von Menschen ihre Mutter aus den Augen zu verlieren, obwohl sie zu diesem Zeitpunkt immerhin noch den Wagen und das Pferd gehabt hatten. Tagelang waren sie marschiert, die Mutter führte das Pferd, auf dem vollbepackten Wagen durfte nur Rudolf sitzen, hin und wieder erlaubte die Mutter es Irma, wenn die Füße gar zu sehr schmerzten.

Dann waren *sie* gekommen, waren wie ein Sturm über sie hereingebrochen. Irma hatte die Mutter bald aus den Augen verloren, sie war verschwunden in der Masse dunkler Leiber, die sich zwischen sie schoben. Gesehen hatte sie nur noch Katharina. Katharina, deren schrille Schreie durch die Luft gellten, während sich zwischen ihren bleichen Schenkeln ein Körper ruckartig bewegte, sich erhob, ehe der nächste folgte.

Es hatte lange gedauert, elendig lange. Rudolf hatte sich an sie geklammert, die Hände in ihren Arm gekrallt, und sein Atem war nur noch in kurzen Schluchzern gekommen. Sie hatte ihn so fest gehalten, wie sie konnte. Neben ihnen hatten Pferde gewiehert, Hufe schlugen auf den Boden, Schnee stob auf. Irgendwann hatte Irma sich die Hände auf die Ohren gepresst, die Augenlider fest geschlossen und sich vor- und zurückgewiegt. Auf den Sturm folgte die Stille, und schließlich war Katharina wankend auf die Beine gekommen. Dann hatten sie die Mutter entdeckt, die Röcke bis zur Taille geschoben, die Beine gespreizt, mit offenen Augen daliegend in dampfend rotem Schneematsch. Seither sprach Rudolf nicht mehr.

Im Juli hatten Katharina und er Geburtstag gehabt, waren sechzehn und vier Jahre alt geworden. Trotz des großen Abstands standen sie sich einander wiederum näher als der achtjährigen Irma, die für Katharina zu jung und für Rudolf zu alt war. Daheim war es Irma gleich gewesen, es waren eben ihre Geschwister, und zum Spielen gab es genug andere Kinder. Nun jedoch hatte sie nur noch die beiden und fühlte sich furchtbar allein.

»Hey, Zigeunergräfin!«, rief Walther Bruns, ein hochgewachsener, dunkelhaariger Junge.

Irma schreckte auf und wich zurück. Sie hatten sie entdeckt. Erst schien es, als würden sie es dabei belassen, aber offenbar wurde es ihnen auf dem Eis langsam langweilig, und so kamen sie ans Ufer gefahren.

»Willst du mitspielen?«, fragte ein Mädchen, unter deren Pelzkappe lange blonde Zöpfe zu sehen waren.

Irma nickte zaghaft.

Die Kinder kamen näher, ließen sich am Ufer nieder und schnürten die Schlittschuhe auf, wollten nun offenbar wirklich das Eis verlassen und spielen. Irma ließ die Schlittschuhe fallen und trat zögernd auf sie zu.

Die Kinder standen auf, und dann traf sie, vollkommen unvorbereitet, ein derber Stoß an der Brust, der sie hintenüber warf. Im Nu waren sie über ihr, rieben sie von oben bis unten mit Schnee ein. »Einseifen« nannten sie es. Irma kannte das Spiel von daheim, da war es immer lustig gewesen, im Schnee zu balgen. Hier jedoch hielten sie sie fest, während einer von ihnen ihr ganze Hände voll Schnee ins Gesicht rieb. Sie spuckte, hustete, versuchte vergeblich, sich zu befreien. Und dann war er wieder da, unvermittelt und mit schwindelerregender Heftigkeit. Der Sturm, die Schreie, das Blut im Schnee. Irma öffnete den Mund, stieß gellende Laute aus, die außer ihr niemand zu hören schien, da Schnee ihren Mund füllte, sie würgen ließ.

Unvermittelt lockerten sich die Griffe, die Kinder stoben auf, und wie durch Watte hörte Irma eine Männerstimme. »Verdammte Saubande!«

Irma lag heftig atmend auf dem Rücken, spürte Hitze in ihren Augen und in Rinnsalen über ihre Wangen laufen. Sie richtete sich auf, hustete, wischte mit dem Ärmel über das Gesicht, als eine Hand sie behutsam am Arm griff und ihr aufhalf, den Schnee von ihr abklopfte.

»Das ist eins von den Grotensteinkindern«, sagte die Männerstimme.

Der Junge, der ihren Arm genommen hatte, beugte sich leicht zu ihr. Thure Reimann, einer der Nachbarn, der gelegentlich zu Besuch kam und den Hof mit Obst und Gemüse versorgte. Er war vier Jahre älter als sie und hatte immer ein scherzhaftes Wort auf den Lippen, sah sie nun jedoch mit einem ernsthaften Blick an, der nicht so recht zu ihm passen wollte.

»Geht es wieder?«, fragte er.

Sie schniefte und nickte nur.

»Jemand muss endlich mit den Eltern sprechen«, sagte sein Vater, Anno Reimann. »Komm, Mädchen, ich bringe dich nach Hause.«

Sie waren mit dem Schlitten unterwegs, der von einem braunen Kaltblüter gezogen wurde. Das Pferd sah aus wie Hubertus, den der Nachbar daheim in Heiligenbeil vor den Schlitten spannte, wenn er im Winter die Kinder holte und mit ihnen Tannenzweige für Weihnachten suchte. Thure half Irma in die Kutsche, legte die Decke um sie, die rau war und warm und in der der Geruch nach Pferden und Rauch hing und ein klein wenig der Duft nach Bratapfel, als hätte sie in der Küche auf der Ofenbank gelegen. Wie jene Decke, in die sich Irma und die Kinder gekuschelt hatten, wenn sie nach einem langen Tag im Freien heimfuhren. Vorne auf dem Kutschbock neben dem Nachbarn Katharina, die sich zu ihnen umdrehte, lachte und noch heil war. Irma barg das Gesicht in der Decke, atmete den Duft ihres Zuhauses ein und weinte.

2018

Die Beerdigung fand am zweiten Tag nach ihrer Ankunft statt. Lenya konnte sehen, wie nahe ihrem Vater das alles ging. Seit sie hier waren, war er noch stiller und in sich gekehrter als ohnehin schon, machte Spaziergänge über das Gut und durch die umliegenden Landschaften, tief in Gedanken versunken. Lenya hatte angeboten, ihn zu begleiten, aber er wollte allein sein. Allerdings hatte es doch Momente des Beisammenseins gegeben, wenn sie sich zu den Mahlzeiten einfanden, aber da sorgten die Kinder für ausreichend Ablenkung, denn diese freuten sich, den geliebten Opa rund um die Uhr für sich zu haben.

Dass er hier auf dem Gut eine Vergangenheit hatte, zeigten nicht nur die Fotos auf der Kommode im Esszimmer, sondern auch die Reaktionen der Leute, die nach der Beerdigung zum Leichenschmaus auf dem Hof erschienen – nach Lenyas Meinung ein sehr verstörender Brauch. Obwohl ihr Vater schon so lange nicht mehr hier gewesen war, freuten sich die Menschen doch, ihn wiederzusehen. Lenya fühlte sich fehl am Platz, denn abgesehen von neugierigen und leicht befremdeten Blicken ignorierte man sie weitgehend. Und so blieb sie nur so lange beim Essen sitzen, dass es nicht unhöflich erschien, und ging danach hinaus auf den Hof.

Ihr Vater war ihr hier ein Fremder, war Teil einer Welt, die Lenya aussperrte und all die fremden Menschen einschloss. Er hatte den Nachnamen seiner Ehefrau angenommen und seinen Zweitnamen als Rufnamen, hatte damit das Seil gekappt, das ihn an diesen Ort und an seine Schwestern band. Als Lenya geheiratet hatte, hatte ihr Wunsch, den Mädchennamen zu behalten, bei Alexanders Eltern mehr als nur gelindes Befremden ausgelöst. Wer lehnte schon den Namen Fürstenberg ab? Aber Lenya war standhaft geblieben. Das fehlte gerade noch, sich auch noch den Namen nehmen zu lassen – das Einzige, was sie noch mit ihrer Mutter verband – einverleibt in Alexanders Besitz, den neuen Namen aufgedrückt wie ein Brandzeichen. Lenya Fürstenberg. Eine neue Existenz. Wie sollte das jemand schaffen, der sich nicht einmal in der alten verwurzeln konnte?

Gedankenverloren spazierte Lenya über den Hof. Die Pferde waren an diesem Morgen sehr früh auf die Weide gebracht worden, sodass das Gut in träger Stille dalag. Die Gäste befanden sich in der großen Stube und im Garten, in den Hof hatte sich keiner von ihnen verirrt, wofür Lenya dankbar war. Da der Vortag angefüllt gewesen war mit Vorbereitungen für die Beerdigung, war sie Irma kaum begegnet und hatte ihre Zeit damit verbracht, das Gut zu erkunden.

Linkerhand der Eingangshalle lagen hinter der Küche die Wirtschaftsräume, die riesig waren und aus einer Zeit stammten, als viele Menschen hier gelebt und das Gut bewirtschaftet hatten, Gutsherren sowie das Personal. Heute wurde nur ein Teil davon als Speisekammer und als Arbeitszimmer genutzt.

Begeisterung hatte die Bibliothek im Haupthaus rechts der Halle in Lenya ausgelöst, ein Raum, der so war, wie man sich die Bibliothek in einem alten Gutshaus vorstellte: Regale aus dunklem Holz, honigfarbene Holzdielen, alte Ledersessel und ein Kamin, der allerdings nur noch repräsentative Zwecke zu erfüllen schien, denn unter der breiten Fensterfront hatte Lenya einen

Heizkörper entdeckt. Die Zeit stand eben selbst hier nicht still, wovon auch die Bücher zeugten. Manche stammten zwar noch aus der Zeit vor dem Ersten Weltkrieg, aber darunter waren aktuelle Romane, anspruchsvolle Literatur und Unterhaltung aus über hundert Jahren, Bildbände, Geschichtsbücher – Lenya war noch nicht annähernd durch damit, die Titel zu studieren.

Im ersten Obergeschoss, Beletage nannte Irma es, befanden sich sechs Schlafzimmer, das größte davon bewohnte momentan Lenya. Darin stand noch ein altes Doppelbett mit hohen Pfosten. Ihr Vater hatte ihr erzählt, dass dies das Zimmer seiner Großmutter gewesen war. Die anderen Zimmer waren etwas kleiner, aber auch sehr geräumig. Die Kinder hatten je ein Zimmer bekommen, schliefen aber seit der ersten Nacht bei Lenya, da ihnen die fremde Umgebung im Dunkeln ein wenig Angst machte. Irma hatte das mit einem Stirnrunzeln und Kopfschütteln zur Kenntnis genommen.

Auf die Frage hin, ob das Zimmer, das ihr Vater bewohnte, sein ehemaliges Kinderzimmer sei, hatte er nur mit einem knappen »Ja« geantwortet. Er hatte sie mit hierhergenommen, hatte die Tür zur Vergangenheit einen winzigen Spaltbreit geöffnet, und sie würde nicht zulassen, dass er diese, nachdem Lenya nur einen kurzen Blick hineinwerfen konnte, gleich wieder verriegelte.

Ganz oben war der Speicher, bis dahin war Lenya jedoch noch nicht vorgedrungen. Obwohl es ein schönes Gut war, waren die Zeichen des Verfalls doch unübersehbar, sie zeigten sich auf dem Hof, wo das Unkraut zwischen den Steinen hervorquoll, im Garten, der wild und ungepflegt war, vor allem jedoch in den Stallungen. Es gab Stallangestellte, und aus der Umgebung kamen Mädchen, die Pflegepferde hier hatten, um die sie sich kümmerten. Für Lenya, die täglich mit hochgezüchteten Turnierpferden und nahezu sterilen Reitställen und -anlagen zu tun hatte, war das hier trotz seines verwahrlosten Zustands fast schon liebenswert urig. Das war genau die Ponyhofromantik, die sie sich vorgestellt hatte, als sie mit dem Reiten begonnen hatte. So eine Art Immenhof der Moderne. Gelandet war sie dann im klassischen Reitschulbetrieb und später auf dem schicken Hof, auf dem Alexanders Turnierpferde standen, Picasso und Don Carino, edle Vollblüter, die jeweils das Jahresgehalt eines mittleren Angestellten gekostet hatten.

Sie telefonierte täglich mit ihm, vor allem um mit Anouk zu sprechen, die zwar bekundete, ihre Mutter »von hier bis zur Sonne« zu vermissen, aber gleichzeitig glücklich wirkte, dass ihr Vater sie jeden Tag mit in den Stall nahm, wenn er nach der Arbeit dort trainierte. Anouk hatte auf dem Hof nicht nur ein eigenes Vollblutpony stehen, sie wurde dort auch hofiert wie eine Prinzessin.

Lenya fragte sich, ob Alexander sie vermisste. Oder vermisste er womöglich nur Anouks Mutter? Aber wie ging es ihr selbst überhaupt damit? Vermisste sie ihn? Oder brach hier etwas auseinander, das schon seit einiger Zeit nur noch zusammenhielt, weil die Gewohnheit als Kitt zwischen den Kanten fungierte, der jetzt, da Lenya fort war, bröckelte. Der Sex vor ihrer Abreise war vertraut gewesen, offenbarte aber auch eine Zerbrechlichkeit, die verhinderte, sich zu sehr hineinfallen zu lassen aus Angst, das Schöne, an das man sich noch geklammert hatte und das konserviert war, könnte mit einem Mal unter ihren Händen und Körpern zersplittern. Und dann bliebe womöglich gar nichts mehr.

»Mama, ich will auch Kuchen!« Maries Stimme riss Lenya aus den Gedanken, und sie drehte sich zu ihrer Tochter um, bemerkte Grasflecken auf dem zartvioletten Sommerkleidchen ihrer Tochter. Lenya seufzte innerlich auf, ging dann aber schnell zu Marie.

Sie nahm sie an die Hand und lief mit ihr zurück zum Haus. Als sie die Eingangshalle betrat, waren nur noch wenige Stimmen zu hören, offenbar hatte sich die Gesellschaft nahezu komplett in den Garten verlagert. Sie durchquerten die große Stube und traten durch den Wintergarten hinaus auf die Veranda. Auf dem Rasen tummelten sich schwarz gekleidete Gäste und bedienten sich am Büfett, das auf zwei langen Tischen aufgebaut worden war. Fast sofort entdeckte sie Caroline, die mit einem Stück Kuchen in der Hand auf dem Rasen stand und mit den Tränen kämpfte, während sie von einer Frau ausgeschimpft wurde.

Lenya zog es die Brust zusammen, als sie ihre Kleine dort stehen sah in ihrem ebenfalls violetten Sommerkleid, über das sie sich so gefreut hatte, und sie beeilte sich, zu ihr zu kommen, als sie bereits ihren Vater über den Rasen schreiten sah.

»Was ist passiert?«, fragte er, bevor Lenya es konnte.

»*Das Mädchen* hat den Zaun kaputt gemacht und sich, ohne zu fragen, mit seinen schmutzigen Fingern ein riesiges Stück Kuchen vom Büfett genommen«, ereiferte sich eine Frau. »Dabei sind ihr zwei weitere Stücke auf den Boden gefallen, die sich der Hund geschnappt hat.«

»Na, so schlimm ist das ja nun auch wieder nicht.« Friedrich strich Caro über den Schopf, und Lenya ging vor ihr in die Hocke, so gut es ihr in dem schwarzen Etuikleid möglich war. Das war das einzige Zugeständnis, das sie an die Beerdigung machte, das Kleid und die schwarzen Schuhe. Es waren einige ältere Kinder hier, die ebenfalls Schwarz trugen, aber so weit wollte Lenya bei ihren Kindern nicht gehen, sie hatten die Großtante ja nicht einmal gekannt. Lila stand für Halbtrauer, das musste dem Anstand genügen.

»In der Großstadt scheint man es mit der Erziehung nicht so ernst zu nehmen«, sagte die Frau mit Blick auf Lenya.

Ohne sie eines weiteren Blicks zu würdigen, hob Lenya Caro hoch und wischte ihr die Tränen von den Wangen.

Irma erschien mit einer Platte belegter Kressebrote. »Was ist denn passiert, Helga?«

Und als die Frau erneut erklärte, was geschehen war, zuckte Irma nur mit den Schultern. »Warum sollte das Kind sich keinen Kuchen nehmen, wenn er doch da steht? Und dem Strolch schaden ein oder zwei Stücke nicht, der ist im Alter ohnehin so dünn geworden.«

»Die Helga hatte es schon früher nicht so mit Kindern anderer Leute, die hat nur ihre eigenen geliebt«, sagte Friedrich, als er Lenya zum Haus begleitete. »Du kannst die Kleine ruhig bei mir lassen. Ich gehe gleich ein wenig spazieren, mir wird das alles hier sowieso zu viel.«

Das war aus seinem Mund ein doch recht ungewöhnliches Geständnis, und Lenya sah ihren Vater mit einer Mischung aus Irritation und Besorgnis an. »Geht es dir denn gut?« Er wirkte in der Tat ein wenig angeschlagen.

»Ja, ich brauche nur etwas Ruhe und ein wenig Abstand von diesem Trubel. Ist das nicht skurril? So eine große Gesellschaft für Katharina, die doch so viel Angst vor Menschen gehabt hat.« Er schwieg, schüttelte den Kopf, dann nahm er Lenya Caro aus dem Arm und stellte sie auf den Boden. »Na, Mäuschen, sollen wir uns mal die kleinen Fohlen auf der Koppel ansehen?«

»O ja!«

Sie traten zusammen auf den Hof, und Marie maulte, sie wolle auch Fohlen anschauen.

»Warum hatte sie Angst vor Menschen?«

Ihr Vater sah Lenya fragend an.

»Deine Schwester. Du sagtest, sie hatte Angst vor Menschen.« Er sah zu den Kindern. »Sie hat Schlimmes erlebt.« Und dann, ehe Lenya antworten konnte: »Ich nehme die Mädchen mit auf einen Spaziergang.«

»Also gut. Seid lieb.«

»Ja, Mami.«

Ihr Vater nahm Caro an die Hand und lief mit ihr los, während Marie vor ihm her hopste. Lenya sah ihnen nach.

Der jüngere Bruder hatte Angst vor Pferden, die ältere Schwester vor Menschen. Unwillkürlich wanderte Lenyas Blick in Richtung Garten, wo Irma inmitten ihrer Gäste stand und die Kressebrote herumreichte. *Und vor was hast du Angst?*

Lenya löste ihr aufgestecktes Haar, schüttelte es und steckte es erneut hoch, etwas lockerer dieses Mal, weil sich Kopfschmerzen ankündigten. Diese Frisur hatte Alexander immer an ihr gemocht, das Haar hochgesteckt, sodass nur einzelne kleine Locken sich daraus hervorstahlen. Er sagte, diese Frisur passe zu allem, sowohl zu Jeans und Pullover als auch zum eleganten Cocktailkleid. Am Anfang ihrer Beziehung hatte er jede Gelegenheit genutzt, ihr verstohlen Küsse in den Nacken zu hauchen, was ihr immer einen wohligen Schauer über den Körper gejagt hatte. Bei der Erinnerung daran seufzte Lenya.

Fern des Trubels im warmen Sonnenlicht über den Hof zu schlendern, den Geruch nach Pferd, nach sonnenwarmen Steinen und Heu zu atmen, löste eine Sehnsucht in ihr aus, die heftiger und schwerer war als jene sinnliche, die sie bei dem Gedanken an Alexanders Zärtlichkeit überkam. Wonach sie sich sehnte, konnte sie nicht benennen, es war ein kleiner Punkt tief in ihr, wie ein Keim in dunkle Erde gegraben, der noch nicht den Weg ans Licht gefunden hatte. Als Kind hätte sie sofort gewusst, wonach sie sich sehnte, und vielleicht lag darin sogar der Ursprung.

Lenyas Mutter war von einem Tag auf den anderen verschwunden, ohne Vorankündigung. Als Lenya eines Tages von der Schule nach Hause gekommen war, fehlte von ihr jede Spur. Später hatte sich herausgestellt, dass sie ihr Verschwinden offensichtlich geplant hatte. Sie hatte eine Tasche gepackt und Geld abgehoben – ein Verbrechen war ausgeschlossen. Sie hatte nicht mehr bleiben wollen, das war die ganze Wahrheit. Friedrich hatte zwar eine Vermisstenmeldung aufgegeben, aber Tara Czerniak war eine erwachsene Frau und konnte gehen, wohin sie wollte. Lenya hatte die Welt nicht mehr verstanden. Ob die Mama sie denn nicht mehr liebhabe, hatte sie gefragt, was ihr Vater vehement verneint hatte.

Er hatte daraufhin aus der Vergangenheit geschöpft, hatte über das Leben ihrer Mutter gesprochen, wie er über seines nie hatte sprechen wollen, hielt sie auf diese Weise für Lenya lebendig, ohne sie damit zu verletzen. Er sprach von Polen, erzählte ihr von einem entwurzelten Mädchen, aus dem eine entwurzelte Frau würde, die stets von Verlustängsten geplagt war und Angst davor hatte, sich zu binden. Mit der Ehe hatte alles anders werden sollen, sie hatte eine Mutter sein, ein Kind hier verwurzeln und sich an diesen Wurzeln festhalten wollen. Doch das hatte nicht funktioniert. Man konnte die Vergangenheit nicht einfach totschweigen, nicht so tun, als wäre man mit sich selbst im Reinen, wenn man doch in Wahrheit von großen Selbstzweifeln geplagt wurde. All das hatte dazu geführt, dass sie es eines Tages aufgab, sich an diesem letzten Rest zusammengeklaubten Lebens festzuklammern, und verschwand.

Als sie älter wurde, hatte Lenya das Internet nach Spuren ihrer Mutter durchforstet, was natürlich müßig gewesen war. Wenn sie hätte gefunden werden wollen, hätte Lenya vielleicht eine Chance gehabt, aber so war es sinnlos. Vielleicht hatte sie eine neue Familie, ein neues Kind, das sie mehr liebte als Lenya. Aus der Trauer und dem Verlustgefühl war irgendwann Wut geworden. Friedrich hatte schnell mit seiner Frau abgeschlossen. Sobald klar wurde, dass sie nicht mehr zurückkehren würde, hatte er die Scheidung eingereicht.

Da Lenya selbst mutterlos aufgewachsen war, wollte sie für ihre Töchter alles besonders gut machen, hatte aber im hektischen Alltag nicht das Gefühl, dass ihr das gelang. Warum eigentlich nicht? Sie reizte die Öffnungszeiten des Kindergartens zwar selten aus, aber trotzdem stand einfach immer irgendetwas anderes an. Sowohl im Reitstall als auch im Kindergarten wurde sie ständig eingespannt, wenn Not am Mann war. Da sie keiner geregelten Arbeit nachging, dachte jeder, sie sei immer verfügbar. Im Stall fehlte es an Personal, weil jemand krank war? Lenya hatte doch Zeit. Der Kindergarten brauchte kurzfristig noch mehr Kuchen für das Sommerfest? »Frau Czerniak, könnten Sie nicht …?« Elternpflegschaft in der Schule? Das konnte man neben der Berufstätigkeit unmöglich auch noch machen. Ob Lenya denn nicht … Alexander bemerkte – nicht ganz zu Unrecht –, dass sie ja auch einfach mal Nein sagen könnte. Doch das schlechte Gewissen und der Wunsch, bei ihren Kindern, ihrer Familie, alles richtig zu machen, trieb sie immer wieder dazu, die zahllosen Aufgaben zu übernehmen. Es war ein Teufelskreis, den sie bisher noch nicht hatte durchbrechen können.

Hier bei Irma auf Gut Grotenstein war das anders. Sie konnte in Ruhe mit den Kindern spazieren gehen, sich mit ihnen unterhalten und hatte trotzdem noch Zeit für sich. Es fühlte sich gut an, selbst über ihre Zeit bestimmen zu können, auch wenn die familiäre Konstellation sich nicht ganz einfach gestaltete. Lenya überlegte sogar, ob sie nicht einen kleinen Ausritt mit Marie in die Umgebung wagen sollte, ganz langsam mit Führstrick. Marie wäre begeistert, und der Gedanke an ihr lachendes kleines Mädchen ließ auch Lenya lächeln.

Sie betrat den Stall, wo der Geruch nach Pferd, Pferdemist, Stroh und Leder intensiv war, und darin kaum wahrnehmbar der Atem von kühlem Moder, unterschwellig, kaum zu erfassen. Jener Geruch, der einem entgegenschlug, wenn man alte Gewölbe betrat oder jahrzehntelang verschlossene Truhen öffnete. Schon immer hatte Lenya in allem ein Geheimnis gewittert, das es zu erforschen gab. Vielleicht, weil ihre Eltern aus ihrer Vergangenheit ein so großes gemacht hatten. Es hatte in Lenyas Leben keinen Moment ohne verborgene Wahrheiten gegeben. Wie passend, dass in diesem Augenblick sinnbildlichen Aufstoßens der Tür zur Vergangenheit nun auch noch etwas sinnlich Wahrnehmbares hinzugefügt wurde.

Der Stall war leer, die Pferde alle auf der Koppel. Hier gab es keine kleinen Einzelboxen, sondern großzügig angelegte Laufställe, wo die Tiere mehr Bewegungsfreiheit hatten. Die äußeren Laufställe hatten Türen nach draußen zum Paddock. Wären die Fenster nicht staubverkrustet, könnten es schöne, helle Stallungen sein, so aber herrschte ein eher diffuses Zwielicht. Säulen unterteilten den Stall, an einigen Holzstreben hingen Trensen und Halfter an Haken, oben im Gebälk flatterten Tauben, am Boden standen Blecheimer herum, ein Putzkasten, in dem Striegel, Wurzelbürsten, Hufkratzer und allerlei andere Pferde-Pflegeutensilien in wildem Durcheinander lag. Jemand hatte einen Eimer mit Huffett offen stehen lassen.

Langsam spazierte Lenya durch die Stallgasse, versuchte sich vorzustellen, wie es gewesen sein musste, seine Kindheit hier zu verbringen. Sie selbst hätte es genossen, das wusste sie, und sie empfand tiefes Bedauern darüber, dass ihr Vater ihr das alles so lange vorenthalten hatte. Was für eine Kindheit hätte sie hier verbringen können, bei ihren geliebten Pferden mit zwei Tanten, die ihr Geschichten ihrer Familie erzählen konnten. Es hätte einen Ort gegeben, auf den sie sich hätte freuen können, zu dem sie gehörte, der sie abgelenkt hätte von ihrer Traurigkeit und Verstörtheit. Vielleicht hätte sie sich sogar weniger verlassen gefühlt. Hatte er nie daran gedacht, was das für sie hätte bedeuten können?

Sie setzte ihren Weg fort. Neben der Sattelkammer befand sich ein Arbeitszimmer, das inzwischen ganz offensichtlich nicht mehr zu diesem Zweck genutzt wurde. Die Pferdemädchen hatten sich hier eingerichtet, davon zeugten Pferdepostkarten an den Wänden, ein kleiner Wasserkocher, Tassen, verschiedene Sorten Tee, abgepackter Kuchen, Plätzchen und allerlei andere Knabbereien auf einem Regal. Im Winter machten sie es sich hier vermutlich mit Decken und Kissen auf dem Sofa gemütlich, während der uralte Heizkörper für Wärme sorgte.

An den Wänden hingen alte gelbstichige Fotografien. Interessiert trat Lenya näher. Sie wünschte, sie würde – wie so manche Romanheldin – auf alte Briefe und Tagebücher stoßen, die ihr minutiös die Vergangenheit offenbarten. Da sie darauf jedoch nicht zu hoffen wagte, musste sie sich mit dem begnügen, was da war.

Es gab drei Bilder eines Mädchens, das ganz offensichtlich Irma war, allerdings älter als auf den Bildern, die sie bisher im Haus gesehen hatte, ein Kind auf dem Weg zur Frau. Jedes Mal war das Mädchen mit Pferden zu sehen, an denen es offensichtlich mit hingebungsvoller Liebe hing. Das blonde Haar war in zwei lange Zöpfe geflochten, der Blick offen mit einer untergründigen Zurückhaltung. Auf einem Foto war Katharina zu sehen, und wie auf den Fotos, die ihr Vater ihr im Haus gezeigt hatte, war Lenya tief beeindruckt davon, wie unfassbar schön diese

Frau als Mädchen gewesen war. Ernst blickte es in die Kamera, das Gutshaus im Hintergrund.

Dann kam ein Bild, an dem sich Lenyas Blick regelrecht festsog. Es zeigte einen vielleicht zehnjährigen Jungen, der ein Pferd am Zügel hielt und dessen Haltung etwas Gezwungenes hatte. Er war älter als der Junge auf den Fotos im Esszimmer, das blonde Haar war nachgedunkelt. Was Lenya an dem Foto so in den Bann zog, war, dass dieses Kind so aussah wie sie im selben Alter, die Gesichtszüge, die Mundpartie. Die Form der Augen unterschied sich und natürlich das Haar.

Ob ihm selbst diese Ähnlichkeit je aufgefallen war? Oder hatte er vergessen, wie er als Kind ausgesehen hatte? Hatte sein Leben nicht nur Lenya gegenüber, sondern auch in seinem Bewusstsein erst mit dem Studium in Münster begonnen? Friedrich hatte spät angefangen zu studieren, hatte sich spät an eine Frau gebunden, war spät Vater geworden. Rudolf Friedrich Czerniak, geborener von Damerau. Ab wann hatte er aufgehört, Rudolf zu sein? Sie wollte all diese Fragen stellen, wollte von Irma wissen, was ihr Vater vor ihr verborgen hatte, fühlte sich jedoch mit der Situation überfordert und wollte zudem nicht indiskret sein. Diese Frau mochte ihre Tante sein, aber gleichzeitig war sie eine vollkommen Fremde.

»Ich habe in diesem Raum praktisch meine gesamte Kindheit verbracht«, hörte sie es hinter sich und fuhr herum. Eine Frau stand in der Tür und streckte ihr die Hand entgegen. »Ich bin Hannah. Sie müssen Lenya sein. Und ich möchte mich schon im Voraus für die Leute hier entschuldigen.«

※ ※ ※

»Deine Nichte ist Polin?« Walther Bruns sah Irma neugierig an.

»Wie kommst du darauf, dass sie Polin ist?«, war alles, was Irma dazu einfiel.

»Der Nachname.«

»Ja, klingt nach Polacke«, wandte Helga Wagner ein, während sie sich mit einer knochigen Hand auf den Gehstock stützte.

»Wenn man dich reden hört!« Walther sah die alte Frau verärgert an.

»Ich sage, was ich will«, antwortete Helga. »So habe ich es immer gehalten und bin gut damit gefahren.«

Irma würde dazu das eine oder andere einfallen, aber um des lieben Friedens willen schwieg sie. Außerdem war dies Katharinas Leichenschmaus. Es gab wohl keinen unpassenderen Zeitpunkt, alte Geschichten aufzuwärmen.

»Hat der Rudolf eine Polackin geheiratet, oder was?«, fragte Heidrun von Lind, die aus Papenburg stammte und deren Familie in früheren Jahren mit den von Grotensteins befreundet gewesen war. »Darf man so etwas heute überhaupt noch sagen?«

»Nein«, entgegnete Walthers Sohn. »Aus gutem Grund nicht mehr.«

Irma musste sich zusammenreißen und sah in die Richtung, in die ihr Bruder vor Kurzem mit seiner Tochter und den Enkelinnen verschwunden war. Rudolf von Damerau. Friedrich Czerniak. Ein kleines spöttisches Lächeln zupfte an ihren Mundwinkeln. Er war noch nie für halbe Sachen zu haben gewesen. Als er mit ihr gebrochen hatte, hatte er das auf die einzige Weise getan, die er kannte: Er hatte alle Brücken unwiederbringlich abgerissen.

»Es reicht jetzt«, sagte sie und wandte sich wieder an die Anwesenden. Das war trotz allem ihre Nichte, über die sie da herzogen. Ihre Familie. Helga verzog zwar das Gesicht, sagte aber nichts mehr, während Heidrun und Walther bereits ein anderes Gesprächsthema gefunden hatten.

Irma schüttelte leicht den Kopf. Noch zwei Tage, dann würden sie wieder fort sein. Noch zwei Tage, und das Leben hier konnte geordnet weitergehen. Das hoffte Irma zumindest. Das Letzte, was sie auf ihre alten Tage gebrauchen konnte, war noch mehr Unvorhergesehenes, noch mehr Vergangenes, das sich mit aller Gewalt zurück in ihr Leben drängte.

Die Hitze bereitete ihr Kopfschmerzen, und sie beschloss, zurück ins Haus zu gehen, um sich eine Tablette zu holen. Im Wohnzimmer lag Katharinas Lieblingsdecke auf dem Sofa, und Irma wollte sie schon zurechtweisen, dass man auch in fortgeschrittenem Alter seinen Kram noch selbst wegräumen konnte. In diesem Moment traf sie der Verlust mit schwindelerregender Wucht. Katharina war nicht mehr da. Würde nie wieder da sein. Irma schnappte nach Luft, hielt sich dabei an einer Sofalehne fest.

»Der Herr nimmt«, durchschnitt die Stimme des Pfarrers den dünnen Faden ihrer Selbstbeherrschung, und sein leicht weingeschwängerter Atem kroch ihr in die Nase, »der Herr gibt. Er hat dir Katharina genommen, aber dafür Rudolf zurückgebracht.«

Es summte in ihren Ohren ein. Seit Katharinas Tod war es, als sei etwas in ihr aufgebrochen, etwas, das um jeden Preis hätte verschlossen bleiben müssen. Der Sturm und die Stille. Sie hätte Rudolf damals gebraucht, als er einfach fortgegangen war.

»Nur weil er jetzt hier ist, heißt das noch lange nicht, dass er zurückgekehrt ist«, antwortete sie brüsk und ließ den Geistlichen stehen.

Irma hastete in die Küche, zog die oberste Schublade der alten Anrichte auf und durchwühlte sie nach einer Tablette. Irgendwo hier mussten diese Dinger doch sein. Als sie die Packung fand, nahm sie eine, füllte sich ein großes Glas mit kaltem Wasser und trank in gierigen Schlucken. Dann schloss sie die Augen, sammelte sich kurz und atmete tief durch. Nur noch ein paar Stunden, dann wäre dieser elende Tag auch vorbei und die sensationslüsterne Menge aus dem Haus.

Sie strich sich den Rock glatt und ging hinaus auf den Hof, wo Lenya gerade aus dem Stall kam, an ihrer Seite Hannah. Es gelang Irma nicht, in dieser Fremden eine Verwandte zu sehen. Sie war eindeutig eine Czerniak, keine von Damerau. Ausgerechnet Rudolf hatte den Namen seiner Frau angenommen, er, der Grafenerbe, der hier mit so viel dünkelhafter Arroganz herumstolziert war. Wo seine Frau wohl war? Hatte er sie verlassen? Na, das würde ja passen. Oder war sie womöglich sogar gestorben?

Lenya bemerkte sie, schien zu zögern, ob sie zu ihr kommen sollte. Siegten die Gefühle über die gute Erziehung? Hannah machte es ihr leicht, winkte Irma zu, redete dann aber auf Lenya ein, lenkte deren Aufmerksamkeit damit wieder weg von Irma, die etwas unschlüssig auf dem Hof herumstand. Tante und Nichte. Irma dachte an die Schmähungen, die Worte, mit denen sie belegt worden waren.

Darf man das heute überhaupt noch so sagen? Um Irmas Mund zuckte es verächtlich. Natürlich passte Helga das nicht, sie bildete sich seit jeher viel darauf ein, »die Dinge beim Namen zu benennen«.

1947

Auf die Volksschule in Papenburg gingen nicht nur Kinder aus Aschendorf, sondern auch aus den umliegenden Ortschaften. Irmas anfängliche Angst vor der Schule hatte sich schnell als unbegründet erwiesen, denn es gab noch andere Kinder wie sie, Kinder aus Städten, die so wunderbar vertraut klangen. Danzig, Insterburg, Königsberg, Johannisburg, Neidenburg, Osterode. Und auch die Kinder der ansässigen Familien waren nicht allesamt garstig zu ihnen, für viele waren sie einfach Kinder, die im Unterricht neben ihnen saßen und auf dem Pausenhof mit ihnen spielten.

Aber es wurde doch immer wieder deutlich, dass sie nicht wirklich dazugehörten. Einer ihrer Lehrer hatte sie »Rucksackdeutsche« genannt, woraufhin Großmutter Henriette wutentbrannt zum Direktor marschiert war und sich beschwert hatte. Der Lehrer hatte sich vor der gesamten Klasse bei den Kindern entschuldigen müssen. Beliebter waren sie seither nicht bei ihm, im Gegenteil, sie hatten es immer ein wenig schwerer als die einheimischen Kinder. Im letzten Jahr war er dann zum Glück in den Ruhestand getreten, und nun wurden sie von einer reizenden jungen Lehrerin unterrichtet. Seither hatte Irma auch endlich gute Noten und wurde nicht fortwährend so behandelt, als wäre sie schlicht zu dumm, um zu lernen.

Der Weg von der Schule bis zum Gut war weit, man lief über

eine Stunde, es sei denn, man hatte Glück und ein Fuhrwerk nahm gerade dieselbe Richtung, dann durfte man aufsteigen und mitfahren. Da sich Irma nicht besonders gut mit den Kindern aus der näheren Umgebung des Guts verstand, ging sie nicht mit ihnen zusammen nach Hause. Angst hatte sie nicht mehr vor ihnen, trotzdem mied sie sie lieber, damit sie Irma auch weiterhin in Ruhe ließen.

Im letzten Winter hatte Großmutter vorübergehend weitere Flüchtlinge aufnehmen müssen, zwei Familien aus Schlesien, die im Frühjahr weitergezogen waren. Ein entsetzlicher Winter war das gewesen, in dem der Hunger so schlimm war, dass Irma es an manchen Tagen nur aushielt, wenn sie sich vornüber krümmte. Ihre Großmutter wurde dennoch nicht müde zu betonen, dass es ihnen im Gegensatz zu den Städtern noch vergleichsweise gut ging. Doch zum Glück war auch dieser Winter vorbeigegangen, und nun war es endlich Sommer. Das bedeutete für Irma, dass sie jede freie Minute ohne Sattel über saftig grüne Wiesen galoppierte. Sie sah zu, wie auf den gemähten Wiesen das Gras zu Heu wurde, pflückte Beeren aus dem Garten des Gutshofs oder lief barfuß durch die Bäche.

»Hey, Polackin!«

Aufgeschreckt aus ihren Gedanken blickte Irma kurz auf, drehte sich um und sah in einiger Entfernung ein paar Kinder, ging dann weiter, hörte Schritte, die sich rasch näherten. Kinder, die rannten, um sie einzuholen.

»Was sind die drei größten Übel?«, fragte ein Mädchen mit strohigem blondem Haar und leicht vorstehenden Zähnen. Helga Thumann mochte Irma nicht und gab sich sehr viel Mühe, sie das spüren zu lassen. Jetzt baute sie sich vor ihr auf, die Hände in die Seiten gestemmt. »Hast du nicht gehört? Ich hab dich was gefragt. Was sind die drei größten Übel?«

Irma machte einen Bogen um sie und setzte ihren Weg schweigend fort.

»Wildschweine, Kartoffelkäfer und Flüchtlinge.«

Einer der Jungen hielt Irmas Tasche fest, sodass sie stehen bleiben musste.

»Dabei sehen die Polacken doch selbst aus wie Kartoffelkäfer.« Helga grinste.

»Immerhin hatten unsere Pferde in Heiligenbeil allesamt ein schöneres Gebiss als du«, gab Irma zurück, und das Mädchen lief rot an. Die Jungen allerdings stießen sich an und lachten. So weit ging die Freundschaft dann doch nicht.

»Wenigstens bin ich keine Polackin!«

Irma zuckte nur mit den Schultern.

»Ach, lass sie doch. Ich krieg wieder Dresche, wenn sich Henriette von Grotenstein bei meinem Vater beschwert.« Der älteste der drei Jungen schob die Hände in die Taschen, nickte zum Weg hin, als wollte er Irma andeuten, dass sie gehen könne. Die anderen beiden folgten seinem Beispiel. Helga, die sich ihres Gefolges beraubt sah und von einem Moment auf den anderen keine Anführerin mehr war, versetzte Irma einen kräftigen Schubs, sodass diese fast gefallen wäre und sich nur im letzten Moment auffangen konnte.

»Dann geh doch, Kartoffelkäfer.«

An diesem Tag kam kein Fuhrwerk in Richtung Aschendorf, sodass Irma den ganzen Weg zu Fuß gehen musste. Sie lief am Wegesrand entlang, eine Hand ausgestreckt, das fedrige hohe Gras kitzelte ihre Handfläche. Das hatte sie daheim auch oft getan, und wie immer, wenn sie an ihr ehemaliges Zuhause dachte, wurde tief in ihr etwas ganz klein und hart wie ein Knoten, den man zusammenzog. Manchmal drückte der Knoten in der Brust, wanderte hoch und wuchs zu einem Klumpen in ihrer Kehle.

Als sie auf dem Gut ankam, wartete man dort bereits mit dem Mittagessen auf sie.

»Du bist spät dran«, sagte Großmutter. »Haben sie dich wieder geärgert?«

»Nur ein bisschen.«

»Wer denn? Die Helga schon wieder?«

Irma nickte nur, ging in die Waschküche und wusch sich dort die Hände unter der Pumpe. Dann band sie ihr Haar sorgsam zurück, denn ihre Großmutter legte großen Wert darauf, dass man sauber und ordentlich bei Tisch erschien. Großmutters Hausangestellte Erna servierte die Suppe, das Gesicht so mürrisch verzogen wie an jenem ersten Abend, als sie den Kindern die Tür geöffnet hatte.

»Bei diesem Blick wird die Milch sauer«, sagte Großmutter stets.

Rudolf rutschte bereits ungeduldig auf dem Stuhl herum. Seit knapp einem Jahr sprach er hin und wieder, wobei seine Stimme brüchig klang wie ein altes Scharnier, das man nach langem Stillstand wieder in Gebrauch nahm. Großmutter meinte, das würde sich noch ändern.

Ab dem Herbst sollte auch er in die Schule gehen. Er war mittlerweile schon sechs Jahre alt, da wurde es Zeit. Großmutter jedoch hatte ihn noch auf dem Gut behalten, hatte ihm Zeit geben wollen, bis er sich und seine Stimme wiedergefunden hatte.

Katharina hatte in Heiligenbeil die Schule bis zur neunten Klasse besucht und wollte hier nicht wieder hingehen, hatte Angst vor dem langen Weg. Großmutter hatte nachgegeben, sagte nur, achteinhalb Jahre Schule müssten dann eben genügen. Früher, als sie noch in Heiligenbeil lebten, war Katharina immer lustig gewesen, hatte ein Lachen gehabt, das aus ihr herausperlte wie Silber. Sie hatte dabei ihre blonden Prinzessinnenlocken nach hinten geworfen, den Hals gebogen.

Die lustige Prinzessin und der immerfort plappernde Grafenerbe waren Irma im Sturm entrissen worden. Am Tisch ihr gegenüber saßen deren Abbilder, verkehrt herum gespiegelt. Katharina, die nicht lachte, und Rudolf, der nicht sprach.

2018

Sie musste die Augen nicht öffnen, um zu wissen, dass die Kinder nicht mehr neben ihr lagen. Für einen Moment sickerte die Erkenntnis in ihr Bewusstsein, dann richtete Lenya sich mit einem Ruck auf. Ein Blick zur linken Bettseite, die wie erwartet leer war, dann ein Blick auf die Uhr. Kurz nach acht. Sonnenlicht tastete sich durch den Spalt zwischen den Vorhängen hindurch ins Zimmer, malte Lichtpunkte auf die polierten Dielen. Lenya tastete nach ihren Clogs und strich sich das wirre Haar aus dem Gesicht, dann stand sie auf und machte sich auf die Suche nach Marie und Caro. In den nebenan liegenden Zimmern brauchte sie gar nicht nachzuschauen, vermutlich hatte es die beiden direkt nach unten gezogen. Schloss Irma nachts eigentlich die Eingangstür ab? Sollte das nicht der Fall sein, würde Lenya ihre Kinder wahlweise in Pferdeboxen suchen oder aus dem Misthaufen ziehen müssen. So einen Abenteuerspielplatz ließen sich die beiden bestimmt nicht entgehen.

Doch noch während sie die Treppe hinunterging, atmete sie erleichtert auf: Das waren eindeutig Maries und Caros Stimmen, die in der Küche aufgeregt miteinander plapperten. Als sie eintrat, erwartete sie, ihren Vater dort mit den beiden sitzen zu sehen, doch es war Irma, die gerade ein altmodisch aussehendes Kännchen an den Tisch trug und daraus Kakao in zwei Keramikbecher goss. Sie hob den Blick und sah Lenya forschend an, die sich auf einmal in ihren bequemen Shorts und dem Trägertop furchtbar unpassend gekleidet vorkam.

»Guten Morgen«, sagte Irma.

»Caro verträgt Laktose nicht so gut«, erwiderte Lenya, deren mütterliche Instinkte die Formen der Höflichkeit einen Moment lang überlagerten. »Guten Morgen«, korrigierte sie sich rasch.

»Mamiii«, jammerte Caro und hob rasch den Becher an die Lippen, als befürchtete sie, Lenya könnte ihn ihr wegnehmen. An den ersten beiden Tagen hatte sie mit ihnen zusammen gefrühstückt und darauf geachtet, was sie zu sich nahmen. Kakao gab es in der Regel nicht, da Lenya auf ein zuckerfreies Frühstück achtete, aber damit wollte sie Irma nun nicht zusätzlich verärgern.

»Hast du vielleicht laktosefreie Milch? Oder Hafermilch?«

Irma starrte sie an, während Caro rasch einen weiteren Schluck nahm. Seufzend gab Lenya klein bei und wechselte das Thema.

»Ist mein Vater schon wach?«, fragte sie.

»Schon lange. Er ist irgendwo draußen unterwegs. Möchtest du frühstücken?«

Das war offenbar eine Aufforderung, sich zu setzen trotz der unpassenden Kleidung. Offenbar dachte Irma, dass es neben zwei Kindern, die im Schlafanzug am Tisch saßen, darauf nun auch nicht mehr ankam. Irma war in dieser Hinsicht vom alten Schlag, das kannte Lenya von ihren Schwiegereltern, bei denen auch die Regel galt, dass man nicht im Schlafanzug oder Nachthemd am Frühstückstisch erschien. »Gerne. Kann ich helfen?«

»Nein.« Das war dem Ton nach keine Höflichkeitsfloskel, sondern ernst gemeint.

Zögernd setzte Lenya sich zu den Kindern an den Tisch. In den letzten Tagen waren sie immer gemeinsam unten erschienen, wenn im Esszimmer bereits der Frühstückstisch gedeckt war, aber nachdem mit der Beerdigung der förmliche Part des

Besuchs vorbei war, hielt Irma das offenbar für unnötig, und so gab es das Frühstück nun in der Küche. Lenya war das nur recht, sie fand es hier viel gemütlicher. Sonnenlicht fiel durch die altmodischen Butzenfenster auf den Terrazzoboden und die alte Anrichte, die einen interessanten Kontrast zum Landhausstil der Küche setzte.

Ein wenig seltsam war das schon, sitzen zu bleiben, während Irma sie bediente, drei kleine Teller auf den Tisch und vor Lenya eine Tasse dampfenden Kaffee mit einem Schuss Milch stellte. Offenbar beobachtete Irma sie genauer, als Lenya vermutet hatte. Lenya hingegen hätte nicht sagen können, wie Irma ihren Kaffee trank.

»Frühstückst du nicht?«, fragte sie, da sie bemerkte, dass Irma für sich selbst nicht mit deckte.

»Ich habe schon in aller Frühe etwas zu mir genommen.«

Irma stellte einen Korb mit Vollkornbrot auf den Tisch, das außen wunderbar kross war. Lenya schnitt die Kruste für die Kinder ab, was Irma mit hochgezogenen Brauen und einem leichten Kopfschütteln zur Kenntnis nahm. Vor dieser Frau kam sie sich langsam vor wie eine gluckende Übermutter, obwohl Lenya sich eigentlich in dieser Hinsicht bisher für recht normal gehalten hatte. Aber *normal* definierte sich wohl in jedem Umfeld anders.

Irma stand an der Anrichte, eine Tasse Kaffee in der Hand, und Lenya fragte sich, warum ihre Tante sich nicht zu ihnen an den Tisch setzte. Stand sie da, weil sie darauf wartete, dass sie endlich fertig würden und sie aufräumen konnte?

»Wie lange züchtest du eigentlich schon Holsteiner?«, fragte sie schließlich, da es sich seltsam anfühlte, beim Frühstück so beobachtet zu werden.

»Meine Großmutter hat auf dieses Gut eingeheiratet, da hat ihr Ehemann die Pferde bereits in der zweiten Generation gezüchtet.« Irmas Blick verlor ein wenig von seiner kühlen Distanz, wurde weicher. Doch dieser Moment war so schnell vorbei, wie er gekommen war. Noch bevor Lenya weiter darauf eingehen konnte, stellte Irma mit einem lauten Klirren ihre Kaffeetasse ab. »So, weiter geht es. Ich muss in den Stall – die Arbeit macht sich schließlich nicht von allein.«

»Dürfen wir mitkommen?«, fragte Marie und war schon halb vom Stuhl gerutscht. »Ach, bitte Mami.«

»Ich habe zu tun«, sagte Irma brüsk, »und ich kann nicht auf euch achtgeben.«

»Ich gehe gleich mit euch«, versprach Lenya, die der Tonfall ihrer Tante schon wieder auf die Palme brachte. Vergab man sich etwas, wenn man ein bisschen freundlicher war? Kein Wunder, dass ihr Vater damals das Weite gesucht hatte.

Als Lenya den Hof betrat, sah sie ihren Vater von Weitem zwischen den Koppeln auf das Gut zu spazieren. Die Pferde waren bereits draußen und grasten, während ein sanfter Wind im Geäst der Bäume spielte. Hier und da tupften Butterblumen und Gänseblümchen weiße und gelbe Flecken in das Gras am Wegesrand.

Die Kinder rannten ihrem Großvater entgegen, während Lenya langsamer folgte. Nach der gestrigen Beerdigung war die Rückreise für den kommenden Tag geplant, und irgendwie fühlte es sich für Lenya an, als hinge der Tag in der Schwebe. Ihr Vater machte sich rar, seit die Beerdigung hinter ihnen lag.

»Hast du gut geschlafen?«, fragte er, als sie bei ihm angelangt war und die Kinder rechts und links neben ihm her hopsten.

»Ja. Du auch?«

Er tat einen tiefen Atemzug, stieß die Luft in einem langen Seufzer wieder aus. »Ich ... Ja, es geht so.«

Hieß es nicht, das Landleben tue gut, man blühe förmlich auf? Waren nicht genau aus diesem Grund mehrere von Alexanders Freunden damals von der Stadt aufs Land gezogen? Weil man »hier endlich frei atmen« und das »wahre Leben in seiner Ursprünglichkeit« genießen konnte? Ihr Vater hingegen wirkte nicht gerade, als würde er hier irgendetwas genießen, es schien eher, als sei er mit einem Mal gealtert. Lag das an dieser Umgebung? Entfernte sie den Weichzeichner und zeigte ihren Vater als den, der er eigentlich war?

»Ich fahre euch morgen nach Hause«, brach ihr Vater das Schweigen.

»Du meinst, wir fahren zusammen nach Hause?«

»Nein, ich fahre euch und komme dann hierher zurück.«

Das war doch wohl hoffentlich nicht sein Ernst. Ihr diesen kurzen Blick zu gewähren und sich davonzustehlen, noch ehe auch nur eine ihrer Fragen beantwortet war. »Warum willst du bleiben?«, fragte sie, merkte, wie sich ihre Stimme um einige Nuancen abgekühlt hatte.

»Nun ja, es gibt hier noch einiges zu, hm, regeln.«

»Ach ja?«

»Und ich habe Irma schon so lange nicht mehr gesehen.«

»Ach was?«

Er taxierte sie aus leicht verengten Augen. »Was soll das, Lenya? Möchtest du mir etwas mitteilen?«

Sie hielt nur mühsam an sich. *Erzähl es doch endlich! Erzähl, von deinen Schwestern. Erzähl, warum du diese absurde Furcht vor Pferden hast, obwohl du mit ihnen aufgewachsen bist. Erzähl, warum du nachts nie ohne Licht schlafen willst, obwohl Mama es lieber dunkel im Zimmer gehabt hätte. Erzähl, warum du – verdammt noch mal! – nie irgendetwas erzählst. Und warum du jetzt plötzlich hierbleiben willst, obwohl du deiner Schwester immerzu aus dem Weg gehst!* Aber sie schwieg. Natürlich schwieg sie, denn sie konnte dieses Thema schlecht in Gegenwart der Kinder ansprechen. Dafür erinnerte sie sich noch zu gut an eine Szene, die sich abgespielt hatte, als sie selbst noch fast ein Kind gewesen war, fünfzehn Jahre alt.

Sie hatten in der Schule über den Zweiten Weltkrieg gesprochen, und Lenya hatte ihm zu Hause Fragen gestellt, war nicht gewillt gewesen, sich mit Schweigen und nichtssagenden Antworten abspeisen zu lassen. Der Großvater ihrer besten Freundin sprach so oft über den Krieg, erzählte immer wieder dieselben Geschichten in ermüdender Regelmäßigkeit. Ihr Vater hingegen hatte ihr zunächst eine Abfuhr erteilt, meinte, er sei noch zu klein gewesen, um sich an Details zum Krieg zu erinnern. Aber Lenya, pubertär und rebellisch, hatte sich damit nicht zufrieden geben wollen.

»An irgendetwas aus dieser Zeit wirst du dich doch noch erinnern können, oder? An irgendeine Kleinigkeit!«

»Nein.«

»Dir muss doch jemand davon erzählt haben, Papa. Das gibt es doch gar nicht!«

»Nimm dir ein Buch und lies die Berichte von Zeitzeugen.«

Vielleicht hätte das leise Vibrieren in seiner Stimme ihr bereits eine Warnung sein sollen, aber sie konnte sich in diesem Moment einfach nicht mehr bremsen. »Du bist geflüchtet, oder nicht? Du stammst aus Ostpreußen. Woher denn genau? Was ist denn mit deinen Eltern passiert? Sind sie im Krieg gefallen? Ist deine Mutter mit dir an der Hand durch den Schnee gelaufen? Kamen die Russen?«

»Ich kann dir nichts sagen, verdammt noch mal!«

Er war laut geworden, so laut, dass Lenya zusammengefahren war. Dann hatte er die Hand gehoben, und Lenya, die nie in ihrem Leben geschlagen worden war, war zurückgezuckt. Aber sein Zorn hatte sich nicht physisch gegen sie gerichtet, stattdessen hatte er seine Kaffeetasse genommen und quer durch den Raum geworfen. Die Kaffeetasse, die sie ihm mit zwölf Jahren getöpfert hatte. *Bester Papa der Welt.* Dahinter ein Herz. Die Tasse zersprang am gemauerten Kamin, und Lenya hatte aufgeschrien, hatte sich hingekniet und mit bebenden Fingern eine Scherbe aufgehoben. Einen Teil des zerbrochenen Herzens. Dann hatte sie angefangen zu weinen, hatte auf dem Boden gehockt, hatte gezittert, während ihr Vater kreidebleich dagestanden hatte, eine Hand ausgestreckt. »Lenya.« Kaum hörbar. Doch sie war aufgesprungen, in ihr Zimmer gerannt, hatte die Tür verschlossen und war bis zum nächsten Morgen nicht mehr herausgekommen.

Als sie dann am nächsten Tag in aller Frühe die zum Wohnzimmer hin offene Küche betreten hatte, war der Tisch im Esszimmerbereich zum Frühstück gedeckt. Die Scherben waren fort, ihr Vater hatte Pancakes gebacken, was er sonst nie vor der Arbeit tat, weil zu wenig Zeit war. »Guten Morgen, Liebes.«

»Guten Morgen, Papa.« Sie hatte sich an den Tisch gesetzt, hatte gegessen, während er ihr gegenübersaß und seinen Kaffee trank. So wie jeden Morgen. Nur die Tasse war eine andere. Nach der Schule hatte Lenya sich ein Buch aus der Bücherei geholt. Marion Gräfin Dönhoff. *Kindheit in Ostpreußen.*

»Ich fahre«, sagte Lenya nun. »Wenn wir noch länger bleiben, brauche ich mehr Kleidung für die Kinder und mich. Außerdem benötigst du sicher auch noch das ein oder andere, schick mir eine Liste aufs Handy.« Noch während sie sprach, fragte sie sich, was – um alles in der Welt – da gerade in sie gefahren war. Aber hier bekäme sie vielleicht endlich all die Antworten, auf die sie so lange gewartet hatte. Und sie merkte außerdem, wie gut ihr der Abstand zu dem festgefahrenen Leben zu Hause tat – auch zu Alexander, so ungern sie sich das eingestand. Sie genoss die Ruhe, die Natur und den Umstand, nicht ständig unter Strom zu stehen und funktionieren zu müssen.

Friedrichs Blick veränderte sich, wurde wachsam und skeptisch zugleich, und einen Moment lang hatte es den Anschein, als wollte er ihr sagen, dass das überhaupt nicht infrage käme. Doch dann sah er sie nur an und schwieg. Lenya wandte sich ab und suchte die Kinder, die ein Stück vorausgelaufen waren. Sie brauchte seine Erlaubnis nicht. Viel wichtiger war, was Irma davon halten würde, immerhin machte sie kein Geheimnis daraus, dass sie sie lieber heute als morgen loshätte.

»Bleiben wir hier, Mami?«, fragte Marie und nahm kurz ihre Hand.

»Ja, wenn es Irma recht ist.« Doch Marie hörte ihr schon gar nicht mehr richtig zu, weil in diesem Moment der Hund über den Hof getrottet kam. »Nicht so wild!«, rief Lenya ihr nach.

Sie sah wieder zu ihrem Vater und bemerkte, dass dieser immer noch den Blick auf sie gerichtet hatte und nun nicht mehr vorsichtig taktierend wirkte, sondern aufmerksam. »Du bleibst hier? Einfach so? Und was ist mit den Kindern? Sie müssen doch in den Kindergarten.«

»Machen sie auf dich den Eindruck, als würde ihnen irgendetwas fehlen?«

»Oder irgendwer.«

»Es geht hier gerade nicht um Alexander.«

Er nickte kaum merklich, schien mit den Gedanken schon wieder woanders zu sein. »Dann bleib, wenn du das möchtest«, sagte er schließlich leichthin.

Mehr nicht. Als wäre es ihm egal, ob sie bliebe oder nicht. Und Lenya konnte diese Gleichgültigkeit nicht länger ertragen.

Sie drehte sich um, ließ ihn stehen und folgte ihren beiden Töchtern zurück zum Hof.

***

»Kreucht das kleine Kroppzeug wieder in den Ställen herum?« In Hannes' Stimme schwang eine Weichheit mit, die für seine Verhältnisse schon fast befremdlich wirkte. Er war mittlerweile der Einzige hier, der länger auf dem Hof lebte als Irma.

»Ich habe die Kinder schon seit ein paar Stunden nicht mehr gesehen.«

Irma streichelte den Kopf eines rotbraunen Hengstes, der sich aus der oberen, offenen Hälfte der Boxentür schob. Sie hatte Laufställe für die Stuten und Wallache, die Hengste hielt sie in geräumigen Boxen im Hengststall. Drei hatte sie noch, wunderschöne, gekörte Tiere, bei denen fraglich war, wie lange sie sie noch behalten konnte. Es fehlte schon jetzt an allen Ecken und Enden an Geld. Pferde waren nach dem Krieg zum Luxusgut geworden, verdrängt von Autos und Maschinen. Reiten war mittlerweile ein Hobby, ein Sport, mit dem sich – wenn man bereit war, aus dem Pferd das Äußerste herauszuholen – Geld verdienen ließ. Irma wusste nicht, ob sie die Zeichen der Zeit verkannt hatte oder ob einfach falsch gewirtschaftet worden war.

Nach dem Frühstück hatte sie ein Schreiben ihrer Bank im Briefkasten gefunden, und das konnte einem wahrlich den Tag verleiden, noch ehe er richtig begonnen hatte. Dabei schränkte sie sich schon ein, heizte im Winter ausschließlich das Wohnzimmer und die anderen Räume gerade so moderat, dass es nicht schimmelte, sparte, wo es nur ging. Auch Angestellte hatte sie entlassen müssen, eine Maßnahme, die sie lange hinausgezögert hatte. Nicht nur dass ihr die Mitarbeiter leidtaten, die nun ohne Arbeit waren, sondern es war auch so, dass sie die Leute einfach benötigte. Mochten sie und Hannes noch so bemüht sein, so durfte man sich doch in dieser Hinsicht nichts vormachen – sie waren alt und im Grunde genommen für die Arbeit im Stall nicht mehr lange zu gebrauchen. Eigentlich hätte Hannes längst in den Ruhestand gehen können, aber er kümmerte sich in liebevoller Hingabe um die Pferde und sagte immer, wenn seine Stunde irgendwann kam, wolle er direkt aus dem Stall ins Grab getragen werden.

Irma besaß sechzig Pferde, und hatte sie früher einen landwirtschaftlichen Helfer – zu Zeiten ihrer Großmutter noch Stallburschen genannt – für zehn Pferde gehabt, so hatte sie mittlerweile auf einen pro fünfzehn Pferde reduziert. Dazu kam noch ein Gestütsleiter, Peter Rheinsfeld, der ein Büro im Bereich der Stallungen hatte. Er übernahm die administrativen Aufgaben wie Dienstpläne, Belegungspläne, Deckvorgänge, Abfohlkalender, Futterpläne sowie Berittpläne und die Buchhaltung. Dazu kam Chris, der Pferdewirt, den Irma ebenfalls künftig nicht mehr würde bezahlen können, wenn das so weiterging, und die sechs Mitarbeiter, die ihm unterstellt waren. Da würde sie als Nächstes ansetzen und die Zahl verringern müssen. Aber würden sie es schaffen, so große Stallungen in Ordnung zu halten, wenn sie nur noch zu fünft waren? Irma wusste, dass sie den Pferdebestand früher oder später reduzieren musste. Aber die Pferde weggeben – konnte sie das so einfach? Und sollte das dann die Bilanz ihres Lebens sein? Dass nichts mehr übrig blieb? Nicht von ihr und nicht von dem, was sie ihr Zuhause nannte?

Rudolf hatte ihr gestern Abend nach dem Essen gesagt, er wolle bleiben, wolle ihr helfen, ihre Angelegenheiten zu regeln, die Formalitäten, die nach Katharinas Tod auf sie zukamen. Beinahe hätte sie gelacht, obwohl ihr eher zum Weinen zumute war. Helfen. Vor fünfzig Jahren, da hätte er ihr helfen können. Wie unglaublich weh das immer noch tat, auch all die Jahre später. Es erschien ihr als Ironie des Schicksals, dass er erst jetzt zurückkam, wo alles den Bach hinunterging. Katharina war tot, Irma würde die Pferde verlieren, und das alte Stallgemäuer drohte über ihren Köpfen zusammenzubrechen, wenn nicht längst fällige Reparaturen schnellstmöglich in Angriff genommen wurden. Schon jetzt regnete es an vielen Stellen durch das Dach, das Haus knarzte, ächzte und ging langsam, aber sicher in die Knie.

»Tante Irma?«, hörte sie eine Kinderstimme hinter sich fragen. Beinahe hätte sie sich unwirsch umgedreht, um zum wiederholten Mal zu sagen, dass sie nicht ihre Tante sei, aber dann nahm sie sich doch zusammen. Warum wehrte sie sich eigentlich so sehr gegen Lenya und die Kinder? Weil die alten Wunden immer noch zu tief saßen? Weil Rudolf das hatte, wonach sie sich insgeheim sehnte? Warum sollte sie nicht auch ein bisschen von diesem Familienleben abbekommen? War es nicht genau das, wonach sie sich immer gesehnt hatte? Auch wenn das bedeutete, ein Stück seines neuen Lebens zu nehmen, eine weitere Bresche hineinzuschlagen und die leere Stelle mit ihrem Leben zu füllen.

»Was gibt es denn?« Sie hatte freundlich sein wollen, und doch kamen ihr die Worte schroff über die Lippen. Sie war es einfach nicht mehr gewohnt, kleine Kinder um sich zu haben.

Marie jedoch schien das nicht zu beeindrucken. »Darf ich die Fohlen sehen?«

»Die haben wir heute Morgen schon ganz früh mit den Mutterstuten auf die Weide gelassen.«

»Ach schade.« Marie schob die Unterlippe vor und bekam einen weinerlichen Gesichtsausdruck. Sie würde doch jetzt hoffentlich nicht anfangen zu heulen? Oder sich auf den Boden werfen? Taten das Kinder in ihrem Alter noch?

»Na komm, du kleine Kröte.« Warum nur kamen Hannes all

seine grantigen Worte so liebevoll über die Lippen, während es Irma nicht einmal mit freundlich gemeinten gelang? »Ich pass' schon auf, dass dich keins der Pferde überrennt.« Er streckte ihr seine Hand entgegen, und vertrauensvoll legte Marie ihre kleine in seine und folgte ihm anstandslos.

Irma blickte ihnen kopfschüttelnd nach, dann wandte sie sich ab, wollte gerade zum Stutenstall gehen, als sie Lenya bemerkte, die zögerlich durch das Eingangstor zum Stall trat. Die Kleinste war nicht bei ihr, und Irma hoffte, dass Caro bei Rudolf war und nicht unbeaufsichtigt durch den Stall hüpfte und dort die Pferde scheu machte.

»Kann ich kurz mit dir sprechen?«

Irma gab keine Antwort, neigte aber den Kopf, betrachtete ihre neu gewonnene Nichte, sah in die kaffeebraunen Augen, hörte sich an, was die junge Frau zu sagen hatte, und musste unwillkürlich lächeln. Ein weiterer Stein aus dem Gebäude von Rudolfs Leben, der in Irmas eingefügt wurde.

»Aber natürlich. Bleib, solange du willst.«

***

»Das ist doch wohl hoffentlich nicht dein Ernst!«

»Nur ein bisschen länger, damit Papa nicht allein bleiben muss.« Was für ein unwürdiges Herumlavieren. Aber Lenya ahnte, dass dieser Beweggrund Alexander eher verständlich wäre als jener, der sie in Wahrheit hier hielt.

»Dein Vater ist ein erwachsener Mann und meistert sein Leben bisher recht gut, ohne dich rund um die Uhr um sich zu haben.«

»Diese ganze Angelegenheit hier nimmt ihn sehr mit. Immerhin ist seine Schwester gestorben.«

»Zu der er ja ein so enges Verhältnis gehabt hat all die Jahre.«

Die Art, wie er das sagte, ärgerte Lenya. »Was weißt du denn schon darüber?«

»Darf ich dich an deine Empörung erinnern, als er dich angerufen und von seiner bis dato unbekannten Familie erzählt hat? Du kennst diese Leute nicht, Lenya, also tu bitte nicht so, als würde ich dich deiner geliebten Familie entreißen, wenn ich dich bitte, nach Hause zu kommen.«

Lenya atmete langsam aus. »Wie auch immer, ich wollte dir nur Bescheid sagen. Ich werde noch auf Irmas Hof bleiben, zusammen mit Papa und den beiden Kleinen. Und ich bitte dich, das zu akzeptieren.«

Er schwieg so lange, dass Lenya schon dachte, er hätte das Gespräch einfach weggedrückt. »Hallo?«

»Ich bin noch dran. Wie lange bleibst du weg?«

»Das weiß ich nicht.«

»Du hast nicht vergessen, dass du hier noch eine weitere Tochter hast?«

Lenya verdrehte die Augen. Es war so klar, dass er nun diese Karte spielte und sie auf ihre Mutterpflichten hinwies. »Ich telefoniere jeden Tag mit ihr, und sie klingt nicht gerade unglücklich darüber, etwas mehr Zeit mit dir zu verbringen. Ich bleibe ja keine Ewigkeiten weg. Ich brauche nur noch etwas mehr Zeit, um mit Papa hier ein paar Dinge zu regeln. Das musst du doch verstehen.«

»Aber für mich ist die Situation eben nicht so einfach. Ich muss arbeiten, trainieren und nun auch noch Anouk überall mit hinnehmen.«

»Alexander, in drei Wochen sind Sommerferien, dann kann sie …«

»Drei Wochen? Spinnst du?«

»Ich sagte ja nicht, dass ich auf jeden Fall so lange hierbleibe, aber …«

»Das will ich ja wohl hoffen!«

Wenn Lenya etwas hasste, dann war das, ständig unterbrochen zu werden. »Ich brauche deine Erlaubnis nicht.« Ihre Stimme hatte sich merklich abgekühlt. »Ich bin kein Kind mehr und du nicht mein Vater.«

»Verstehe. Na dann, bis bald.«

Dieses Mal drückte er das Gespräch in der Tat weg, und Lenya stand einen Moment da und starrte fassungslos auf das Telefon in ihrer Hand an. Stellte sie sich etwa so an, wenn er auf Meisterschaften ging? Wenn Olympia bevorstand und er in der Vorbereitungsphase wochenlang fort war? Und in diesen Zeiten war sie für alle drei Kinder verantwortlich und nicht nur für eines. Ob es einen Unterschied machen würde, wenn sie ihm die Wahrheit erzählte? Dass sie unbedingt mehr über die Vergangenheit ihres Vaters und somit auch über ihre eigenen Wurzeln herausfinden musste? Vermutlich hätte Alexander das erst recht nicht verstanden. Wie denn auch? Er war sich seiner Herkunft, seiner Familie, seines Lebens so sicher, er hatte nie an etwas zweifeln müssen Er ahnte vermutlich nicht einmal, wie wichtig das hier für sie war. Aber lag das wirklich an ihm? Oder hätte sie ihm einfach erzählen müssen, wie sehr ihre abwesende Mutter und ihre fehlende Familie ihr eigenes Leben belasteten? Sie hatte daher keine andere Wahl, als zu bleiben. Oder sollte sie diesen dunklen Fleck, der sich dort befand, wo andere eine Vergangenheit hatten, an ihre Kinder weitergeben?

Lenya steckte das Handy in die Gesäßtasche ihrer Jeans und ging langsam zum Stutenstall, in den Irma vorhin verschwunden war. Sie musste Irma unbedingt noch einmal klarmachen, dass sie gerne auf dem Hof mithalf. Auf keinen Fall wollte sie den Eindruck erwecken, sie würde sich hier als Gast von vorne bis hinten bedienen lassen.

»Du möchtest die Reitschüler unterrichten?« Irmas Mund wurde wieder zu dieser verkniffenen Linie, die Lenya trotz des kurzen Aufenthalts schon sehr vertraut war.

»Ich mache das schon ziemlich lange und bin wirklich gut. Da dachte ich mir, wenn ich schon mal für einige Zeit hier bin und ihr ja offensichtlich knapp besetzt seid, könnte ich doch auch Reitstunden geben.«

»Anstelle unserer dummen Provinzreitlehrer, die ein Pferd nicht von einem Maultier unterscheiden können, meinst du?«

»Das habe ich doch überhaupt nicht gesagt.«

»Danke, kein Bedarf.« Irma wandte sich ab und fuhr mit der Zuteilung der Futtermenge fort. Gab es hier keine Angestellten für so etwas?

»Ich …«

»Danke, kein Bedarf«, kam es noch einmal und etwas nachdrücklicher.

Die Wut, die nach dem Gespräch mit Alexander bereits schwelte, loderte so heftig in Lenya empor, dass ihre Wangen brannten und ihr das Herz in wilden Schlägen den Atem über die Lippen trieb. Sie drehte sich abrupt weg und ging, fort von dieser unfassbar schroffen Frau. In diesem Moment staute sich so viel Zorn auf, dass sie fliehen musste, bevor er sich auf ihrer Tante entlud.

Als ihr Vater den Stall betrat, stürmte sie an ihm vorbei und zischte: »Kein Wunder, dass du damals gegangen bist.« Dann verließ sie den Stall.

* * *

In Irmas Gesicht zuckte es kurz, dann sah sie Rudolf an. »Wie der Vater, so die Tochter. Rennt sie auch immer weg, wenn es schwierig wird?«

Sie wollte ihn provozieren, ihn endlich aus seiner für sie unerträglichen schweigsamen Starre reißen. Er aber erwiderte ihren Blick nur ruhig und sagte: »Nein.«

Da war so viel Wut, seit er wieder da war, Wut, die sie überwunden geglaubt hatte. Und immer wenn sich ihre Blicke trafen, musste Irma an sich halten. Also drehte sie sich von ihm weg, fuhr mit der Arbeit fort, das Futter für die Pferde zu bemessen.

»Irma, ich will dir helfen, daher sei ehrlich: Brauchst du Geld?«, hörte sie ihn in ihrem Rücken fragen und glaubte einen Moment lang, ihren Ohren nicht zu trauen.

Ganz langsam drehte sie sich wieder zu ihm um. Sie sah ihn lange an und sagte schließlich: »Wie kommst du darauf?«

»Man muss sich nur mal auf dem Hof umschauen, um zu bemerken, dass du in finanziellen Schwierigkeiten steckst.«

Es ärgerte Irma maßlos, dass er den Nagel so auf den Kopf getroffen hatte. »Was für eine Genugtuung für dich, nicht wahr? Da kommst du nach Jahren zurück, reicher Schnösel, der du jetzt bist, und urteilst über ein Gut, das ich offenbar nicht zu bewirtschaften imstande bin.«

»Weißt du, im Grunde genommen sollte ich doch hier derjenige sein, der wütend ist.«

»Ach was?« Jetzt wallte der Zorn so ungehindert in ihr auf, dass Irma ganz heiß wurde.

»Und das nicht nur wegen damals, sondern auch wegen der Art und Weise, wie du mit meiner Tochter umgehst. Aber ich bin nicht hier, um zu streiten.«

Langsam atmete Irma aus. Nein, er war auf keinen Streit aus, sein Leben war gut so, wie es war. Da hatte keine Irma gefehlt. Sie beobachtete ihn, wie er dastand, seinen Blick über die großen Laufställe gleiten ließ. Früher einmal war er geritten, hatte seine Angst mühsam heruntergekämpft, damit die Großmutter zufrieden mit ihm war. Eigentlich war es ja zum Lachen, dass ausgerechnet er eine pferdebegeisterte Tochter hatte, einen Schwiegersohn, der ein berühmter Reiter war, und Enkelinnen, die auf Pferde ganz versessen waren.

»Ich brauche dein Geld nicht.«

»Bist du dir sicher?«

Irma tat seinen Einwand mit einer Handbewegung ab. Sie würde es schon schaffen, auch ohne ihn, all die Jahre hatte sie das ja auch hinbekommen.

»Denk noch einmal in Ruhe darüber nach.«

Anstelle einer Antwort schüttelte Irma nur den Kopf.

»Walther Bruns ist ja doch noch ganz solide geworden«, wechselte Rudolf abrupt das Thema, was Irma nur recht war. »Lange Zeit hieß es ja, wie der Vater, so der Sohn.«

»Damit hat man ihm immer schon unrecht getan. So ein übler Kerl war er gar nicht.«

»Er war schon ein ziemlicher Draufgänger.«

»Ich glaube, ihn hat immer die Angst umgetrieben, eines Tages so einen Abgang hinzulegen wie sein Vater. Erinnerst du dich?«

»Diese unselige Beerdigung damals? Wie könnte ich die vergessen?«

»Falls jemals die Gefahr bestanden hat, dass er wird wie sein Vater, so war die spätestens seit dem Moment gebannt, als man den alten Herrn unter die Erde beförderte.«

»Grundgütiger, war das ein Tag.«

Irmas Blick verlor sich im sonnenbetupften Dämmerlicht des Stalls. Sie hatten damals alle am Grab gestanden, die zwanzigjährige Irma schwitzend in dem schwarzen Kleid, in das man sie gezwängt hatte. Ihnen gegenüber auf der anderen Seite des Grabs stand Hinnekens Maria, das blonde Haar adrett geflochten, während sie mit dem gleichaltrigen Rudolf Blicke tauschte, die ganz und gar nicht zu ihrer unschuldig anmutenden Aufmachung passen wollten. Großmutter hatte Rudolf ermahnt, ihm gesagt, er solle wenigstens auf der Beerdigung dieses unziemliche Herumgebalze bleiben lassen. Noch während Irma sich fragte, ob die Großmutter die Blicke bemerkte, hatte diese Rudolf unauffällig einen derben Klaps auf den Hinterkopf verpasst, während Alfons Hinneken seiner Tochter Maria etwas zuraunte, was diese errötend den Blick senken ließ.

Und als sei dies der Auftakt gewesen, erschien im nächsten Augenblick eine Frau, hochgewachsen, schlank und unfassbar elegant, auf dem Friedhof. Eine Frau, wie Irma sie daheim in Heiligenbeil oft gesehen hatte, als bei ihnen Gräfinnen und Baroninnen zu Besuch gekommen waren. Der Pfarrer verstummte, als die Frau an das Grab trat. Dann, ganz und gar unvermittelt, spuckte sie hinein. Ein Raunen ertönte, jemand schrie auf. Die Frau wandte sich ab, ging zielsicher auf Waltraud Bruns zu, blieb vor ihr stehen und sah sie fest an.

»Sie sind die Witwe, ja? Mein Beileid, dass es so lange gedauert hat, ehe Sie ihn los waren.«

Wieder ging ein Raunen durch die Menge, diese Mischung aus Entsetzen und Sensationslust. Was würde man daheim zu erzählen haben!

Waltraud Bruns fing an zu weinen, das erste Mal seit Beginn der Beerdigung und sagte: »Danke.« Danach verschwand die Frau. Irma hatte nie herausbekommen können, wer sie war, die Erwachsenen schwiegen sich aus, und irgendwann starb die Antwort mit ihnen. Wie so viele Antworten zuvor.

Irma blinzelte, war wieder im Hier und Jetzt, und aus dem einstmals so vertrauten Gesicht des halbwüchsigen Rudolf war wieder das eines ihr fremden alten Mannes geworden. Sie klappte die Futterkiste zu und hängte die Schütte an den Haken in der Wand. Seit Katharina gestorben war, verlor sie sich wieder viel zu oft in der Vergangenheit. Damit musste endlich Schluss sein.

»Ich war übrigens während einer Reise nach München vor einigen Jahren auf dem Friedhof, wo man Vater einen Grabstein errichtet hat. Auf der Familiengrabstätte von Onkel Conrad.«

Daran hatte Irma seit Jahren nicht mehr gedacht. Ihre Mutter hatte einen Grabstein auf dem Familiengrab der von Grotensteins. Beide Gräber waren leer, aber das würde spätestens in der Generation von Rudolfs Urenkeln niemand mehr wissen. Sie würden vermutlich nur rätseln, warum die Eheleute so weit entfernt voneinander begraben worden waren. Und ihre eigenen Geschichten darum spinnen.

1952

Großmutter hatte ihnen den Brief von Onkel Conrad aus München vorgelesen. Ihr Vater war nun offiziell für tot erklärt worden. Jahrelang vermisst, war er auch nach intensiver Nachforschung in keiner Gefallenenliste und in keinem Gefangenenlager aufgetaucht. Auch hatte er nirgendwo Unterschlupf gefunden, war allem Anschein nach nicht desertiert.

»Na, wenigstens das nicht«, hatte Großmutter kommentiert, als sei ein Deserteur schlimmer als ein toter Vater.

Conrad von Damerau war vor zwei Jahren einmal zu Besuch gekommen, hatte befunden, dass die Kinder seines Bruders sich auf dem Gut ausreichend gut eingelebt hatten, womit er sich aus seiner Verpflichtung entlassen sah, die Vormundschaft zu übernehmen. Denn so hatte es die Verfügung ihres Vaters eigentlich vorgesehen. Im Fall, dass die Kinder verwaisten, kämen sie in die Obhut seines älteren Bruders. Erst danach wäre die Verwandtschaft aufseiten ihrer Mutter zur Vormundschaft verpflichtet gewesen, denn immerhin war Rudolf ein von Damerau und hätte Titel sowie Besitz geerbt. Doch den Besitz gab es nicht mehr, der Krieg hatte der Familie alles genommen, und allein der Name verband sie noch mit der Familie des Vaters.

Für die Kinder machte dieser Brief keinen Unterschied, denn sie ahnten schon lange, dass ihr Vater nicht mehr lebte. Es spielte auch keine Rolle mehr. Rudolf hatte ihn nie kennengelernt, in

Irmas Erinnerung war er nur vage vorhanden, und Katharina weinte ohnehin bei Nacht so viel, dass sie tagsüber für nichts und niemanden mehr Tränen übrig hatte.

Irma trieb dagegen vor allem die Angst um, sie könnten eines Tages die Großmutter verlieren und würden dann ganz allein mit der garstigen alten Erna zurückbleiben. Erna, die bis heute nicht einsehen wollte, dass in Rudolfs Zimmer auch bei Nacht ein Licht brennen musste, und die es erst in der letzten Nacht wieder gelöscht hatte. Dabei hatte Großmutter das untersagt, hatte extra ein Öllicht in einer altmodischen Lampe in sein Zimmer gestellt, damit es die ganze Nacht in warmem Schimmer erhellt wurde.

Irma war nachts von den Schreien ihres Bruders geweckt worden und in sein Zimmer geeilt, wo es stockdunkel gewesen war. Sie hatte nach den Streichhölzern getastet, hatte eines entzündet, sodass die Lampe wieder ihr weiches Licht spendete. Danach war sie zu ihrem Bruder gegangen, der aufrecht im Bett saß und keuchte. Wortlos hatte sie sich zu ihm gesetzt, seinen schmalen, zitternden Körper an sich gedrückt, leise tröstende Worte gemurmelt und ihm das schweißnasse Haar aus der Stirn gestrichen. Am kommenden Morgen hatte ihre Großmutter Erna gescholten, aber an deren sturen Miene erkannte Irma, dass dies vergeblich war. Erna vertrat die Ansicht, dass man einen Jungen mit Härte erziehen musste, damit kein weinerlicher Jammerlappen aus ihm wurde. Und zudem hasste sie jede Form von Verschwendung.

Tagsüber merkte man Rudolf kaum etwas von seiner Angst an, er war zwar immer noch verschlossen und sprach nicht viel, aber das Düstere ließ man ihm durchgehen. Rudolf war nie der Polacke oder der Zigeunergraf gewesen, sondern immer der Ostpreuße oder ehemalige Grafenerbe. Die Kinder ärgerten ihn nicht, wie sie Irma geärgert hatten. Entweder weil sie sich bereits ausreichend an ihr ausgetobt und inzwischen an sie gewöhnt hatten, oder aber, weil er ein Junge war und damit einfach mehr Respekt genoss. Seine Angst vor Pferden wusste er gut zu verstecken, und niemand außerhalb des Gutshofs ahnte, dass er nachts nur schlafen konnte, wenn das Licht brannte.

Walther Bruns nannte Irma immer noch Zigeunergräfin, aber es hatte nicht mehr den boshaften Spott von damals, sondern etwas Neckendes. Er war siebzehn, nahezu ein Mann, und somit ganz offenbar seiner kindlichen Garstigkeit ihr gegenüber entwachsen. Manchmal sah er sie auf eine Art an, als wäre er irgendwie erstaunt. Beim Heueinholen hatte er ihre Nähe gesucht, hatte einmal sogar Wasser mit einer Kelle geschöpft und ihr gereicht. Die älteren Frauen bedachten das mit vielsagenden Blicken, sein Vater jedoch mit Argwohn.

Am 7. September erhielt Aschendorf das Stadtrecht, und da gleichzeitig Richtfest war für die neue Scheune auf dem Hof der Bruns, fand man sich zu einem Umtrunk ein und feierte gleich beides. Irma wurde vorher noch einmal in die Stadt geschickt, um einige Besorgungen zu machen. Mittlerweile war sie geschickt im Führen von Pferden, und Großmutter erlaubte ihr, den Zweispänner zu nehmen.

Der Weg in die Stadt führte erst am Hof der Bruns vorbei, passierte einen Zipfel der Ländereien der Hinnekens, ehe der Reimann-Hof in Sicht kam. Hier erst wurde Irma aufmerksam, erhoffte sich einen kurzen Blick auf Thure. Vielleicht würde sie ihn im Garten bei der Arbeit sehen können, einen Heuhalm im Mundwinkel, der sein Lächeln schief geraten ließ. Irma wollte sich gern einbilden, dass diese Art des Lächelns nur ihr gehörte. Und dann würde er ihr zurufen: »Irma! Alls inne Riege?«

Und auf ihr »Ja. Und bei euch?« kam dann stets: »Allns up

Stee. Jau, hoal di munter!« Irma würde ihm »bis bald« zurufen und weiterfahren.

An diesem Tag jedoch war der Garten verwaist, und Irmas erwartungsvoll schlagendes Herz klopfte nun in rhythmischer Enttäuschung. Seufzend warf sie noch einen letzten Blick zum Gut, dann war sie auch schon daran vorbei.

Der Wagen fuhr in ruhigem, gleichmäßigem Tempo dahin, die Reifen knirschten auf dem sandigen Untergrund, und die Pferdehufe schlugen in stetig gleichem Takt. Das hatte beinahe etwas Einschläferndes, und Irma hielt sich mit einer Fantasie wach, in der sie Thure auf dem Weg begegnete. Er war vom Pferd gefallen, hatte sich das Bein verstaucht – nicht wirklich schlimm, nur schmerzhaft war es –, und sie nahm ihn mit. Natürlich müsste sie erst ihre Besorgung erledigen, darauf bestand er, schließlich wollte er nicht schuld daran sein, wenn sie für ihre Trödelei getadelt wurde. Sie würden den ganzen Weg in die Stadt und zurück zum Reimann-Hof plaudern.

Als sie aus der Ferne einen blonden Mann am Wegesrand humpeln sah, schrak sie zusammen, glaubte kurz an Hexerei. Dieser Moment von gleichzeitigem Schreck und freudiger Erwartung hielt so lange an, bis der Mann sich umdrehte. Es war ein Fremder, den Irma noch nie zuvor in der Gegend gesehen hatte. Sie wollte schon an ihm vorbei, als er sie ansprach.

»Junges Fräulein. Fahren Sie in die Stadt?« Er sprach ein stark polnisch gefärbtes Deutsch, diesen Akzent hätte Irma auch im Schlaf erkannt. In diesem Moment fühlte sie sich so intensiv an ihre Heimat erinnert, dass es schmerzte, und sie dachte unwillkürlich an ihre Anushka.

Ja, ob sie ihn mitnehmen solle, fragte sie in fließendem Polnisch, was den Mann sichtlich erstaunte. Sie hielt an, ließ ihn aufsteigen, und auf dem Weg unterhielt sie sich mit ihm. Er erzählte, dass seine Familie in Danzig lebte, das mittlerweile Gdańsk hieß, während sie wiederum erzählte, dass sie aus Heiligenbeil kam.

»Świętomiejsce«, antwortete er. Dort sei er bisher noch nicht gewesen, die Stadt gehörte zum Oblast Kaliningrad. Kaliningrad. Königsberg.

In Irma löste nicht nur das Polnische dieses leise Ziehen aus, die Mischung aus Wehmut, Schmerz, Wärme und Vertrautheit, sondern auch die Städtenamen. Königsberg. Danzig. Heiligenbeil. Obwohl sie das Gespräch mit dem Mann genoss, wurde ihr gleichzeitig schwer ums Herz. In der Stadt angekommen, stieg der Mann ab, verabschiedete sich freundlich von ihr und ging seines Weges, während Irma die Zügel des Zweispänners wieder aufnahm. Sie bemerkte Matilde Thumann, Helgas Mutter, und grüßte sie freundlich, was die Frau nicht erwiderte. Stattdessen starrte sie sie unverhohlen an.

Irma ging schulterzuckend darüber hinweg. So waren sie eben, Matilde und ihre Tochter, die sie immer noch Rucksackdeutsche nannte. Oder Polackin, je nachdem. Und darin lag nichts von Walther Bruns' kosendem Necken. Auch die beiden Thumanns würden später zum Richtfest kommen, und die Aussicht darauf konnte einem schon jetzt den Tag vermiesen.

»Na, Irma. Wu geiht'di?«

Mit einem Lächeln, das vermutlich nicht so keck geriet wie beabsichtigt, drehte Irma sich um und sah Thure auf der gegenüberliegenden Straßenseite. Sofort ging ihr das Herz wieder in wilden Schlägen. Sie auf Plattdeutsch anzusprechen war Thures Art, mit ihr zu scherzen. Früher hatte sie nicht verstanden, was gesagt wurde, und die Leute nur fragend angestarrt. Seither grüßte er sie auf Platt, und Irma wusste, dass es eine kleine Spielerei war, die nur sie beide verstanden.

»Mir geht es gut. Ich mache für meine Großmutter einige Besorgungen. Und was hast du heute in der Stadt zu tun?«

»Ich muss noch schnell rüber zu Tante Ria, ein paar Sachen für das Kleine vorbeibringen.« Er klopfte an eine Tasche, die er über die Schulter trug.

Verstohlen hielt Irma Ausschau nach einem Pferd oder dem Wagen der Reimanns, entdeckte jedoch nichts. »Soll ich dich nachher mit zurücknehmen?« Die Stimme versagte ihr fast bei der Frage.

Offenbar bemerkte er es nicht. »Das ist lieb, aber ich bin mit meinem alten Herrn hier, der ist drüben in der Tenne und isst zu Mittag. Wir waren heute Morgen schon mit dem Zug in Meppen.« Die Tenne war ein Wirtshaus, der Betreiber ein weitläufiger Cousin von Thures Vater. »Kommt ihr heute Nachmittag auch zu den Bruns?«

»Ja.« Irma nestelte mit den Fingerspitzen an einem lose sitzenden Knopf am Ärmel der anderen Hand.

»Dann sehen wir uns da. Vermaakt jo wat!« Mit einem Zwinkern verabschiedete er sich, und Irma presste einen kurzen Moment lang die Hand auf die Brust, als könnte sie ihr Herz damit beruhigen.

Eilig erledigte sie alles, was die Großmutter ihr aufgetragen hatte, und fuhr zurück zum Gut, wo sie gerade noch rechtzeitig kam, ehe das Essen komplett abgetragen wurde.

»Hast dir ja gut Zeit gelassen«, sagte ihre Großmutter.

»Es tut mir leid.«

Erna hatte bereits begonnen, den Braten vom Tisch zu räumen, und so blieben nur Kartoffeln und Soße übrig. »Wer nicht kommt zur rechten Zeit, der muss nehm', was übrig bleibt«, sagte sie. Die Erziehung der kleinen Ostpreußen, wie sie sie nannte, war ganz offensichtlich eine Aufgabe, die sie sich zum Lebensziel gesetzt hatte, ehe sie abtrat. Und weil sie bereits in fortgeschrittenem Alter war, galt es, dieses Vorhaben möglichst rasch voranzutreiben. Da es beim Richtfest reichlich zu essen geben würde, beließ Irma es dabei.

Eine halbe Stunde später fuhr der zweiundzwanzigjährige Stallbursche Hannes mit dem Zweispänner im Hof vor. Katharina hatte nur wenig Lust, das war ihr deutlich anzusehen. Noch am Morgen hatte sie über Kopfschmerzen geklagt, aber die Großmutter befand, dass sie sich viel zu selten unter Menschen begab, und wollte verhindern, dass Katharina zur Stubenhockerin wurde. Ihre Großmutter hatte zwar viel Verständnis für das, was Katharina zugestoßen war, aber sie war auch der Meinung, dass das Leben weitergehen musste. Irma hingegen freute sich bereits auf das Fest und malte sich aus, wie sie mit Thure ins Gespräch kommen würde. Meist ergab sich das irgendwie, aber dieser kleine Tagtraum war zu köstlich, als dass sie darauf während der Fahrt verzichten wollte.

Als sie auf den Hof der Bruns fuhren, sprang Rudolf vom Wagen, kaum dass sie standen, und lief auf eine Gruppe Gleichaltriger zu. Großmutter seufzte. Das tat sie oft, wenn es um Rudolf ging, denn sie, die nur Töchter gehabt hatte, tat sich mit der Erziehung eines Jungen ungleich schwerer.

Auf dem Hof herrschte emsige Geschäftigkeit. Der Rohbau der großen Scheune stand, ein Gerippe, das noch gefüllt werden musste – beinahe schon sinnbildlich für den florierenden Hof der Bruns. Die Hungerzeiten hatte man längst hinter sich gelassen. Daher galt Walther Bruns auch als hervorragende Partie, vor allem, da er der einzige Sohn und Erbe war.

»Der Walther wird weggehen wie 'n warmes Stüttkes«, prophezeite Erna.

Als Irma mit ihrer Großmutter und Katharina den Platz

betrat, richteten sich alle Blicke auf Irma. Matilde Thumann trat vor, streckte ihren dünnen Zeigefinger in ihre Richtung. »Du!«

»Doar bruukt man nich veel Gedöns drüm maken«, brummte der alte Gustav Brekelbaum, der Irma nun aus wässrigen Augen ansah.

»Kein Aufhebens? Wenn ein junges Mädchen aus angesehenem Haus sich mit einem Polacken herumtreibt?«

»Was hast du meiner Enkelin denn nun schon wieder vorzuwerfen, Matilde?«, fragte die Großmutter nun.

»Hat mit diesem Polacken geschäkert. Der Kerl, der auf dem Hof der Witwe Aahlhus gewesen ist und Geld wollte. Es stünde ihm zu, behauptet er. Richtig Angst hat er ihr gemacht!«

»Und was hat meine Enkelin damit zu tun?«

»Ich habe die beiden zusammen gesehen, wie sie lachend und plaudernd in die Stadt gekommen sind.«

Alle sahen Irma an, und diese spürte, wie ihr das Blut in die Wangen stieg.

»Ich meine, das muss man sich mal vorstellen!« Matilde Thumann geriet in Fahrt. »Kommt hierher und behauptet, er wäre schlecht behandelt worden. Wie es uns ging, fragt keiner. Wie hätten wir die ganze Arbeit denn schaffen sollen, während unsere Männer im Krieg oder sogar gefallen waren? Wären diese Polacken lieber an der Front gewesen? Die hatten es doch gut. Stellt euch mal vor, da kommen noch mehr. Und dann steht da dieses Gör und fraternisiert mit ihnen.«

»Das reicht!«, rief Henriette von Grotenstein. »Irma, erkläre dich.«

»Da ging ein Mann humpelnd am Wegesrand, und ich habe ihn mit in die Stadt genommen, wie sich das gehört.«

»Wie sich das gehört?«, rief Heinrich Bruns. Irma fing Walthers Blick auf, und einen Moment lang sahen sie sich an, ehe Walther sich abwandte.

»Pack di man an dien äigen Nöos, Matilde!«, kam es nun von Gustav Brekelbaum, aber niemand beachtete ihn. Irma konnte ihnen regelrecht ansehen, was sie dachten – da stand sie nun vor ihnen, die Zigeunerin, die Polackin, und schäkerte mit ihresgleichen. Empörung mischte sich mit einer ungeheuchelten Sensationslust. Walther sah sie nach wie vor nicht an.

Henriette von Grotenstein hob das Kinn und die Stimme. So könne man mit ihresgleichen nicht reden, und welche Geheimnisse Matilde hüte, wisse ja nun jeder, da bräuchte sie gar nicht erst mit dem Finger auf andere zu zeigen.

»Mien Reden!«, rief Gustav Brekelbaum.

»Du sei mal ganz still«, fauchte Matilde nun. »Du geiferst ja schon, seit ich dich damals nicht rangelassen habe.«

»Irma«, sagte die Großmutter nun. »Fahr heim.«

Ohne ein weiteres Wort wandte Irma sich ab, ging zurück zur Kutsche in eben jenem Moment, als der Wagen der Reimanns in den Hof fuhr. Thure sprang vom Kutschbock, auf dem er neben seinem Vater gesessen hatte, und das fröhliche Lächeln erstarb ihm auf den Lippen. Er kam Irma entgegen, hielt sie einen Moment lang auf, indem er ihre Oberarme sanft umfasste und sie forschend ansah. Irma erwiderte den Blick schweigend, dann machte sie sich los und lief zu Hannes.

2018

Es fühlte sich seltsam an, wieder zu Hause zu sein. Nach einem Urlaub kam sich Lenya im eigenen Zuhause immer ein wenig fremd vor, aber dieses Mal war sie nur drei Tage weggewesen. Es hatte etwas Beklemmendes, als würde sie von außen einen Blick auf ihr Leben werfen. Sie war bereits früh am Morgen losgefahren, sodass sie sicher sein konnte, dass Alexander arbeitete und Anouk in der Schule war, wenn sie zu Hause ankam. Auf gar keinen Fall wollte sie sich weiterhin ein schlechtes Gewissen einreden lassen, das hatte Alexander am Vorabend bereits versucht, als sie ihn noch einmal angerufen hatte, um mit ihm zu sprechen. Das Gespräch hatte in einem handfesten Streit geendet.

Als Lenya nach oben ging und an Anouks Zimmer vorbeikam, überkam sie der Impuls, sofort in die Schule zu fahren, nur um ihre Tochter an sich zu drücken. Wenn sie hier in ihrem Zimmer stand und ihren vertrauten Kindergeruch einatmete, vermisste sie Anouk noch viel mehr als auf dem Gut. In ihrem gestrigen Gespräch hatte Lenya Alexander vorgeschlagen, für ein verlängertes Wochenende auf das Gut zu kommen, aber er hatte wieder einfach aufgelegt, ehe sie den Satz hatte beenden können. Alexander konnte so stur sein, wenn ihre Bedürfnisse seinen im Weg standen. Er war es einfach gewohnt zu bekommen, was er wollte. Noch während sie darüber nachdachte, kochte die Wut in ihr hoch, und rasch verließ sie Anouks Zimmer, um Sachen für Marie und Caro zusammenzupacken.

Als sie Maries Zimmer verließ und die Tür zu Caros Zimmer öffnete, blieb sie einen Moment wie angewurzelt stehen. Hatte Alexander allen Ernstes das Chaos, das Caro vor ein paar Tagen verursacht hatte, so vor dem Kleiderschrank liegen gelassen? Das durfte doch wohl nicht wahr sein!

Was war sie eigentlich für ihn? Eine bessere Putzfrau? Oder gleich das »Mädchen für alles«, wobei *alles* wörtlich zu nehmen war. Kinder kriegen, Wäsche waschen, aufräumen, kochen, putzen, Sex – so er denn mal stattfand. Das perfekte All-inclusive-Paket. Lenya drehte sich um, knallte die Tür zu Caros Zimmer zu, und als sie in ihrem Zimmer ankam, war sie so wütend, dass sie am liebsten Schubladen und Schranktüren aufgerissen und dann wieder zugeworfen hätte, aber leider hatten die diesen Schließmechanismus, der sie nur sachte zugleiten ließ. Das hatte auf Lenya ungefähr dieselbe Wirkung, als wenn ihr jemand nach einem Wutausbruch den Kopf tätschelte.

Nachdem sie alles gepackt und in den BMW ihres Vaters geladen hatte, fuhr sie weiter zu seinem Haus und packte dort alles zusammen, was er ihr aufgeschrieben hatte. Hier, in diesem Haus, war sie aufgewachsen, und eigentlich war es zu groß für ihn allein, aber er hing daran, und die Kinder waren gerne hier. Nachdem sie auch das erledigt hatte, machte sie sich zurück auf den Weg nach Aschendorf. Erst auf der Autobahn fielen Wut und Anspannung langsam von ihr ab, und sie versuchte, ruhig und analytisch zu denken. Alexander zu verlassen, war vor ihrer Abreise eigentlich keine Option gewesen, aber seit sie ein bisschen Abstand zwischen sich und ihr bisheriges Leben gebracht hatte, dachte sie immer häufiger darüber nach, was das für sie bedeuten könnte. Freiheit, ja. Aber was dann? Und wollte sie das wirklich?

Als sie zwei Stunden später auf den Hof fuhr, atmete sie tief durch, schob die Gedanken an Alexander beiseite, parkte den Wagen und stieg aus. Hannah Bruns stand auf dem Reitplatz und longierte ein Pferd. Das blonde Haar hatte sie sich zu einem Zopf gebunden, und sie wirkte deutlich jünger als ihre sechsundvierzig Jahre. Als sie Lenya bemerkte, lächelte sie und nickte ihr kurz zu, ohne mit der Arbeit innezuhalten. Sie kam oft, um die Jungpferde zu trainieren, und Lenya hatte bereits gemerkt, wie kameradschaftlich der Umgang der Angestellten mit ihr war. Sie konnte mit Pferden umgehen und war eine hervorragende Reiterin.

Hannah holte langsam die Longe ein und klopfte dem Pferd den Hals. »Gut gemacht, mein Hübscher.« Sie löste die Longe und kam ans Gatter. »Ist der nicht schön? Und so tolle Gänge.«

Lenya nickte nur, während ihr Blick an dem dunkelbraunen jungen Hengst entlangglitt.

»Wie war es zu Hause?«

»Ach, ich war ja nicht lange da, nur schnell ein bisschen was zusammenpacken.«

Offenbar entnahm Hannah ihrem Ton, dass sie nicht weiter darüber sprechen wollte, und wechselte das Thema. »Irma hat Besuch, sie sitzen drin beim Kaffeekränzchen. Der Pfarrer ist auch dabei.«

Ehe Lenya antworten konnte, kam Marie aus dem Haus auf sie zugelaufen. »Mama!« Sie sprang ihr in die Arme, als wäre sie länger als fünf Stunden fort gewesen.

»Wo ist Caro?«

»Mit Opa bei Tante Irma und diesen ganzen Leuten, die so eine komische Sprache sprechen.«

»Eine komische Sprache?« Lenya sah ihre Tochter verständnislos an.

»Ja. Opa hat auch so gesprochen, aber da klang es noch ein bisschen so, wie wir sprechen.«

»Büst old as 'n Koh un lernst noch wat to«, kam es von Hannah. »Das ist das Einzige, was ich auf Platt kann, mein Vater hat es immer gesagt.« Sie ahmte seine tiefe Stimme nach. »Bist alt wie eine Kuh und lernst noch was dazu.« Sie lachte. »Geh doch ruhig schon mal ins Haus, Irmas Kirschkuchen ist ein Traum, den solltest du dir nicht entgehen lassen. Dafür kann man die Gesellschaft auch mal eine halbe Stunde lang ertragen.«

»Wenn sie Besuch hat, möchte ich nicht stören.«

»Ach was, das ist hier bei uns auf dem Land nicht so kompliziert. Außerdem kommen die Leute ja hauptsächlich, weil sie neugierig auf euch sind. Ich glaube, in nächster Zeit werden noch viele verliehene Gegenstände den Weg zurück zu Irma finden.« Hannah lachte.

Als Lenya mit den Kindern das Wohnzimmer betrat, drehten sich sofort alle zu ihr um und sahen sie unverwandt an. »Ah, da ist ja Rudolfs Tochter!«, rief Hannahs Vater, Walther Bruns. Außer ihm waren noch vier weitere Besucher im Zimmer, außerdem Irma, Friedrich und Caro.

Lenya grüßte freundlich, wenn auch etwas befangen, in die Runde und stand dann einen Moment verloren da, während alle schwiegen und sich Verlegenheit breitmachte.

»Hübsches Mädel«, sagte Walther Bruns jovial und ungeachtet der Tatsache, dass Lenya die Dreißig bereits überschritten hatte. »Wie unsere Irma, die war ja auch 'ne hübsche Deern. Schlank und so biegsam wie eine Weidenrute.«

»Ich bin mir nicht sicher, ob wir das wissen wollen«, bemerkte Friedrich trocken. Irma war sogar ein klein wenig rot geworden, wie Lenya mit einigem Interesse feststellte.

»Na, was Biegsamkeit von Frauenkörpern angeht, da hat der

Rudolf ja auch so seine Erfahrungen, nicht wahr?« Helga Wagner saß im Lehnstuhl, hielt ihren Stock aber trotzdem fest am Knauf. »Man munkelte ja immer noch, dass Maria Hinneken ihre Unschuld an ihn verloren hat.« Sie sah Aufmerksamkeit heischend in die Runde, fing sich aber nur einen finsteren Blick von Walther Bruns ein. Zufrieden lächelte sie, wobei es wirkte, als rutschten ihr die Lippen nach hinten über die vorstehenden Zähne. Der Pfarrer senkte den Blick. Er war rot um die Nase und wirkte angeschickert. Als Einziger hielt er ein Glas in der Hand und lächelte milde.

Friedrich schwieg, aber ein kleines Lächeln spielte um seine Mundwinkel, als tauchte er gerade in eine lieb gewonnene Erinnerung ab. *Ihre Unschuld an ihn verloren.* Diese Formulierung kannte Lenya bisher nur aus Romanen. Es zeichnete ein Bild nostalgisch angehauchter Romantik, von dem sie sich nicht sicher war, ob ihr Vater dem früher wirklich entsprochen haben konnte. Für Lenya war das Leben von Friedrich Czerniak wie ein Teppich, von dem sie nur einzelne Fäden kannte, nicht aber das Gewebe, das darunter lag.

»Was ihr immer daherschwätzt«, sagte Irma nun.

»Rudolf«, wandte sich Helga Wagner nun an ihn, »warum hast du eigentlich einen polnischen Nachnamen?«

»Meine Frau kam aus Polen.«

»Ja, ja, ihr habt es ja irgendwie immer schon mit den Polacken gehabt«, entgegnete Helga Wagner spitzfindig.

»Was ist denn ein Polacke?«, wollte Marie wissen.

»Geht doch ein bisschen im Garten spielen«, forderte Friedrich seine Enkelinnen auf und sah Helga Wagner böse an.

»Hier ist's grad ohnehin nicht jugendfrei«, scherzte ein Mann, den Lenya noch nicht kannte und der im Alter ihres Vaters sein mochte. Er stellte sich ihr als Ernst Romberg vor. In seiner

Begleitung war ein jüngerer Mann, augenscheinlich sein Sohn, der Lenya unverhohlen ansah, ihr zuzwinkerte und seine Tasse hob, als prostete er ihr zu.

»War ja nicht böse gemeint«, sagte Helga Wagner. »Ich musste nur gerade an diese Sache damals denken.«

»Welche Sache?«, fragte Hannah, die in diesem Moment den Raum betrat.

»Ein Richtfest vor vielen Jahren«, antwortete die alte Frau, »als Irma von sich reden machte, weil sie mit einem ehemaligen Zwangsarbeiter geschäkert hat.«

»Er hatte ein lahmes Bein, und ich habe ihn in der Kutsche mit in die Stadt genommen.« Offenbar fühlte Irma sich bemüßigt, das richtigzustellen.

»Du liebe Zeit, war das ein Theater.« Friedrich schüttelte in der Erinnerung daran den Kopf.

»Na ja, es waren die Fünfziger«, erklärte Walther Bruns. »Hab mich ja selbst auch nicht gerade mit Ruhm bekleckert an dem Nachmittag.«

»Ja, der Polacke«, wiederholte Helga Wagner nun, und so, wie sie Hannah ansah, war offensichtlich, dass sie sie provozieren wollte. »Haben sich hier damals ja hübsch breitgemacht.«

»An wem lag es denn wohl, dass das Emsland überhaupt unter Besatzung kam?«, fragte Hannah.

»Da habt ihr Jungvolk ja keine Ahnung von«, erwiderte Ernst Romberg, während sein Sohn die Augen verdrehte.

»Ich dachte, die Region stand unter englischer Besatzung«, wandte Lenya zögerlich ein, woraufhin sich die Älteren ihr zuwandten.

»Also wirklich, Rudolf! Was hast du dem Mädel denn erzählt?«, rief Helga nun. Dann sah sie Lenya an. »Die Polen waren zwei Jahre hier und haben das Emsland besetzt. Erst 1947 sind sie wieder weg. Waren hier nicht gerade beliebt. Es gab sogar einen Aushang in Aschendorf, auf dem stand, welches Weibsbild mit 'nem Polacken-Soldaten verkehrt hat, damit man wusste, wem man aus dem Weg zu gehen hatte.«

»Jetzt sag doch mal etwas!«, wandte Hannah sich an Irma.

Die wiederum wirkte, als sei sie gedanklich überhaupt nicht hier, und sah Hannah fragend an. »Wie bitte, Liebes?«

»Ach, was soll's.« Hannah warf in einer resignierten Geste die Hände hoch. »Hier kommt jemand nach langer Zeit zurück nach Hause, und statt euch zu freuen, fällt euch nichts Besseres ein, als seine polnische Frau als ›Polackin‹ zu beschimpfen und sämtliche Polen gleich mit abzuwerten. Ich bin dann mal wieder bei den Pferden. Lieber schaufle ich deren Mist, als mir euren weiter anzuhören.«

»Hannah, jetzt lauf doch nicht weg!«, rief ihr Vater ihr hinterher.

»Ich sag' ja schon lange, dass du dem Mädel zu viel durchgehen lässt«, kam es postwendend von Helga Wagner.

Lenya fragte sich, ob hier eigentlich irgendjemand merkte, dass dieses *Mädel* – sie hasste das Wort – längst erwachsen war. Sie sagte aber nichts, schüttelte nur leicht den Kopf, ging an den Tisch und nahm sich ein Stück Kirschkuchen, um sich diese Gesellschaft nicht vollkommen umsonst angetan zu haben.

Walther Bruns sah Helga an. »Wie ich mit meiner Tochter umgehe, geht dich überhaupt nichts an! Aber was rede ich – du wirst dich eben nie ändern.« Walther Bruns goss sich Kaffee nach. »De Schohmakers lopen mit de schofelste Schoh.«

»Und das bedeutet?«, wollte Lenya wissen.

Irma sah sie an und setzte unvermittelt ein verschwörerisches Lächeln auf. »Um die eigenen Belange kümmert man sich zuletzt.«

***

Irmas Mutter war auf Gut Grotenstein geboren und aufgewachsen, hatte dann später einen Mann aus altem preußischem Adel geheiratet und war nach Ostpreußen gegangen. Zurückgegangen, sagten die Leute, dorthin, wo ihre Wurzeln waren. Sie war heimgekehrt, hatte es immer geheißen, wenn die Sprache auf die Familie gekommen war. Obwohl ihre Mutter von Geburt an und deutlich länger in Aschendorf als in Heiligenbeil gelebt hatte, hatte sie als Heimkehrerin gegolten, während Henriette von Grotenstein mit ihren ostpreußischen Wurzeln in Aschendorf wiederum für immer die Zugezogene blieb. Angesehen, das ja, aber zugezogen. Dasselbe galt inzwischen für Irma. Sie war nicht von hier. Sie hatte zwar Wurzeln geschlagen, diese aber nicht in die fruchtbare Erde gegraben, sondern um dieses alte Haus mitsamt all seinen Bauten geschlungen. Sie war hier angewachsen, um all das hier herum, und sie war darüber alt und knorrig geworden. Wie die hier beheimatete Süntelbuche, die wegen ihres seltsamen Wuchses auch Renkbuche oder Schlangenbuche genannt wurde.

Etwas, das Walther vorhin gesagt hatte, ging ihr nicht aus dem Kopf. »Denkst du wirklich, ich trage dir das von damals noch nach?«, fragte sie nun, da die übrigen Gäste gegangen waren und sie beide allein im Wohnzimmer saßen. An den Vorfall mit dem polnischen Mann, den sie vor so vielen Jahren in der Kutsche mitgenommen hatte, hatte sie überhaupt nicht mehr gedacht.

»Na ja, kam mir heute auf einmal in den Sinn. Ich meine, vielleicht wäre es damals zwischen uns anders gekommen, wenn ich mich auf deine Seite gestellt hätte. Ein Mädchen, wie du es warst, konnte eben mit einem Drückeberger nichts anfangen.«

»Ach ...« Irma hätte ihm gerne die Hand auf die Schulter

gelegt, doch derlei Gesten passten nicht zu der Beziehung, in der sie zueinander standen. »Walther, das war es doch nicht.« Vielleicht ein klein wenig doch, dachte sie. Anfangs zumindest. Sie war so verletzt gewesen. Aber hätte es etwas geändert, wenn er ihr beigestanden hätte? Nein, sicher nicht, denn für sie gab es ja damals nur Thure ... Das war nun alles schon so lange her. Großmutter hatte Helgas Mutter Matilde Thumann damals auf dem Richtfest ein übles Klatschweib geschimpft, und obwohl niemand ernsthaft glaubte, dass Irma sich mit dem polnischen jungen Mann eingelassen hatte, hatte ihr die Sache noch lange nachgehangen.

»Außerdem ist das doch schon ewig her. Schwamm drüber. Möchtest du noch einen Kaffee?«

»Wenn du noch einen für mich übrig hast.«

Irma drückte auf den Verschluss der Kanne und goss dampfenden Kaffee in die Tasse. Mit zunehmendem Alter ermüdeten Menschen sie schnell, und obwohl sie wahrlich nicht das Leben einer Einsiedlerin führen wollte, war sie doch froh, wenn Besucher sich wieder verabschiedeten.

»Ich hab' sie nie verstanden«, sagte Walther plötzlich übergangslos, und Irma sah ihn fragend an. »Katharina. Ich hab' sie nie verstanden. Du hast dich irgendwann hier eingefunden, aber sie wirkte immer, als wartete sie nur darauf, endlich zurück nach Hause gehen zu dürfen.«

Irma dachte darüber nach. Katharina hatte immer schlimmeres Heimweh gehabt als sie, das stimmte, aber es war gar nicht so sehr der Ort allein, an den sie zurückkehren wollte, sondern vor allem die Sehnsucht nach ihrem alten Leben, wieder der Mensch sein zu können, der sie vor der Flucht gewesen war. »Ich weiß nicht, ob man das als Mann verstehen kann«, sagte sie schließlich.

»Du meinst wegen dem, was der Russe damals gemacht hat? Aber das war doch so lange her.«

Irma schwieg, und für einen Moment war es wieder da, das Tosen und Rauschen in den Ohren, wenn die Erinnerung ihren Herzschlag beschleunigte. Sie schüttelte den Kopf. »Lassen wir die alten Geschichten lieber.«

Aber obwohl Walther das Thema auf ihre Bitte hin sofort wieder fallen ließ, konnte Irma die Bilder nun nicht mehr so einfach aus ihrem Kopf verbannen. Katharina war es so elend gegangen in den Tagen nach ihrer Ankunft, und während Irma und Rudolf sich langsam erholten, war sie weiterhin andauernd müde und klagte über Unwohlsein. Eines Abends hatte Großmutter den Arzt kommen lassen, als es bereits dunkel war. Er hatte »die Dinge in Ordnung gebracht«, wie man es damals kryptisch formulierte. Danach sprach niemand mehr darüber, aber jeder ahnte es. Irma hatte es erst sehr viel später verstanden.

Walther hatte den Blick abgewandt und sah hinaus zu Rudolf, der mit seinen Enkelinnen im Garten saß. Er versuchte ganz offensichtlich zu lesen, wurde aber immer wieder von den beiden Mädchen unterbrochen, die ihm gepflückte Blumen zeigten oder Steine oder herumflatternde Schmetterlinge. Walther konnte sich ein Schmunzeln nicht verkneifen »Den Rudolf hätte ich mir als Großvater gar nicht vorstellen können. Nicht mal als treu sorgenden Ehemann, so wie der damals den jungen Frauen nachgestiegen ist.«

»Besonders schwer haben sie es ihm ja aber auch nie gemacht«, erwiderte Irma süffisant.

»War eben ein Charmeur, der Rudolf. Und jetzt hat er eine Tochter, Enkelkinder, ist ernsthafter geworden. Hat ihm offenbar gutgetan, dass er damals gegangen ist.«

»Wenigstens einem von uns.«

Walther sah sie an. »Na komm, dir ging es doch nicht schlecht. Und irgendwie konnte ich ihn auch ein bisschen verstehen.«

»Ach, tatsächlich?« Das kam bissiger als beabsichtigt. Dabei wusste Irma, dass alle Männer Rudolfs Entscheidung nachvollziehen konnten, während viele gar nicht erst versucht hatten, ihre Sichtweise zu verstehen. Das war eben so eine Sache mit dem männlichen Stolz, über den ging nichts. Da konnten die Schwestern sehen, wo sie blieben.

※ ※ ※

»Ist das eine Hitze.« Hannah strich sich mit dem Handrücken den Schweiß von der Stirn. »Ich hoffe, das wird jetzt nicht den ganzen Sommer so.«

»Bleibst du noch?«, fragte Lenya.

»Ja, Michael fällt für die Reitstunde heute aus, er ist krank, daher übernehme ich das.«

Lenya verspürte einen leisen Stich. Dass Irma sie so demonstrativ überging, traf sie, obwohl sie wusste, dass das nicht fair war. Schließlich war sie erst ein paar Tage hier und wusste aus eigener Erfahrung, dass man sich Vertrauen nur langsam erarbeiten konnte. Trotzdem tat es weh. Lenya atmete tief durch, verschränkte die Arme vor der Brust und lehnte sich an das Gatter zum Reitplatz. Sie würde mit Irma sprechen, versuchen, sie besser kennenzulernen. Was auch immer zwischen ihr und Friedrich vorgefallen war, dafür konnte Lenya ja schließlich nichts. In diesem Moment rief Hannah zwei Reitschülerinnen etwas zu und riss Lenya damit aus ihren Gedanken.

»Was meinte dein Vater vorhin mit der Geschichte über den polnischen Mann? Waren hier auch polnische Besatzer stationiert?«, fragte Lenya, als Hannah zu ihr kam und sich auf das Gatter setzte.

»Hier auf dem Gut nicht, glaube ich. Es gab wohl später mal einige Forderungen von Polen, die während des Kriegs auf einigen Höfen zur Zwangsarbeit herangezogen wurden. Das waren aber nur wenige, meist wurden belgische und französische Kriegsgefangene auf den Höfen untergebracht. Russen gab es auch, aber die ließ man direkt in den Emslandlagern verhungern.«

»Gab es denn hier auf dem Hof auch Zwangsarbeiter aus dem Ausland?« Dass ihre Familie so unmittelbar in dieses dunkle Kapitel eingebunden gewesen sein könnte, war ein Gedanke, der Lenya so konkret noch nie gekommen war. Aber woher hätte sie das auch wissen sollen, bis vor wenigen Tagen hatte sie nicht einmal geahnt, dass es diesen Teil ihrer Familie überhaupt gab.

»Nein, soweit ich weiß, nicht«, Hannah strich gedankenverloren über den Zaun, »Henriette von Grotenstein hatte damals einige der politischen Sträflinge hier auf dem Gut, die wurden morgens gebracht und kamen abends zurück ins Lager. Die meisten von ihnen schickte man zum Torfstechen ins Moor, andere wurden zur Landwirtschaft herangezogen. Deine Urgroßmutter hatte darum gebeten, dass man ihr einige überlässt, weil sie nach dem Krieg kaum noch Männer auf dem Hof hatte. Mein Vater hat mir mal erzählt, sie sei eine heimliche Widerständlerin gewesen, und die Leute hätten es hier besser gehabt als im Moor. Letzteres stimmt schon, die Arbeit im Moor muss entsetzlich gewesen sein, allerdings weiß ich nicht, ob das tatsächlich ihre Beweggründe waren. Vielleicht hat sie wirklich ihren Beitrag leisten wollen und keine andere Art des Widerstands gewagt, vielleicht wollte sie aber auch einfach von der billigen Arbeitskraft der Zwangsarbeiter profitieren, so genau kann man das im Nachhinein ja nicht mehr sagen. Wenn du die Leute heutzutage fragst, war ja jeder irgendwie im Widerstand.«

»Ich wusste nicht einmal, dass es hier ein Lager gegeben hat«, gestand Lenya.

»Nicht nur eines. Nicht weit von hier war das KZ Aschendorfermoor, wo die politischen Gefangenen interniert wurden. Es gibt auch eine Gedenkstätte.« Hannah warf einen Blick auf ihre Uhr. »Ich sehe mal nach den Mädchen, bestimmt wird da wieder mehr gegackert, als Pferde geputzt.« Sie sprang vom Gatter. »Kommst du mit? Wenn du Lust hast, kannst du mir nachher helfen. Das ist die Anfängergruppe, und da sind wohl drei Neue dabei.«

Im Stall war es angenehm kühl, und Lenya atmete den Geruch nach Pferden, Heu und Leder ein, den sie seit ihrer Kindheit so liebte. Wieder stellte sie sich vor, wie es wohl hätte sein können, wenn sie die Sommer ihrer Kindheit hier verbracht hätte. Als junges Mädchen hatte sie ihre Freundinnen immer glühend beneidet, wenn von Besuchen bei den Großeltern die Rede gewesen war. Als Lenyas Mutter noch bei ihnen gewesen war, hatte sich das Leben jedoch auch ohne Großeltern normal angefühlt. Doch als sie dann verschwunden war, hatte sich alles geändert.

Die hellen Stimmen der Mädchen erfüllten die Stallgasse, plaudernd, lachend und sehr liebevoll, wenn sie mit den Pferden sprachen. Das war doch in jedem Pferdestall gleich und hatte etwas wunderbar Vertrautes. Lenya beobachtete das Treiben und wünschte sich einmal mehr, sie könnte ein Teil davon sein, anstatt hier nur mehr oder weniger nutzlos herumzustehen, während Hannah durch die Stallgasse ging, mal hier einen Kinnriemen richtig befestigte, mal da einen Sattelgurt nachzog. Eines der Mädchen sprach sie an, ob sie helfen könne, denn ihr Wallach ließ sich nicht aufzäumen.

»Der ist kopfscheu«, erklärte das Mädchen, und Lenya ging zu dem Pferd, klopfte ihm sachte den Hals, schaffte es dann, behutsam und bestimmt zugleich das Pferd aufzuzäumen.

Da es sonst nichts für sie zu tun gab, ging sie zurück zum Reitplatz, um dort zu warten. An das Gatter gelehnt beobachtete sie zwei junge Mädchen, die ihre Pferde im Hof angebunden hatten und diese striegelten. Ein Mann schob eine Schubkarre in den Stall, in dem die Jährlinge standen, während ein Wagen in den Hof fuhr. Sobald er angehalten hatte, stieg eine Frau aus und trieb ihre Tochter zur Eile. Offenbar war da eine Reitschülerin von Hannah spät dran.

Lenya war sieben Jahre alt gewesen, als sie mit dem Reiten angefangen hatte, und anfangs war es immer ihre Mutter gewesen, die sie in den Stall gefahren hatte. Drei von Lenyas Schulfreundinnen waren ebenfalls dort geritten, und während Lenya ihr Pferd vorbereitet hatte, hatte ihre Mutter sich mit den anderen Müttern unterhalten. Später war Lenya dann mit dem Fahrrad zum Reitstall gefahren. Sie hatte schon sehr früh unabhängig sein wollen. Außerdem wollte sie oft nicht direkt nach der Reitstunde nach Hause, sondern liebte es, die Pferde auf der Koppel zu beobachten und sich auszumalen, wie es wäre, später einmal ein eigenes Pferd zu haben. Dieser Drang nach Unabhängigkeit hatte sich nach dem Verschwinden ihrer Mutter schlagartig geändert, und sie hatte seither immer Angst gehabt, auch ihren Vater zu verlieren. Das war später besser geworden, auch wenn sie diese Ängste gelegentlich noch heute spürte.

Der Tag, an dem ihre Mutter verschwand, war eigentlich ein ganz normaler Tag gewesen. Lenya, damals zehn Jahre alt, war von der Schule heimgekommen, hatte vor der Tür gestanden, arglos geklingelt. Selbst als niemand öffnete, war sie noch nicht misstrauisch geworden. Ihre Gedanken waren angefüllt von all dem, was an diesem Tag passiert war, von Gesprächen mit den Freundinnen und davon, dass Lukas, für den sie heimlich ein klein wenig schwärmte, sie am Arm festgehalten hatte, als ein

Radfahrer über den Bordstein gefahren war und Lenya beinahe gestreift hätte. In all diese Gedanken eingewoben drückte sie den Klingelknopf ein weiteres Mal. Und schließlich lief sie zu den Nachbarn, die einen Ersatzschlüssel hatten. War da das erste Mal ein leiser Argwohn in ihr aufgestiegen? Das Bewusstsein, dass etwas nicht stimmte?

Benommen und voller Sorge hatte sie im Wohnzimmer der Nachbarin gesessen, bis sie vom Vater dort abgeholt wurde. Hatte sie da schon begriffen, was geschehen war? Nein, da hatte sie noch Angst gehabt, ihrer Mutter wäre etwas zugestoßen. Ihr Vater hatte telefoniert, die Stimme erregt, in ihrer Gegenwart zwar um Ruhe bemüht, aber wann immer er zum Telefonieren den Raum verließ, hatte sie ihn gehört. Das Gefühl der Angst wich immer stärker der Verstörtheit, sie hatte zum ersten Mal gespürt, wie es war, wenn das Leben auf einmal unter einem wegbrach, wenn es wie Geröll in einen reißenden Fluss stürzte, der alles Vertraute mit sich riss und es an einem fremden, unerreichbaren Ufer wieder ausspie.

Obwohl ihre Mutter gerade durch diesen Verlust immer sehr präsent für Lenya gewesen war, hatte sie irgendwann bemerkt, dass sie sich nicht mehr an ihr Gesicht erinnern konnte. Und dies war wohl der Moment, in dem sie sie endgültig verloren hatte.

1955

»Ich musste gerade daran denken«, sagte Irma, während sie am Gatter stand und auf die Koppeln blickte, »dass ich gar nicht mehr so richtig weiß, wie Mama aussah.«

Der warme Sommerwind wehte Katharina das schulterlange Haar ins Gesicht, eine Strähne verfing sich in ihrem Mundwinkel. »Großmutter hat Fotos von ihr.«

»Ja, das Hochzeitsbild und einige aus der Zeit, als sie noch sehr jung war, aber da sah sie doch ganz anders aus, kein Foto davon wirkt vertraut.« Natürlich hatte Irma eine Vorstellung von ihrer Mutter, wusste, dass sie blond gewesen war wie ihre Kinder, wobei Rudolf langsam mehr und mehr nachdunkelte wie sein Vater, von dem seit einiger Zeit ein Foto im Zimmer der Mädchen stand, das Onkel Conrad ihnen geschickt hatte – ihr Vater in Uniform während des Kriegs. Aber wann immer Irma versuchte, das Bild ihrer Mutter schärfer zu stellen, ihm Kontur zu geben, verschwamm es, wurde blass wie eine ausgeblichene Fotografie.

Ein paar Meter von der Koppel entfernt breiteten Erna und die Köchin eine Picknickdecke unter den Apfelbäumen aus. Einer der Stallburschen trug einen großen Picknickkorb heran, und Irma sah zu, wie Teller und Kuchengabeln verteilt wurden. Zwei große Kaffeekannen in Wärmehauben folgten sowie Tassen, Zuckerdose und Milchkännchen. Katharina stieß einen tiefen Seufzer des Überdrusses aus.

Die Gäste kamen eine halbe Stunde später, allesamt im Alter von Irma und Katharina, was Rudolf die Gelegenheit bot, sich mit einem Buch in den Garten zu verziehen, vermutlich auf seinen Lieblingsbaum, wo Hannes vor einigen Wochen zwischen zwei dicken Ästen eine hölzerne Plattform befestigt hatte.

Zu zehnt nahmen sie auf der großen Decke Platz, wobei Martin Aahlhus sich neben Katharina setzte. Er suchte seit einiger Zeit ihre Nähe und Aufmerksamkeit mit einer Beharrlichkeit, die fast schon komisch anmuten würde, wäre sie nicht von so viel hoffnungsvoller Verzweiflung begleitet. Und Großmutter unterstützte das auch noch, indem sie ihn zu Geselligkeiten wie dieser einlud. Armer Kerl, dachte Irma.

Aber nicht nur Martin trug sich mit sehr konkreten Heiratsgedanken, auch Helga hatte etwas zu verkünden. Ein junger Offizier zur See warb um sie und hatte bereits bei ihrer Mutter vorgesprochen. Für die Thumanns, die seit dem Tod von Helgas Vaters den kleinen Hof überhaupt nur halten konnten, weil Matilde Thumann Zimmer vermietete, wäre ein gut situierter Ehemann für Helga ein wahrer Glücksfall.

»Er hat an der Navigationsschule in Papenburg gelernt«, erklärte Helga stolz und nicht ohne auszuführen, dass die Papenburger Schiffe einstmals auf allen Weltmeeren unterwegs gewesen waren.

»Ein Seemann?« Margot Romberg, eine Nachbarin der Reimanns, krauste die Stirn. »Aber die sind doch nie daheim.«

»Unsere Helga sieht sich schon sehnsüchtig am Kai stehen und warten«, spöttelte Walther Bruns. »Ein Säugling auf dem Arm, ein Kleinkind an der Hand und ein Schulkind am Rockzipfel. Und beim nächsten Mal ein weiteres im Bauch.«

Helga war blutrot geworden, während alle anderen lachten – bis auf Katharina.

»Ich finde dich außerordentlich geschmacklos«, sagte sie und erntete einen Blick von Helga, der zwischen Staunen und Dankbarkeit lag. Beistand hätte sie von dieser Seite sichtlich nicht erwartet.

»Katharina hat recht«, sagte nun auch Martin Aahlhus, ungeachtet der Tatsache, dass er gerade noch gelacht hatte.

»Bleibt ihr dann auf eurem Hof?«, fragte Margot.

»Nein, ich ziehe in sein Haus in der Stadt.« Wieder wurde Helga rot, doch dieses Mal unübersehbar vor Stolz. »Seine Eltern wohnen auch dort, und seine Mutter freut sich, wenn ihr jemand zur Hand geht.«

»Mit anderen Worten«, kam es von Walther, »er sucht eine Haushaltshilfe, und da ist heiraten billiger, als eine einzustellen.«

»Du bist gemein«, fauchte Helga, und obwohl Irma sie nicht ausstehen konnte, musste sie ihr beipflichten.

»Wie ist seine Mutter denn so?«, versuchte sie sich an einer versöhnlichen Wendung des Gesprächs.

»Sehr nett.« Helga legte so viel Nachdruck in diese Worte, dass Irma augenblicklich Zweifel kamen.

Walther suchte Irmas Blick, als wollte er ihre Stimmung ausloten. Sie wich ihm aus und schenkte sich noch eine Tasse Kaffee ein, während sie daran dachte, wie schön es wäre, Thure hier zu haben. Aber der war seit einem Jahr auf einer Agrarwirtschaftsschule in Hamburg und kam nur selten nach Hause. Sie hörte mit halbem Ohr zu, wie das Gespräch sich nun nicht mehr um Helga drehte, sondern um irgendein Mädchen, das mit ihnen zur Schule gegangen war und nun nach Kiel heiratete. Helga selbst hatte das Thema gewechselt, offenbar bestrebt, sich nicht weiter dem Spott der anderen auszusetzen.

Irma trank ihren Kaffee aus, dann erhob sie sich und ging ein paar Schritte spazieren. All das Geplauder und Gelächter wurde ihr manchmal einfach zu viel. Sie bemerkte, dass Katharina ihr gefolgt war, und drehte sich zu ihr um.

»Nur schnell aus der Reichweite von Martin Aahlhus?«, versuchte sie zu scherzen, doch Katharina verzog keine Miene. Es war schwer, ihr eines ihrer seltenen Lächeln zu entlocken.

»Er wird bei Großmutter vorsprechen, da bin ich mir sicher«, sagte Katharina.

»Sie wird ihm wohl dieselbe Antwort geben müssen, die sie jedem Mann gibt, der sich einbildet, er könnte sich Hoffnungen auf dich machen.«

»Du sagst das in so einem Ton.«

Sie waren nun am Koppelgatter angelangt. »Ich meine, da sind doch einige sehr anständige dabei gewesen. Und Martin Aahlhus ist lustig und sieht noch dazu gut aus.«

»Ich bin sechsundzwanzig. In spätestens vier Jahren werden sie es aufgeben, da sind die jungen Burschen allesamt verheiratet, und dann lässt man mich hoffentlich endlich in Ruhe. Manchmal denke ich, ich halte es hier nicht mehr aus«, sagte Katharina unvermittelt. Sie hatte die Arme vor der Brust verschränkt und wirkte, als tastete sie mit den Blicken die Horizontlinie ab. »Es gibt Tage, da wünsche ich mir irgendetwas Vertrautes, an dem ich mich festhalten kann. Diese Landschaft, das Moor, die Heide – ich wünschte so sehr, es gäbe hier etwas, das mich an zu Hause erinnert. Selbst die Kirche ist fremd, weil man uns hier zu Katholiken gemacht hat.«

Irma ließ den Blick schweifen. Seit ihrer Ankunft sammelte sie all das, was sich vertraut anfühlte – Bilder, Gerüche, Eindrücke –, und fädelte es in ihrem Innern auf wie Perlen auf eine Kette. »Es gibt aber doch die Pferde.«

Katharinas Blick folgte dem von Irma, verweilte für die Dauer weniger Lidschläge auf den Stuten. »Es sind keine Trakehner.«

2018

Hannes zerkrümelte die trockene Erde zwischen den Fingern und ließ sie zu Boden rieseln. Mit einiger Besorgnis betrachtete Irma bereits seit einiger Zeit die Weiden. Schon der Mai und der Juni waren ungewöhnlich warm und trocken gewesen, und bisher hatte sich ihre Hoffnung auf Regen nicht erfüllt. Wenn jetzt zu allen Sorgen, die Irma mit dem Gut hatte, auch noch eine Futtermittelknappheit hinzukam, wie Walther sie bereits im Mai prophezeit hatte, dann wusste sie wirklich nicht mehr weiter.

»Wie lange bleibt Rudolf?«

Irma zuckte mit den Schultern – sie hatte keine Ahnung, was Rudolf vorhatte. Ebenso wenig wusste sie, ob sie sich über sein Bleiben freuen sollte oder ob sie es lieber hätte, dass er wieder ging. Obwohl Irma ihm grollte und zwischen ihnen immer noch dieses zermürbende Schweigen hing, war sie in gewisser Weise doch erleichtert, dass sie sich dem Alleinsein bislang noch nicht hatte stellen müssen. Irgendwie tat es gut, nachts andere Menschen im Gutshaus zu wissen. Doch obwohl Irma gesehen hatte, wie Katharinas Sarg auf dem Friedhof in die Erde eingelassen wurde, war ihr Tod doch noch nicht so ganz bei ihr angekommen. Täglich erwischte sie sich dabei, wie sie an Katharina dachte, sie in ihren Alltag einbezog, als wäre sie noch immer am Leben. Einmal war sie schon dabei gewesen, Suppe auf einen Teller zu geben, um ihn in Katharinas Zimmer zu bringen, wie sie das in den letzten Wochen getan hatte, als ihre Schwester nach einem Schwächeanfall mal wieder das Bett hatte hüten müssen. Zum Schluss war sie gar nicht mehr aufgestanden, und wenngleich der Arzt ein körperliches Leiden ausschloss, war sie nicht mehr auf die Beine gekommen.

»Ich finde, das Mädchen ist doch gar nicht verkehrt.« Hannes stemmte sich die Hände in den Rücken, dehnte sich leicht zurück, dass es knackte. In letzter Zeit machten ihm die Bandscheiben schwer zu schaffen.

»Von wem sprichst du?«

»Rudolfs Tochter.«

Erstaunt über diesen abrupten Themenwechsel folgte Irma seinem Blick und sah, dass Lenya mit ihren Töchtern aus dem Stall kam, in dem die Schulpferde standen.

»Hat sie nicht noch ein drittes Kind?«, fragte Hannes.

»Lenya? Ja, ich meine, dass Rudolf von drei Enkelinnen gesprochen hat. Die Älteste ist wohl bei ihrem Vater geblieben, wegen der Schule, glaube ich.«

»Wundert mich ja schon, dass der Vater nicht mal am Wochenende mit der Kleinen kommt.«

»Gott bewahre!«, rutschte es Irma heraus, und Hannes schmunzelte. Das hätte ihr gerade noch gefehlt. Ein arroganter Dressurreiter, der mit gerümpfter Nase durch ihre Stallungen spazierte.

Während Hannes fortfuhr, die Koppeln zu inspizieren und die Zäune zu prüfen, ging Irma zurück Richtung Haus. In der mittäglichen Sonne wurde es ihr mittlerweile schnell zu heiß, sie ertrug diese warmen Sommer immer schlechter. Vor allem durfte sie nicht vergessen, Katharina eine Karaffe ans Bett zu bringen, sie trank viel zu wenig in diesen Tagen. Der Gedanke war noch nicht zu Ende gedacht, als der Schmerz sich in Irmas Brust krallte wie ein klauenbewehrtes Tier, das sich in ihr drehte und wand, dabei tiefe Schrunden riss. Sie musste an den Spruch denken »Die Zeit heilt alle Wunden«. Wie alt würde sie werden müssen, bis der Schmerz nachließ und diese Wunde heilen konnte?

Im Haus empfing sie angenehme Kühle. Was im Winter oft zur Last wurde, weil es Unmengen an Heizkosten fraß, war in Sommern wie diesem eine Wohltat. Als Kind und später als Jugendliche hatte Irma den Sommer geliebt, allerdings konnte sie sich nicht daran erinnern, dass es jemals so unerträglich heiß gewesen wäre. Es war natürlich auch sehr warm gewesen, aber eine solch anhaltende Hitze wäre ihr im Gedächtnis geblieben.

Die Beerdigung war nun fünf Tage her, und eigentlich wollte Irma sich langsam daranmachen, Katharinas Sachen zu sortieren. Noch fehlte ihr aber die Kraft dazu, das Zimmer ihrer Schwester zu betreten. Sie hatte am Tag nach Katharinas Tod das Bett abgezogen, hatte die Decke und das Kissen verstaut, aber zu mehr war sie nicht imstande gewesen.

Ihr wurde schwindlig, und Irma legte die Hand auf den Pfosten des Treppengeländers, schloss die Augen, um sich zu fangen. Als sie die Lider aufschlug, sah sie immer noch etwas verschwommen, und ein Bild schob sich mit fast unerträglicher Klarheit hinein. Rudolf, der diese Treppe hinuntereilte, eine Reisetasche in der Hand, während Katharina ihm folgte, ihm sagte, er solle diese Torheiten doch lassen. Irma stand unten, glaubte nicht, dass es ihm wirklich ernst war. Sollte er doch seine Wut in diesem kindischen Impuls abreagieren.

An der Tür drehte er sich um, sah sie an, und Irma fragte sich, ob dieser lodernde Zorn in seinem Blick nur den Wunsch übertünchte, ihn nicht ziehen zu lassen. Nach allem, was er ihr an den Kopf geworfen hatte, würde sie nun garantiert nicht darum bitten, dass er blieb.

»Ich gehe«, sagte er erneut, als wäre das nicht längst klar. Als stünde er mit der Tasche in der Hand dort, weil er wie ein Kind mit dem Auszug drohte und hoffte, die Erwachsenen würden ihm erklären, dass es daheim doch viel schöner war.

Schließlich brach sie das Schweigen, nickte zur Tür hin, zu der Welt, die sich dahinter auftat. »Na, dann tu's doch.«

* * *

Lenya ahnte bereits Böses, als das Handy in ihrer Tasche vibrierte. Alexander war es bestimmt nicht, von ihm hatte sie seit ihrem Streit nichts mehr gehört, und da er sich im Recht wähnte, würde er auch bestimmt nicht den ersten Schritt tun. Der Kindergarten konnte es ebenfalls nicht sein, und so blieb um diese Uhrzeit nur die Schule oder – Lenya sah mit einem Blick aufs Display, dass es sich um die zweite Möglichkeit handelte – ihre Schwiegermutter. Kurz spielte sie mit dem Gedanken, das Gespräch einfach wegzudrücken, aber Brigitte Fürstenberg ließ sich nicht so einfach abwimmeln. Sie ging davon aus, dass Lenya nichts zu tun hatte, und würde es daher so lange bei ihr versuchen, bis sie erfolgreich war.

»Ja?«

»Lenya?«

Wer sonst? »Ja.«

»Alexander hat mir gestern erzählt, dass du ihn weiterhin mit dem Kind allein lässt.« Brigitte sah offenbar nicht ein, sich lange mit Begrüßungsfloskeln aufzuhalten.

»Ich bleibe noch ein wenig mit meinem Vater hier.«

»Ah ja.«

Lenya schwieg, obwohl sie ahnte, dass dieses leichte Anheben des Tonfalls eine Frage andeuten sollte. Aber sie hatte keine Lust, sich zu rechtfertigen, vor allem nicht vor ihrer Schwiegermutter, die das alles nichts anging.

»Dir ist klar, dass Alexander ein wichtiges Turnier vor sich hat?«

»Er hat ständig wichtige Turniere.«

»Er ist eben sehr erfolgreich. Wie lange wirst du noch wegbleiben?«

Lenya atmete langsam aus, bemühte sich, nicht ungehalten zu werden. »Das weiß ich noch nicht, Brigitte.«

Ein empörtes Schnauben war zu hören, und Lenya sah ihre Schwiegermutter geradezu vor sich, wie sie an ihrem Schreibtisch saß, gekleidet in ein schickes Kostüm, das silbergesträhnte Haar in eleganter Kurzhaarfrisur, während die aristokratischen Nasenflügel bei diesem pferdegleichen Schnauben bebten. »Du kannst doch nicht ...«

»Wenn Alexander mir etwas zu sagen hat, kann er gern selbst anrufen«, fiel Lenya ihr ins Wort. »Sag ihm das, ehe er dich erneut vorschickt.« Damit drückte sie das Gespräch weg und genoss diesen kurzen Moment des Triumphes. Der würde nicht lange anhalten, dessen war sie sich sicher. Brigitte würde erneut anrufen und ihr in allen Nuancen, die ihre Stimme ihr bot, darlegen, was sie von ihrem Verhalten hielt, von ihren Qualitäten als Ehefrau und Mutter und von ihrem fehlenden Respekt. Vor allem würde sie entschieden darlegen wollen, dass Alexander es nicht nötig hatte, seine Mutter vorzuschicken. In diesem Moment klingelte es erneut. Lenya drückte das Gespräch weg und beschloss, dass sie jetzt keine Lust hatte, sich um dieses Problem zu kümmern.

Sie überquerte den Hof und ging um das Haus herum zum Gartentor, um nachzusehen, ob die Kinder noch draußen spielten. Sie war heute Morgen lange mit ihnen spazieren gegangen und hatte einen Spielplatz gefunden, der den Mädchen so gut gefallen hatte, dass Lenya ihnen hatte versprechen müssen, morgen noch einmal mit ihnen hinzugehen. Der Garten war durch die hohen alten Bäume schattig, trotzdem hatte Lenya die Mädchen eingecremt und ihnen Sonnenhüte aufgesetzt.

Auf ihre Besorgnis hin hatte Irma nach dem Mittagessen nur lakonisch gefragt: »Wie haben wir damals bloß den Sommer überlebt?«

»Diejenigen, die ihn nicht überlebt haben, können heute ja auch nicht mehr mitreden«, hatte ihr Vater daraufhin trocken geantwortet.

Lenya strich sich eine gelöste Strähne aus dem Gesicht und steckte sie zurück in ihren Haarknoten am Hinterkopf. Dann ging sie durch den Garten zur Veranda und betrat die große Wohnstube. Sie durchquerte die Eingangshalle und wollte gerade in die Küche gehen, um sich etwas zu trinken zu holen, als sie Irma an der Treppe stehen sah, eine Hand auf den Knauf des Treppenpfostens gelegt und leicht vornübergebeugt. Irma hob den Blick, sah Lenya an, blinzelte, als sei sie erschrocken, sie zu sehen. Lenya eilte zu ihr, nahm ihre Hand und half ihr, auf einer der Treppenstufen Platz zu nehmen.

»Geht es?«

Irma nickte knapp.

»Bin gleich wieder da«, sagte Lenya und lief in die Küche, nahm dort ein Glas aus dem Schrank, füllte es mit kaltem Wasser und brachte es ihrer Tante. Die nahm es mit zittriger Hand und trank ein paar Schlucke.

»Danke«, sagte sie dann.

Da sie keine Anstalten machte, aufzustehen, ließ sich Lenya zögernd neben ihr auf der Treppenstufe nieder. Offenbar hatte ihre Tante kurz vor einem Schwächeanfall gestanden, was bei der Hitze kein Wunder wäre.

»Du brauchst nicht auf mich aufzupassen.« Irmas Stimme

klang nicht ganz so barsch, wie von ihr vermutlich beabsichtigt, und es lag ein kleines unterschwelliges Beben darin.

Lenya antwortete nicht, blieb jedoch sitzen. Das Handy vibrierte wieder, und sie zog es hervor, stöhnte leise und drückte das Gespräch weg.

»Wofür trägt man denn ein Telefon mit sich herum, wenn man dann nicht rangeht?«

»Tja, das frage ich mich auch so manches Mal. Eigentlich könnte ich es auch im Haus lassen. Die beiden Kleinen sind hier, und für die Große ist Alexander erreichbar.« Wieder vibrierte es, wieder lehnte Lenya das Gespräch ab.

»Vielleicht ist es doch wichtig?«

»Es ist meine Schwiegermutter, die vermutlich ihre Moralpredigt von vorhin fortsetzen möchte.«

»Na, mit so etwas musste ich mich glücklicherweise nie herumschlagen.«

»Dann hast du es im Gegensatz zu mir wohl richtig angestellt.«

Jetzt lachte Irma, ein Laut, der brüchig klang, als hätte sie vergessen, wie das ging. »Das sage ich seit Jahren. Und nun, sieh mich an.«

Erneut vibrierte das Handy. »Diese Frau macht mich verrückt.«

»Was will sie?«

»Dass ich nach Hause komme und mich um ihren vernachlässigten Sohn kümmere.«

»Ach, so einer ist das.« Irma klang nicht so, als sei sie erstaunt.

»Nein, eigentlich nicht. Aber das hat seine Mutter noch nicht verstanden.«

Irma erhob sich langsam, und Lenya hörte, wie ihre Knie knackten, aber sie würde sich hüten, ihr Hilfe anzubieten. Sie wollte Irma auf keinen Fall demütigen. Als Lenya beim erneuten

Klingeln ihres Handy laut aufseufzte, hielt Irma, die auf dem Weg zur Haustür war, kurz inne, drehte sich zu Lenya um und sagte mit einem Anflug von Belustigung: »Wenn du es ausschaltest, kann es nicht mehr klingeln.«

Die Tür schloss sich sacht hinter ihr, und Lenya drückte erst das Gespräch weg, ehe sie das Handy ausschaltete. Sie legte es neben sich auf die Treppenstufe und sah sich in der Halle um. Aus dem Wohnzimmer drang leise das Ticken der altmodischen Standuhr, und in der Luft lag dieser typische Geruch nach Wachs und Holz, wie er alten Häusern oft anhaftete.

Als die Haustür geöffnet wurde, dachte Lenya im ersten Moment, Irma würde zurückkehren, aber es war Hannah, die kurz stutzte, ehe sie eintrat. »Warum sitzt du auf der Treppe? Ist dir nicht gut?«

»Ich hatte mich mit Irma unterhalten und bin jetzt einfach zu bequem, um wieder aufzustehen.«

»Verstehe. Und Irma saß auf der Treppe?«

»Sie hat sich wohl nicht gut gefühlt.«

Hannahs Blick ging kurz zur Haustür. »Das war vermutlich alles zu viel in letzter Zeit, Katharinas Tod, die ganzen anderen Sorgen.« Dabei ließ sie offen, welche anderen Sorgen sie genau meinte, entweder in der Annahme, dass Lenya Bescheid wusste, oder weil sie dachte, es ginge sie nichts an. Lenya hatte noch nicht so recht herausbekommen, welche Rolle Hannah in diesem Familienkonstrukt einnahm. »Du siehst aber auch nicht gerade glücklich aus«, wechselte Hannah rasch das Thema.

»Meine Schwiegermutter ruft mich die ganze Zeit an, damit ich nach Hause fahre und meine ehelichen Pflichten erfülle.«

»Ach je, so eine hast du am Hals?« Hannah setzte sich neben sie auf die Treppe. »Meine kann man gut aushalten, sie mischt sich nicht ein. Schickt dein Mann sie immer vor?«

»Nein, normalerweise nicht.« Gedankenverloren drehte Lenya ihren Ehering, zog ihn halb vom Finger, schob ihn wieder darauf. »Aber man heiratet ja immer das Komplettpaket. Das Theater hättest du mal erleben sollen, als ich seinen Namen nicht annehmen wollte.«

»Hier auf dem Land findet man das auch sehr befremdlich, da haben einige Leute so getan, als wäre ich gar nicht richtig verheiratet. Mein Mann kommt aus Osnabrück, er ist nur meinetwegen hierhergezogen, der arme Kerl.« Hannah lachte. »Hier ticken die Uhren eben langsamer.«

»Ach, so ein bisschen Entschleunigung ist doch auch nicht verkehrt.«

»Für meine Begriffe ist es hier manchmal etwas zu entschleunigt.« Hannah streckte die Beine aus und schlug die Füße übereinander. »Weißt du denn schon, wie lange du bleibst?«

»Erst einmal so lange, wie mein Vater bleiben möchte. Vorausgesetzt, Irma ist damit einverstanden.«

»Warum sollte sie nicht?«

Lenya zuckte nur mit den Schultern.

»Sie ist nicht ganz einfach, das stimmt, aber das gibt sich, wenn man sie besser kennenlernt. Dann merkt man, was für ein wunderbarer Mensch sie ist. Sie und ich sind immer sehr gut miteinander ausgekommen, schon seit meiner Kindheit, obwohl sie und meine Mutter sich nicht besonders gut verstanden haben. Zwischen den beiden muss früher mal etwas vorgefallen sein, etwas, das nie wirklich geklärt wurde.«

∗ ∗ ∗

Nachdem der nächste Brief von der Bank gekommen war, hatte Irma ein sehr ernstes Gespräch mit ihrem Gestütsleiter Peter Rheinsfeld geführt, der ihr erneut schonungslos die gesamte finanzielle Misere in allen Details darlegte. Um das Ruder noch einmal herumzureißen, würde sie einen großen Teil der Pferde verkaufen müssen. Und selbst dann war es fraglich, ob sie den Hof würde retten können.

»Vielleicht ist es einfach an der Zeit, sich zur Ruhe zu setzen«, kam es wenig hilfreich von Peter.

Und dann? Sollte sie das Gestüt schließen und endgültig in ihrem Haus vereinsamen? Vom Wohnzimmer aus direkt in den Sarg? Zum ersten Mal seit vielen Jahren überkam Irma eine solche Erschöpfung, dass sie sich einfach nur hinsetzen und keinen Schritt mehr tun wollte. Würde sie wieder alles verlieren? Einmal am Anfang ihres Lebens und einmal am Ende? Es kostete sie viel Kraft, sich zusammenzureißen und nicht vor Peter zusammenzubrechen. Stattdessen vereinbarte sie mit ihm, dass sie sich am nächsten Tag zusammensetzen würden, um nach einer Lösung zu suchen, und nickte ihm knapp zu, ehe sie sein Büro verließ.

Sollte es das jetzt gewesen sein? Irma ging durch die Verbindungstür in den Stall. Das Büro befand sich in den ehemaligen Gesinderäumen des Stallpersonals. In diesem Teil der Stallungen standen die Hengste und Wallache. Hannah war gerade damit beschäftigt, ihr Pferd zu satteln. Als sie Irma bemerkte, drehte sie sich zu ihr um und sah einen Moment lang aus wie ihre Mutter. Meist glaubte Irma, Hannahs Vater in ihr zu erkennen, aber in diesem Augenblick, als ihr eine gelöste Strähne ins Gesicht fiel, konnte man glauben, die Uhr habe sich über dreißig Jahre zurückgedreht. Seit fast fünfzehn Jahren war Hannahs Mutter nun tot, verstorben nach kurzer, schwerer Krebserkrankung, da war der Jüngste gerade siebzehn gewesen. Irma nickte Hannah kurz zu, ging dann aber weiter. Sie brauchte jetzt einen starken schwarzen Kaffee, das hatte ihren Kreislauf immer schon in

Schwung gebracht. Dieser Schwindel machte sie verrückt. Aber war das ein Wunder? Die Hitze, die existenziellen Sorgen, all die Erinnerungen, die auf einmal wieder an die Oberfläche trieben?

Sie betrat das Haus, und für einen Moment blieb ihr Blick an der Treppe hängen, auf der sie vor einer halben Stunde mit Lenya gesessen hatte. Als sie die Küche betrat, bemerkte sie, dass bereits jemand frischen Kaffee gekocht hatte. Lenya? Oder Rudolf? In den letzten Wochen und Monaten war sie die Einzige gewesen, die alle nötigen Handgriffe erledigt hatte. Es war lange her, dass ihr jemand Kaffee gekocht hatte. Mit der Tasse in der Hand ging Irma ins Wohnzimmer und sah durch das Fenster ihren Bruder auf der noch schattigen Veranda sitzen. Zögernd trat sie zu ihm hinaus. Wein rankte an der laubenartigen Einfassung hoch, das Grün des Rasens wirkte müde, Blätter und Blüten schlaff.

Die Hitze hing wie eine Glocke über dem Garten, und nach der Kühle im Haus erschien Irma die Luft hier draußen beinahe klebrig. Sie atmete mehrmals ein und aus, weil sie das Gefühl hatte, dass die Hitze ihr die Brust zuschnürte. Sie, die sich nie geschont hatte, dachte an diesem Tag schon zum zweiten Mal, dass sie künftig wohl etwas kürzer würde treten müssen. In langsamen Schlucken trank sie den Kaffee, während sie schweigend auf der Veranda stand. Rudolf sah sie aufmerksam an, aber Irma ignorierte die stumme Frage, ihr ging die Unterhaltung mit Peter im Kopf herum, und zu der Erschöpfung gesellte sich eine tiefe Mutlosigkeit. All diese Kämpfe – und am Ende blieb die Frage, wofür das alles. Der Hund kam auf die Terrasse getrottet und ließ sich zu ihren Füßen nieder. Irma neigte sich zu ihm und streichelte ihn.

»Na, du Streuner?« Eigentlich hatten sie ihn Rocko genannt, aber der Name Streuner war irgendwie an ihm hängen geblieben, seit er vor zwölf Jahren als junger Hund bei ihnen auf dem Hof aufgetaucht war, herren- und heimatlos. Irma hatte sich ihm auf Anhieb verbunden gefühlt, und so war er geblieben.

»Kannst du mir erklären, warum Brigitte schon viermal versucht hat, mich zu erreichen?«, fragte Rudolf, als Lenya sich zu ihnen in den Garten gesellte.

Diese Schwiegermutter schien an einem eklatanten Mangel an Beschäftigung zu leiden.

»Hast du sie zurückgerufen?« Lenya zog einen Stuhl zurück und setzte sich.

»Bisher noch nicht.«

»Ignorier sie einfach.«

»Das ist nicht so einfach, wenn sie sich beständig in Erinnerung bringt.«

Ob Rudolf sich bewusst in den Korbsessel gesetzt hatte, der dort stand, wo auch früher sein Lieblingsplatz gewesen war? Nahe der Mauer, die die Veranda seitlich begrenzte, und auf der er sein Glas abgestellt hatte. Früher hatten sie im Sommer oft hier draußen gesessen, Katharina in den Garten blickend, während sie ihren Gedanken nachhing, Rudolf mit einem Ausdruck blasierter Arroganz im Sessel fläzend, sodass es stets einer Ermahnung bedurfte, Haltung zu zeigen.

»Hast du den Kaffee gekocht?« Irma hob die Tasse und sah Lenya an.

»Ja, ich hoffe, er ist nicht zu stark?«

»Er ist genau so, wie ich ihn mag.«

Lenya erwähnte den kurzen Moment der Schwäche auf der Treppe nicht, aber es war klar, warum sie den Kaffee gekocht hatte. Irma hatte offenbar gewirkt, als hätte sie ihn nötig. Ihn ihr stillschweigend bereitzustellen, war eine Geste, die Irma zu schätzen wusste.

»Diese dunkle Stute«, sagte Lenya, »Rubina, gefällt mir gut. Ist sie zugeritten?«

»Ja, seit diesem Frühjahr. Ihre Mutter war eines der letzten Pferde, die ich noch geritten habe. Leider musste ich vor drei Jahren nach einem Sturz damit aufhören. Das war eine schwere Entscheidung, aber ich möchte nicht mit einem Beckenbruch oder Oberschenkelhalsbruch zum Pflegefall werden.« Bei dem Gedanken daran, auf einem Pferderücken zu sitzen, seufzte Irma wehmütig. »Möchtest du Rubina reiten?«

»Wenn ich darf, sehr gerne.«

»Nur zu. Du kannst morgen früh vor der ersten Reitstunde auf den Platz.«

»Das ist wunderbar. Vielen Dank.«

Irma sah Rudolf an, wie er dasaß und in den Garten blickte, und vielleicht seinen Gedanken nachhing. Unvermittelt fielen ihr Helgas Worte wieder ein. *Ihre Unschuld verloren.* Hatte er damals wirklich mit Maria geschlafen? Unwahrscheinlich war das nicht, er war wahrhaftig kein Kind von Traurigkeit gewesen, und da war etwas gewesen in der Art, wie Maria ihn angesehen hatte. Wie alt mochten sie beide gewesen sein? Sechzehn? Siebzehn? Da hatten sie ja früh angefangen. Heutzutage mochte das normal sein, aber wenn das damals herausgekommen wäre, hätten sie vermutlich einen handfesten Skandal ausgelöst.

»Hast du damals wirklich mit Maria Hinneken geschlafen?«, fragte sie übergangslos.

Rudolf wirkte erstaunt, schwieg aber. Lenya hatte ebenfalls neugierig den Kopf gehoben, doch wie ihr Vater blieb sie stumm. Sein Blick ging an ihr vorbei, schien an etwas hängen zu bleiben, das weit entfernt und nur für ihn sichtbar war. Dann lächelte er.

»Was ist eigentlich mit Lenyas Mutter? Kannst du darauf

wenigstens antworten?«, stellte sie die Frage, auf deren Antwort sie schon seit Rudolfs Ankunft neugierig war.

»Wir sind getrennt.«

»Verstehe.«

»Nein, das verstehst du sicher nicht. Sie ist einfach gegangen, als Lenya noch ein Kind war. Eines Tages kam Lenya aus der Schule, und ihre Mutter war nicht mehr da. Sie ist von heute auf morgen verschwunden – ohne eine Erklärung.«

Mit dieser Antwort hatte Irma nicht gerechnet, und als sie Rudolf nun ansah, merkte sie, dass sich ihr Blick auf ihn veränderte. »Du hast sie also allein großgezogen?«

»Ja.«

Sie blickten sich an, und da blitzte sie auf, diese Vertrautheit aus jungen Jahren. »Du hast keine Ahnung, warum sie dich verlassen hat?«

Er zuckte mit den Schultern. »Wir haben vermutlich aus den falschen Gründen geheiratet.«

Irma wandte sich ab, wollte in Tränen ausbrechen. Selbst als seine Frau ihn mit dem Kind alleingelassen hatte, war er nicht hierher zurückgekommen. Hätte das nicht der erste Impuls sein müssen? Das mutterlose Kind mitzunehmen, die Schwestern darum zu bitten, ihm zu helfen? Dieser Stolz, dachte sie. Dieser törichte Stolz. Es hätte alles ganz anders kommen können, wenn ihnen nicht immer wieder der Stolz im Weg gestanden hätte.

***

Nach ihrem abendlichen Telefonat mit Anouk brachte Lenya die Kinder ins Bett und wusste danach nichts Rechtes mit sich anzufangen. Es war kurz vor acht, und über dem Hof lag das weiche buttergelbe Licht eines frühen Sommerabends. Lenya beschloss, ein bisschen zu lesen, und ging in die Bibliothek, um nach einem

Buch zu suchen, das sie mit in den Garten nehmen konnte. Die altmodischen Sprossenfenster lagen in langen Schatten auf dem honigfarbenen Parkettboden, und in der Luft hing jener staubige, leicht metallisch anmutende Geruch alter Bücher.

Lenya ging langsam an den Regalen entlang, das Parkett kühl und glatt unter ihren bloßen Fußsohlen. Irma hatte eine große Auswahl an Büchern, vieles war sehr alt und wohl noch aus Zeiten ihrer Urgroßmutter. Sogar die sogenannte Backfischliteratur, wie Bücher von Magda Trott, Henny Koch und Emmy von Rhodens *Trotzkopf*, befand sich darunter. Ob sie Irma gehört hatten? Lenya zog eines hervor und schlug es auf. *Ingrid von Grotenstein* stand in kindlich runder Schrift darin. In einem anderen war derselbe Name eingetragen, und im dritten der Name, den Lenya aus Familienunterlagen kannte – Emilia von Grotenstein, ihre Großmutter.

Aus diesem Buch flatterte jetzt ein Foto zu Boden, und Lenya bückte sich, um es aufzuheben. Zu ihrem Bedauern zeigte es keine alte Aufnahme aus der Kinderzeit ihrer Großeltern, sondern das vergilbte schwarz-weiße Bild eines struppigen großen Hundes, grau mit weißer Brust, der von unten her in die Kamera blickte. *Unser Racker*, stand in verblasster kindlicher Schrift auf der Rückseite mit einem schiefen Herzchen daneben.

Eine Kindheit voller Erinnerungen und bestimmt auch schöner Momente. Und doch blieb Jahre später davon nichts weiter übrig als ein Foto, das zufällig jemand fand und das in Lenya Bilder heraufbeschwor von einem Mädchen, das mit einem großen Hund herumtollte, spazieren ging, auf der Wiese lag und las, während der Hund neben ihr wachte. Ob ihr Vater auch einen Hund gehabt hatte, mit dem er über den Hof getobt war? Lenya wollte das Bild in das Buch zurückschieben, überlegte es sich jedoch anders und stellte es auf das Regal vor die Buchrücken.

Langsam schritt sie weiter an den Regalen entlang, jetzt nicht mehr auf der Suche nach abendlicher Unterhaltung, sondern nach Fragmenten einer Familie, aus der sich eine Geschichte spinnen ließ. Ihre Geschichte.

Sie fand jedoch keine weiteren Fotos mehr in den Büchern und leider auch keine verborgenen Fotoalben und Tagebücher. Trotzdem fuhr sie mit der Suche fort und zog ein weiteres Buch aus dem Regal. Jules Verne. Diesen Autor hatte ihr Vater geliebt und ihr seit ihrem neunten Geburtstag regelmäßig Bücher von ihm geschenkt. »Das ist die Literatur, die bleibt«, hatte er ihr erklärt. Jetzt stand Lenya vor der alten Ausgabe von *In achtzig Tagen um die Welt*. *Rudolf von Damerau* stand darin. Die Kinderhandschrift erinnerte schon ein wenig an die inzwischen wie gestochen wirkende Schrift ihres Vaters, war nur hier noch unausgereift. Etwas in ihr zog sich zusammen, schmerzte in der Brust, während sie vorsichtig mit dem Zeigefinger über den Namen ihres Vaters fuhr. Es rührte sie, dass er dieses Buch, das sie ebenfalls liebte, als Kind gelesen hatte, und sie nun ein Stück seiner Vergangenheit in den Händen hielt. Ob sie das Buch behalten durfte?

Sie hatte bisher immer geglaubt, die Wurzeln ihres Vaters lägen in Ostpreußen, dabei stammte er in Wahrheit doch eigentlich von hier. Seine Mutter war hier geboren, hierher war er zurückgekehrt. Lenya ging weiter durch die Bibliothek, das Buch ihres Vaters fest in der Hand, die Blicke suchend auf die Regale gerichtet. An der Wand gegenüber der Tür befand sich der hohe Kamin, sauber ausgefegt und mit Ziergegenständen auf dem Sims. Der Raum hatte einen kleinen Erker, in dem eine Fensterbank eingelassen war, und Lenya stellte sich vor, wie die beiden Schwestern hier gesessen und Geheimnisse geteilt hatten, erst kindliche und später die von heranwachsenden jungen Frauen und ihren ersten Verliebtheiten. Hatte ihre Großmutter hier gesessen und gelesen? Lenya zumindest hätte es getan, und eine jähe Traurigkeit überkam sie, weil das Schweigen ihres Vaters sie um all die Jahre ihrer Kindheit gebracht hatte, die sie an diesem Ort hätte verbringen können.

Wäre sie mit dem Verlust ihrer Mutter leichter zurechtgekommen, wenn sie den Hof, ihre Tanten und die Pferde als Rückzugsort gehabt hätte? Aber diese Gedanken führten zu nichts, im Gegenteil, wenn sie jetzt zuließ, dass sie in dieses Fahrwasser geriet, würde wieder alles an die Oberfläche geschwemmt werden, und das wollte sie gerade jetzt vermeiden.

Das leise Klicken der Tür verriet ihr, dass sie nicht mehr allein war. Sie drehte sich um und sah, dass Irma die Tür hinter sich geschlossen hatte. Obwohl sie sich heute auf der Treppe für einen kurzen Moment nähergekommen waren, fühlte Lenya sich sofort befangen.

»Ich bin abends gerne hier«, erklärte Irma nun, »um ein wenig zur Ruhe zu kommen.«

»Entschuldige bitte, ich hatte nach einem Buch gesucht, ich kann aber später ...«

»Nein«, unterbrach Irma sie. »Das war keine höfliche Aufforderung zu gehen. Keine Sorge, ich rede nie um den heißen Brei herum. Wenn ich allein sein möchte, dann schicke ich dich ohne lange Umstände hinaus.«

»Das ist ja beruhigend zu wissen.«

Der Anflug eines Lächelns zuckte um Irmas Lippen. »Was suchst du denn?«

»Ach, einfach nur einen Roman. Aber dann ist mir ein Hundefoto in die Hände gefallen, und ich dachte mir, wie spannend es wäre, noch mehr Bilder zu finden.«

»Ein Hundefoto?«

Lenya deutete auf das Bild vor den Buchrücken, und Irma nahm es in die Hand und betrachtete es. »Wo hast du das gefunden?«

»Das fiel aus einem Buch, das offenbar meiner Großmutter gehörte.«

»Mutter«, murmelte Irma.

»Wie viele Geschwister hatte sie? Da stand noch ein Buch einer Ingrid von Grotenstein.«

»Sie waren zu dritt. Ingrid, Frieda und meine Mutter. Frieda war die Jüngste, Ingrid die Älteste.«

»Wohnten sie hier in der Nähe?«

»Frieda war Lehrerin in Osnabrück, sie hat, nachdem ihr Mann gefallen ist, nicht wieder geheiratet. Ab und zu kam sie damals zu Besuch. Ingrid hat in Konstanz am Bodensee gelebt, dort wohnen ihre Kinder nach wie vor. Sie kam nur einmal, als die Erbschaft hier geklärt werden musste, und wir haben uns nicht gerade im Guten getrennt.« Irma ging zum Bücherregal und zog von einem der oberen Regalbretter ein altes Album hervor, das nur wenige Seiten aus schwarzer Pappe hatte, die durch Seidenpapier voneinander getrennt waren. »Hier, unser altes Familienalbum. Schau es dir gerne mal an, wenn du magst.«

Lenya nahm das Buch behutsam in die Hand, wollte es aufschlagen, als ihr Blick auf ein gerahmtes Foto an der Wand fiel. Eine sepiafarbene Aufnahme, die eine Winterszene zeigte. Das Bild beherrschte ein großer Schlitten, vor den zwei prächtige Friesen gespannt waren. Auf dem Kutschbock saß ein junger Mann, neben ihm, leicht vorgelehnt, um auch auf dem Bild zu erscheinen, eine junge blonde Frau. Ein dunkelhaariger junger Mann stand vorne bei den Pferden, im Schlitten selbst saß ein halbwüchsiger Junge, an seiner Seite ein etwa gleichaltriges blondes Mädchen. Sie hatten sich beide zur Kamera gedreht. Eine weitere junge Frau saß ihnen gegenüber und hielt einige Tannenzweige im Arm. Neben ihr am Boden stand ein Junge, der im Alter der beiden Halbwüchsigen sein mochte. Ihnen allen gemeinsam war dieses Lachen voller Übermut.

Irma war neben sie getreten, betrachtete das Foto und streckte dann die Hand aus, berührte die jungen Gesichter mit den Fingerspitzen. »Ach«, sagte sie kaum hörbar, »ach, war das schön.«

1957

Die beiden Friesen waren der ganze Stolz der Bruns. Walthers Vater hatte sie kurz nach Kriegsende erworben, und so manch einer behauptete, dabei wäre es nicht mit rechten Dingen zugegangen. Zwei so wertvolle Fohlen, die liefen einem ja nicht einfach über den Weg. Und wann hätte Heinrich Bruns je etwas von Pferden verstanden? Der wäre doch viel zu geizig gewesen, um den vollen Preis für die beiden Tiere zu zahlen, vor allem in Zeiten, in denen es ihnen allen so schlecht ging. Aber nun war er tot, und über Tote durfte man nicht schlecht sprechen, also murmelte man nach Erwähnung dieser oder jeder ähnlich gearteten Verfehlung rasch »Gott hab ihn selig« und bekreuzigte sich.

»Du bist spät dran«, sagte Thure, als der Schlitten auf dem Hof der Reimanns vorfuhr.

»Ich musste erst nach Gut Grotenstein und dann Maria abholen.« Walther rückte beiseite, damit Thure neben ihn auf den Kutschbock steigen konnte, was Irma einen kleinen Stich versetzte, denn sie hatte gehofft, er würde sich zu ihr nach hinten setzen. Dort saß sie mit Rudolf und Maria, deren Finger sich ständig verstohlen fanden.

»Dann fahr demnächst früher los.« Thure drehte sich um, zwinkerte Rudolf zu und schenkte Irma ein Lächeln. Das Gefühl, das daraufhin in ihrem Bauch aufstieg, war ganz warm und kribbelig.

Als Nächstes holten sie Margot Romberg und ihren Bruder Ernst ab. Während Margot fünf Jahre älter war als Irma, lag zwischen Ernst und Rudolf ein gutes Jahr. In Gegenwart seines Freundes ließ Rudolf nun auch endlich die Finger von Maria, zeigte sich mit einem Mal so anrührend erwachsen, dass es Irma unmittelbar in eine wehmutsvolle Stimmung versetzte. Für sie würde er wohl immer der kleine Junge bleiben.

Sie fuhren durch den Tiefschnee zum Wald, und wann immer das lustige Geplauder auf dem Schlitten für einen Moment verstummte, war nur das Knirschen der Kufen auf dem Schnee und das leise Klirren des Pferdegeschirrs zu hören. Obwohl sie mittlerweile nun schon länger hier lebte als in Heiligenbeil, lösten diese Geräusche in Irma immer noch diese leise Wehmut aus, die Sehnsucht nach Zuhause. Eine weitere Perle auf der Kette ihrer Erinnerungen, die sie sammelte, seit sie damals auf dem Gut angekommen waren.

Thure unterhielt sich mit Walther, und obwohl Irma sich gerne an dem Gespräch beteiligt hätte, war es ihr nicht möglich, denn der Fahrtwind schluckte Worte und Silben, sodass Irma nur Margot blieb, mit der sie plaudern konnte.

»Warum ist Katharina nicht mitgekommen?«, wollte Margot wissen.

»Sie hilft zusammen mit Großmutter in der Küche. Heute ist Backtag.«

Am Tunxdorfer Wald zügelte Walther die Pferde, ließ sie langsamer gehen, und Irma legte den Kopf zurück, sah hoch in den blauen Himmel, der durch das Geäst am Waldsaum schimmerte. Als sie den Blick wieder senkte, bemerkte sie, dass Thure sich umgedreht hatte und sie beobachtete, ein kleines Lächeln in den Mundwinkeln. Unvermittelt stieg ein kitzliges Kribbeln aus ihrem Bauch hoch in die Brust, wurde zu einem feinperligen Lachen.

»So, da wären wir. Raus mit euch.« Als der Weg zu schmal wurde zum Weiterfahren, brachte Walther den Schlitten zum Stehen und sprang vom Kutschbock.

Irma stieg aus, gefolgt von Margot und Ernst, der sich mit dem dicken Lederhandschuh über die Nase rieb. Thure beugte sich nach hinten und gab Rudolf einen leichten Klaps.

»Hör mit dem Geturtel auf und steig aus. Los, Maria, du auch.«

Sie wollten in Gruppen losziehen, als Walther Rudolf und Maria zurückrief. »Ihr zwei nicht. Maria, du gehst mit Margot und Ernst, Rudolf, du kommst mit mir.«

»Bist du mein Vater?«, fragte Maria schnippisch.

»Nein, aber dem musste ich versprechen, auf dich aufzupassen, und da lasse ich euch gewiss nicht allein in den Wald ziehen.«

Maria wurde rot, während Ernst feixte und Rudolf kameradschaftlich in die Seite knuffte. Irma bemerkte die Blicke, die Rudolf und Maria teilten, ehe sie sich schulterzuckend in ihr Schicksal ergaben. Als Irma mit Thure loszog, erhob niemand Einspruch, sie beide waren erwachsen, und man hielt sie für vernünftig.

Anfangs gingen sie einfach nur nebeneinander her durch den Wald, und Thure erzählte von seiner Zeit in Hamburg. Endlich war er wieder da, und nun würde er bleiben, würde auf dem Hof seines Vaters arbeiten. Irma hatte sich kurz vor seiner Rückkehr das Haar abgeschnitten, sodass es ihr nur noch bis zum Kinn reichte, und während sie ihm zuhörte, fragte sie sich, ob er die Veränderung bemerkte. Ob er *sie* endlich bemerkte. Dass sie nicht mehr das Kind war, das er vor den anderen retten musste und mit dem er so oft scherzhaft geschäkert hatte.

Irgendwann blieben sie stehen, und Irma hob Reisig auf, hielt es in den Armen, während Thure dastand und sie schweigend musterte. Das Schweigen veränderte sich in winzigen Nuancen, während ihr Atem filigrane Gebilde in der Luft formte. Dann hob Thure den Blick, sah hoch in die Baumkronen, und Irma tat es ihm gleich, wollte wissen, was er dort erspäht hatte.

»Misteln«, sagte er schließlich. »Weißt du, was die Tradition besagt, wenn man unter einem Mistelzweig steht?«

Irma schlug das Herz so schnell, dass es ihr den Atem in hastigen Zügen über die geöffneten Lippen trieb. Sie schluckte, und als sie die Hände sinken ließ, fiel das gesammelte Reisig zu Boden. Thure sah sie forschend an, als ob er anhand ihres Blicks herausfinden wollte, ob er die Annäherung wagen durfte. Dann beugte er sich vor und berührte ihre Lippen mit den seinen. Warm fühlte sich sein Mund an, weich und fest zugleich, fremd und doch in einer Art vertraut, als fügte sich etwas zusammen, von dem Irma nicht gewusst hatte, dass es ihr fehlte. Dann löste Thure sich wieder von ihr, sog einen Moment seine Unterlippe ein, als spürte er Irma noch darauf.

»So viele Mistelzweige«, murmelte er, und dann küsste er sie erneut.

Als sie später, viel später, zurück zum Schlitten kehrten, die Arme voll Reisig und Tannengrün, fragte Irma sich, ob jemand die Veränderung bemerkte, ob jemand erkannte, dass sie nun wusste, wie die Liebe auf den Lippen schmeckte. Sie musste sich geradezu zwingen, Thure nicht ständig anzuschauen, und sie fragte sich, wie man so überglücklich sein konnte und gleichzeitig am liebsten in Tränen ausgebrochen wäre, weil all diese Gefühle in ihr so zerbrechlich wirkten.

Walther und Thure banden die Zweige zusammen und befestigten sie an einer Haltevorrichtung des Schlittens, auf der normalerweise Gepäck aufgeschnallt werden konnte. Einige Tannenzweige behielten sie bei sich, weil Margot den Geruch so liebte und sie nahe an ihr Gesicht hielt, um den harzigen Duft einzuatmen. Thure stieg wieder zu Walther auf den Kutschbock, während die übrigen im Schlitten Platz nahmen. Mittlerweile waren sie ordentlich durchgefroren, und Margot breitete eine Decke über sich, Irma und Maria.

Als der Schlitten auf den Hof der Reimanns fuhr, wo sie danach alle eingeladen waren, um sich bei einem verspäteten Mittagessen aufzuwärmen, erwartete Thures Vater, Anno Reimann, sie bereits.

»Da seid ihr ja.«

Walther zügelte die Pferde. »Sind wir zu spät?«

»Keineswegs, ich wollte nur noch ein Foto von euch machen, bevor es dunkel wird.« Anno Reimann besaß seit Kurzem eine Kamera und war seither ständig auf Motivsuche.

»Ist es dafür nicht schon etwas zu düster?«, fragte Thure. Durch die dichten Wolken wirkte es so, als setzte die Dämmerung schon vor ihrer Zeit ein.

Walther war vom Kutschbock gesprungen und ging nach vorne zu den Pferden, streichelte der linksseitigen Stute, die als ein wenig kapriziös galt, über die Nüstern. Wer konnte schon wissen, wie sie auf mögliches Blitzlicht reagierte.

»Grad noch hell genug«, sagte Anno Reimann. »Na los, Irma, du sitzt da so versteckt.«

Irma stieg aus und kletterte zu Thure auf den Kutschbock, lehnte sich vor, um an ihm vorbei in die Kamera zu blicken. Margot saß da, den Arm voller Tannengrün, während Maria sich zu Rudolf setzte und Ernst neben dem Schlitten stehen blieb.

»Etwas freundlicher, Kinder. Stellt euch das Lustigste vor, das ihr je erlebt habt.«

Sie lachten, und Anno Reimann drückte auf den Auslöser.

2018

Nachdem Lenya die Bibliothek mit einem Stapel Bücher und dem Familienalbum verlassen hatte, stand Irma noch eine ganze Weile da und dachte nach. Unvermittelt fiel ihr Blick auf das große Holzkreuz über dem Kaminsims, das dort vermutlich schon gehangen hatte, als ihre Mutter noch ein Kind gewesen war. Obwohl Irma seit ihrem achten Lebensjahr im katholischen Glauben erzogen war, hatte sie sich doch nie als Katholikin gefühlt. Ostpreußen war protestantisch gewesen, und so war natürlich auch ihre Großmutter Henriette damit aufgewachsen. Als sie dann den Gutsbesitzer im katholischen Emsland heiratete, hatte sie zum katholischen Glauben übertreten müssen. Die katholische Kirche nahm die reuige Abtrünnige gerne wieder in ihren Reihen auf. Umgekehrt war es schon etwas schwieriger.

Die beiden Großmütter von Irma waren Jugendfreundinnen gewesen, und als sich ihre Kinder zum ersten Mal begegneten – der schmucke Offizier und die junge Gutsherrentochter –, war es sofort um die beiden geschehen gewesen. Das wiederum sorgte nun für einigen Unmut, denn Emilia von Grotenstein war in katholischem Glauben erzogen worden, und vor allem ihr Vater wollte nicht einsehen, dass sie einen Protestanten heiratete und noch dazu in seine Kirche übertrat. Auch in der Familie von Irmas Vater hatte sich Widerstand geregt. Eine Katholikin! Das war vollkommen ausgeschlossen.

Die beiden setzten sich jedoch durch, waren hartnäckig, drohten sogar damit, durchzubrennen und Schande über die Familien zu bringen. Nun gut, hatte man schließlich in der Familie von Damerau gesagt, immerhin war ihre Mutter ja früher einmal protestantisch gewesen, und die Familie war es noch. Auch Emilia von Grotensteins Vater ließ sich davon überzeugen, dass seine geliebte Tochter doch im Grunde nur zu den Wurzeln der Mutter zurückkehrte. Und so ging Emilia nach Heiligenbeil, heim nach Ostpreußen, wie alle es nannten.

Als Irma jung gewesen war, war das Thema Konfession noch wichtig gewesen, nicht nur bei der Wahl des Partners, sondern auch bei der der Freunde. Mit dem Glauben nahm man es sehr ernst, und die Mädchen waren dazu angehalten worden, vor Wegekreuzen und Bildstöcken stehen zu bleiben, zu knicksen und sich zu bekreuzigen. Eine ältere Frau aus Papenburg war immer wieder Gegenstand ihrer Belustigung gewesen, da diese sich vor jeder dieser Säulen mit ausgebreiteten Armen auf den Boden geworfen hatte.

Das waren Geschichten, die man seinen Kindern und Enkelkindern erzählte, um ihnen nahezubringen, wie man damals noch aufgewachsen war. Ob Rudolf seinen Enkelkindern solche Dinge erzählte? Wohl kaum, er hatte seiner Tochter ja nicht einmal verraten, dass er Schwestern hatte. Und nun war er hier, spazierte über das Gut, saß im Garten, schwieg, wie er schon immer gern geschwiegen hatte. Dafür war Lenya umso interessierter, selbst wenn sie sich zurückhaltend gab, und auch die Kleinen fragten ihr bei jeder Gelegenheit schier Löcher in den Bauch.

Irma musste sich langsam eingestehen, dass sie dieser jungen Frau, ihrer Nichte, nicht mehr gar so ablehnend gegenüberstand wie zu Beginn. Möglicherweise lag das daran, dass Irma in ihr eine Unsicherheit und Zerbrechlichkeit spürte, die ihr selbst sehr vertraut waren. Ein stetes Suchen, ohne so recht zu wissen, wonach. Auch Irma hatte sich immer als Suchende empfunden, aber immerhin wusste sie, woher sie kam. Während sie so darüber nachdachte, konnte sie auch verstehen, warum Lenya sich jeden Tag ein bisschen mehr auf dem Gestüt einzubringen versuchte. Irma hatte das Gefühl, dass Lenya sie auf eine etwas ungelenke Art besser kennenlernen wollte. Und ja, wahrscheinlich urteilte Irma zu hart über sie, witterte städtische Arroganz, wo nur neugieriges Suchen war. Irma selbst hätte auch gerne mehr über Lenyas Mutter gewusst, aber sie konnte sich nicht überwinden, Rudolf zu fragen. Wenn er es nicht von sich aus erzählte – und darauf konnte sie vermutlich lange warten –, so blieb Irma nur, sich mit dieser Ungewissheit abzufinden oder aber einen Zugang zu Lenya zu finden.

Es ließ sie trotzdem nicht los. Was für eine Frau es wohl gewesen war, die er geheiratet hatte? So, wie er als junger Bursche den Frauen hinterhergestiegen war, grenzte es geradezu an ein Wunder, dass er nur ein Kind hatte, aber vielleicht wurde Irma da ja noch überrascht. Unvermittelt dachte sie an Rudolf und Maria.

Das, was sich zwischen den beiden angebahnt hatte, war vorbei, bevor es richtig angefangen hatte, und Irma erinnerte sich an eine Szene, die sie rückblickend nun mit ganz anderen Augen sah. Maria war so blass gewesen, hatte erregt mit Rudolf diskutiert, die Stimme gesenkt, damit niemand mitbekam, um was es ging. Und doch kippten die Worte immer wieder ins Hysterische. Tage später hatte Maria sich wieder beruhigt, schien fast schon erleichtert, und danach war die Sache mit Rudolf schleichend auseinandergegangen. Vielleicht hatten sie ja einfach nur Glück gehabt, und Maria hatte dieser Schreck eine gehörige Portion Vernunft eingeimpft. Was das wohl gegeben hätte, wenn Maria von Rudolf schwanger geworden wäre? Hätte sie ihn heiraten müssen? Wie anders Irmas Leben dann wohl verlaufen wäre.

***

Lenya hatte sich das Album lange von vorne bis hinten angesehen. Im Grunde genommen waren es genau die Bilder, die man aus der Zeit erwartete, Schwarz-Weiß-Fotografien von Menschen in steifen Posen, Fremde, die Lenyas Wurzeln bildeten. Ein Hochzeitsfoto ihrer Urgroßmutter, einige Familienfotos, mal vor dem Haus, mal in der Halle, mal vor dem Weihnachtsbaum. Hochzeitsfotos der drei Töchter. Am nächsten Tag hatte Lenya ihren Vater gefragt, welche der Frauen seine Mutter war, und er hatte die Bilder lange angesehen und schließlich schweigend auf eines der Fotos getippt, eine blonde Frau, die in einem weißen Kleid am Arm ihres Mannes stand und deren Gesicht von einem angedeuteten Lächeln erhellt wurde. Lenya hatte in den Zügen nach Spuren familiärer Ähnlichkeit gesucht. Meine Großeltern, hatte sie gedacht, während sie das Bild angesehen hatte. Mit dem Smartphone hatte sie es abfotografiert.

Der Gedanke an ihre Großeltern ließ Lenya auch bei einem Spaziergang nicht los. Dass die Großmutter im Leben ihres Vaters und ihrer Tanten keine Rolle mehr gespielt hatte, konnte man an den fehlenden Fotos leicht feststellen. Vermutlich hatte sie die Flucht nicht überlebt oder war schon vorher gestorben, und die Kinder waren allein aufgebrochen. Dass sie ebenfalls mutterlos aufgewachsen waren, hatte sie mit ihnen gemein, und doch war es auch wieder etwas anderes. Ihr Vater entstammte einer Generation, in der man sich um die psychischen Konsequenzen solcher Verluste nicht kümmerte, da andere Dinge vorrangig waren – vor allem das bloße Überleben. Man handelte nach dem Prinzip »Die Zeit heilt alle Wunden«.

Erst als Lenya älter wurde, begriff sie, wie umfassend dieses Schweigen doch war. Nicht nur ihr Vater schwieg, sondern eine ganze Kriegsgeneration. Der Großvater ihrer Freundin berichtete zwar immerzu von den Entbehrungen, vom Leben in den zerstörten Städten, von Kälte und Hunger, erzählte es in einer für Teenager ermüdenden Regelmäßigkeit. Doch erst viel später witterte Lenya die dunklere Wahrheit dahinter, die, über die man nicht sprach. Auch hier war Schweigen. Die Generation, die all das erlebt hatte, verschwand allmählich, und bald wäre niemand mehr da, der sich erinnerte. Lenyas Freundin hatte vor einiger Zeit beklagt, dass sie es bedauerte, ihrem Großvater nicht öfter zugehört zu haben.

Ihr Vater war in dieser Zeit aufgezogen worden, und obwohl er immer für sie da gewesen war und es ihr an nichts hatte fehlen lassen, hatte das einfach nicht gereicht. Das, was in ihr zerbrochen war, als ihre Mutter sie verlassen hatte, war nie richtig zusammengefügt worden. Die Bruchkanten rieben aneinander wie Sandstein, bröckelten immer wieder, wenn man gerade glaubte, sie einigermaßen fest verkantet zu haben. Sie war ungeplant schwanger geworden und hatte darin auf einmal die Möglichkeit gesehen, den Verlust der Mutter durch eine eigene Mutterschaft zu überwinden. Das Leben neu zu beginnen und alles richtig zu machen. Und weil Anouk so süß war, hatten sie und Alexander gedacht, dass man davon auch gut zwei haben konnte, mit dem Ergebnis, dass Marie zwei Jahre später zur Welt kam. Ein Schreikind, das sie beide nächtelang wachhielt und an den Rand der Verzweiflung trieb.

Sie hatte ihre eigene Mutterschaft in die Lücke gepresst, die ihre Mutter hinterlassen hatte, wie ein Puzzleteil, das man an die falsche Stelle legte, das man drückte und stauchte in der Hoffnung, es würde vielleicht doch noch irgendwie passen. Ständig dieses Bestreben, alles richtig machen zu wollen, die Angst davor, zu scheitern, und dabei noch diese unterschwellige Sorge, von heute auf morgen wieder alles zu verlieren – so wie damals. War das nicht der wahre Grund für ihre Flucht auf den Hof ihrer Tante? Nicht nur die Vergangenheit zu erforschen, sondern der Möglichkeit des Verlassenwerdens zu entfliehen?

Ein Traktor fuhr rumpelnd an ihr vorbei, auf dem Fahrersitz ein gut aussehender dunkelhaariger Mann, der vielleicht in Alexanders Alter war. Er sah sie an, kniff die Augen leicht zusammen, als versuchte er, sie einzuordnen. Einen Moment verlangsamte er die Fahrt sogar, taxierte sie, als wartete er auf eine verborgene Wahrheit. Dann nickte er plötzlich, als sei ihm die Erleuchtung gekommen, und fuhr weiter. Verwirrt sah Lenya ihm nach und setzte dann ihren Spaziergang fort.

Sie öffnete die Karte auf ihrem Smartphone, um sich zu orientieren, und ging dann bis zum Aschendorfer Moor, ein ausgedehntes Naturschutzgebiet, auf dem Glockenheide gerade in rosavioletter Pracht erblühte. Ein sachter Wind fuhr über Schwingrasen und Heidekrautgewächse. Man konnte hier so weit blicken, und es war, als strömten die Gedanken ebenfalls weit aus, tasteten sich in entfernte Gefilde vor, vorsichtig noch, weil sie es gewohnt waren, gezügelt und geformt zu werden, doch jetzt loteten sie ihre Grenzen aus, ohne sich so recht zu trauen, sie zu überschreiten.

Lenya wandte sich ab, weil ihr in der Weitläufigkeit auf einmal schwindlig wurde. Langsam machte sie sich auf den Weg zurück zum Gut ihrer Tante, jetzt wieder eingesponnen in den Kokon ihrer Gedanken, die immerzu um dieselben Themen kreisten. Irgendwann wusste Lenya nicht mehr, ob die Kopfschmerzen daher rührten oder von der drückenden Hitze. Nach dem verregneten letzten Sommer hatte sie sich einen schönen, sonnigen gewünscht. Aber doch nicht so. Die Hitze machte ihr mehr zu schaffen, als sie zugeben wollte.

Hannah kam ihr auf einem Apfelschimmel entgegen, zügelte das Pferd und klopfte ihm sacht den Hals. »Na, kommst du vom Moor? Ich habe gehört, du hast meinen Bruder Tobias getroffen?«

»Deinen Bruder?«

»Er kam gerade mit dem Traktor vom Feld.«

»Woher wusste er, wer ich bin?«

»Neuigkeiten sprechen sich hier schnell herum.« Sie schwang ein Bein über die Kruppe und saß ab. »Außerdem war er auf der Beerdigung.«

Langsam setzten sie sich in Bewegung. Hannah führte das Pferd am Zügel, während sie gemeinsam zurück zum Gutshof gingen.

»Wie viele Geschwister hast du denn?«, fragte Lenya.

»Drei jüngere Brüder. Jeder von ihnen eine echte Plage.« Lenya konnte jedoch in Hannahs Stimme hören, wie sehr sie diese Plage liebte. »Und du?«

»Ich bin Einzelkind.« Lenya hatte sich oft gefragt, wie sich all das wohl angefühlt hätte, wenn man es mit Geschwistern hätte teilen können. Halbierte sich ein Verlust, wenn man nicht die Einzige war, die ihn durchlebte? »Und bis vor Kurzem habe ich meinen Vater ja auch für eines gehalten.«

»Ich kann mir kaum vorstellen, was für ein Schock das für dich gewesen sein muss. Dass Irma einen Bruder hat, der vor vielen Jahren gegangen ist, wusste ich natürlich, weder Irma noch Katharina haben daraus je ein Geheimnis gemacht.«

»Wie war sie eigentlich so? Katharina?«

Das Pferd schreckte auf, als ein Vogel aufflog, und Hannah legte ihm beruhigend die Hand auf den Hals, während sie besänftigende Laute machte. »Sie war still. Also nicht schweigsam oder so, aber zurückhaltend. So richtig warm geworden bin ich nie mit ihr, das ist eigentlich niemand hier. Sie hat den Haushalt geführt, sich aber nie für die Pferde interessiert, das hat alles Irma gemacht. Katharina konnte man sich gut als Grande Dame des früheren Hochadels vorstellen, sie war noch im Alter außergewöhnlich attraktiv und hatte wirklich Klasse.«

»Schade, dass ich sie nie kennengelernt habe.«

»Sie stand deinem Vater früher wohl sehr nahe, das hat sie mal erzählt. Bestimmt hätte sie sich gefreut, ihn zu sehen. Na ja, jetzt kann man es nicht mehr ändern, und immerhin kennt ihr nun Irma und das Landgut. Es ist für deine Kinder bestimmt spannend, hier zu sein und zu sehen, wie die Kindheit ihres Großvaters ausgesehen hat.«

Lenya bejahte, und ihr ging erst in diesem Moment auf, dass ihr Vater den Kindern nie ein solches Geheimnis sein würde wie ihr. Der Großvater lag für sie nun offen wie ein Buch da. Sie konnten später erzählen, dass sie als Kinder an dem Ort gespielt hatten, an dem er aufgewachsen war. Dass Heimatverlust mitunter ein Gefühl war, das von einer Generation an die nächste weitergegeben werden konnte, wussten sie nicht. Und vielleicht spielte das irgendwann auch keine Rolle mehr.

Auf dem Gut lief der Alltag in der sengenden Hitze zähflüssig wie Sirup. Der Hof war leer, als Lenya und Hannah ihn betraten, nachdem sie deren Apfelschimmelstute in den Auslauf gebracht hatten. In den Stallungen war es zwar angenehm kühl, dafür umsummten Fliegen die verschwitzte Haut. Man hatte die meisten Pferde auf die Koppeln gelassen, wo sie im Schatten der Bäume träge vor sich hin dösten. Nur ein Pferd stand in seiner Box im Hengststall, ein prachtvoller Goldfuchs, der, wie Hannah erklärte, nicht hinausdurfte, weil er sich ein Fesselgelenk verstaucht hatte.

»Eigentlich wurde er für den Reitsport gezogen, aber dann hat Irma entschieden, ihn ausschließlich für die Zucht einzusetzen.«

Der Hengst warf den Kopf zurück, legte die Ohren an, als hätte er jedes Wort verstanden und wollte nun dem Unmut über sein verschwendetes Leben Ausdruck verleihen.

»Hast du heute keine Reitschüler?«

»Die Gruppe heute Morgen hat Chris übernommen, alle anderen wurden auf die Abendstunden verlegt, tagsüber ist es viel zu warm.« Hannah löste ihren Zopf und band ihn neu zusammen. »Ich muss das Heu waschen, magst du mir helfen?«

Das hatte Lenya noch nie selbst gemacht, aber da sie froh war, gefragt worden zu sein, sagte sie zu. Wie sich bald herausstellte, war das eine durchaus schweißtreibende Arbeit. Das Heu wurde gewaschen, damit die Pferde keinen Staub in die Atemwege bekamen, da dies im schlimmsten Fall selbst bei gesunden Pferden zu Husten und Atemproblemen führen konnte. Dafür wurde das Heu in Wasser getaucht und dann herausgeholt zum Abtropfen. Danach kam es in die Raufen der Pferde, die nicht auf die Koppel durften. Die hochträchtigen Stuten hatten einen kleinen Auslauf hinter dem Stutenstall, den einer der Angestellten regelmäßig mit Wasser besprengte, damit es nicht staubte.

»Eigentlich müsste auch hier und im Stall viel stärker dafür gesorgt werden, dass es weniger staubig ist«, erklärte Hannah, der der Schweiß in kleinen Rinnsalen über die staubverklebten Wangen rann, »aber dafür bräuchte es einfach mehr Personal.«

Und dafür fehlte nun mal das Geld, so viel hatte Lenya mittlerweile auch schon mitbekommen. Die Zucht warf zu wenig ab, und das konnte auch mit Reitunterricht nicht ausgeglichen werden. So ein altes Gut, dachte Lenya, so eine alte Zucht.

»Die Halle müsste auch mal von Grund auf renoviert werden. Dort wurde zwar neu eingestreut, aber das bringt ja nicht viel, wenn das Dach undicht ist. Jetzt können wir draußen trainieren, aber der nächste Herbst kommt bestimmt.« Hannah zog den Stöpsel aus den Wannen, in denen das Heu gewaschen worden war, und hängte den Schlauch auf. »So, das war es erst einmal für heute. Jetzt muss ich nach Hause und unter die Dusche.«

Lenyas ganzer Körper juckte und kribbelte. Sie war staubig, verschwitzt, ihr klebte das T-Shirt unter den Armen und am Rücken, und ihr taten die Arme weh. Trotzdem fühlte sie sich so gut wie schon lange nicht mehr. Sie brauchte unbedingt eine Dusche, doch zuerst ging sie in den Garten, um nach den Kindern zu sehen, die gerade mit Hannes' Hilfe aus alten Decken ein Zelt bauten, indem sie Decken über niedrige Äste hingen.

»Mama!«, rief Caro. »Hier schlafen wir heute Nacht.«

»Hab' ich als kleiner Junge auch schon gemacht«, erklärte Hannes wenig hilfreich.

»Darüber sprechen wir später«, antwortete Lenya, obwohl schon klar war, wie ihre Antwort lauten würde.

Oben in ihrem Zimmer hatte sie gerade frische Unterwäsche und ein leichtes Sommerkleid aus dem Schrank geholt, als das Handy klingelte. Argwöhnisch sah sie aufs Display. Alexander. Der Anruf war um diese Uhrzeit ungewöhnlich genug, um ihn nicht zu ignorieren. Alexander kam ohne Umschweife zur Sache.

»Können wir reden?«

※ ※ ※

Irma hatte eine Weile gebraucht, ehe sie so richtig verstand, welche Möglichkeiten das Internet bot. Lange hatte sie sich dem verweigert, auch nachdem Hannah ihr den Anschluss eingerichtet hatte. Eines Tages – gut dreizehn Jahre war das jetzt her –

hatte sie vor der Suchmaske gesessen, die Finger über der Tastatur, während ihr das Herz so wild schlug, als sei sie gerade dabei, einen ehemaligen Liebhaber ausfindig zu machen. Dann tippte sie. *Heiligenbeil.* Der Herzschlag hatte ihr den Atem in raschen Zügen über die Lippen getrieben, als sie schließlich *Suchen* angeklickt hatte.

So recht wusste sie nicht, was sie erwartet hatte. Vielleicht, dass ihr diese geheimnisvollen, welt- und zeitumspannenden Tiefen Vertrautes offenbaren würden. Dass sie ihr Heiligenbeil sah, die Straßen, die Häuser, ihren Gutshof. Das Suchergebnis trieb ihr jedoch die Tränen der Enttäuschung in die Augen. Mamonowo wurde die Stadt heute genannt. Ein Stein erinnerte an den Standort des Rathauses im früheren Stadtzentrum, es gab ein Bild von einem Wasserturm und einen historischen Kupferstich, eines von einer Kirchenruine und ansonsten Bilder der heutigen, modern errichteten Stadt, die nichts mehr gemein hatte mit der, an die Irma sich erinnerte.

Sie hatten im Kreis Heiligenbeil in der Nähe der gleichnamigen Stadt gelebt. Es war immer ein Ereignis gewesen, wenn ihre Mutter sie ins Stadtzentrum mitgenommen hatte. Dann waren sie durch die Straßen spaziert, hatten sich in eine Konditorei gesetzt, Kuchen gegessen, und während Irma und Katharina heiße Schokolade bekamen, trank ihre Mutter Kaffee und erzählte ihnen von der Zeit, als sie noch ein Kind gewesen war.

»Irgendwann, wenn der Krieg vorbei ist, lernt ihr Großmutter Henriette kennen. Ein Besuch ist lange überfällig. Wir fahren hin, wenn euer Vater wieder hier und Rudolf etwas größer ist.«

Während Irma auf den Link geklickt hatte, der ihr weitere Bilder zeigen sollte, hatte ihr Herz wieder wie wild geklopft, als spränge jemand, den sie bereits verloren gewähnt hatte, auf einmal hervor und rief laut: »Hier bin ich!«

Es gab Postkarten, alte Bilder der Stadt. Sie erkannte den Marktplatz und die Ansicht des Marktes mit dem Rathaus. Der Blick vom Bahnhof zur evangelischen Pfarrkirche weckte keinerlei Erinnerungen in ihr, dafür jedoch der Anblick der aufragenden Kirchtürme. Und als sie eine Postkarte entdeckte, die vom Lutherplatz aus den Blick freigab auf die katholische Kirche, stieg ein leises Flattern in ihrem Bauch auf. Sie sah die Ansicht nicht in Schwarz-Weiß, sondern in üppigem, sonnengetränktem Grün, sah das Licht, das durch die Zweige auf den Weg tropfte, hörte das leise Rauschen des Windes in den Bäumen, atmete den Duft von sommerwarmem Gras.

Auf weiteren Bildern war die Höhere Knaben- und Mädchenschule zu sehen, auf die Katharina gegangen war. An das Kaffeegeschäft am Schnüffelmarkt konnte sie sich noch gut erinnern, hier hatte ihre Mutter hin und wieder eingekauft. Auch die Ansicht der Postschutzschule war ihr vertraut. Seither öffnete Irma immer mal wieder die Internetseiten mit Bildern ihrer alten Heimatstadt. Dabei war doch gerade dies ein Sinnbild dafür, dass nichts von Dauer war, dass Vertrautes komplett zerstört werden und an seine Stelle kühle Fremdheit treten konnte. Dennoch betrachtete Irma die Bilder, heimlich und verstohlen, als sei es irgendetwas Schlüpfriges, dieses beharrliche Festhalten an einer Zeit, die unwiederbringlich vorbei war.

»Schaust du Bilder von Heiligenbeil an?« Rudolfs Stimme klang ungläubig, als hinge Irma mit törichtem Trotz an einer alten Liebe. Die Hast, in der sie daraufhin den Browser schloss, schien genau das noch zu bestätigen.

Sie drehte sich auf dem Stuhl zu ihm um. Der Computer stand im Arbeitszimmer, ein kleiner Raum hinter der Küche, in dem früher die Magd geschlafen hatte. »Hast du dir nie welche angesehen?«

Er schüttelte nur den Kopf.

»Was willst du?« Sie klang schroffer als beabsichtigt.

»Ich habe dich gesucht. Wir müssen reden.«

Jetzt lachte sie, ein Laut, der mehr wie ein blechernes Husten klang. »Wir müssen reden? Wirklich, Rudolf?« Das Lachen, jetzt, da es einmal entfesselt war, wollte sich nicht wieder zurückdrängen lassen.

Rudolf stand an den Türrahmen gelehnt und sah sie an, schweigend, und sie musste wieder lachen. Das war einfach zu komisch. Rudolf wollte reden. Das Lachen kitzelte in ihrer Kehle, und schon bald war es ein echter Husten und keiner mehr, mit dem sich das Lachen tarnte.

»Hast du dich jetzt beruhigt?«, fragte Rudolf schließlich.

»Ich bin ...« Wieder hustete Irma und wischte sich eine Träne aus dem Auge. »Ich bin so wütend auf dich.«

Irma konnte sich noch schmerzhaft daran erinnern, wie sie den Namen Rudolf von Damerau in die Suchmaschine eingegeben hatte. Zu dem Zeitpunkt hatte sie noch nicht gewusst, dass er in den Achtzigern seinen Namen abgestreift hatte und damit Irma, Katharina und seine ganze Vergangenheit gleich mit. Da er sein Unternehmen aber noch unter dem alten Namen gegründet hatte, war er nicht unauffindbar trotz seiner neuen Identität. Auch ein Foto gab es dort von ihm, und Irma hatte es lange betrachtet, hatte in seinen Zügen die Vertrautheit gesucht wie zuvor in den Fotos von Heiligenbeil. Auch hier hatten die Jahre das Bekannte überlagert und etwas Neues geschaffen.

Jetzt erhob sie sich, ging an ihm vorbei in die Küche, wo sie die Kaffeemaschine einschaltete. »Ich bin so wütend auf dich, dass ich nicht weiß, ob ich überhaupt mit dir reden kann. Vielleicht will ich es ja auch gar nicht mehr, Rudolf, und was dann?«

1959

»Sollen wir darüber reden?« Thure stand an der Weggabelung, an der sie sich verabredet hatten, lehnte sich an sein Moped und blickte zu ihr auf, als sie das Pferd zügelte.

Es war immer noch kalt, obwohl der Frühling zaghaft seine Fühler ausstreckte, kleine Vorboten schickte, als wollte er die Menschen auf diesem letzten Stück zum Durchhalten bewegen. Irma saß ab, hielt das Pferd am langen Zügel, sodass es schnobernd die Nase in die Schneereste schieben konnte, durch die das wintermüde Grün von Grasspitzen lugte.

Natürlich war niemandem entgangen, dass sich etwas zwischen Thure und Irma verändert hatte. Die Blicke, die verstohlenen Berührungen ihrer Fingerspitzen, wenn sie nebeneinander hergingen, all die ungesagten Worte zwischen ihnen schienen um sie herum gewebt und so offensichtlich für jeden lesbar. Und das wiederum hatte Irmas Großmutter am Vortag offenbar zu einer Ansprache veranlasst.

»Der Thure ist ein netter Bursche, und sein Vater war immer anständig. Aber er ist nichts für dich.«

Irma hatte gespürt, wie ihr die Hitze vom Hals hoch in die Wangen gekrochen war. »Aber Großmutter, ich denke doch gar nicht …«

»Aber ich«, hatte ihre Großmutter sie unterbrochen, »ich denke für uns beide. Der Thure heiratet das Hinneken-Mädchen, von dem dein Bruder, dieser balzende Gockel, hoffentlich endlich die Finger lässt.«

Trotz der Wärme in ihren Wangen kroch Gänsehaut über Irmas Arme. Sie fühlte sich wie im Fieberwahn, wenn einen Kälte und Hitze zugleich plagten. »Maria?« Irmas Stimme war zu hoch, der Missklang zu offensichtlich.

»Die Hinneken-Ländereien grenzen an die der Reimanns, und auf diesen Vorteil spekulieren die Väter schon lange. Thure wird sich fügen.«

Nun standen sie hier, und dass Thure so ernst war, dass er *reden* wollte, dass er sie nicht mit all dieser Zärtlichkeit in seiner Stimme begrüßte, während sein Blick auf ihrem Mund ruhte und nur zu klar machte, was folgen würde, wenn sie allein waren – all das machte Irma klar, dass nicht nur bei ihr daheim dieses Gespräch stattgefunden hatte. *Thure wird sich fügen.* Sie waren doch nicht mehr im Kaiserreich, wo Ehen arrangiert wurden und man sich zu *fügen* hatte.

»Ja«, sagte sie schließlich. »Reden wir.«

Thure stellte sein Moped ab, und sie spazierten über den Weg in Richtung Aschendorfer Moor, wobei Irma ihre Stute neben sich am langen Zügel führte. Über ein Jahr war ihr erster Kuss nun schon her, und nach wie vor genierte Irma sich, wollte nicht, dass die Leute wussten, was sie und Thure da in aller Heimlichkeit taten. Dass sie sich küssten, bis ihnen schwindlig wurde.

»Mein Vater hat gestern mit mir gesprochen, und ich vermute, das hat deine Großmutter ebenfalls?«

Irma nickte, und dann sagte eine ganze Weile niemand etwas, bis Thure schließlich das Schweigen brach. »Es ist nicht ganz einfach.« Er tat einen tiefen Atemzug, stieß die Luft langsam aus. »Ich habe tiefe Gefühle für dich, Irma. Sonst hätte ich es gar nicht so weit kommen lassen.«

Aber? Bei solchen Sätzen hing immer ein »Aber« in der Luft. In Irmas Brust zog sich etwas zusammen, als sammelte sich all das bisher so Federleichte in ihr, um sich nun zu einem Klumpen zusammenzuballen und in ihrer Brust zu schmerzen. Stumm lief sie weiter neben Thure her.

»An solchen Entscheidungen hängen ja nicht nur Gefühle. Der Hof ist seit Generationen im Besitz der Familie, und wir haben zunehmend Probleme, ihn zu halten. Alfons Hinneken hat keinen Sohn, der seinen Hof weiterführt. Im Krieg haben wir beide viel verloren, und es wäre die Möglichkeit, gemeinschaftlich wieder auf die Beine zu kommen.«

Und ich?, wollte Irma fragen, wer hilft mir, nun wieder auf die Beine zu kommen? »Zwingt er dich?«

»Nein, natürlich nicht. Auch Alfons Hinneken wird keinen Zwang ausüben, wie auch? Aber die Frage ist, was schwerer wiegt. Bricht man für die Liebe mit seiner Familie und gibt alles auf? So bin ich nicht erzogen worden, Irma. Und du sicher auch nicht.«

»Wenn du das wusstest, warum hast du mich dann überhaupt geküsst? Und mir Hoffnungen gemacht?«

»Weil ich dich sehr mag. Und weil ich irgendwie selbst gehofft hatte, das Thema einer Ehe mit Maria käme nie zur Sprache, sei nur so eine gedankliche Spielerei gewesen. Aber meinem Vater ist es ernst, das hat er gestern betont. Er mag dich, aber sein Hof, sein Land sind wichtiger Familienbesitz, der uns nach dem Krieg das Überleben gesichert hat.«

Weil ich dich sehr mag. Irma wollte nicht gemocht werden, sie wollte, dass er sie so liebte, wie sie ihn liebte. *Weil ich dich sehr mag.* Sie war doch kein Schokoladenkuchen. Und Maria? Würde sie sich so an Thure schmiegen, wie sie sich zweifellos an Rudolf geschmiegt hatte? Würde sie ihn küssen, wie Irma ihn geküsst hatte? Dabei jenes sehnsuchtsvolle Ziehen spüren, die Wärme in jener unaussprechlichen, schambehafteten Tiefe ihres Körpers? Irma bemerkte, wie ihr bei dem Gedanken daran das Blut in die Wangen stieg, und auf einmal kamen ihr all diese Sehnsüchte, der heimliche Wunsch, Thure möge beim Küssen seine Hand nur ein klein wenig tiefer gleiten lassen, so liederlich vor, so beschämend, als stünden sie in leuchtenden Lettern auf ihre Stirn geprägt. Sie atmete hastig ein und in einem Schluchzer wieder aus, wandte sich ihrer Stute zu und schob den Fuß in den Steigbügel.

»Irma!«

Ohne ihn zu beachten, saß sie auf, nahm die Zügel und trieb die Stute in einen raschen Trab und dann in einen ausgreifenden Galopp, ohne sich noch einmal umzusehen.

2018

Als hätte der Abstand zu ihrem Alltag eine Schleuse in Lenya geöffnet, kamen nach dem Spaziergang zum Aschendorfer Moor immer öfter längst verdrängte Erinnerungen in ihr hoch, trieben zäh an der Oberfläche, lagen darauf wie ein öliger Film auf Wasser. Lenya auf dem Rücken liegend, neben ihr ihre Mutter, die mit ihren Fingern ein Viereck formte, sodass sie einen Rahmen bildeten, durch den man die Landschaft sah. Naturfernsehen hatte sie das immer scherzhaft genannt, und Lenya fragte sich, wann sie zuletzt daran gedacht hatte. Sie saß im Garten auf einem Stuhl, dessen Lehne sie leicht nach hinten geneigt hatte, und hielt die Finger ebenso wie ihre Mutter damals, betrachtete den kleinen Ausschnitt des Himmels in diesem Viereck.

»Was machst du da, Mama?« Caros helle Stimme holte sie aus der Vergangenheit zurück ins Hier und Jetzt.

»Ach, nur ein kleines Spiel aus meiner Kindheit.«

»So?« Caro hielt ihre rundlichen Finger aneinander wie Lenya zuvor.

»Genau. Wie ein Bilderrahmen.«

Caro drehte sich, bis sie ein Bild fand, das sie offenbar einrahmenswert fand – Butterblumen und Gänseblümchen, umrahmt von ihren Kinderfingern. »Sieh mal, Mami.« Sie kletterte auf ihren Schoß, schmiegte sich an sie und ließ Lenya durch ihren Finger-Bilderrahmen schauen.

Lenya legte die Wange an Caros Haar, das nach Kindershampoo duftete, und atmete dabei das Aroma von Gras und Sonnencreme ein. In diesem Moment zerstob die Nostalgie des Augenblicks, war jeder Anflug von Wärme, der kurz in ihr aufgeglommen war, erloschen. Auch sie hatte einst auf dem Schoß ihrer Mutter gesessen, auch sie hatte sich an sie geschmiegt, voller Vertrauen. Und doch war ihre Mutter einfach gegangen, hatte ihre Tochter verlassen.

Ihre Gedanken glitten wieder in eine Richtung, die Lenya nicht zulassen wollte, und so schüttelte sie kaum merklich den Kopf, als könnte sie damit gleichsam jede Bitterkeit abschütteln. Dann richtete sie sich auf und setzte Caro ins Gras. Die legte sich auf den Rücken, hob wieder die Hände hoch und betrachtete den Himmel so lange in dem Viereck ihrer Finger, bis es ihr zu langweilig wurde und sie aufsprang und in Richtung der Schaukel lief, die Hannes für die Kinder in einem der Bäume aufgehängt hatte.

Lenya zog ihr Handy hervor, warf einen kurzen Blick darauf und steckte es wieder weg. Nachdem die vermeintliche Aussprache am Vortag in einen handfesten Streit gemündet war, hatte sie nichts mehr von Alexander gehört. »Wir müssen reden« hieß offenbar, dass er redete und sie zuhörte. Er hatte ihr Vorwürfe gemacht und versucht, ihr ein schlechtes Gewissen einzureden. Sie hatte – als sie dann endlich einmal zu Wort gekommen war – vorgeschlagen, dass er mit Anouk hierherkam, damit sie ihm alles zeigen, ihm erzählen konnte, was sie bewegte. Aber er hatte sich überhaupt nicht darauf einlassen wollen, sondern darauf bestanden, dass sie nach Hause zurückfuhr. Was darin mitschwang, war klar: Er konnte eben nicht alles stehen und liegen lassen wie sie. Er hatte schließlich einen Job. Und Lenya sollte sich gefälligst um die Kinder kümmern und ihm den Rücken frei halten. So, wie er es von ihr gewohnt war.

Lenya ging in die Küche und fragte ihren Vater, ob er ein Auge auf Caro haben könnte. Marie spielte auf dem Hof, was Lenya ihr erlaubte, wenn sie sich an die Absprache hielt, das Grundstück nicht zu verlassen. Als Lenya das Haus verließ, sah sie ihre Tochter an einem verwitterten Mäuerchen spielen. So viel Freiheit wie hier hatte sie noch nie gehabt, und die Kleine genoss es sichtlich. Lenya bemerkte einen älteren Mann, der gerade aus seinem Wagen stieg, und brauchte einen Moment, um ihn zuzuordnen. Er war zusammen mit seinem Sohn bei Irmas Kaffeestunde gewesen – sie konnte sich an sein Gesicht erinnern. Er ging zur Haustür, während Lenya das Gut halb umrundete, das träge in der brütenden Hitze lag.

Hinter dem Gutshaus, im Schatten hochgewachsener Platanen, befanden sich die ehemaligen Gesinderäume. Bisher hatte Lenya sie nur von außen betrachtet und einmal durch das staubverkrustete Fenster geblickt. Jetzt hatte sie Irma um den Schlüssel gebeten, um sie sich näher anzusehen. Das Schloss war erstaunlich leichtgängig, und Lenya trat ein. Es gab eine geräumige Stube, von der aus eine Stiege nach oben führte. Entlang einer Galerie waren die ehemaligen Gesindekammern angelegt.

Lenya rüttelte versuchsweise an dem Geländer der Stiege, das sich jedoch fest und massiv anfühlte. In der Luft lag der Geruch nach altem Holz und Staub, in den Winkeln hingen Spinnweben, und es war offensichtlich, dass hier lange niemand mehr gewesen war. Die Treppe teilte sich am oberen Absatz, und während sechs Kammern entlang der Galerie lagen, waren die übrigen durch eine Tür am Ende des Ganges abgetrennt. Vermutlich hatten in einem Bereich die männlichen Dienstboten und im anderen die weiblichen geschlafen. Die Holzdielen knarzten leise, als Lenya darüber schritt. Sie öffnete die Türen zu den Kammern, aber dahinter verbargen sich keine Geheimnisse. In einer

Kammer stand noch ein alter Tisch, ansonsten hatte man die gesamte Einrichtung ausgeräumt. Lenya ging bis zum Ende der Galerie und öffnete die Tür. Dort fand sie sich in einem Korridor wieder. Hier war es ziemlich dunkel, das kleine Fenster am Ende des Ganges ließ kaum Licht herein, sodass alles in diffusem Zwielicht dalag. Lenya zählte hier zusätzliche acht Kammern, die bis auf zwei, in denen noch gusseiserne Heizöfen standen, alle leer geräumt waren. Unvermittelt blitzte eine Erinnerung in ihr auf. Sie stand mit ihrer Mutter in einem Flohmarkt, betrachtete einen schwarzen Ofen.

»Schau mal, Mama, ein alter Ofen wie aus unserem Schulbuch.«

Ihre Mutter hatte den Ofen lange betrachtet. »So einer stand im Büro der Mutter Oberin«, sagte sie schließlich.

Es war das erste Mal, dass ihre Mutter über ihre Vergangenheit gesprochen hatte. Dieser eine Satz. Eine Woche später war sie gegangen, und Lenya hatte seitdem versucht, die Erinnerung daran zu verdrängen, das Gefühl, schuld zu sein, weil sie sich in verbotenes Terrain vorgewagt hatte. Danach war sie zurückhaltend gewesen, angepasst. Bis zu jenem Tag, als sie ihren Vater auf seine Vergangenheit angesprochen hatte. Diesen Fehler hatte sie nicht wiederholt, war zurückgefallen in die Rolle der Stillen, Angepassten. Bloß nicht wieder einen falschen Schritt tun und jemanden verlieren. Das durchzog ihr gesamtes Leben, und mit einem Mal hatte Lenya das Gefühl, dass all das sie daran hinderte, jemals aus vollem Herzen heraus eine Entscheidung zu treffen. Stellte das nicht ihr gesamtes Dasein infrage? Sie lehnte sich mit dem Rücken an die Wand, starrte den alten Ofen an, und ihr verschwamm die Sicht. Ein kurzes Blinzeln, und sie sah wieder klarer, ehe ihr der Blick erneut verschwamm.

***

»Muss der Rudolf jetzt eigentlich die ganze Zeit auf die Kinder aufpassen?« Ernst Romberg, Rudolfs Freund aus Jugendtagen, blickte hinaus in den Garten, wo Caro gerade auf der Schaukel saß und nach dem Großvater rief, der ihr mit einer Geste zu verstehen gab, zu warten, da er sich in diesem Moment gerade einen aus Gänseblümchen geflochtenen Kranz von seiner anderen Enkelin auf den Kopf legen lassen musste. »Und sie hat zu Hause doch noch ein Kind«, fuhr Ernst fort. »Darauf passt der Vater auf. Während sich die Mutter hier ein paar schöne Tage macht.«

»Warum auch nicht?« Tobias Bruns, Hannahs Bruder, nippte an dem Glas, das Irma ihm in die Hand gedrückt hatte. »So ist das heute eben.«

»Und da wundert ihr jungen Leute euch, dass nichts mehr richtig funktioniert. Die Kinder schiebt ihr in Einrichtungen ab, damit die Mütter arbeiten gehen können. Und wenn sie nicht arbeiten, fahren sie in den Urlaub und lassen die Kinder bei den Vätern. Das gab's bei uns nicht!«

»Deine Ehefrau war ja auch bekanntermaßen ein echter Glückspilz«, ätzte Helga, die in diesem Augenblick die Wohnstube betrat. »War nicht ihr letztes Wort im Sterbebett ›Endlich‹?«

Ernst lief dunkelrot an. »Sie sagte ›Halt mich‹.«

Ein verstohlenes Lächeln huschte über Tobias' Lippen. »Irma, soll ich mir nachher noch die Futtermaschine ansehen? Vater sagte, die funktioniert nicht richtig.«

»Die Pellets kommen erst raus, wenn man kräftig dagegenschlägt«, antwortete Irma.

Das Rot in Ernsts Gesicht hatte einen leichten Stich ins Violette angenommen, der befürchten ließ, *ihn* träfe jeden Moment der Schlag. Irma nahm ihm das Glas aus der Hand und schenkte nach. »Dein Mann«, Ernst deutete mit dem vollen Glas auf Helga und hätte dabei fast den Inhalt verschüttet, »hat vermutlich im Moment seines Ertrinkens gedacht, dass er lieber so stirbt als durch deine spitze Zunge.«

»Die spitze Zunge war nötig, sonst hätte *er* mich vor meiner Zeit ins Grab gebracht.«

Tobias hob sein Glas. »Auf die Ehe.«

»Auf die Ehe«, stimmte Lenya ein.

Keiner von ihnen hatte sie kommen hören, doch plötzlich stand sie in der Tür, ging dann zum Servierwagen, wo sie sich an einer der Flaschen bediente. Ihre Augen waren gerötet und leicht glasig. Sie sah Tobias an, hob herausfordernd das Kinn, prostete ihm zu.

»Und auf unsere Mütter.« Dann kippte sie das Glas in einem Zug hinunter.

Tobias hob die Brauen, wirkte amüsiert, während Helga anerkennend nickte.

»Ein Freund von mir war mal in Polen«, kam es von Ernst, woraufhin sich Lenya gleich noch einmal ein Glas einschenkte und ebenfalls sofort leerte. Irma beschloss einzugreifen. Sie nahm ihrer Nichte das Glas aus der Hand. *Nichte.* Zum ersten Mal hatte sie in Bezug auf Lenya als ihre *Nichte* gedacht. Nicht Rudolfs Tochter. Irmas Nichte. Wieder ein Stein, den sie aus dem Gebäude von Rudolfs Existenz zog und in ihre einfügte. Jetzt war die Frage, welches Konstrukt am Ende haltbarer war.

»Ich bisher noch nicht«, antwortete Lenya und sah Ernst fest in die Augen, dem darauf nun offenbar nichts mehr einfiel. Lenya schien das Gespräch aber auch nicht fortsetzen zu wollen, sondern sie stand da und sah herausfordernd in die Runde.

»Himmel, Irma, jetzt gib ihr schon etwas zu trinken«, sagte Helga. »Sie sieht aus, als hätte sie es nötig. Hatte schon einen Grund, dass die Hannelore im Dauersuff war.«

»Sprich nicht so über meine Frau!«, fuhr Ernst sie an.

»Ich denke, ich schaue mir jetzt mal die Maschine an«, unterbrach Tobias die beiden und wandte sich an Ernst. »Hilfst du mir?«

Ernst nickte, warf Helga aber noch einen grantigen Blick zu, ehe er ging. Zögerlich trat Lenya ans Fenster. Irma hatte den Eindruck, dass ihr Gang etwas unsicher war. Das kam davon, wenn man mehr trank, als man vertrug. Helga bemerkte es offensichtlich auch, und sie tauschte einen Blick seltener Übereinkunft mit Irma.

Hier, dachte Irma, hatten sie gestanden, mehr als fünfzig Jahre zuvor, Helga mit einem Glas in der Hand. »Ich bin doch kein verdammter Brutkasten, den man füllt, kaum dass das letzte Küken geschlüpft ist.«

Katharina hatte sie angesehen, aber nichts dazu gesagt, während Irma kein Glas, sondern nur sich selbst hielt, die Arme um den Oberkörper geschlungen, als wollte sie verhindern, dass dieser zersprang. Irma gegenüber war Katharina nicht so schweigsam, sondern hatte sehr unverblümt gesagt, sie, Irma, solle sich nicht an die Hoffnung mit Thure klammern, denn – und das könne sie ihr glauben – es war wahrhaftig nichts Erstrebenswertes an einem Mann zwischen seinen Beinen. Helgas Schicksal hatte sie offenbar nur noch in ihrer Meinung bestätigt.

»Heute«, sagte Helga jetzt, »muss man immerhin nicht mehr warten, bis der Angetraute das Zeitliche segnet.«

Lenya starrte sie an, was Helga so gekonnt ignorierte, wie nur Helga ignorieren konnte. Diese stützte sich auf ihren Stock und ging zur Verandatür, öffnete sie und trat hinaus. Rudolf bemerkte sie, drehte sich zu ihr um, und sein Gesicht nahm einen Ausdruck schicksalhafter Ergebenheit an. Sollte Helga sich gerne an ihm abarbeiten.

Wir müssen reden. Ja, geredet hatte Rudolf. Vor allem darüber, wie sehr das Gut heruntergewirtschaftet war. Irma hatte ihn unterbrochen, ehe er den Schwenk zu seinen finanziellen Möglichkeiten machen konnte.

»Es kommt so vieles hoch.« Lenya hatte sich inzwischen auf dem Sofa niedergelassen, saß leicht vorgebeugt und hielt die Stirn in beide Hände gestützt. »Ich dachte, das wäre vorbei, ich hätte längst damit abgeschlossen. Aber jetzt ...«

Irma setzte sich in einen der beiden Sessel. Allerdings fiel ihr nun nichts Rechtes zu sagen ein, und sie befürchtete, dass alles, was sie hervorbringen würde, zu ruppig klang. Ihr selbst kam es so vor, als könnte keines der Probleme dieser jungen Frau unlösbar sein. Vom Ehemann konnte sie sich trennen. Sie hatte weder ihre Heimat verloren noch ihre Mutter tot im Schnee zurücklassen müssen, um dann mit zwei Fremden, die in die vertrauten Hüllen der Geschwister gegossen worden waren, in eine ungewisse Zukunft zu gehen. Aber vermutlich war es doch nicht ganz so einfach.

»Und jetzt«, fuhr Lenya fort, »fühlt es sich so an, als ob mir mein Leben langsam entgleitet. Oder eigentlich ist es mir schon entglitten, und übrig bleibt die Mutter, die Ehefrau, aber nie ich selbst.«

Irma sah hinaus zu Rudolf, dann wieder zu Lenya. Rudolf kannte seine Tochter natürlich länger und ganz sicher besser als Irma. Sie wollte gerne etwas sagen, etwas, das diesen Zustand lähmenden Verharrens beendete. Dann jedoch war es Lenya, die als Erste das Wort ergriff.

»Mir ist schlecht.«

※※※

»Bist du etwa schwanger?«, waren Helgas erste Worte, als Lenya aus dem Bad auf die Veranda geschwankt kam.

Hätte sie dann so viel getrunken? Abgesehen davon hatte Lenya diese Frage immer schon abstoßend indiskret gefunden. Aber um keine weiteren Spekulationen aufkommen zu lassen, stieß sie ein heiseres »Nein« hervor und setzte sich in einen der Korbsessel.

»Das war keine morgendliche Übelkeit«, kam es nun vor Irma in einem Ton, als wüsste sie, wovon sie sprach, »sondern vermutlich zu viel Alkohol auf nüchternen Magen.«

Jetzt veränderte sich der Blick ihres Vaters zu Befremden. Lenya schloss die Augen und legte den Kopf zurück. In ihrem Magen grummelte es hörbar, und sie stellte sich geradezu bildlich vor, wie der Alkohol dort gärte und in grünlichen Blasen blubberte. Erneut schlug sie sich die Hand vor den Mund, sprang auf und stürzte ins Bad, erbrach sich, bis nichts mehr kam. Ihr tränten die Augen, und sie stützte sich vornüber auf das Waschbecken, spülte sich den Mund aus und weinte.

Als sie das Bad verließ, stand nur noch ihr Vater auf der Veranda.

»Setz dich jetzt erst einmal hin«, sagte er. »Die Kinder sind in der Küche und machen sich über Irmas Apfelkuchen her.«

Der Korbsessel knarrte leise, als Lenya darauf sank, und ihr Vater ließ sich in den Sessel neben ihr nieder, sah sie schweigend an. Er streckte die Hand aus, legte sie auf ihre, und Lenya verschränkte die Finger mit seinen, betrachtete sie. Seine Haut war von der Sonne gebräunt, etwas runzlig, während ihre Finger glatt waren, schlank und ein wenig heller.

Lenya wischte sich mit dem Handrücken der anderen Hand die Tränen von den Wangen. »Ich weiß nicht, was ich machen soll, Papa.«

»Alexander?«

Sie nickte.

»Du bist ja noch ein paar Tage hier, lass dir das in Ruhe durch den Kopf gehen und spiel alle Optionen durch.«

»Wie lange möchtest du noch bleiben?«

»Das kommt darauf an, wie lange Irma mich noch lässt. Ich habe ihr angeboten, ihr finanziell unter die Arme zu greifen, aber das hat sie abgelehnt.«

Nach Jahren der Funkstille wunderte Lenya das nicht, vermutlich stand da auch einfach der Stolz im Weg. Jahrelang war sie allein zurechtgekommen, bis ihr nun alles entglitt. Und nun kam da der reiche Bruder – nicht von selbst, sondern weil sie ihn angerufen hatte – und bot finanzielle Hilfe an. Lenya wusste nicht, wie sie in so einem Fall reagiert hätte.

»Du hättest mir von ihnen erzählen sollen«, sagte sie nun, »von deinen Schwestern.«

»Wir haben uns nicht im Guten getrennt.«

»Dafür konnte ich aber nichts. Mir hätte das hier vielleicht gutgetan.«

In seinem Gesicht zuckte es, und Lenya bereute ihre harschen Worte sofort. »Es tut mir leid.«

»Nein, schon gut. Mir tut es leid.«

Wieder kamen Lenya die Tränen, und sie atmete tief durch, um sie zurückzudrängen. »Du hast es gut gemacht, Papa, das wollte ich damit nicht sagen. Aber ich hätte so gerne eine Familie gehabt.«

»Ja, ich weiß.«

»Und ich will alles richtig machen, damit meine Kinder nicht irgendwann das Gefühl bekommen, in ihrem Leben würde etwas fehlen.«

»Du weißt, dass du meiner Meinung nach zu früh geheiratet hast, aber du solltest nicht den Fehler machen, das, was schiefläuft, allein Alexander in die Schuhe zu schieben. Dazu gehören immer zwei. Wahrscheinlich hast du recht damit, dass er dir zu wenig Beachtung schenkt, aber du hast bisher vielleicht auch nicht vehement genug deinen eigenen Freiraum eingefordert.«

»Ich versuche ja, es ihm zu erklären, aber er hört mir einfach nicht zu.«

»Du hast in den letzten Jahren alles gemacht. Er hat sich daran gewöhnt, dass du immer da bist. Und dass du es jetzt eben nicht mehr bist, damit muss er erst einmal zurechtkommen. Womit ich nicht sagen will, dass es richtig ist, wie er dich unter Druck setzt, aber vermutlich sitzt er jetzt genau in diesem Moment in Münster und fragt sich, was da gerade so furchtbar schiefläuft, dass du zu einer Beerdigung aufbrichst und nicht mehr zurückkommst. Manchmal hilft es, die eigene Situation durch die Augen des anderen zu sehen.«

»Hast du das auch bei Mutter versucht?« Die Worte waren heraus, noch ehe Lenya so richtig darüber nachgedacht hatte, und nun hätte sie sie am liebsten zurückgenommen.

»Ja«, antwortete er nach einigem Zögern. »Mehr als einmal.«

»Und zu welchem Ergebnis bist du gekommen?«

Jetzt schwieg er eine ganze Weile, so lange, dass Lenya schon dachte, er würde überhaupt nichts mehr sagen. »Wir haben vermutlich aus den falschen Motiven heraus geheiratet. Ich glaubte, in ihr jemanden gefunden zu haben, mit der es für mich einen Neuanfang gibt. Sie dachte wohl, ich könnte ihre neue Heimat sein, ihr Halt geben. Aber wie kann man jemandem Halt geben, wenn man selbst den Boden unter den Füßen verloren hat?«

* * *

Mit einer Tasse Kaffee in der Hand stand Irma am Küchentresen und betrachtete die beiden Mädchen, die sich mit Feuereifer über den Kuchen hermachten. Helga war mittlerweile wieder gegangen, die Neugierde für den Tag wohl ausreichend gestillt, und Tobias war im Büro des Gestütsleiters, um Ersatzteile für die Futtermaschine zu bestellen.

»Darf ich noch ein Stück haben?«, fragte Caro und schob ihren Teller in Irmas Richtung. Irma gab ihr bereitwillig ein weiteres Stück. Auch wenn sie sich erst wieder daran gewöhnen musste, erinnerte sie sich noch zu gut daran, wie schön es immer gewesen war, wenn Hannah ihre beiden Mädchen mit auf den Hof gebracht hatte, als sie noch klein waren. Nun waren da Caro und Marie, die nicht nur pferdebegeistert waren, sondern sogar noch zu Irmas Familie gehörten. Die Vorstellung, dass die beiden Mädchen auf Gut Grotenstein ihre Ferien verbrachten, herumtollten, Kuchen aßen und Reitunterricht nahmen, war schön und beängstigend zugleich. Irma hatte noch nie gut mit kleinen Kindern gekonnt. Sobald sie älter wurden, fiel ihr das leichter. Aber vielleicht konnte sich das mit diesen beiden Mädchen ändern? Dass Lenyas dreijährige Tochter sie so vertrauensvoll ansah, löste ein eigenartiges Ziehen in ihrer Brust aus. Es schmerzte, und gleichzeitig erfüllte es sie mit einer Sehnsucht, die sie überraschte.

Schnell nahm sie einen Schluck von ihrem Kaffee, räumte dann die Teller weg und scheuchte die beiden aus der Küche, indem sie so tat, als kehrte sie sie mit dem Besen hinaus. Die beiden lachten und kreischten vor Begeisterung. Als sie verschwunden waren, fegte Irma die Kuchenkrümel zusammen und beschloss, nach Lenya zu sehen. Sie fand sie auf der Veranda, eng neben Rudolf sitzend. Die beiden sprachen leise miteinander, wobei Lenya wirkte, als ob sie geweint hätte. Als Lenya Irma bemerkte, löste sie ihre Hand aus der ihres Vaters.

»Entschuldige bitte den Auftritt. Normalerweise trinke ich so gut wie nie, und erst recht kippe ich den Alkohol nicht schon so früh am Tag in mich hinein.«

»Da habe ich wahrhaftig schon Schlimmeres gesehen.«

Irma setzte sich in den Korbsessel zu Lenyas Linken, sodass die junge Frau zwischen ihr und Rudolf saß. Die Hitze setzte ihr sehr zu, und Irma verspürte wieder diesen Schwindel, der sie in den letzten Tagen öfter erfasst hatte.

»Ist Ernst gegangen?«, fragte Rudolf.

»Ja, gerade eben. Warum? Wolltest du noch mit ihm reden?«

»Nein, ich habe festgestellt, dass wir uns nichts mehr zu erzählen haben.«

Wann hättest du schon jemals jemandem etwas zu erzählen gehabt? Was Lenya wohl zum Weinen gebracht hatte? Unbehagen löste dieses Schweigen zwischen ihnen dennoch aus, es waberte und brachte mehr und mehr Distanz zwischen sie, Rudolf und Lenya. Irma atmete tief ein, doch die Luft war schwer und klebrig. Sie versuchte es erneut, nahm noch einen Atemzug und noch einen.

»Irma!« Rudolf.

Na, sieh an. Ich hätte all die Jahre sterben können, und es wäre dir gleich gewesen. Und nun hast du Angst, ich könnte es hier in deiner Gegenwart tun.

Nun drehte sich auch Lenya zu ihr, sagte etwas, das im Rauschen unterging. Der Sturm, dachte sie noch, und das Herz ging ihr schneller, ließ das Rauschen in ihren Ohren zu einem Tosen werden. Dazu diese unerträgliche Hitze. Dann wurde es still.

1960

Irma wischte sich mit dem Ärmel den Schweiß aus dem Gesicht, hielt kurz inne, weil ihr schwindlig war von der Hitze, dann fuhr sie fort, mit der Heugabel das Heu zu wenden, stimmte in den Gesang der jungen Männer und Frauen auf dem Feld ein. Am nächsten Tag waren die Felder der Bruns dran, aber da Walther über moderne Maschinen verfügte, war das weniger Arbeit. Zwei Männer brauchte es, die auf dem Wagen standen, auf dem das Heu maschinell transportiert wurde. Auf den Feldern der Aahlhus' war man noch nicht so weit. Das einzige Zugeständnis an die Moderne war, dass die Männer nicht bereits morgens um vier Uhr mit der Sense bewaffnet das Heu von Hand mähen mussten. Aber beim fünftägigen Wenden und späteren Einholen musste nach wie vor jeder in der Nachbarschaft mit anpacken.

»Heb di man neet so!« Frank Hansens Stimme war laut genug, um Irma aufblicken zu lassen. Sie stand wenige Schritte entfernt von Katharina und hatte schon vorher bemerkt, dass sich Frank immer näher an ihre Schwester geschoben hatte. Offenbar hatte er beschlossen, dass es nun genug der subtilen Andeutungen war.

Auch Rudolf war aufmerksam geworden, hielt in der Bewegung inne und sah aus leicht verengten Augen zu ihnen hinüber. Als klar wurde, dass Franz in Katharinas Widerstand eher eine Aufforderung zum Weitermachen sah und nun sogar die Hand nach ihr ausstreckte, ging Rudolf zu ihnen und stellte sich vor seine Schwester, die Hände in die Seiten gestemmt, das Kinn angriffslustig vorgeschoben. »Gibt es irgendein Problem?«

Der Mann sah ihn an, schien kurz zu überlegen, ob er es auf ein Kräftemessen ankommen lassen sollte. Da nun jedoch auch andere zu ihnen hinübersahen und Rudolf zudem noch deutlich jünger war als er, hob Franz entschuldigend die Hände und nahm die Heugabel wieder auf. »Ik wullt nur nett sein.«

Rudolf antwortete nicht, wartete, bis der Mann auf Abstand ging. Katharina wuschelte ihm durch das Haar, obwohl er sie inzwischen deutlich überragte, schenkte ihm eines ihrer seltenen, zärtlichen Lächeln. »Mein Ritter in goldener Rüstung.«

Sie nahmen die Arbeit wieder auf, und Irma sah zu Thure, der in Marias Nähe arbeitete. Immer wieder sprachen die beiden miteinander oder pausierten kurz zusammen. Offenbar versuchten sie herauszufinden, ob sie miteinander funktionierten. Wann immer Thure jedoch zu ihr sah, wandte Irma sich abrupt ab, presste die Zähne aufeinander und fuhr mit der Arbeit fort, bis ihr die Arme schmerzten.

Später saßen sie alle zusammen im Gras, hatten Getränke geholt und ruhten sich aus. Ernsts Schwester Margot unterhielt sich mit Martin Aahlhus. Irma hatte Gerüchte darüber gehört, dass man Martin in den Morgenstunden in der Nähe des Romberg-Hauses gesehen hatte.

»Ist aus dem Fenster von der Margot gestiegen, wenn ihr mich fragt«, hatte Helgas Mutter getratscht.

»Warum siehst du so käsig aus?«, wollte Margot nun von Helga wissen. »Überarbeitet hast du dich heute ja nun nicht.«

»Ich bin in Erwartung.«

Walther lag auf dem Rücken, ein Grashalm im Mundwinkel. Jetzt öffnete er träge die Augen, sah Helga an, grinste schief. »Das ging ja schnell. In der kurzen Zeit, die er hier war, kann er doch kaum mehr gemacht haben, als dich anzuschauen.«

Helga wurde rot, während die anderen lachten.

»Wie küsst ihr euch eigentlich?«, fragte Ernst. »Stößt er sich nicht ständig an deinen Zähnen?«

Margot gab ihm einen wütenden Klaps gegen den Hinterkopf. »Lass doch diese Geschmacklosigkeiten.«

»Hey, Helga«, rief Walther. »Das ist doch kein Grund, gleich loszuheulen.«

Aber Helga beachtete ihn nicht, sie war aufgesprungen und lief davon. Irma wartete darauf, dass jemand ihr folgte, aber Helga hatte keine Freunde – keine echten zumindest. Selbst schuld, dachte sie, auch wenn sie ihr in diesem Moment etwas leidtat. Wenige Tage zuvor hatte Helga noch in ihrer Stube gestanden und sich über den Pfarrer beschwert, der ihr während der Beichte gesagt hatte, sie dürfe keinesfalls verhüten, denn damit versündige sie sich nicht nur gegen sich selbst und die Kinder, deren Existenz sie zu verhindern suchte, sondern vor allem gegen ihren Ehemann, dessen Recht es sei, ihr nicht nur beizuwohnen, sondern auch sie zu schwängern, wie es ihm beliebte. Irmas Blick flog zu Thure und zu Maria, und dann erhob sie sich doch. Lieber folgte sie Helga, als Thure noch länger mit seiner Zukünftigen zu beobachten.

»Wo gehst du denn jetzt hin?«, fragte Margot.

»Bin gleich zurück.«

Ihre Großmutter hatte ihr die Situation wieder und wieder erklärt, hatte ihr gesagt, dass das eigene Land wichtig sei, dass man alles dafür gab, es in seinem Besitz zu halten. Denn wer konnte schon wissen, wann die nächste Hungersnot kam. Dann konnte das eigene Überleben davon abhängen, fruchtbares Land zu beackern. Zwei Kriege waren kurz aufeinander gefolgt, zwei Hungersnöte bald darauf. Nein, Irma, so ihre Worte, da geht auch die Liebe nicht drüber. Und Thure war von klein auf von seinem Vater allein erzogen worden, stand ihm sehr nahe. Anno Reimann würde ihn nie zu einer Entscheidung zwingen, aber das brauchte er auch gar nicht.

Irma zupfte an ihrem Kleid, das schweißverklebt am Körper lag. Da ihr Haar nicht lang genug für einen Zopf war, hatte sie ein Tuch darum gebunden, um es aus dem Gesicht zu halten. Nun löste sie im Laufen das Tuch und benutzte es, um sich damit über den juckenden Nacken zu wischen. Helga war nirgendwo zu sehen, und eigentlich hatte Irma auch gar keine Lust, sie zu suchen. Zurückkehren wollte sie aber noch weniger. Die Arbeit war getan, den Rest erledigten die Aahlhus' mit ihren Arbeitern.

Hinter den Feldern war das Plätschern und Gurgeln eines kleinen Bachlaufs zu hören, der etwas verborgen hinter Birken und Gestrüpp lag. Irma schob ein paar Zweige zur Seite und ließ sich am Bachufer nieder, zog ihre Schuhe aus, um die Füße hineinzuhalten. Seufzend lehnte sie sich zurück, schloss die Augen, genoss das kühle Wasser, das ihre Knöchel umspielte. Die schattige Stille tat gut, und Irma überkam der Wunsch, einfach hier sitzen zu bleiben, langsam in der Wärme zu verdunsten.

Schließlich öffnete sie die Augen wieder, und sie sah sich um. Es war unwahrscheinlich, dass sich jetzt jemand hierher verirrte, und selbst wenn Helga unvermittelt auftauchen sollte, so wäre es nicht weiter tragisch. Irma knöpfte das Blusenkleid auf, ließ es über die Schultern gleiten, hakte das Mieder auf und strich mit der Hand durch das Wasser, verteilte es auf dem Hals, der Brust, ihren heißen Wangen. Es war eine Wohltat, sich nach der schweren Feldarbeit abzukühlen. Gerade als sie die Hand erneut in den kalten Bach gleiten ließ, spürte sie, dass sie nicht mehr allein war.

Mit angehaltenem Atem drehte sie sich um, sah Thure, wie er dastand, sie betrachtete, ihr Gesicht, die Brüste, von deren Spitzen das Wasser tropfte. Zu spät griff Irma nach dem Kleid, zog es hastig hoch, presste es mit beiden Händen an den Körper, als gäbe es jetzt noch etwas zu verstecken. Sie wollte, dass er etwas sagte, aber er blieb stumm, sah sie weiterhin an. Und schließlich kam er zu ihr. Zweige knackten unter seinen Schritten, Steinchen lösten sich von der Böschung und landeten leise platschend im Wasser.

»Warum bist du mir gefolgt?«

»Weil du mir aus dem Weg gehst.«

Ihr Lachen war ein trockener, hässlicher Laut. »Und warum auch nicht?«

»Weil ich dich liebe. Auch wenn ich dich nicht heiraten werde, liebe ich dich.«

Irma wollte auffahren, wollte auf ihn losgehen und blieb doch stumm sitzen. Thure kniete jetzt unmittelbar vor ihr, umfasste ihre verkrampften Hände, löste behutsam Finger um Finger von dem Stoff, sodass dieser hinunterrutschte, bis das Kleid um ihre Hüften lag. Langsam öffnete er sein Hemd, zog es aus, warf es achtlos zur Seite. Dann sahen sie sich an, saßen voreinander, ohne sich zu berühren. Schließlich verflochten sich ihre Finger ineinander, tasteten ihre Münder sich behutsam vor, berührten sich, während ihre Körper eine unsichtbare Grenze umspielten, die sie sich noch zu übertreten scheuten. Irma überschritt sie als Erste, löste sich von Thure, legte sich ins Moos, spürte kleine Steinchen und Zweiglein unter ihrem bloßen Rücken. Dann umfasste sie seine Hand und wies ihr den Weg.

2018

»Da hast du uns aber einen gehörigen Schrecken eingejagt.«

Lenya hatte ihren Vater noch nie so erlebt wie in dem Moment, als Irma mit einem leisen Seufzen einfach aus dem Korbsessel gekippt war. Er war aufgesprungen, kreidebleich im Gesicht, und kurz hatte Lenya befürchtet, dass es ihm im nächsten Moment genauso ergehen würde. Nun lag Irma in ihrem Bett, wohin Tobias Bruns sie getragen hatte, der Arzt war da gewesen, und Irma schien, nachdem sie für einen Moment desorientiert gewirkt hatte, nun geradezu empört.

»Was ihr für ein Aufhebens macht.« Sie wollte sich aufrichten, woran Friedrich sie entschieden hinderte.

»Du bleibst liegen.«

»Das hast du doch wohl nicht zu entscheiden.«

»Ich nicht, aber der Arzt.«

»Der Arzt war hier?«

»Was hätte ich denn sonst tun sollen? Er kommt abends noch einmal. Du hattest einen Schwächeanfall, und nun sollten weitere Untersuchungen …«

»Lasst mich mit diesem Mumpitz in Ruhe. Ich trinke ein Glas Wasser, das hat es früher auch getan.«

»Der Arzt hat gesagt …«

»Mir ist egal, was der Arzt gesagt hat. Wenn ich aufstehen kann, stehe ich auf. Ist es erst so weit, dass man im Bett liegen bleibt, kann man sich von dort aus auch gleich unter die Erde tragen lassen.«

»So ein Unsinn«, schimpfte Friedrich.

Lenya wusste, dass es sinnlos war, erkannte es an der Art, wie Irma stur die Lippen zu einem schmalen Strich zusammenpresste.

»Er möchte feststellen, ob du dehydriert bist, zudem braucht er noch etwas Urin und …«

»Also jetzt hört es aber auf!« Auf Irmas Wangen war tatsächlich eine Spur von Röte getreten. Sie richtete sich auf. »Mir geht es gut, das sagte ich bereits!«

Lenya hatte keine Lust, sich dieses Wortgefecht länger anzuhören, ahnte sie doch, dass ihr Vater auf verlorenem Posten stand. All die Jahre war Irma allein zurechtgekommen, sie würde sich jetzt nicht von ihrem Bruder vorschreiben lassen, was sie zu tun hatte – schon aus Prinzip nicht. Sie überließ die beiden sich selbst und ging hinunter ins Wohnzimmer.

Die Kinder spielten wieder im Garten. Für sie war das hier ein Traum, ein großes Abenteuer. Normalerweise war Marie ein schwieriges Kind, das oft bockte und sehr eigenwillig war. Hier war sie erstaunlich ruhig, es gab keine Wutausbrüche, kein Geschrei, stattdessen spielte sie fröhlich mit ihrer Schwester. Lenya betrachtete sie durch das Fenster, sah ihnen dabei zu, wie sie versuchten, zu zweit zu schaukeln.

Dass sie das taten, schuf einen Moment der Normalität, und Lenya stieß den Atem in einem langen Seufzer aus. Sie öffnete die Verandatür, ging hinaus und setzte sich in einen der Korbsessel, wo sie auf Geräusche aus dem Haus lauschte und gleichzeitig die Kinder beobachtete. In ihrem Bauch grummelte es immer noch, sie vertrug einfach keinen Alkohol, und im Nachhinein war ihr der Ausbruch peinlich.

Ihr Vater trat kurze Zeit später ebenfalls auf die Veranda. »Sie ist so störrisch«, sagte er.

»Kommt mir bekannt vor.«

»Ich bin nicht störrisch.«

»Muss ich dich etwa wieder daran erinnern, wie du mit einer Grippe …«

»Erkältung.«

»Grippe. Du lagst mit Grippe im Bett, hattest Atemnot, und als ich den Arzt kommen lassen wollte, kam von dir immer nur ein geröcheltes ›Es geht schon‹«. Sie ahmte eine heisere Stimme nach.

»So spreche ich nicht.«

Lenya hob nur die Augenbrauen. Schweigend sahen sie in den Garten zu der Schaukel, auf der nun Marie saß, während Caro einen Wutanfall bekam. Lenya seufzte, erhob sich, ging zu der Kleinen und konnte diese schließlich davon überzeugen, sich mit dem Dreirad zu begnügen, das Hannah vor zwei Tagen vorbeigebracht hatte. Sie begleitete Caro auf den Hof, weil man dort besser fahren konnte, und hing dabei ihren Gedanken nach. Die Gesindekammern hatten sie auf eine Idee gebracht.

Ein Wagen bog in den Hof ein, und Lenya erkannte Hannahs dunkelblauen Kombi. Kurz darauf stieg diese aus, hob die Hand, um ihr zuzuwinken. In den letzten beiden Tagen hatte sie sich rar gemacht, war nur kurz gekommen, um ihre Reitschüler zu unterrichten, und war dann direkt wieder gefahren. Auch jetzt wirkte sie etwas abgehetzt und hielt sich nicht lange auf dem Hof auf, sondern lief direkt auf das Haus zu.

✳ ✳ ✳

»Haben sie jetzt die Kavallerie gerufen?«, begrüßte Irma Hannah bei deren Eintreten ins Schlafzimmer.

»Tobias hat mir erzählt, dass du umgekippt bist und dir wieder nicht helfen lassen wolltest.«

»Ich hatte einen *leichten* Schwächeanfall, und daraus machen die beiden Städter eine große Geschichte, bis sie Tobias schließlich mit ihrem panischen Gehabe angesteckt haben.«

»Hat Dr. Bernau dir Blut abgenommen?«

»Ja, das hat er, der geschwätzige Quacksalber.«

Hannah strich sich eine Haarsträhne zurück, die sich aus ihrem Zopf gelöst hatte. Sie sah müde aus.

»Wenn dir das mit den Reitstunden zu anstrengend wird«, sagte Irma, »werde ich eine andere Lösung finden. Du übernimmst ja schon die Stunden für Michael, das wird wohl einfach zu viel.« Hannah bot auf einem Reiterhof in der Nähe von Haselünne therapeutisches Reiten an, und momentan gab es dort viel zu tun.

»Nein, das schaffe ich schon. Wenn nicht, kann ja vielleicht Lenya ab und zu eine Stunde übernehmen.«

Irma schüttelte den Kopf.

»Warum denn nicht? Sie reitet seit Jahren und gibt selbst Reitstunden.«

»Das wird mir hier alles zu unruhig, wenn jetzt noch eine Fremde bei den Reitstunden mitmischt, die die Kinder erst einmal kennenlernen müssen. Außerdem reist sie vermutlich bald schon wieder ab. Ich frage Chris, ob er die Stunden von Michael mit übernimmt.« Er war ihr Pferdewirt und der Hauptreitlehrer.

»Dem wächst doch die Arbeit schon über den Kopf.«

»Wir müssen uns ohnehin etwas überlegen, in dieser Hitze wird es zunehmend schwieriger mit den Reitstunden, das ist zu anstrengend für die Pferde.«

Irma goss sich noch ein Glas Wasser ein und trank, weniger weil sie Durst hatte, sondern weil dieser Besserwisser von einem

Arzt ihr gesagt hatte, dass sie unbedingt trinken musste, wenn sie beim nächsten Mal nicht stationär an einem Tropf hängen wollte. Wie eine Drohung hatte das geklungen. Bei der Vorstellung, wie er diese Option mit Rudolf besprochen hatte, goss sie gleich noch ein Glas hinterher. Der Gedanke daran, wie sie im Krankenhaus lag, während er und seine Tochter sich hier auf dem Gut einrichteten, ließ Irma mit einem Mal keine Ruhe mehr. Das hier war ihr Zuhause, dafür hatte sie gekämpft und gearbeitet, und das ließ sie sich von niemandem wegnehmen, nicht von ihren Gläubigern und erst recht nicht von ihrem Bruder mit seinem Geld und seiner Tochter mitsamt Pferde verschleißendem Ehemann. Im nächsten Moment rief sie sich zur Ordnung, wusste, dass sie überreagierte.

Irma stand auf, legte ihre Bettdecke zusammen und fühlte sich dabei doch noch etwas wacklig auf den Beinen. Am besten keine abrupten Bewegungen machen, nicht nach vorne beugen und dann zu schnell wieder aufrichten. Dabei war es in ihrem Zimmer im Verhältnis zu den anderen Räumen noch verhältnismäßig kühl, weil hier die Sonne erst gegen Abend hereinschien.

Hannah versuchte nicht, sie davon zu überzeugen, sich wieder hinzulegen, sondern half ihr, die Tagesdecke glatt zu ziehen, und begleitete sie zur Treppe. »Kann ich dir hier heute noch irgendetwas abnehmen?«

»Wolltest du nicht mit deiner Familie nach Osnabrück essen gehen?«

»Da können wir auch morgen hinfahren.«

»Papperlapapp, das fangen wir gar nicht erst an, dass du deine Kinder vernachlässigst, damit du mich wie einen Pflegefall betüdelst.«

Hannah verdrehte die Augen.

»Das habe ich gesehen, junge Dame.« Der gestrenge Tonfall

entglitt Irma jedoch, und übrig blieb nur eine Stimme, die papierdünn wirkte.

Sie gingen in die große Wohnstube, von wo aus Irma Rudolf im Garten sah, wo er sich mit Hannes unterhielt, ehe er langsam in Richtung Veranda ging. Die Schatten wurden länger, und bestimmt war schon Zeit für das Abendbrot. Das dauerte für so viele Personen ja doch immer etwas länger, da Irma keine Hilfe in der Küche wollte. Nur für Hannah gab es eine Ausnahme, und da diese Irmas Blick auf die Uhr offenbar bemerkte und die Gewohnheiten kannte, bot sie auch sofort an, das Abendessen vorzubereiten, und Irma gab es auf, sie davon abzuhalten.

»Ewas Leichtes reicht bei der Hitze«, sagte Irma. »Wir können draußen auf der Veranda essen.«

»Ich mache das schon. Übrigens soll ich schöne Grüße von Judith Benke ausrichten, ich habe sie heute Morgen beim Einkaufen getroffen.«

Die Benkes hatten den ehemaligen Hinneken-Hof vor fünf Jahren gekauft und sich als sehr angenehme Nachbarn herausgestellt, von denen man nur wenig mitbekam. Da waren die Vorbesitzer, ein Ehepaar in den Dreißigern, anstrengender gewesen. Die hatten es sich offenbar zur Aufgabe gemacht, ihre Landromantik gepaart mit einem Öko-Alternativprogramm hier an die ländlichen Hinterwäldler zu bringen. Der Mann hatte irgendwann einen seiner leutseligen Besuche auf dem Hof der Bruns gemacht, wo er Walther einen Vortrag über nachhaltige Landwirtschaft hielt. Da war er bei Walther ja an den Richtigen geraten. Ein Jahr später hatten sie das Haus verkauft und waren zurück in die Stadt gezogen.

Ungeachtet ihrer Gefühle für Maria hatte Irma das Hinneken-Haus immer gemocht, es war ein sehr altes Bauernhaus, in dem es schien, als sei die Zeit stehengeblieben. Noch in den Fünfzigern hatte es urige Lampen gegeben, und anstelle einer Toilette im Haus das sogenannte Hüsken, ein an einen Stall angebautes Toilettenhäuschen ohne fließendes Wasser. Erst in den Sechzigern hatte Alfons Hinneken ein modernes Bad ins Haus einbauen lassen. Irma musste bei der Erinnerung daran lächeln. Man hatte es Maria nicht verdenken können, dass sie nur zu gern auf den moderneren Reimann-Hof gezogen war.

»Wie geht es dir?«, fragte Rudolf, als sie zu ihm hinaus auf die Veranda trat.

»Besser. Ich habe ja gesagt, dass du zu viel Aufhebens darum gemacht hast.« Sie setzte sich hin, und sein Korbsessel knarrte, als Rudolf sich vorbeugte und aus einer Glaskaraffe etwas zu trinken eingoss. Er reichte ihr das Glas, und Irma dachte, dass sie die Nacht über vermutlich würde pinkeln müssen wie ein alter Gaul.

»Wie geht es Lenya?«

»Ebenfalls besser.«

Irma hob das Glas an die Lippen und sah Marie zu, die gerade jauchzend im vollen Schwung von der Schaukel sprang. Und zum ersten Mal dachte sie, dass Rudolf vielleicht deshalb zum Vater und zum Großvater taugte, weil die Stille besser zu ertragen war, wenn ein Kind sie mit Leben füllte.

※ ※ ※

Lenya hatte Caro bei ihrem Vater im Garten gelassen, um noch einmal zu dem ehemaligen Gesindetrakt zu gehen. Das Gebäude ließ sie einfach nicht los, und in ihr entwickelte sich langsam eine Idee, der sie unbedingt noch etwas mehr Raum geben wollte. Dieses Mal betrat sie es nicht, sondern stand nur davor, betrachtete es, schloss dann die Augen und ging in Gedanken hindurch, füllte die Räume mit Farbe und Leben, legte Nostalgie wie einen Firnis darüber.

Als sie die Augen wieder öffnete, erschien ihr der Gedanke an eine Heimkehr in die Hülle ihres eigentlichen Daseins so erdrückend, dass es ihr beinahe die Luft nahm. Ihr Vater hatte natürlich recht, aber die Einsicht nützte ihr gerade nichts, weil die Dinge sich im Nachhinein nun einmal nicht ändern ließen, nur in Zukunft konnte sie es besser machen. Aber wie sollte das gehen, wenn Alexander ihr nicht einmal zuhörte? Wenn es schon ein Problem war, dass sie mal ein paar Tage freinahm und etwas tat, das ihr wichtig war.

Wieder betrachtete Lenya die Fassade des Gesindetrakts, diesen alten Teil des Hauses, der noch in Fachwerk gehalten war, unten aus Backstein bestand und kleine Fenster hatte. So ein schönes Gebäude, daraus musste sich doch etwas machen lassen. Die Idee, die in ihr gekeimt war, tastete sich langsam vor, schlug kleine, verästelte Wurzeln, bekam Substanz. Die Frage war nur, wie Irma darauf reagieren würde. Bisher wehrte sie sich ja gegen jede Einmischung von Lenya. Vielleicht sollte sie zuerst mit ihrem Vater sprechen und sich seine Meinung dazu anhören.

Langsam ging sie zurück zum Hof, der in der erdrückenden Hitze still und verlassen dalag. Sie wischte sich mit dem Handrücken den Schweiß von den Schläfen und ging zu den Stallungen, in denen das Gebälk in der Hitze knackte, als brenne die Sonne aus den Gebäuden das letzte bisschen Leben. Selbst die Fliegen summten nur träge, und die Pferde wirkten dösig. In dieser Gluthitze brachte man die Tiere erst abends auf die Koppeln und ließ sie über Nacht draußen.

Rubina, die dunkelbraune Stute, in die Lenya sich verliebt hatte, streckte neugierig den Kopf vor, schnoberte an ihrer Hand, als Lenya die samtigen Nüstern streichelte. »Du bist so wunderschön. Was denkst du, werden wir Freundinnen, hm?« Sie streichelte das Pferd, klopfte ihm sacht den Hals. Zwei Ausritte hatte sie mit ihr gemacht, beide Male in aller Frühe, ehe es zu heiß wurde.

Die Stute legte den Kopf leicht schief und sah sie an, als verstünde sie jedes Wort. Pferde waren damals Lenyas Rettung gewesen. Nachdem ihre Mutter verschwunden war, hatten sich die Menschen um sie herum wie auf rohen Eiern bewegt, niemand hatte ihr widersprochen, jede Patzigkeit Lehrern gegenüber blieb ungeahndet. Pferde jedoch waren unverfälscht, bei ihnen fühlte Lenya sich wohl, auf dem Pferderücken gleichzeitig frei und geborgen.

Als Lenya aus dem Stall auf den Hof trat, sah sie Hannah aus dem Haus kommen und winkte ihr zu. »Es geht Irma wieder besser«, sagte sie, als sie bei ihr angelangt war. »Passt nur bitte weiterhin gut auf sie auf, ja? Sie ist manchmal etwas stur, aber davon sollte man sich nicht abschrecken lassen.« Sie sah auf die Uhr. »Ich bin, ehrlich gesagt, sehr froh darüber, dass jemand hier bei ihr ist. Als Katharina da war, hatten die beiden wenigstens einander, aber jetzt…« Sie hob in einer ratlosen Geste die Schultern. »Ich muss los, wir sehen uns morgen.«

Lenya erwiderte ihren Abschiedsgruß und ging ins Haus. Gelegenheit, mit ihrem Vater über ihre Idee zu sprechen, hatte sie jedoch immer noch nicht, da Irma bei ihm war und sie eine Unterhaltung über gemeinsame Bekannte führten. Sie fand beide auf der Veranda, auf dem Tisch zwischen ihnen standen eine Schale geschnittenes Obst sowie Brot und Kompott.

»Käse, Wurst und Butter sind im Kühlschrank«, erklärte Irma, »das verdirbt hier sonst in der Wärme.«

Lenya hatte jedoch keinen Hunger, sondern goss sich nur aus der beschlagenen Karaffe kaltes Wasser in ein Glas. Die Kinder hatten sich mit einem Schälchen Obst in den Garten zurückgezogen, saßen kichernd im Gras und aßen Melone, Trauben,

Erdbeeren und Pfirsiche. Lenya ließ sich in dem Korbsessel nieder und lauschte dem Gespräch zwischen ihrem Vater und Irma.

»Die Aahlhus' wohnen hier schon lange nicht mehr«, erklärte Irma gerade. »Keines der Kinder von Margot und Martin wollte den Hof weiterführen.«

»Wie viele haben sie?«

»Fünf, drei Jungen und zwei Mädchen, die wohnen über ganz Deutschland verteilt. Martin ist in den Neunzigern gestorben, da hat Margot den Hof verkauft und ist zu ihrer Jüngsten an den Bodensee. Auf dem Hof ist jetzt ein Café mit einer angeschlossenen Bäckerei, außerdem wird dort viel Selbstgemachtes angeboten, von Körben bis hin zu Töpferwaren.«

Lenya beschloss, den Hof einmal zu besuchen. »Du triffst dich hier mit vielen Leuten, nicht wahr?«

»Nicht mehr als andere auch, teilweise kennen sich die Familien über Generationen. Wobei ich in letzter Zeit häufiger Besuch bekomme als früher, die Leute sind neugierig.«

»Seid ihr mit Walther Bruns und all den anderen, die hierherkommen, aufgewachsen?«

»Ja, so mehr oder weniger. Anfangs war es nicht leicht«, erzählte Irma, »weil man uns Flüchtlinge hier nicht wollte. Die Leute haben immer so getan, als seien sie etwas Besseres als wir aus den Ostprovinzen, dabei zählte das Emsland zu den rückständigsten Gebieten des Reichs, es gab hier Heide und Moor, der Alltag wurde von der Landwirtschaft bestimmt. Das änderte sich erst mit der Ankunft von uns Flüchtlingen, da beschloss man den Emslandplan.«

»Und was hatte es mit dem Emslandplan auf sich?«, fragte Lenya.

»Das waren Maßnahmen, um den Standard zu heben und auf den Stand der übrigen Republik zu bringen«, antwortete ihr

Vater anstelle von Irma. »Damit änderte sich das Gesicht der gesamten Region.«

»War hier in der Gegend nicht die Teststrecke der Transrapid-Magnetschwebebahn?« Davon zumindest hatte Lenya in Bezug auf das Emsland schon gelesen.

»In Lathen«, antwortete Irma. »Aber auch ohne den Transrapid sind wir mittlerweile ziemlich gut angebunden an das Verkehrsnetz. Dein Vater musste damals über Stunden fahren, um zur Universität in Osnabrück zu kommen.«

»In Osnabrück?«, fragte Lenya erstaunt. »Du hast doch in Münster studiert.«

»Ich habe zweimal studiert«, antwortete ihr Vater knapp.

Lenya wollte weitere Fragen dazu stellen, aber ihr Vater wirkte nicht, als wollte er das Thema weiter vertiefen. Er stand auf, streckte sich, sodass es leise in den Knien knackte, und erklärte, er werde noch einen kleinen Abendspaziergang machen.

»Wann hat er in Osnabrück studiert?«, fragte Lenya, sobald er weg war, an Irma gewandt. Mit seiner dürftigen Antwort wollte sie sich nicht zufriedengeben.

»Nach dem Abitur im Sommer 1960.«

Caro kam auf die Veranda gelaufen. »Mama, wir haben heute den leckersten Apfelkuchen der Welt gegessen!«

Ein Lächeln zuckte über Irmas Lippen. »Das ist ein altes Geheimrezept.« Sie zwinkerte der Kleinen zu. »Und die Frau, von der ich es habe, konnte ihn noch besser backen als ich. Ihr Kuchen war so gut, dass sie bis nach Papenburg dafür bekannt war.«

1960

Irmas Körper war eine Karte, auf der Thure mit den Fingern Flüsse, Täler und Hügel nachzeichnete, diesen Spuren mit seinen Lippen folgte, eine Karte, die Geheimnisse preisgab, von denen Irma selbst keine Ahnung gehabt hatte und die sie in atemloses Erstaunen versetzten. Sie und Thure trafen sich, wann immer es ihnen möglich war, liebten sich im hohen Ufergras, im Schutz von Heuballen, im schattigen Dunkel des Waldes. Als es kühler wurde, suchten sie die alte Scheune auf, die vergessen auf der südlichen Koppel des Grotenstein-Guts stand. Momente, in denen Irmas gesamte Welt zusammenschmolz auf das, was unter Thures Händen und Lippen war.

Ihre Großmutter beobachtete Irma in letzter Zeit genauer, den Kopf leicht geneigt, als würde sie dabei über etwas nachdenken. An Katharina ging die Veränderung ebenfalls nicht unbemerkt vorbei.

»Du bist anders als sonst«, sagte sie. »Ist es immer noch Thure?«

Irma schwieg dazu. Es schien, als wollte Katharina noch etwas hinzufügen, aber offenbar wusste sie, dass es sinnlos war, denn Irma dachte nicht im Traum daran, Thure aufzugeben. Und den Gedanken an seine künftige Ehe schob sie, so gut sie konnte, beiseite, als könnte sie der bevorstehenden Hochzeit entgehen, wenn sie nur nicht zu oft daran dachte. Als brächte sich dieser

Umstand nicht ohnehin beständig in Erinnerung, wenn Maria und er zu jeder Einladung als Paar erschienen.

Immerhin gab es auf dem Gut Arbeit genug, um nicht zu viel ins Grübeln zu geraten. Irma hatte schon früh eine besondere Bindung zu den Pferden aufgebaut, weshalb sie nun noch mehr Zeit bei ihnen verbrachte. Außerdem lernte sie Wirtschaften und Buchhaltung. Zu ihrer Unterstützung wurde Rudolf auf Geheiß der Großmutter entsprechend ausgebildet und studierte Betriebswirtschaft, damit er sich um die geschäftlichen Belange des Gestüts würde kümmern können. Für Rudolf bedeutete das, täglich zur Universität zu fahren, denn eine Wohnung in der Stadt bezahlte ihm ihre Großmutter nicht. »Das fehlt gerade noch, dass dieser Hallodri allein in der Großstadt wohnt.«

Doch immerhin dauerte eine Fahrt gute drei Stunden, die Emslandbahn ging durch sämtliche Ortschaften, passierte Lathen, Haren, Lingen, und in Rheine musste er schließlich in den Zug nach Osnabrück umsteigen. An zwei Tagen die Woche endeten seine Vorlesungen zu spät, als dass er noch hätte nach Hause fahren können, und so übernachtete er an diesen Tagen bei einer Bekannten ihrer Großmutter.

Katharina führte den Haushalt, sodass Erna später nicht durch eine Haushälterin ersetzt werden musste. Da die alte Frau mittlerweile gichtgeplagt war, vieles nicht mehr selbst tun konnte, sorgte Katharina dafür, dass die Speisekammer gefüllt war, und bereitete die Speisen zu. Die Zeiten änderten sich, man kam im Haushalt mit weniger Personal aus, und so delegierten sie nur noch den Hausputz an eine Zugehfrau, die täglich aus dem Ort kam.

Rudolf und Irma hatten in diesem Jahr ihren Führerschein gemacht, wobei ihre Großmutter sich nach wie vor weigerte, ein Auto zu kaufen. »Das brauchten wir früher nicht, und wir brauchen es jetzt nicht«, erklärte sie entschieden. Zu Fuß und mit dem Rad kam man genauso gut ans Ziel und blieb dabei noch in Bewegung. »Wer rastet, der rostet«, so die Worte ihrer Großmutter.

Walther Bruns hatte natürlich ein Auto, außerdem ein Motorrad ebenso wie Thure, und wann immer sie zusammen rasant über die Landstraßen fuhren, prophezeite Helgas Mutter, Matilde Thumann, dass sich einer der beiden früher oder später den Hals brechen würde. Irma wäre schon froh gewesen über ein Moped, und sie beschloss, auf eines zu sparen. Man war einfach deutlich schneller unterwegs als mit dem Fahrrad oder dem Zweispänner.

An diesem Nachmittag waren sie bei Walther Bruns eingeladen, dessen Mutter zu ihrem fünfzigsten Geburtstag zu Kaffee und Kuchen einlud. Sogar Katharina kam mit, denn Großmutter sagte, dass es zutiefst ungehörig sei, zu einem Geburtstag nicht zu erscheinen, erst recht, wenn es der einer angesehenen Dame in fortgeschrittenem Alter sei.

»Das ist eine Sache des Respekts, und dem wirst auch du dich fügen müssen.«

Als sie die von Hannes bereitgestellte Kutsche besteigen wollte, brach ein junger Hengst aus, den einer der Stallburschen gerade über den Hof führte. Der Hengst stieg, wieherte schrill und schlug mit den Hufen auf den Boden. Offenbar hatte er sich erschrocken, als zwei Raben unvermittelt aufgestoben waren, und nun hatte der Bursche alle Hände voll zu tun, ihn wieder unter Kontrolle zu bekommen. Irma wollte schon hinlaufen – ungeachtet ihres feinen Sonntagskleides –, aber da hatte der junge Mann den Hengst bereits im Griff. Sie wandte sich um und bemerkte Rudolf, der ganz blass geworden war, die Augen weit aufgerissen, während sein Atem in kurzen Stößen kam. Sie eilte zu ihm, griff nach seinem Arm, und er schrak zusammen, als erwachte er aus einem bösen Traum. Schweißperlen standen ihm auf der Stirn. Diese Angst vor Pferden, die er im Griff zu haben schien und die doch so unvermittelt ausbrechen konnte. Katharina trat vor ihn, umfasste sein Gesicht, damit er sie ansah, atmete langsam ein und aus, und er folgte ihr. Irma sah zu ihrer Großmutter, die die Lippen zusammengepresst hatte, Rudolf betrachtete und nur den Kopf schüttelte.

Schließlich fuhren sie los und kamen ein wenig zu spät an, was Großmutter Henriette ein Graus war, denn nur wenig hasste sie so sehr wie Unpünktlichkeit. Da es bereits herbstlich kühl geworden war, hatte Waltraud Bruns den Tisch in der großen Stube gedeckt. Es war ein prachtvolles altes Bauernhaus, das an dem Reichtum der Bruns keinen Zweifel ließ. Großzügige Räume mit Querbalken aus Holz, das vom Alter ganz dunkel war, massive Möbel, gewebte Teppiche, teures Porzellan in einer Vitrine in der Wohnstube, neu verglaste Fenster und gerahmte Gemälde an den Wänden. Die Treppe im Eingangsbereich war schön geschwungen, das Geländer mit viel Sorgfalt und Liebe gedrechselt. Es gab dunkle, eisenbeschlagene Truhen und Holzmöbel, die zum Teil noch von Walthers Großeltern stammten und zum anderen von seiner Mutter als Mitgift in die Ehe eingebracht worden waren.

Am gemütlichsten war die Küche, die noch größer war als die des Gutshauses und in der es ein altes Stövchen gab, auf dem man sich im Winter auch heute noch die Füße wärmen konnte. An der rückwärtigen Wand stand eine Glasenkaste, in deren oberem verglastem Schrankbereich sich das Alltagsgeschirr befand, linkerhand ein Kannenstock mit Regalaufbau, in dem Zinnteller standen. Während sich in der Stube die älteren Leute einfanden, hatten sich die jüngeren hierhin zurückgezogen, saßen am großen Tisch und am altmodischen Kachelofen, plaudernd, lachend.

Irma grüßte, während ihr Blick den Raum absuchte und an Thure hängen blieb, an dessen Arm Maria hing, die ihm gerade etwas erzählte. Natürlich hatte Irma gewusst, dass auch Maria hier sein würde, aber sie hier mit ihm zu sehen, tat trotzdem weh, so sehr, dass sie sich krümmen wollte.

Walther kam auf sie zu, und sie bemerkte, dass sie wie verloren in der Tür stand, während sich Katharina bereits zu Margot und Rudolf zu Ernst gesellt hatte. Nun sah auch Thure auf, und kurz war es Irma, als teilten sie in eben jenem Moment die Erinnerung an den Nachmittag zwei Tage zuvor, an gemurmelte Zärtlichkeiten, an eine Begierde, die tief in ihnen zersprang, sie in atemloser Verzückung zurückließ. Dann sah Thure wieder zu Maria, die nicht aufgehört hatte zu sprechen, und Irma bemerkte, dass Walther immer noch auf die Antwort auf eine Frage wartete, die an ihr vorbeigerauscht war. Sie nickte mechanisch, und im nächsten Moment drückte er ihr einen Teller mit Apfelkuchen in die Hand, ihr Lieblingskuchen, den nur seine Mutter auf diese Art zu backen verstand.

Irmas Hände waren kalt geworden, und sie wusste nicht, wie sie das aushalten sollte, Thure mit Maria zu sehen. Wie alt wurde ein Mensch im Schnitt? Achtzig? Würde das bedeuten, dass sie es noch siebenundfünfzig Jahre ertragen musste? Wo doch schon ein Tag sie so viel Kraft kostete? Sie schenkte sich eine Tasse Kaffee ein, trank ihn schwarz und wärmte sich die Finger an dem warmen Porzellan. Helga trat ein, auf dem Arm ein greinendes Kleinkind. Da ihre Mutter ebenfalls eingeladen war und Helga die Kinder ungern allein bei ihrer Schwiegermutter ließ – »nachher zieht die aus meinen Kindern so etwas heran wie ihren Sohn« –, hatte sie alle vier dabei. Helga mochte ihre Fehler haben, aber sie war eine ausnehmend gute Mutter, das stellten sie alle immer wieder mit Erstaunen fest. Die Kinder waren gut erzogen, und Helga ging liebevoll mit ihnen um, zeigte mit keiner Geste und keinem Wort, dass sie schon nach dem ersten am liebsten mit dem Kinderkriegen aufgehört hätte. In ihrer Küche stand ein »Trösterstuhl« – immer, wenn eines ihrer Kinder Kummer hatte, setzte sie sich mit ihm darauf, nahm es in die Arme und tröstete es.

»Nimmst du sie bitte mal?«, fragte sie an Irma gewandt, die mit wenig Begeisterung aufblickte.

»Oh, das kann ich doch tun«, kam es von Maria. »Irma isst gerade.«

Sie nahm das kleine Mädchen, das begeistert nach ihrem langen Haar griff. Mit dem Kind im Arm ging sie zu Thure, und Irma dachte ein wenig gehässig, dass sie die Kleine gewiss nur nahm, um ihm vorzuführen, was für eine gute Mutter sie sein würde. Dann schalt sie sich innerlich dafür, denn schließlich war es nicht Marias Schuld, dass Irma so verzweifelt in Thure verliebt war. Und doch, dachte sie, Maria hätte Nein sagen können. Aber das hätte Thure ebenfalls und tat es nicht. Beide erfüllten ihre Pflicht der Familie gegenüber. Irma machte das wütend. Die Zeiten änderten sich, und inzwischen hielt auch hier der technische Fortschritt Einzug. Aber in einer Gegend, die über Generationen von der Landwirtschaft geprägt war, in der Kirchenfeste nach wie vor die Brauchtumspflege bestimmten, da verabschiedete man sich nicht so schnell von den Traditionen. Der Krieg und der Hunger waren noch zu frisch in Erinnerung, und es brauchte vielleicht noch eine weitere Generation, um solche festgefahrenen Strukturen zu überwinden.

Irma trank noch einen Schluck von ihrem Kaffee, während sie die anderen beobachtete. Martin Aahlhus gesellte sich zu Margot, sah dabei aber immer wieder verstohlen zu Katharina, die das entweder tatsächlich nicht bemerkte oder nur so tat. Dabei schlief er mittlerweile mit Margot. Irma hatte gehört, wie darüber gemunkelt wurde, man hätte sie dabei beobachtet, wie sie in einer Apotheke in Papenburg – die Stimme wurde gesenkt – *Verhütungsmittel* gekauft hatte. Von ihrer Mutter hatte es dafür wohl eine gepfefferte Ohrfeige gegeben, und Helga meinte nur lapidar, sie sei ja selbst schuld. »So etwas kauft man in Osnabrück und nicht hier, wo einen jeder kennt.« Dabei war das doch einfach nur albern, Margot war immerhin schon achtundzwanzig, und Martin sollte sich langsam mal entscheiden, ob er sie heiraten wollte oder nicht.

Es hatten sich noch weitere Freunde und Bekannte der Bruns eingefunden, etliche davon kannte Irma nur flüchtig vom Sehen her, und in dem Lachen und Geplauder um sie herum fiel gar nicht auf, wie still sie war. Schließlich erhob sie sich und verließ die Küche, trat in den Eingangsbereich des Hauses, wo sie stehen blieb und die Tränen wegatmete. Sollte das jetzt immer so weitergehen? Sie ging nach draußen, setzte sich auf die Bank rechts der Haustür und hielt ihr Gesicht in die Herbstsonne. Irgendwann öffnete sich die Tür erneut, und Walther kam heraus. Er schien nicht überrascht, sie hier zu sehen, zog seine Zigaretten hervor, steckte sich eine zwischen die Lippen und zündete sie an.

»Gibst du mir auch eine?«, fragte sie.

»Seit wann rauchst du?«

Sie antwortete nicht, sondern streckte ihm nur die Hand entgegen. Mit einem Schulterzucken reichte er ihr eine Zigarette und gab ihr Feuer. Schweigend saßen sie nebeneinander und rauchten. Irma legte den Kopf zurück, sah zu, wie die Rauchkringel sich vor dem herbstlichen Himmel auflösten. Als wären es ihre Träume, die langsam verblassten.

2018

Irma hätte sich längst um Katharinas Sachen kümmern müssen. Eine Woche war die Beerdigung nun schon her, und sie wusste, es würde immer schwerer, je länger sie wartete. Und Katharina hätte nicht gewollt, dass ihr Zimmer zu einem Museum würde. Am kommenden Tag, sagte Irma sich, würde sie es in Angriff nehmen.

Rudolf hatte Peter Rheinsfeld morgens aufgesucht und sich genauer über die Finanzen von Gut Grotenstein ins Bild setzen lassen. Ihm das zu verwehren, wäre Irma albern vorgekommen, und streng genommen hatte Rudolf ja das Recht dazu, das verfiel ja nicht automatisch, nur, weil er es nie wahrgenommen hatte. Zwar hätte er sich bestimmt nicht über ihren Willen hinweggesetzt, immerhin war er ja – wie er betonte – nicht hier, um zu streiten, sondern er schien tatsächlich zu glauben, es sei ihr eine Hilfe, wenn er hier und da eine Geldspritze ansetzte. Als wäre es damit getan. Aber das würde ihm beim Blick in die Finanzen schon selbst klar werden. Nach dem Frühstück war Walther gekommen, um Milch und Eier zu bringen, die Irma nach wie vor von seinem Hof bezog. Nun saß er mit Rudolf zusammen und trank kalte Limonade.

Irma hätte sich dazusetzen können, aber ihr war nicht danach. Sie musste sich bewegen, musste arbeiten, um sich selbst einen Grund zu liefern, Katharinas Habe noch einen weiteren Tag unangetastet zu lassen. Und zu tun gab es genug. Es machte sich durchaus bemerkbar, dass sie weniger Mitarbeiter hatten als noch im Vorjahr. Schon zu dieser frühen Stunde war Hochbetrieb.

Beim Ausmisten hatten zwei Mädchen geholfen, die eine Reitbeteiligung hatten, und den Mist hatte einer der Stallarbeiter mit der Schubkarre hinausgefahren und an den Misthaufen gekippt, mehrmals bereits, wie es aussah. Die Mistgabeln standen daneben, um den Misthaufen aufzuschichten. Für Irma war es nie die Frage gewesen, im Stall mit anzufassen, und da machte sie auch keinen Unterschied, welche Art von Arbeit anfiel. Die Distanz zu den Angestellten, die noch zu Zeiten ihrer Großmutter herrschte, gab es in Irmas Generation nicht mehr.

Als sie nun sah, dass der Misthaufen noch aufgeschichtet werden musste, zögerte sie nicht, sondern griff zu einer der Mistgabeln. An diesem Wochenende fingen die Sommerferien in Niedersachsen an, und somit konnten die Reitschüler bereits morgens kommen, ehe die Hitze einsetzte. Tagsüber fand momentan kein Unterricht statt, dafür war es viel zu heiß. Die Pferdemädchen kamen natürlich nach wie vor, verbrachten die Tage im Stall, kümmerten sich um ihre Pflegepferde.

Kurz durchzuckte sie der Gedanke, dass sie womöglich unvernünftig war, so kurz nach ihrem Schwächeanfall, wieder mit anzupacken, aber Irma ging es gut. Und sich beständig auszuruhen, schadete ihr sicher mehr als dieses bisschen körperliche Arbeit. Solange sie aufrecht stehen konnte, entschied sie, was sie tat, und nicht die Ärzte. In ihrem ganzen Leben war Irma nicht krank gewesen, hatte nie zur Schwäche geneigt. Eines der Mädchen kam und fragte, ob es helfen sollte, aber Irma winkte ab. Noch war es nicht heiß, der Platz, wo der Misthaufen stand, lag ohnehin im Schatten.

Sonnenstrahlen malten durch das Geäst der uralten, knorrigen

Buche, die am Rand des Hofs stand, ein spinnwebfeines Muster auf das Pflaster. Unvermittelt blitzte eine Erinnerung in ihr auf, und Irma hielt inne, stützte sich auf die Mistgabel und wischte sich über die Stirn. Rudolf hatte dort gestanden, mit dem Rücken an den Stamm gelehnt, die Arme vor der Brust verschränkt, während Irma einen fuchsbraunen Jährling unter dem kritischen Blick eines am Kauf interessierten Reitstallbesitzers – irgendwo aus Schleswig-Holstein – herumführte.

Der Mann hatte sich mit einem Taschentuch den Schweiß aus dem Gesicht gewischt und sich schließlich zu Rudolf in den Schatten gesellt, während Irma den Schritt beschleunigte, damit der Mann das Pferd traben sehen konnte. Allerdings ging sein Blick nun an der jungen Stute vorbei zu Katharina, die auf die breite Treppe vor dem Gutshof getreten war. Als Irma schließlich außer Atem innehielt und den Mann erwartungsvoll ansah, brauchte dieser einen Moment, um die Aufmerksamkeit von Katharina auf die Stute zu richten.

»Und?«, fragte Irma. »Nehmen Sie sie?«

Der Mann lachte jovial. »Würde ich zu gern, aber ich befürchte, ich bekomme nur das Pferd?«

Mit einem Ruck richtete sich Rudolf auf. »Wie war das?« Seine Stimme klang gefährlich ruhig.

Beschwichtigend hob der Mann beide Hände, behielt das Lächeln bei, das nun sogar ein wenig verschwörerisch wirkte, an Rudolfs Blick jedoch zerbrach, sodass es schließlich wie mühsam gekittet in seinem Gesicht hing. Irma wollte gerade etwas sagen, als Thure mit dem Motorrad auf den Hof fuhr und der Jährling nervös den Kopf hochwarf.

»Ein Geknatter und Gestank ist das«, schimpfte Großmutter Henriette jedes Mal, wenn er oder Walther damit vorführen. Irmas Herz ging auf einmal wieder wie wild, und auch Rudolf entzog dem Mann nun seine Aufmerksamkeit, lief zu Thure, wie immer voller Bewunderung für das Gefährt, während Irma versuchte, sich nichts anmerken zu lassen. Thure lud eine Kiste mit Obst und Gemüse aus dem Anhänger, um sie ins Gutshaus zu tragen. Kurz schloss Irma die Augen, bemühte sich, ruhiger zu atmen, sah das Pferd an, den Mann, der wiederum zum Gutshaus starrte, obwohl Katharina längst darin verschwunden war. An diesem Morgen hatte der Briefträger einen weißen Umschlag gebracht, der mit zierlicher Schrift an die Familie Henriette Grotenstein adressiert war. Sie hatte den Umschlag nicht öffnen müssen, um zu wissen, was darauf stand. *Zur Hochzeit laden ein …*

Irma schreckte aus ihrer Erinnerung auf, als der Hund sie anstupste, mit seiner feuchten Nase ihre Hand berührte. Er mochte alt sein und kam nur schwerfällig auf die Beine, aber ein Gespür für Stimmungen hatte er immer noch, vielleicht war es sogar noch besser als in jungen Jahren. Mit einem Lächeln beugte sich Irma zu ihm hinunter. »Na, Streuner«, sagte sie zärtlich. »Wer hätte vor so vielen Jahren gedacht, dass du der einzige Mann bist, an dessen Seite ich alt werde?«

✶ ✶ ✶

Lenya kam über den Hof und sah, wie Irma neben den Stallungen damit beschäftigt war, einen Misthaufen aufzuschichten. Die alte Frau hielt eine Zeit lang inne, wischte sich mit dem Handrücken über die Stirn, blickte geradeaus, als erwartete sie jemanden, ehe sie sich zu ihrem Hund beugte, diesen streichelte und schließlich erneut die Mistgabel packte. Eigentlich war Lenya auf der Suche nach ihrem Vater, doch nun ging sie zu Irma, die sich ein weiteres Mal mit dem Arm über die Stirn fuhr.

»Lass mich dir doch helfen.«

»Unsinn, du machst dir nur deine Kleidung dreckig. Ich habe immer schon mit angepackt, und damit werde ich jetzt nicht aufhören.«

»Das verlangt ja auch keiner, aber wenn ich doch gerade sowieso nichts zu tun habe, kann ich dir helfen.« Lenya wollte nach der zweiten Mistgabel greifen, aber Irma machte eine brüske Handbewegung, um sie daran zu hindern.

»Ich sagte, ich brauche keine Hilfe! Mir muss keine schick gekleidete Städterin zeigen, wie man einen Misthaufen wieder aufschichtet.«

»Verdammt noch mal!« Lenya bückte sich und hob den Mist mit beiden Händen auf. »Du bist wirklich der schrecklichste Mensch, den ich kenne! Siehst du, ich habe keine Angst vor Dreck! Ich kann mir die Hände dreckig machen, ich kann *mich* dreckig machen.« Sie rieb den Mist über ihr Shirt, über ihre kurze Hose, ihre Beine. »Und übrigens kann ich für das, was zwischen dir und meinem Vater passiert ist, überhaupt nichts.« Sie warf den Mist auf den Haufen, bückte sich, hob zwei weitere Hände voll auf. »Ich war nicht einmal geboren, als er gegangen ist. Wenn ich nun also hier bin, was vergibst du dir mit ein bisschen Freundlichkeit? Schließlich bin ich deine Nichte. Siehst du?«, erneut rieb sie sich den Mist über die Kleidung. »Ich habe keine Angst vor Dreck!« Ihre Stimme war mit jedem Wort lauter geworden.

Irma starrte sie an, und erst jetzt bemerkte Lenya, dass der Pferdewirt – Chris – sowie die zwei Mädchen und ein Stallarbeiter innegehalten hatten und sie ungläubig ansahen. Abrupt wandte Lenya sich ab und lief über den Hof ins Haus. In der Eingangshalle stand ihr Vater zusammen im Gespräch mit Walther Bruns. Beide musterten sie erstaunt von oben bis unten.

»Fragt bloß nicht!« Lenya nahm zwei Stufen auf einmal, als sie die Treppe hochlief. In ihrem Zimmer riss sie Unterwäsche und frische Kleidung aus dem Schrank, eilte ins Bad, warf die Tür ins Schloss und drehte den Schlüssel herum.

Nachdem sie geduscht und sich umgezogen hatte, ließ sie das feuchte Haar offen auf die Schultern fallen und ging in das Zimmer der Kinder. Die ersten Nächte hatten sie noch bei ihr schlafen wollen, aber mittlerweile fanden sie es spannender, zusammen ein eigenes Zimmer zu haben. Marie spielte bereits auf dem Hof und durfte später unter Aufsicht von Hannes beim Füttern helfen. Caro lag im Bett und schlief noch, obwohl es schon nach neun Uhr war, aber die Hitze, die fremden Eindrücke und das viele Spielen an der frischen Luft erschöpften sie offenbar. Lenya hockte sich neben das Bett, sah ihre Tochter an, und ein Gefühl von fast schmerzhafter Zärtlichkeit zog in ihrer Brust. Sie beobachtete, wie sich Caros Brust in gleichmäßigen Atemzügen hob und ihre langen Wimpern zarte Schatten auf die rundlichen Wangen warfen.

Lenya stand auf, verließ leise das Zimmer und ging die Treppe hinunter. Eine halbe Stunde würde sie ihr noch geben und sie dann wecken. Glücklicherweise waren weder ihr Vater noch Walther Bruns zu sehen, denn ausnahmsweise war sie es, die keine Lust hatte, zu reden. Sie durchquerte das Wohnzimmer und ging hinaus auf die Veranda, wo auf dem Tisch eine Packung von Irmas Zigaretten lag. Lenya rauchte nur selten und nie vor den Kindern, aber an diesem Nachmittag hatte sie das dringende Bedürfnis nach einer Zigarette, und da die Kinder nicht in Sichtweite waren, gab sie diesem Bedürfnis nach. Sie nahm sich eine, ließ das Feuerzeug aufschnappen, und kurz darauf glühte die Zigarettenspitze rot auf. Lenya lehnte sich zurück und atmete langsam aus.

Als sie eine Bewegung im Augenwinkel wahrnahm, wandte sie

den Kopf. Irma trat hinaus auf die Veranda, ließ sich in dem anderen Sessel nieder und griff ebenfalls nach den Zigaretten, um sich eine anzuzünden. Dann saßen sie da, schweigend und rauchend.

»Ich glaube, spektakulärer wurde noch kein Misthaufen aufgeschichtet«, bemerkte Irma schließlich trocken und nahm einen tiefen Zug von ihrer Zigarette.

Gegen ihren Willen spürte Lenya ein Zucken um die Mundwinkel. Hoffentlich hatte keines der Pferdemädchen ihren Auftritt gefilmt, nicht auszudenken, wenn dieses Video im Internet landete. *Alexander Fürstenbergs Ehefrau dreht durch.* Womöglich noch mit alberner Musik hinterlegt. Sie stellte sich vor, wie Alexander auf dieses Video im Internet stieß, und auf einmal stieg ein so unbändiger Lachreiz in ihr auf, dass sie ihn nicht mehr zurückhalten konnte. Sie lachte, konnte gar nicht mehr aufhören damit, und dann bemerkte sie, dass auch Irma anfing zu lachen.

Es hatte etwas Befreiendes, und Lenya erinnerte sich nicht mehr daran, wann sie zuletzt so gelacht hatte. Sie wischte sich die Tränen aus den Augen und rauchte schweigend zu Ende, wobei es dieses Mal ein gutes Schweigen war, in dem keinerlei Unbehagen lag. Irma reichte ihr eine zweite Zigarette. Was soll's, dachte Lenya und ließ sich Feuer geben. Auch Irma steckte sich eine an, lehnte den Kopf zurück und atmete Rauchkringel in die Luft.

»Dein Vater hat erzählt, deine Mutter sei Polin«, sagte Irma übergangslos. »Sprichst du Polnisch?«

»Nein.«

»Schade, ich höre es so gern.« Irma nahm einen Zug von ihrer Zigarette und hielt die Augen halb geschlossen, als hinge sie einer Erinnerung nach.

»Kannst du es sprechen?«

»Ja, seit meiner Kindheit. Wir hatten ein polnisches Kindermädchen.«

»Davon hat mein Vater nie erzählt.«

»Ich bezweifle auch, dass er sich noch daran erinnert, er war ja noch sehr klein.«

Unvermittelt stellte Lenya sich ihren Vater als kleinen Jungen auf einem gräflichen Landgut vor, betreut von einer Frau in altmodischer Dienstbotentracht. Möglicherweise gab es im Internet Bilder aus dieser Zeit, von Kindern und ihren Kinderfrauen.

»Hat er jemals von uns gesprochen?«, fragte Irma, obwohl sie die Antwort doch kennen musste.

»Nein, nicht ein Wort.«

Irma atmete langsam den Rauch aus, sah ihm nach, wie er sich in der Luft auflöste. »Er war immer schon still und verschlossen.«

»Na ja, es ist ja nicht so, dass er gar nicht spricht, er redet nur nie über seine Vergangenheit.«

Ein kaum merkliches Nicken war Irmas einzige Antwort. Schließlich drückte sie die Zigarette aus und erhob sich. »Du kannst morgen um acht die Reitschüler übernehmen, dann muss Hannah nicht so früh raus.« Damit verließ sie die Veranda und kehrte ins Haus zurück.

Schweigend sah Lenya ihr nach und steckte sich dann, als wollte sie diesen winzigen Triumph und das damit verbundene, fast schon irrwitzige Glücksgefühl feiern, eine dritte Zigarette an. Sie zog ihr Handy hervor, ging die Anrufliste durch. Ihr letztes Gespräch mit Alexander war drei Tage her, sie hatte nur mit Anouk täglich telefoniert. Sie öffnete die Nachrichten-App und rief Alexander auf. Das kleine Bild oben im Status zeigte sie alle fünf während des letzten Urlaubs. Auch dieses Jahr war eine Reise geplant, und Lenya wusste nicht, ob sie wirklich fahren wollte.

Momentan konnte sie sich durchaus vorstellen, den ganzen Sommer mit den Kindern hier zu verbringen – vorausgesetzt, Irma wollte sie hier haben. Sie musste mit Alexander reden, musste ihm sagen, wie es in ihr aussah. Kurz zuckte es in ihren Fingern, es ihm einfach zu schreiben. *»Bitte komm.«* Dann dachte sie daran, wie oft sie ihn nun schon darum gebeten hatte, sie mit Anouk hier zu besuchen, diesen Teil ihrer Vergangenheit mit ihr zu teilen. Sie schloss die App und steckte das Handy wieder ein.

* * *

Auf der Treppe nach oben kam Irma die kleine Caro entgegen, die immer noch ihren kurzen Schlafanzug trug und sich mit der einen Hand die Augen rieb, während sie im anderen Arm einen Plüschdrachen trug.

»Guten Morgen.« Irma war eigentlich auf dem Weg in ihr Zimmer gewesen, hielt nun aber inne.

»Guten Morgen«, murmelte Caro, blieb auf einer Stufe stehen und rieb sich wieder die Augen.

»Möchtest du frühstücken?«

Das Mädchen nickte, und Irma reichte ihr die Hand, spürte, wie sich die kleine, warme Kinderhand vertrauensvoll in ihre legte. In ihrer Brust stob das Gefühl von Wärme auf und ließ ihr Herz schneller schlagen. Sie hätte Mutter werden sollen, dachte sie, während sie Hand in Hand mit Caro die Treppe hinunterging. Aber sie hatte das Gerede gefürchtet, die Blicke der Leute, wenn sie ein Kind bekam, den Vater verschwieg und doch jeder ahnen würde, von wem es war, man es womöglich in den Zügen des Kindes lesen konnte. Als Caro sich am Küchentisch auf einem Stuhl niederließ und Irma sie so betrachtete, wurde ihr erneut klar, dass sie jetzt Tante und dieses kleine Mädchen die Tochter ihrer Nichte war. Mochte Rudolf Stein um Stein eine neue Existenz aufeinandergeschichtet haben, so war sie, Irma, doch ein Teil des Fundaments. Sie versuchte nicht mehr, Breschen hineinzuschlagen, vielmehr wollte sie dazugehören.

Es gab vieles, was sie nicht verstand. Warum zum Beispiel war Rudolf nicht zu ihnen gekommen, als seine Frau ihn verlassen hatte? Sie alle wussten doch, was Verlust bedeutete, auch wenn sie ihn unterschiedlich erlebt hatten. Was hatte Rudolf denn gedacht? Dass sie ihn fortschicken würden? Dass sie ihn und sein mutterloses Kind nicht in die Arme schließen und willkommen heißen würden? War sein Groll so tief gewesen? Natürlich war er das, beantwortete sie sich die Frage selbst. Sonst wäre er damals vermutlich nicht gegangen. Aber dass er vorgehabt hatte, nie wieder von sich hören zu lassen, seiner Tochter und seinen Enkelkindern ihre und Katharinas Existenz sogar verschwiegen hatte, traf sie mehr, als sie zugeben wollte.

Irma goss Milch über das Müsli und stellte es ihrer Großnichte zusammen mit einem Becher Kakao hin. Ab und zu hatte Hannah hier am Tisch gesessen, als sie noch klein war. Für sie hatte hier immer eine Packung von ihrem Lieblingskakao gestanden.

»Darf ich gleich zu den Pferden?«, wollte Caro wissen.

»Ich frage nachher eines der Mädchen, ob es dich mitnimmt.« Irma goss sich eine Tasse Kaffee ein und lehnte sich an die Anrichte, sah der Kleinen zu, wie sie frühstückte. Ob Lenya wohl öfter zu Besuch kommen würde? Ihr Wutausbruch hatte Irma tatsächlich ein wenig imponiert, die junge Frau hatte ja doch Biss. Ein wenig fühlte Irma sich an sich selbst erinnert, als sie noch jung gewesen war. Von Rudolf hatte sie das ganz bestimmt nicht, der war immer still geworden, wenn er wütend war. Bis auf dieses eine Mal, und da hätte er besser geschwiegen.

»Warum hast du keine Ponys?«, fragte Caro.

»Weil ich Holsteiner züchte.«

»Mein Papa sagt, er kauft mir ein Pony, wenn ich reiten kann.«

Caro plapperte weiter vor sich hin, und obwohl Irma Fragen in Bezug auf Caros Vater auf der Zunge lagen, hielt sie sich zurück. Im Grunde ging sie das ja gar nichts an. Sie hatte das Gefühl gehabt, dass Lenya sich gerade eine Auszeit von ihm nahm, und da wollte Irma nicht den Eindruck erwecken, sie fragte hintenherum das Kind aus. Aber interessieren würde es sie doch. Die Kleine hatte aufgegessen und stand auf, um aus der Küche zu rennen.

»Hände waschen!«, rief Irma ihr hinterher.

»Jaha«, antwortete Caro langgezogen und lief in Richtung Wohnstube – hoffentlich in der Absicht, über die Veranda ins Bad zu gelangen.

Was hatte sie noch tun wollen, ehe sie Frühstück für das Mädchen gemacht hatte? Ah, richtig, sie wollte auf den Dachboden, um Kartons zu holen, damit sie am kommenden Tag dann endlich Katharinas Sachen aussortieren konnte. Der Haken für die Dachbodenluke hing an der Wand, und sie nahm ihn ab, klemmte ihn in die Metallöse und zog kräftig. Walthers Sohn hatte letzten Winter die Scharniere geölt, sodass die Luke ohne ein Geräusch sachte aufglitt und sich auch die Leiter problemlos herausziehen ließ.

Hitze und ein Geruch nach Staub und altem Holz schlugen ihr entgegen. Lange würde sie hier oben bestimmt nicht bleiben, im Sommer war das der reinste Brutkasten. Normalerweise stieg Irma hier immer nur kurz vor Weihnachten hoch, um den Baumschmuck zu holen und Kartons für die Spenden, die auf dem Wohltätigkeitsbasar verkauft wurden. In der Hitze schnappte sie nach Luft und beeilte sich, fünf der flach zusammengefalteten Kartons durch die Luke hinabzuwerfen. Als sie den letzten hindurchschob, stieß sie gegen einen Kasten, der ins Wanken geriet und, noch ehe Irma ihn zu fassen bekam, durch die Luke auf den Dielenboden fiel und aufsprang, sodass sich allerlei Kleinkram nun über den Flur ergoss.

»Ach, verdammt noch mal!« Irma kletterte die Leiter hinunter und ging in die Hocke, um den Krempel einzusammeln.

Warum hatten sie das überhaupt verwahrt, das war doch nur alter Tand, den ohnehin niemand mehr benötigte. Stoffblüten, Modeschmuck, sogar ausgeschnittene Bilder aus irgendwelchen Illustrierten, wenn Irma oder Katharina eine Frisur oder eine Aufnahme besonders gut gefallen hatte. Irma schob alles in den Kasten zurück, in dem Vorhaben, ihn so, wie er war, im Müll zu entsorgen, als sie innehielt. Das waren doch echte Perlen. Wie waren die denn dazwischengeraten?

Irma nahm die Kette, betrachtete sie. Es waren Süßwasserperlen, ein Geschenk ihres Onkels Conrad aus München, der sich nur gemeldet hatte, wenn einer von ihnen Geburtstag hatte. Die Kette war kurz und lag, wenn man sie schloss, genau auf der kleinen Kuhle zwischen den Schlüsselbeinen. Einen Verschluss hatte die Kette nicht mehr, stattdessen war das Band verknotet, damit die Perlen nicht verloren gingen.

1962

Nach der kirchlichen Trauung von Thure und Maria fand die Feier bei herrlichem Sonnenschein im Garten des Reimann-Hofs statt. Irmas Finger spielten mit den unregelmäßig geformten Perlen ihrer Kette, während sie Thure und Maria betrachtete und sich innerlich vor Schmerz krümmte bei der Vorstellung, dass die beiden in dieser Nacht beieinanderliegen würden. Sie biss sich auf die Unterlippe, wandte sich abrupt ab, bemerkte, dass Walther sie ansah und dabei irgendwie verloren wirkte. Ihnen schräg gegenüber saß Martin Aahlhus mit Margot, die auf ihn einredete, während sein Blick an ihr vorbeiglitt und an Katharina hing, schmerzlich, wehmütig, als hätte er etwas verloren, noch ehe er es hatte besitzen können. Katharina hatte sich halb umgewandt, die Augen unverwandt ins Leere gerichtet, als blickte sie zurück zu jenem Augenblick, als sie sich selbst verloren hatte.

Rudolf kokettierte mit mehreren jungen Frauen, und irgendwann war er zusammen mit Alma Aahlhus verschwunden, und man konnte zumindest erahnen, was diese heute wohl verlieren würde. Der Witwe Aahlhus fiel die Abwesenheit ihrer Tochter jedoch nicht auf, sie saß mit ihren Freundinnen am Tisch, sprach dem Wein zu und weinte wie immer, wenn sie getrunken hatte, weil sie dann an den Krieg dachte und den Sohn, den sie verloren hatte.

»Zwischen uns wird sich nichts ändern«, hatte Thure vor zwei

Tagen versichert, als sie am Bachufer am Rande der Aahlhus-Ländereien lagen, die Gliedmaßen ineinander verschlungen, sein Körper Teil des ihren. Irma war ganz heiß geworden in dieser Mischung aus Zorn und Lust, und auch jetzt reichte allein der Gedanke daran, damit ihr die Hitze wieder in die Wangen stieg. Sie senkte den Blick, als könnte ihr jeder ansehen, was sie getan hatte und wieder zu tun gedachte. Dass sie, Irma, Gast auf einer Hochzeit war, von der sie wusste, dass der Bräutigam in nicht allzu ferner Zukunft die Ehe mit ihr brechen würde.

Die Hochzeitsfeier fand im Garten der Hinnekens statt, der sich in einem weiten Halbrund aus sattem Grün und üppigen Blüten hinter dem Haus erstreckte. Getanzt wurde später in der Stube auf dem blanken gebohnerten Holzboden. Die Möbel hatte man beiseitegeschoben, die Teppiche aufgerollt, sodass ausreichend Platz war für die Gästeschar. Das Büfett war auf der Veranda im Schutz von Vordach und Sonnenschirmen aufgebaut, die Tische im Garten unter Apfel-, Kirsch- und Mirabellenbäumen.

Hier im Garten war auch das Erinnerungsfoto im engeren Familienkreis entstanden, Maria schön und strahlend im weißen Hochzeitskleid, Thure schmuck anzusehen in seinem dunklen Anzug. Walther war als Thures Trauzeuge ebenfalls auf dem Bild, ebenso das in Weiß gekleidete Blumenmädchen und der kleine Junge, der die Kerze getragen hatte. Irma hatte abseits gestanden und beobachtete, wie die Gesellschaft lachend Aufstellung nahm für das Foto. Später hatten sie sich an den Tischen niedergelassen, und nach dem Dessert hatte der Hochtiedsnöger mit seinen Späßen begonnen. Inzwischen war man beim Tanz angelangt, und Irma sah verstohlen auf die Uhr, fragte sich, ob sie das alles wirklich bis zum Schluss würde durchstehen müssen. Die gemietete Kapelle spielte auf, und Thure führte Maria unter Lachen und Beifallklatschen in die Stube für den ersten Tanz.

Sie hatte bereits beim Overhoalen dabei sein müssen, als auf dem Kistenwagen Marias Aussteuer vom elterlichen Hof zum Hof der Reimanns gebracht worden war. Demnächst stand dann noch das Hahnholen an, die Nachfeier für die Nachbarn, mit der man sich für die Hilfe am Hochzeitstag bedankte. Vielleicht fand Irma ja eine Ausrede, um wenigstens dort nicht mehr dabei sein zu müssen.

»Tanzen wir?« Walther hatte sich erhoben und sah sie an.

Irma stand ebenfalls auf und nahm seine Hand, spürte, wie sich seine Finger um die ihren schlossen. Sie tanzte gerne, und ihre Großmutter hatte dafür gesorgt, dass sie alle drei es lernten, wobei sich Rudolf eher für moderne Tänze interessierte, die ihre Großmutter gern und vehement als geistloses Herumgehüpfe aus Übersee bezeichnete. Irma ließ sich mehrere Tänze über die Tanzfläche wirbeln, ehe sie sich etwas abseits stellte, ein langstieliges Glas von der Anrichte nahm, trank, das Glas abstellte, zum nächsten griff und dabei die Leute beobachtete.

Die Sonne schien in die große Stube, es wurde so warm, dass alle schwitzten. Die Männer hatten die Sakkos ausgezogen, die Schminke der Damen war schon an der einen oder anderen Stelle etwas zerlaufen, aber der Lust am Feiern tat das keinen Abbruch. Die Gäste lachten, tanzten und unterhielten sich angeregt. In Irma weckte der Anblick der ausgelassenen Gesellschaft geradezu morbide Vorstellungen, ließ sie an einen Tanz auf einem untergehenden Schiff denken, bei dem die Fröhlichkeit in eckiger Grimassenhaftigkeit erstarrte, während alle darauf warteten, dass die Katastrophe sie schluckte. Entschlossen stellte Irma das Glas ab. Ihr drehte sich der Kopf, und sie dachte sich bereits allerlei Unfug zusammen. Sie musste hier raus, an die frische Luft.

Draußen war es jedoch auch nicht besser. Die Witwe Aahlhus weinte immer noch, Margot hing mit fast schon verzweifelt anmutender Miene am Arm von Martin Aahlhus, dessen maskenhaftes Lächeln nur dann kurz verrutschte, wenn er Katharina ansah. Diese hatte geglaubt, dass das Interesse der Männer an ihr abflauen würde, wenn sie erst einmal die dreißig überschritten hatte, aber tatsächlich machte sich so manch einer immer noch Hoffnungen.

Helga war mit ihrem Ehemann, ihrer Mutter und den Schwiegereltern erschienen, und während sich die Älteren ins Getümmel stürzten und Helga sich zu einigen Frauen gesellte, stand Egon Wagner mit blasierter Miene abseits und beobachtete die Menschen mit einem Ausdruck distanzierten Interesses. In seiner schmucken Kapitänsuniform machte er durchaus was her, er war auch keineswegs unattraktiv, und so dauerte es auch nicht lange, bis er von einem Pulk junger Frauen umgeben war, mit denen er schamlos schäkerte.

Eine Stunde später tauchte Rudolf wieder auf und führte eine verliebt dreinblickende Alma Aahlhus auf die Tanzfläche. Als die Kapelle zum Abend hin eine Pause machte, ging Walther an den Plattenspieler, legte Musik von Elvis Presley auf, und während die Älteren von der Tanzfläche flohen, strömte nun das bisher tanzunwillige Jungvolk darauf.

Maria hatte ihr weißes Kleid gerafft, legte an Thures Arm gekonnt wilde Tanzschwünge hin, schlang die Arme um seinen Hals, drängte sich an ihn, und unter dem Gejohle der Übrigen küssten sie sich. Irgendwer riss einen zotigen Witz über die kommende Nacht. Walther hatte sich zu Irma umgedreht, der Schatten eines Butzenglasfensters lag auf seinem Gesicht und zerschnitt sein Lächeln. Ihre Finger drehten sich wieder um die Kette, die mit einem Mal nachgab, ihr vom Hals rutschte, sodass die Perlen über den Boden kullerten.

2018

Es half ja alles nichts. Was getan werden musste, musste getan werden, und so schritt Irma wie geplant am kommenden Morgen zur Tat. Sie öffnete zum ersten Mal seit Katharinas Beerdigung die Tür zu dem Zimmer ihrer Schwester, hielt im Türrahmen inne, als sie den zarten Duft der Lavendelkissen einatmete, die Katharina so gerne in die Schränke gehängt hatte. In den Duft mischte sich in winzigen Nuancen das Aroma ihres Parfüms. Für einen Moment konnte Irma sich kaum rühren, stand still da und ließ Schmerz mit jedem Atemzug ein. Dann atmete sie einmal tief durch und betrat das Zimmer. Im nächsten Augenblick ließ das Lachen eines der Kinder – gefolgt vom Wutschrei des anderen – die Stille zerspringen und mit ihr auch das Gefühl von Einsamkeit und Verlust. Irma war nicht allein, Katharinas Tod hatte eine ganze Familie in ihr Leben gespült. Unvermittelt dachte sie an die Worte des Pfarrers auf der Beerdigung, die Worte, die sie so wütend gemacht hatten. *Der Herr nimmt, der Herr gibt.*

Irma faltete den ersten Karton auf und stellte ihn ins Zimmer, dann öffnete sie den Kleiderschrank und begann damit, die Kleider von den Bügeln zu nehmen, zu falten und in den Karton zu räumen. Danach nahm sie sich die Regale vor, schließlich nacheinander die Schubladen. Schnell hatte sie zwei Kartons voll, die sie verschloss und beiseiteschob. Walthers Sohn konnte sie später hinuntertragen. Schließlich nahm Irma sich den zweiten Schrank vor, in dem Mäntel und Jacken hingen. Auch hier hielt sich Irma nicht lange mit Sentimentalitäten auf, hielt nur bei einer Regenjacke inne, die sie eigentlich ganz schön fand. Die legte sie beiseite und räumte den Rest in den Karton. Auf dem Schrankboden standen große geblümte Schachteln, in denen allerlei Kram verwahrt war. Darum würde sich Irma nachher kümmern, zuerst kam das dran, was schnell ging, und so zog sie das Regal mit den Schuhen heraus und räumte auch diese allesamt in einen Karton. Na, fünf Kartons waren doch arg knapp bemessen gewesen. Mit den Schuhen war der vierte beinahe voll. Irma würde wohl oder übel noch einmal auf den Speicher müssen. Sie hatte noch die Kommode mit den vier breiten Schubladen vor sich, das Nachtschränkchen und die beiden Schubladen unter dem Bett, aber dort war ohnehin nur Bettzeug drin, das konnte da eigentlich auch bleiben.

Ihre Knie knackten, als sie sich vor dem Schrank niederließ und die erste Schachtel hervorholte. Einige wenige Erinnerungsstücke aus der Zeit in Heiligenbeil, die ihre Mutter damals in ihre Kleidung genäht hatte. Eine Kamee, ein fein gestalteter Frauenkopf auf kupferfarbenem Grund. Ihre Mutter hatte das Schmuckstück zu besonderen Anlässen an einer Kette getragen und Katharina immer gesagt, dass sie ihr dieses zur Aussteuer dazugeben würde. Das Geld war in die Kleidung der Mutter genäht gewesen, und die Kinder hatten damals natürlich nicht daran gedacht, es mitzunehmen, und so waren die Dinge in Katharinas Mantel in der Tat alles, was sie von daheim noch besaßen. Irma wäre es lieber gewesen, man hätte Katharina retten können und nicht diesen unnützen Kram. Neben der Kamee gab es noch ein Medaillon mit kaum erkennbaren Fotos von Irma und Katharina auf der einen und Rudolf auf der anderen Seite. Außerdem eine angelaufene silberne Taschenuhr, an die Irma keinerlei Erinnerungen hatte. Auf der Rückseite war eine Gravur. *Für immer die Deine. E.* Vermutlich ein Geschenk ihrer Mutter an ihren Vater. Irma schloss den Deckel der Schachtel wieder, stellte sie beiseite und griff nach der nächsten. Irritiert krauste sie die Stirn. Hier drin lagen Briefe, ordentlich gebündelt und mit blauem Band zusammengebunden. Der Anblick erinnerte an Liebesbriefe in der Art, wie man sie früher verwahrt hatte.

Irma nahm das erste Päckchen heraus, öffnete die Schleife und war erneut irritiert, als sie las, dass nicht die Adresse von Gut Grotenstein dort angegeben war, sondern die der Aschendorfer Poststelle. Sie hatte gar nicht gewusst, dass Katharina ein Postfach gehabt hatte. Dann fiel ihr Blick auf den Absender, und ihr dröhnte das Blut in den Ohren. Das konnte doch gar nicht sein. Sie sah auf das Datum des Poststempels, bei dem nur noch das Jahr einigermaßen lesbar war. 1986. Irma schloss kurz die Augen, musste sich fassen, ehe sie erneut auf den Absender sah. Sie hätte die Schrift auf dem Adressfeld sofort erkennen müssen, diese wie gestochen wirkende spitze Handschrift. F. von Damerau. Er hatte sich da offenbar bereits Friedrich genannt.

Katharina und Rudolf hatten sich geschrieben, wohl schon über einen längeren Zeitraum, und sie hatte dafür ein Postfach gemietet, wollte nicht, dass Irma davon erfuhr. Und – bei Gott – sie wünschte zutiefst, das hätte sie nicht. Doch nun saß sie da, das Briefbündel in den zitternden Fingern, und fürchtete sich vor dem, was es ihr enthüllte.

Die Briefe waren mit Bleistift nummeriert, das war so typisch für Katharina. Sie hatte ihre Post immer schon so verwahrt, selbst die seltenen Schreiben der Verwandtschaft, die sich in einem Fach des altmodischen Sekretärs an der Wand neben dem Fenster befanden. Versteckt hatte sie nur diese Briefe hier. Ihr musste klar gewesen sein, dass Irma sie nach ihrem Tod finden würde, und mit einem Anflug von Zynismus dachte Irma, dass Katharina ihr diese sorgsam nummerierte Dokumentation eines Lebens mit ihrem Bruder absichtlich hinterlassen hatte. Ein Leben, in dem sie, Irma, höchstens in Worten Platz fand.

Tränen trübten ihr den Blick, als sie den ersten Brief hervorzog. Sie nahm die Brille ab, wischte mit dem Handrücken über ihre Augen und setzte sie wieder auf. Langsam entfaltete sie den Papierbogen.

Meine liebe Katharina,
was für eine Überraschung, von dir zu hören. Ich kann dir gar nicht sagen, wie sehr mich das gefreut hat. Wie geht es dir?

Der Brief war nicht lang, und im Grunde stand darin nichts, was Irma nicht mittlerweile ohnehin schon wusste. Er erzählte, dass er in Münster sein Diplom als Ingenieur gemacht hatte und nun gerade sein eigenes Unternehmen aufbaute. Daher war es wohl auch leicht gewesen, ihn zu finden, denn sicher firmierte er zu der Zeit noch unter seinem richtigen Namen, Rudolf von Damerau, daran änderte ja auch der Umstand nichts, dass er seinen Zweitnamen als Rufnamen verwendete. Vor allem enthielt der Brief kein Wort über Irma, keine Frage danach, wie es ihr ging. Vielleicht hatte Katharina ihm ja von ihr berichtet, dachte Irma, die nicht glauben wollte, dass es Rudolf so ganz und gar nicht interessiert hatte, wie es ihr ging.

Irma steckte den Brief zurück in den Umschlag und nahm den nächsten zur Hand. Er war ebenfalls nicht lang, Rudolf hatte nie besonders gerne Briefe geschrieben, aber die wenigen Zeilen, in denen er von seinem Alltag berichtete, waren voller Wärme. Und natürlich ließ er Irma keine Grüße ausrichten, denn immerhin musste er wissen, dass Katharina auf das Postfach zurückgriff, um den Kontakt vor ihr zu verbergen. Hatte Katharina ihm dies in verschwörerischen Worten geschrieben? *Davon erzählen wir Irma nichts.* Hatte sie das getan, weil sie wusste, dass Rudolf sie nicht in seinem Leben wollte? Weil Katharinas Gespür ihr gesagt hatte, dass er nur dann mit ihr Kontakt halten würde, wenn Irma außen vor bliebe? Wieder kamen ihr die Tränen.

Sie las den nächsten Brief. *Ich habe geheiratet und nenne mich nun Czerniak.* Nächster Brief. *Ich werde Vater.* Aus dem Kuvert, das darauf folgte, fiel ein Foto, auf dem ein goldiger Wonneproppen zu sehen war. Irma musste den Brief nicht lesen, um zu wissen, dass dieses Baby Lenya war. Katharina hatte die Tante dieses Babys sein dürfen. Irma wollte schreien. Sie steckte den Brief zurück in den Umschlag, behielt das Foto aber bei sich. Was Katharina ihm wohl geschrieben hatte? Ebenso Alltägliches vom Hof? Von dem Verbleib seiner früheren Freunde und Spielkameraden wohl nicht, denn da hatte er ja herzlich wenig gewusst, als er hier ankam. Oder hatte er nur so getan als ob, um den Schein zu wahren? Ahnte er, dass sie die Briefe früher oder später finden würde, und saß nun abwartend unten, wappnete sich für ihren Ausbruch? War er deshalb geblieben?

Irma weinte jetzt, ohne sich darum zu scheren, dass ihr die Tränen ungehindert über die Wangen rannen, auf das Kuvert tropften. Ein Foto von Lenya mit Schultüte. Weitere Briefe mit Alltäglichem. Und schließlich ein sehr kurzes Schreiben. *Meine Frau hat mich verlassen. Gott steh mir bei, Katharina, ich weiß nicht, wie ich Lenya das begreiflich machen soll.* Warum hast du sie nicht hergebracht, du Narr?, dachte Irma. Hatte Katharina das denn nicht vorgeschlagen? In den folgenden Briefen ging er zumindest nicht darauf ein. Irma las Brief um Brief, fand ein Foto von Lenya auf ihrem Abi-Ball, hübsch und strahlend.

Lenya heiratet einen bekannten Dressurreiter. Irma erinnerte sich an einen Nachmittag vor einigen Jahren, als Katharina den Fernseher eingeschaltet hatte, um die Dressurmeisterschaften zu sehen – absolut untypisch für sie, die dem Reitsport so gar nichts abgewinnen konnte. Bei einem der Reiter hatte sie sich leicht vorgebeugt, als wollte sie ihn genauer betrachten.

»Für den bist du schon zu alt«, hatte Irma gescherzt.

Irma ging weiter die Briefe durch. Las, wie Katharina erfuhr, dass Rudolf Großvater wurde. Einmal. Zweimal. Dreimal. Inzwischen fühlte Irma sich erschöpft, legte den letzten Brief zurück, lehnte sich an den Schrank und schloss die Augen. Als es zaghaft klopfte, richtete sie sich auf. »Ja, bitte?« Ihre Stimme klang dünn und brüchig wie das alte Briefpapier, auf dem ihre Schwester und ihr Bruder sie hintergangen hatten.

Lenya öffnete die Tür und streckte den Kopf in den Raum. Ihre Augen weiteten sich kaum merklich, als sie Irma erblickte, die keine Anstalten machte, zu verbergen, dass sie geweint hatte. Sie war zu aufgewühlt, um nun auch noch zu schauspielern. Vorsichtig sah Lenya sich um, zog vermutlich den naheliegenden Schluss, dass Irma von den Erinnerungen an die verstorbene Schwester überwältigt worden war.

»Kann ich dir helfen?«, fragte sie.

Irma schüttelte den Kopf und räusperte sich. »Was wolltest du denn von mir?« Es klang barscher als beabsichtigt.

»Ich wollte dir nur Bescheid geben, dass die Reitstunde gut lief und ich gerne auch nachher die Spielstunde mit den Minis übernehmen kann.« So bezeichneten sie die jüngsten Reitschüler, die an diesem Tag nicht reiten, sondern kleine Spiele mit den Pferden machen würden, die nicht zu anstrengend waren bei dem Wetter.

»Gerne, aber die kommen ja erst in einer Stunde.« Wieder

räusperte Irma sich, und anstatt sich befangen zurückzuziehen, wie Lenya das noch Tage zuvor getan hätte, kam sie nun ins Zimmer.

Irmas erster Impuls war, sie fortzuschicken, ihr zu sagen, sie bräuchte keinen Beistand. Andererseits tat es doch gut, dass sie da war.

»Sortierst du gerade alte Briefe aus?«, fragte Lenya, als sie sich neben sie auf dem Boden niederließ.

»Nein, ich hintergehe gerade deinen Vater und verstoße gegen das Briefgeheimnis.«

Lenya sah sie fragend an.

»Das sind Briefe zwischen ihm und meiner Schwester. Briefe, von denen ich nichts wissen sollte.«

»Verstehe.«

Da es dazu nichts mehr zu sagen gab, schwieg Irma, während Lenyas Blick zu den drei Fotografien auf dem Fußboden fiel. Lenya als Baby, als Schulmädchen und im Abi-Ballkleid. Ob sie sich auch hintergangen fühlte?

»Ich würde ihn so gerne verstehen«, sagte sie.

»Na, hier drin wirst du die Antwort nicht finden.« Irma deutete auf die Schachtel mit den Briefen. »Den Alltag, den er dort beschreibt, dürftest du miterlebt haben.«

Lenya griff nach den Fotos, betrachtete sie nachdenklich. »Ich koche uns einen Tee«, sagte sie schließlich und erhob sich.

***

In der Küche schaltete Lenya den Wasserkocher ein und füllte eine starke Ostfriesenmischung in ein Teesäckchen, das sie in die blaue, mit weißen Blumen bemalte Kanne hängte. Während sie darauf wartete, dass das Wasser kochte, lehnte sie an der Anrichte und sah hinaus. Jemand führte gerade einen nervösen Jährling über den Hof, ein schönes dunkelbraunes Pferd. Lenya dachte an die Briefe zwischen ihrem Vater und seiner ältesten Schwester. Nur Alltägliches, hatte Irma gesagt. Wenn er aber doch in Kontakt zu Katharina gestanden hatte, warum war er dann nicht einfach mal mit Lenya zu Besuch hierhergefahren? Warum diese Distanz?

Das Wasser kochte, und mit einem Klicken schaltete sich der Wasserkocher aus. Dampf stieg auf, als Lenya das Wasser über die Teeblätter goss. Sie stellte Teetassen und Kandiszucker auf ein Tablett, füllte ein kleines Kännchen mit Milch und nahm schließlich den Beutel mit den Teeblättern aus der Kanne. Dann trug sie alles die Treppe hoch. Ihr Vater war im Büro und unterhielt sich mit dem Gestütsverwalter, die Kinder spielten im Garten unter Aufsicht von Hannes, den beide großartig fanden. Überhaupt hatte er immer gute Ideen für Spiele im Garten.

»Er hätte Enkelkinder haben sollen«, hatte Irma einmal dazu bemerkt.

Lenya hielt das Tablett in der einen Hand und öffnete mit der anderen die Tür zum Zimmer ihrer verstorbenen Tante. Irma saß immer noch auf dem Boden, hielt einen Brief in der Hand und hatte den Blick ins Leere gerichtet. Als Lenya das Tablett auf dem Boden abstellte, blinzelte Irma und sah sie an.

»Eine Teeparty auf dem Boden«, scherzte sie bemüht. »Das habe ich irgendwann in den Siebzigern zuletzt gemacht.«

»Teepartys auf dem Boden sind immer eine gute Idee.« Lenya schenkte ihrer Tante eine Tasse Tee ein, und Irma gab einen Tropfen Milch dazu sowie Kandis, während Lenya ihren Tee schwarz und ungesüßt trank. Die Mischung war wirklich gut, sehr kräftig und belebend.

»Dein Vater«, begann Irma, »stand Katharina im Grunde näher als mir. Ich war zwar immer für ihn da, habe mich um ihn gekümmert, aber zwischen ihm und Katharina bestand schon seit seiner Geburt ein ganz besonderes Band. Katharina war ganz vernarrt in den Kleinen, während ich nur wenig mit ihm anfangen konnte. Als Baby war er mir zu laut, und als Kleinkind wollte er immer überall hin mit, was mir wahnsinnig auf die Nerven ging. Nach unserer Flucht änderte sich das, da war ja ohnehin alles anders. Dein Vater hat als Kleinkind unentwegt geplappert, doch seit unserer Flucht war er still und in sich gekehrt. Katharina war auch so, keiner von ihnen hat je auch nur ein Wort über die Vergangenheit verloren. Jedenfalls nicht, soweit ich weiß.« Irma trank einen Schluck Tee und schloss kurz die Augen, als genieße sie den Moment, in dem die heiße Flüssigkeit ihr die Kehle hinunterrann. »Du weißt nicht viel über deinen Vater, als er jung war, oder?«

»Es war bis vor Kurzem noch so, als hätte sein Leben mit der Zeit in Münster begonnen.«

»Möchtest du, dass ich dir von früher erzähle?«

Lenya nickte. Ja, natürlich wollte sie. »Aber hintergehe ich ihn damit nicht, wenn ich mir sein Leben von dir erzählen lasse?«

»Es ist auch mein Leben.«

Lenya zögerte, dann nickte sie.

Irma lehnte sich mit dem Rücken an den Schrank. »Wir hatten eine glückliche Kindheit in Heiligenbeil, anders kann man es nicht nennen. Unser Zuhause war ein Landschlösschen, der Sitz der Grafen von Damerau. Wir besaßen Trakehner, und die Gesellschaft war anders als die hier im Westen, bei uns spielten die Standesgrenzen kaum eine Rolle. Natürlich hatten auch wir Angestellte, aber bei uns stand auch die Hausherrin zu Weihnachten und bei großen Anlässen mit in der Küche, wir Kinder tobten mit den Kindern der Angestellten. Der Winter im Jahr 1944 war ungewöhnlich früh hereingebrochen, was für uns Kinder herrlich war, denn wir liebten den Schnee, der Krieg war für uns weit weg. Als wir 1945 die Flucht antraten, war das zunächst ein großes Abenteuer. Katharina war wohl die Einzige von uns, die das ganze Ausmaß erahnte, ebenso den Umstand, dass es keine Rückkehr geben würde, sie war ja auch schon fünfzehn. Rudolf war aber erst dreieinhalb, und ich war im Januar gerade acht geworden. Unsere Mutter hat sich bemüht, Zuversicht an den Tag zu legen. Was wir an Wertgegenständen nicht mitnehmen konnten, wurde im Garten vergraben.«

Lenya schenkte sich eine weitere Tasse Tee ein, lehnte sich mit dem Rücken gegen das Bett, um bequemer zu sitzen.

»Unsere Begeisterung für das Abenteuer hielt nicht einmal einen Tag. Der Schnee war hoch, es war eisig kalt, mir taten die Beine weh, und während Rudolf auf dem Wagen saß, durfte ich das nur, wenn es gar nicht mehr ging und ich kurz verschnaufen musste, dann trug Mutter Rudolf, und ich konnte seinen Platz einnehmen.« Irmas Blick wirkte wie in die Ferne gerichtet, als verlöre sie sich vollkommen in ihren Erinnerungen.

»Was dann kam, nannte ich als Kind immer nur den Sturm, denn wie ein solcher fegten sie über uns hinweg und hinterließen eine Schneise der Verwüstung.«

Hier stockte Irma zum ersten Mal die Stimme, und sie schluckte mehrmals, ehe sie fortfuhr. Lenya goss ihr Tee nach, gab Milch und Kandis dazu.

»Meine Mutter sahen wir bald nicht mehr, Katharina rissen sie von uns weg. Rudolf und ich duckten uns hinter den Wagen, mussten mitansehen, wie sie von Soldaten vergewaltigt wurde. Diese Schreie …« Irma erschauderte, und nun schimmerte wieder eine Träne in ihrem Augenwinkel. »Die Pferde neben uns wieherten schrill, stampften mit den Hufen in den Schnee. Rudolf hat sich an mir festgeklammert, starr vor Entsetzen. Als es vorüber war, herrschte eine fast schon ohrenbetäubende Stille.

Wir fanden unsere Mutter in ihrem Blut liegend im Schnee. Das war der Tag, an dem dein Vater aufgehört hat zu sprechen.«

Wen konnte das denn ernsthaft wundern?, dachte Lenya, die keine Worte fand, um ihrem Entsetzen Ausdruck zu verleihen. Ihr Vater war damals so alt gewesen wie Caro jetzt, und bei dem Gedanken daran kamen ihr die Tränen. Sie wollte in diesem Moment nichts mehr, als ihre Kleine an sich drücken, spüren, dass sie geborgen und sicher war. Daher diese Angst vor Pferden, daher musste selbst heute noch wenigstens eine Funzel in seinem Zimmer brennen, wenn er schlief. Ihre Mutter hatte das immer wahnsinnig gemacht, sie brauchte beim Schlafen vollkommene Dunkelheit.

»Hier angekommen erholten wir uns allmählich, und anfangs durfte Rudolf noch bei uns im Zimmer schlafen. Im Sommer jedoch, als er vier geworden war, sagte unsere Großmutter, er solle in sein eigenes Zimmer, es gehöre sich nicht für einen Jungen, bei den Mädchen im Zimmer zu liegen, und es sei an der Zeit, ihm das Verzärtelte abzuerziehen, damit ein Mann aus ihm wurde. Er hat jede Nacht geweint, ich bin dann immer zu ihm ins Bett gekrochen und habe ihn im Arm gehalten, bis er eingeschlafen ist.«

Bei dem Gedanken an dieses kleine, traumatisierte Kind, konnte Lenya ihre Tränen nicht zurückhalten.

»Damals wusste man vieles nicht, was man heute weiß«, erklärte Irma. »Heute gibt es Psychologen, aber damals wäre niemand auf die Idee gekommen, zu einem Therapeuten zu gehen. Da hätte man seinen Ruf weggehabt. Man sprach einfach nicht über diese Dinge, und so wurde das alles totgeschwiegen, der Krieg, die Gräuel, die Zeit davor – absolut alles. Im Grunde genommen kann man es deinem Vater kaum verdenken, dass er so wortkarg ist, auch wenn es mich – das gebe ich offen zu – immer noch ärgert. Manchmal will ich ihn deswegen schütteln.«

Lenya brauchte einen Moment, ehe sie ihrer Stimme wieder traute. »Und deine Schwester?«

»Katharina war nie wieder dieselbe, das kannst du dir sicher denken. Sie war lustig früher, hat gerne gelacht, danach war ihr Lächeln selten zu sehen, gelacht hat sie so gut wie nie. In aller Heimlichkeit wurde eine Abtreibung vorgenommen, aber darüber wurde nie gesprochen, ich konnte es mir erst später aus Andeutungen zusammenreimen. Auch in ihrem Fall war Schweigen das Mittel der Wahl, wie bei vielen anderen Frauen. Katharina wollte nicht heiraten, wollte von Männern nichts mehr wissen. Verdenken kann man es ihr wohl nicht. Aber umschwärmt war sie, das kannst du mir glauben. Sie war unfassbar schön.«

»Ja, das sieht man auf den Fotos.«

»Und die Fotos werden ihr noch nicht einmal gerecht, sie hatte eine Art, sich zu bewegen, eine Haltung, einige Männer haben komplette Narren aus sich gemacht in der Hoffnung, sie würde sie nur endlich erhören.« Nun zuckte ein kleines Lächeln über Irmas Lippen, gleichermaßen spöttisch wie sehnsüchtig.

»Wie ist sie eigentlich gestorben?«

»Sie sagte eines Tages: ›Irma, ich finde, ich habe genug gelernt, nicht wahr?‹ Einen Monat später hatte sie einen Schwächeanfall und konnte nicht mehr aufstehen. Danach ging es schnell. In den letzten Tagen schien sie gar nicht mehr bei uns zu sein, sondern dachte immer, wir seien wieder Kinder in Ostpreußen. Ich glaube, sie ist glücklich gestorben.«

Wieder kamen Lenya die Tränen.

»Wir hatten auch viele glückliche Momente hier«, sagte Irma. »Es war nicht immer alles traurig, selbst mit diesen Erinnerungen. Das Leben auf dem Gut war schön, wir haben es hier gut getroffen, da gab es ganz andere Schicksale. Wir hatten eine Großmutter, die uns aufgenommen und für uns gesorgt hat.

Und sie hat uns ein Heim gegeben, in dem wir uns beschützt fühlen konnten. Anderen ist es nach der Flucht sehr schlecht ergangen, da könnte ich dir Geschichten erzählen.« Irma senkte den Kopf.

Lenya stellte ihre leere Teetasse ab. »Möchtest du noch?« Sie hob die Kanne.

»Nein, erst einmal nicht.« Irma richtete sich auf, wickelte ein blaues Band um einen Stapel Briefe und packte ihn zurück, ehe sie nach dem nächsten griff. Sie wirkte gefasster als zuvor.

»Warum tust du dir das an?« Lenya deutete mit dem Kinn auf die Briefe. »Wenn es doch nur wehtut?«

»Es ist wie bei einem Pflaster, da ist es besser, man reißt es mit einem Ruck ab. Wenn ich die Briefe jetzt nicht lese, werde ich mich die ganze Zeit fragen, was drinsteht.«

Lenya nickte, räumte das Geschirr zusammen, trug das Tablett aus dem Zimmer und schloss leise die Tür.

* * *

Eine Stunde später hatte Irma fast alle Briefe gelesen. In einem hatte Rudolf zwei Fotos mitgeschickt. *Du hattest um Bilder meiner Familie gebeten.* Es war ein Foto, auf dem Irma zum ersten Mal Lenyas älteste Tochter sah, ein hübsches Mädchen, das mit den Schwestern zusammen im Gras unter einem Baum saß und in die Kamera lachte. Zwei Jahre alt war das Bild. Außerdem eines von Lenya und ihrem Mann. Sie standen voreinander, offenbar eine Momentaufnahme. Er sah sie an, während sich Lenya in diesem Moment, als sei sie gerufen worden, der Kamera zuwandte. Ein wirklich schönes Foto, voller Vertrautheit und Zuneigung. Irma legte es zu den anderen.

Rudolf war auch im Alter kein großer Briefeschreiber geworden, und im Grunde schrieb ja auch kaum noch jemand einen

Brief, die meisten verschickten E-Mails oder Nachrichten auf dem Handy. Rudolf und Katharina hatten das Schreiben jedoch beibehalten, wenngleich nur noch sporadisch. So lag auch mal mehr als ein halbes Jahr zwischen zwei Briefen. Irma nahm sich einen der letzten vier Briefe vor. Mittlerweile saß sie auf dem Bett, weil ihr vom Sitzen auf dem Boden langsam die Knochen wehtaten. An das Kopfteil gelehnt öffnete sie den Umschlag und las. In all der Zeit hatte Katharina ihn offenbar nie gebeten, dass er zurückkommen solle. Warum eigentlich nicht? In dem vorletzten Brief glaubte Irma, die Antwort zu finden.

Du sagst, Großmutter habe mit Anno Reimann gesprochen, ihn darin bestärkt, nicht nachzugeben, weil sie Irma nicht an das Reimann-Gut verlieren wollte. Aber ändert das im Nachhinein noch etwas? Nein, dachte Irma, für die sich auf einmal alles änderte, die sich von ihrer Großmutter betrogen und hintergangen fühlte. Sie ließ den Brief sinken und richtete den Blick darüber hinweg ins Leere. Thure, dachte sie. Ach, Thure. Obwohl sie geglaubt hatte, sich leer geweint zu haben, verschwamm ihr erneut der Blick, und sie musste blinzeln, ehe sie weiterlesen konnte. *Ich bin froh darüber, dass du einsiehst, dass mein Weggehen damals das einzig Richtige war. Ich musste das tun, um mich von allem aus der Vergangenheit zu befreien.* Aber das hast du nicht, dachte Irma. Du hast sie weiter mit dir herumgeschleppt und hast sie, ohne es zu wollen, durch dein Schweigen auch noch deinem Kind aufgebürdet, obwohl du das sicher nicht gewollt hast.

Sie legte den Brief beiseite, dachte daran, was sie gerade gelesen hatte. Hätte Thure sie andernfalls doch geheiratet? Dann wäre sie auf seinen Hof gezogen, und Rudolf hätte das Gut übernommen. Sie selbst wäre von allen Verpflichtungen entbunden gewesen. Irma wandte den Kopf, sah aus dem Fenster. Großmutter, dachte sie, war das hier das Leben, das du mir zugedacht hast? Und wenn ja, warum? Hatte sie es Rudolf nicht zugetraut? Weil sie glaubte, allein sie, Irma, wäre tauglich, das Gut im Sinne von Henriette von Grotenstein weiterzuführen? Irma war erschöpft, sie ließ die letzten drei Briefe liegen und schloss die Augen. Kurz darauf klopfte es wieder, und Lenya sah ins Zimmer.

»Möchtest du etwas essen?«

»Wie spät ist es?«

»Gleich zwölf.«

»Ach, du lieber Himmel! Ich habe mich noch gar nicht ums Essen gekümmert.«

»Das kann ich doch machen, wenn du möchtest. Außerdem ist Hannah da. Bei der Hitze reicht vermutlich ein Salat, dazu etwas Brot.«

Irma nickte nur unbestimmt.

»Hast du alle Briefe gelesen?«

»Nein, die letzten fehlen noch.«

Behutsam setzte Lenya sich nun ebenfalls auf das Bett, und Irma sah sie an. Katharina hatte die wichtigen Schritte dieser jungen Frau verfolgt, hatte sich als Tante fühlen dürfen. Und doch nie insistiert, dass Rudolf zurückkommen sollte. Vielleicht war das der Grund, warum man sie außen vor gelassen hatte. Nicht nur der Groll, sondern auch, weil sie darauf bestanden hätte, dass er zu ihnen kam, weil sie dieses Kind hätte kennenlernen wollen. Und das war offenbar nicht Rudolfs Plan gewesen.

»Was ich immer noch nicht verstehe«, sagte Lenya zögernd, »ist dieser vollständige Bruch. Warum ist mein Vater denn einfach gegangen?«

»Dein Vater? In seiner Wahrnehmung ist er der künftige Gutsherr gewesen. Und war auf einmal doch wieder nur ein heimatloser Junge.«

1968

Normalerweise war Großmutter Henriette früh auf den Beinen, deckte den Tisch, während Irma und Katharina das Frühstück zubereiteten. An diesem Morgen jedoch waren sie allein unten gewesen und hatten sofort geahnt, dass etwas nicht stimmte.

»Ich sehe nach Großmutter«, hatte Katharina gesagt.

Sie hatte die Küche gerade verlassen, als Rudolf eintrat, das Haar noch feucht von der Dusche. Er nahm sich ein Hörnchen aus dem Brotkorb und aß im Stehen, als von oben Katharinas Stimme zu hören war.

»Irma, ruf einen Krankenwagen!«

Der Notarzt hatte nur noch den Tod der alten Frau feststellen können.

»Aber es ging ihr doch am Abend zuvor noch gut«, sagte Irma fassungslos.

Das müsse nichts heißen, so der Notarzt. Das Herz hatte einfach in der Nacht aufgehört zu schlagen, und immerhin habe sie mit sechsundachtzig doch ein stattliches Alter erreicht. Die kommenden Tage waren angefüllt von Vorbereitungen für die Beerdigung und die Totenfeier. Die Nachbarn kamen, um zu helfen, und so fand Irma den ganzen Tag keine Zeit, sich dieser lähmenden Traurigkeit hinzugeben. Abends saßen sie im Wohnzimmer, Rudolf hatte Feuer im Kamin gemacht, denn Ende September konnte es schon empfindlich kühl werden in den Räumen. Und dann saßen sie da, schwiegen, Katharina im Sessel sitzend, Irma mit einer Decke auf dem Sofa liegend, Rudolf auf dem Boden neben dem Kamin. Und alle drei sahen immer wieder zum leeren Ohrensessel der Großmutter.

Zwei Nächte vor der Beerdigung kam Thure zu ihnen auf den Hof. Er hatte Irma angerufen, damit diese draußen auf ihn wartete, zog sie im Schutz der alten Bergulme neben dem Tor an sich und küsste sie, legte einen Arm um ihre Hüfte. Irma spürte die borkige Rinde des Baums am Rücken, schlang die Beine um Thure, presste sich an ihn, drückte ihr Gesicht an seinen Hals, während ihr Atem in kurzen Schluchzern ging, Trauer von Verlangen überspült wurde. Später, als ihr das Herz wieder ruhiger ging, löste sie sich aus Thures Armen. Sie fühlte sich schamlos. Ihre Großmutter lag aufgebahrt in ihrem Zimmer, und Irma trieb es wenige Meter entfernt mit einem verheirateten Mann. Aber seine Nähe war so tröstlich, und Irma war ganz schwindlig aus Angst davor, wie es nun weitergehen sollte.

Natürlich führten Katharina und sie das Gut im Grunde genommen schon lange alleine, aber immer war es die Großmutter gewesen, die das Zepter in der Hand hielt, im Hintergrund die Geschicke lenkte. Wenn Thure doch nur bei ihr bleiben könnte. Was würde sie dafür geben, wenn er ihre Hand halten könnte und ihr sagen würde, dass er die ganze Zeit an ihrer Seite stehen würde, immer für sie da wäre, wenn sie Hilfe bräuchte.

»Wenn du Hilfe brauchst, gib Bescheid«, sagte Walther am Morgen der Beerdigung. »Ich bin jederzeit für dich da.«

Irma nickte nur. Sie standen in der Eingangshalle des Gutshauses, schwarz gekleidet, bereit für die Kirche. Die Großmutter hatte man am Vortag in die Totenhalle gebracht, Sargträger würden später Rudolf, Walther, Thure, Martin, Hannes und Ernst sein. Rudolf wäre jetzt der Gutsherr. Vor vier Jahren hatte er sein

Wirtschaftsstudium abgeschlossen und arbeitete seither in der Buchhaltung auf dem Gut. Sie würden die Aufgaben so weiterführen wie bisher, und in gewisser Weise war es beruhigend zu wissen, dass der erfahrene Walther, der so große Ländereien besaß und verwaltete, ihrem Bruder mit Ratschlägen zur Seite stehen würde, wenn er die Zügel hier übernahm.

Sie fuhren mit Walthers Wagen zur Kirche, seine Mutter wurde von Thure mitgenommen, damit es im Auto nicht zu eng war. Der Gottesdienst fand in St. Amandus statt, wohin sie auch jeden Sonntag gingen, wenn der Kirchgang anstand. Thure war bereits dort, half gerade Walthers Mutter aus dem Wagen, während Maria und sein Vater auf der anderen Seite ausstiegen. Maria trug ein schickes schwarzes Kleid, das wie angegossen um ihre schlanke Taille lag. Irma bemerkte die Blicke, die der jungen Frau folgten, als sie zu Thure trat. Marias Bauch war seit ihrer Hochzeit Mittelpunkt ausgiebiger Beobachtungen und Spekulationen, daran änderte auch eine Beerdigung nichts.

Sie betraten die Kirche, und nun musste Irma, die die ganze Zeit über gefasst gewesen war, doch mit den Tränen kämpfen. Als die Orgel einsetzte, brach ihre Selbstbeherrschung endgültig, und sie erstickte jeden Laut mit einem Taschentuch. Rudolf saß zwischen ihr und Katharina, umfasste die Hände von beiden, während er ruhig und gefasst dasaß, dabei allerdings so blass, dass seine blauen Augen fast schon unnatürlich irisierend wirkten.

Auf die Beerdigung folgte die Totenfeier auf Gut Grotenstein. Um das Essen hatten sich die Schwestern nicht kümmern müssen, dafür hatten Waltraud Bruns, die Witwe Aahlhus und Maria gesorgt. Das Bewirten der vielen Gäste übernahm Helga zusammen mit Ernsts Frau Hannelore und seiner Schwester Margot. Da die Angestellten des Guts an der Beerdigung und Trauerfeier teilgenommen hatten, sprangen an diesem Tag Leute von Walthers Hof ein, und man stellte nur zwei Männer des Grotenstein-Stallpersonals ab, damit diese sie anleiten konnten. Hannes, ihr guter, lieber Hannes, stand mit rot geränderten Augen abseits, hielt sein Glas fest, nippte immer wieder daran und aß nichts. Irma ging zu ihm, streichelte seinen Arm, woraufhin ihm ein zittriges Lächeln gelang. Er war seit seinem fünfzehnten Lebensjahr auf dem Gut, ein Waisenjunge, den Henriette von Grotenstein kurz vor Kriegsende in ihre Dienste genommen hatte.

Das Testament wurde am kommenden Tag verlesen. Der Notar meldete sich an, und Irma hätte ihm gerne gesagt, dass das Zeit hatte, dass sie erst einmal ein paar Tage Ruhe bräuchten, um sich mit der neuen Situation zu arrangieren. Dass das Testament warten konnte. Aber Katharina widersprach.

»Lass es uns hinter uns bringen. Wie lange wird das schon dauern? Eine Stunde? Dann ist er wieder weg, und wir können uns hier in Ruhe um alles kümmern.«

Rudolf stimmte ihr zu, und so gab Irma nach. Es war ohnehin nur eine Formalität, ihnen allen war klar, wie die Zukunft des Guts unter ihnen drei aussah, Großmutter hatte sie jahrelang darauf vorbereitet. Ingrid und Frieda – die beiden Schwestern ihrer Mutter – waren zur Beerdigung angereist und sagten, sie würden ebenfalls bleiben, denn das Testament ginge sie ja auch etwas an. Irma musste sich beherrschen, nicht die Augen zu verdrehen.

Der Notar kam am frühen Nachmittag, und Katharina stellte Kaffee und einen silbernen Teller mit Plätzchen auf den Esstisch. Glücklicherweise hielt er sich nicht lange mit Formalitäten auf, sondern begann direkt. Er wirkte gelassen, obwohl ihm doch klar sein musste, dass seine Worte nun alles ändern würden.

Ihren Töchtern Ingrid und Frieda vermachte Henriette ein paar der Schmuckstücke sowie Teile des Familiensilbers und je ein Service des guten Porzellans sowie den Pflichtteil, der ihnen finanziell zustand. Einige weitere Erbstücke sollten im Haus verbleiben, anderes wurde ihren Töchtern zugesprochen. Angespannt saßen die Tanten da, warteten ganz offensichtlich, was ihnen außerdem noch zufiel von diesem riesigen Besitz.

»Das Gut mit all dem, was dazugehört, mitsamt Inventar, Ländereien, Stallungen und Pferden, vermache ich meiner Enkelin Irma von Damerau.« Irma hörte jemanden nach Luft schnappen, hätte nicht sagen können, wer es war, als ihr Blick zu Rudolf flog, der sie auf eine Art betrachtete, als sähe er auf einmal hinter ihre Fassade und erkannte den Menschen, der sie in Wahrheit war. Irma hielt den Atem an, wollte, dass der Notar fortfuhr, dass er ihn und Katharina zu gleichen Teilen an ihrer Seite als Erben einsetzte.

»Mein Privatvermögen geht abzüglich des Pflichtteils meiner Töchter an Irma als Haupterbin, wobei meiner Enkelin Katharina von Damerau und meinem Enkel Rudolf von Damerau zeitlebens eine monatliche Zahlung daraus zusteht.« Der Notar blickte auf. »Über die genaue Höhe werde ich Sie später detailliert unterrichten. Das Testament sieht weiter vor: Ebenfalls haben sowohl Katharina als auch Rudolf lebenslanges Wohnrecht auf dem Gut, das gilt auch dann, wenn sie heiraten und eine Familie gründen.«

Rudolf stand so ruckartig auf, dass sein Stuhl hintenüberkippte und mit einem Knall auf dem Boden aufkam. Ingrid stieß einen erschrockenen Schrei aus, Katharina griff nach Rudolfs Arm, aber er wandte sich ab und verließ das Esszimmer.

»Warum werden hier eigentlich ausschließlich die Kinder von Emilia bedacht?« Frieda hatte sich kerzengerade aufgesetzt. »Das kann doch nicht sein, dass wir hier mit Porzellan und einem Taschengeld abgespeist werden, während …«

Irma hörte nicht mehr zu, sie war aufgesprungen und lief hinter Rudolf her. Das Testament überraschte sie alle, warum nur sah Rudolf sie an, als hätte sie ihn in irgendeiner Form verraten? Am Hoftor holte sie ihn ein, hielt ihn am Arm fest.

»Was soll dieser Ausbruch?«

Er fuhr zu ihr herum, sah sie mit einem zornblitzenden Blick an, den sie an ihm noch nie zuvor gesehen hatte und der sie zurückweichen ließ. »Das fragst du noch? Wie hast du es geschafft, dass Großmutter *dich* zur Haupterbin macht?«

»Was denkst du denn? Ich wusste bis gerade eben von nichts.«

»Das glaube ich dir kein Stück. Du musst sie in irgendeiner Weise zu deinen Gunsten beeinflusst haben. Von Anfang an war klar, dass ich der Erbe des Guts bin.«

»Warum? Weil du ein Mann bist?« Dabei war Irma genau wie er davon ausgegangen. Aber warum eigentlich?

»Ja, genau das. Weil solche Höfe streng nach der Erblinie weitergegeben werden.«

»Ach was?«

»Sie hat nie einen Zweifel daran geäußert. Deshalb sollte ich doch dieses Studium machen und lernen, wie man einen Gutshof verwaltet.«

»Das sieht das Testament doch auch so vor. Das Gut gehört mir, aber du und Katharina habt lebenslanges Wohnrecht. Wir würden uns gegenseitig unterstützen und ...«

»Wie großzügig. Ich bin also nicht davon abhängig, von deinen Gnaden mein Zuhause zu verlieren?«

»Weißt du was? Wir können uns gerne unterhalten, wenn du dich beruhigt hast und man vernünftig mit dir reden kann.«

»Du hast es nötig, so überheblich zu sein. Wie willst du überhaupt ein Gut führen? Mit deiner Ausbildung zur Hauswirtschafterin.«

Wut stieg so heiß in Irma auf, dass ihr die Wangen brannten. »Da redet hier ja der Richtige von Überheblichkeit. Du denkst, du könntest ein Gut führen? Dir fehlte es doch immer schon an Ernsthaftigkeit. Lieber bist du jedem Rock hinterhergestiegen.«

»Sagt die Frau, die mit einem verheirateten Mann herumhurt!«

Jetzt solltest du schweigen, dachte sie. »Untersteh dich, Rudolf.«

»Ich habe euch gesehen, als ihr in der Scheune auf der Südkoppel gewesen seid.«

Irma schwieg.

»Warum ausgerechnet Marias Ehemann? Gibt es keine anderen Kerle? Musst du ihr das antun?«

»Thure hat mich geliebt, noch ehe er Maria geheiratet hat.«

»Aber er hat sie geheiratet.«

»Weil er keine Wahl hatte!«

»Man hat immer eine Wahl. So, wie ich die Wahl habe, zu bleiben oder zu gehen. Und ich werde mich dafür entscheiden, das Gut zu verlassen.«

»Ha«, höhnte sie. »Als ob!«

»Du wirst schon sehen!«

2018

Das war alles? Ein Erbschaftsstreit? Aber es steckte mehr dahinter, das wusste Lenya. Für ihren Vater musste es sich angefühlt haben, als hätte er erneut seine Identität verloren. Lebenslanges Wohnrecht, das hatte für ihn, dem es nach langer Zeit endlich gelungen war, diesen Ort als seine Heimat zu bezeichnen, vielleicht geklungen wie »geduldet«.

Lenya hatte sich nach dem Gespräch mit Irma in die Bibliothek gesetzt, weil sie einen Moment brauchte, um ungestört über alles nachzudenken. Dabei fiel ihr ein Text ein, den sie vor einiger Zeit gelesen hatte und in dem es ebenfalls um einen Kriegsflüchtling gegangen war.

Dieser Mann schrieb, er habe Ostpreußen nicht gekannt, war noch zu klein, als er es verlassen hatte. Ein Heimatloser war er dennoch, weil ihm dieses Gefühl vererbt und es immerzu von seiner Umgebung aufrechterhalten worden war. »Man weint um eine Heimat, die man nie kannte.« Dieser Satz war Lenya vor allem in Erinnerung geblieben, diese Trauer um eine Heimat, in die man selbst, wenn man die Möglichkeit hätte, wohl nie zurückkehren würde, weil man dort wohl genauso fremd wäre, wie man es vermeintlich hier war. Kinder sollten nicht die Heimatlosigkeit erben, sondern die Möglichkeit bekommen, Wurzeln zu schlagen.

Vielleicht war das fortwährende Schweigen ihres Vaters auch

darin begründet, ihr diese Last der Vergangenheit nicht aufzubürden, dieses Gefühl, eine Heimatlose zu sein, nicht an sie weiterzugeben. Lenya hatte so viel über die Ostpreußen-Flüchtlinge gelesen, hatte immer geahnt, dass ihrem Vater und seiner Familie Schlimmes passiert sein musste. Aber es so detailliert zu hören, goss das Leben ihres Vaters endlich in eine Gestalt, gab ihm eine Form, ein komplettes Dasein und nicht eines, das erst mit dem Studium in Münster begonnen hatte.

Irma war nur zu einem kurzen Mittagessen hinuntergekommen, hatte schweigend dagesessen und war anschließend sofort wieder im Zimmer ihrer Schwester verschwunden. Ihr Vater hatte versucht, ein Gespräch mit ihr zu führen, hatte es dann aber aufgegeben, und so waren die Kinder die Einzigen, die während des Essens ununterbrochen plapperten. Sie waren unruhig, wollten wieder nach draußen. Walther Bruns hatte ein altes Planschbecken von seinen Enkelkindern aufgetrieben und es vorbeigebracht, und jetzt spielten nicht nur Lenyas Kinder im Garten, sondern auch einige der kleineren Reitschüler.

»So viel Leben war hier in Haus und Garten schon lange nicht mehr«, sagte Hannes.

Ihr Vater kam hinaus zu ihnen. »Ich bin mit dem Gestütsverwalter die Bücher durchgegangen, um mir einen Überblick zu verschaffen.«

Das war Lenyas Stichwort. Sie goss sich Wasser aus der Karaffe ein und trank, ehe sie antwortete. »Das wäre ja eigentlich deine Aufgabe gewesen, die Gestütsverwaltung, nicht wahr?«

Er sah sie an, wirkte kurz irritiert, aber nicht verärgert. »Sie hat es dir erzählt, ja?«

Lenya nickte.

»Warst du oben bei ihr, als sie Katharinas Sachen durchgesehen hat?«

»Ja.«

Ihr Vater fragte nicht, ob Irma mittlerweile wusste, dass er mit Katharina in Kontakt gestanden hatte, darüber wollte Lenya auch nicht mit ihm sprechen, das war eine Sache zwischen ihm und seiner Schwester. »Mir erschien es damals richtig, zu gehen. Na ja, eigentlich war es eine Kurzschlussreaktion, aber danach fühlte es sich gut an.«

»Verstehe.«

»Tust du das wirklich?«

Lenya sah sich um, den Garten, dieses schöne alte Gutshaus. »Nein, eigentlich nicht. Das alles hier«, sie machte eine Handbewegung, die die gesamte Umgebung umfassen sollte, »hätte ich niemals aufgegeben. Ist es so wichtig, Haupterbe zu sein? Hat dir der Rest denn nichts bedeutet?« Sie ahnte die Antwort, wollte sie aber von ihm hören.

Er erwiderte eine ganze Weile nicht. »Es war keine Gier oder so, ich habe nach meinem Platz im Leben gesucht. Vielleicht war es mein Fehler – nein, ganz bestimmt war es das –, dass ich mir meiner Sache zu sicher war. Ich war ein Gutserbe, ich wollte das sein, was ich in Ostpreußen gewesen wäre. Und dann auf einmal war klar, dass ich es eben nicht bin, dass ich die ganze Zeit eine vollkommen falsche Erwartung an das Leben hier hatte. Ich war gekränkt und wütend. Und später, als ich eine ganze Weile allein war und über alles nachgedacht habe, war klar, dass ich ein Leben brauche, eines, das meins ist, an das niemand Erwartungen stellt außer ich selbst.«

»Und dafür musstest du mit deinen Schwestern brechen?«

»Ja.«

»Warst du die ganze Zeit über wütend auf Irma?«

»Lange Zeit schon, Wut ist etwas Irrationales. Und irgendwann wollte ich einfach mit der Vergangenheit abschließen, wollte ihr keinen Raum mehr in meinem Leben lassen. Da war es dann eigentlich schon egal, wer letzten Endes daran schuld war, dass ich außer einer monatlichen Rente nichts geerbt habe. Ich wollte ein Leben, das unbelastet ist von meiner Vergangenheit.«

Lenya goss sich Wasser nach. »Irma hat mir alles erzählt, auch von eurer Zeit vor der Ankunft auf dem Gut, von der Flucht.«

In dem Gesicht ihres Vaters zuckte es.

»Erinnerst du dich an alles?«

Schweigen. Dann seufzte er. »Nicht so richtig, ich war ja noch klein. An die Zeit in Ostpreußen habe ich gar keine Erinnerung mehr, an meine Mutter nur vage, es ist, als sei alles ausgelöscht und überlagert von Bildern der Flucht, und auch die nur schlaglichtartig, das sind mehr Gefühle und Geräusche, vor allem die Schreie und die Pferde.« Er hob die Schultern, sah in den Garten, und Lenya fragte nicht weiter.

»Was hat dein Gespräch mit dem Gestütsleiter ergeben?«, wechselte sie schließlich das Thema.

Ihr Vater wirkte erleichtert. »Dass es im Grunde keinen Spielraum mehr für weitere Einsparungen gibt. Wenn das Gut auf diesem Kurs bleibt, wird irgendwann gepfändet. Schon jetzt können Rechnungen nicht mehr gezahlt werden.«

»Woran liegt das?«

»Ein schleichender Niedergang. Es werden weniger Pferde verkauft, dann wird vieles marode, muss erneuert werden, was aber immer teurer wird. Die Lebenshaltungskosten steigen, die Kosten für die Pferdehaltung, die Gehälter der Angestellten ... Ich habe angeboten, das Geld für besonders drängende Kosten vorzustrecken, als Darlehen, wenn es Irmas Stolz verbietet, es anzunehmen. Aber bisher schien ihr das nicht recht zu sein. Und im Grunde genommen stimmt ja auch, was der Gestütsleiter sagt, man stopft ein Loch, und schon tut sich das nächste auf.«

»Weißt du«, sagte Lenya zögernd, »ich habe da so eine Idee. Doch bevor ich mit Irma spreche, wollte ich wissen, was du dazu meinst.«

»Na dann, lass hören.«

* * *

Irma verschloss den letzten Karton für diesen Tag und sah sich im Zimmer um. Es wirkte jetzt leer und unbewohnt. Beinahe alle persönlichen Gegenstände von Katharina waren fortgeräumt, auf der Matratze lag nur noch ein Schonbezug, die Schränke waren weitgehend leer, und was noch übrig war, würde sie am kommenden Tag in Angriff nehmen. An der Wand hing noch ein Bild, das eine Moorlandschaft zeigte. Irma hatte keine Ahnung, wer das Foto geschossen hatte, aber weil es ihr gut gefiel, ließ sie es hängen, die übrigen Bilder hatte sie abgenommen, zwei altbackene Ölbilder von irgendeinem unbekannten Künstler. So schnell ging es, ein ganzes Leben fortzuräumen, aber vielleicht passte das zu einer Frau, deren Lebensfreude schon vor Jahren auf der Flucht gestorben und die im Grunde nie so richtig hier angekommen war.

Sie stand auf, streckte sich und hörte die Knochen knacken. Ihr Blick fiel auf die Schachtel mit den Briefen, und sie fragte sich, was sie damit anstellen sollte. Vielleicht wollte Rudolf sie haben, ihm standen sie im Grunde genommen ja auch zu. Nur die Fotos würde Irma behalten. Sie schob den Karton zu den übrigen, und plötzlich überkam sie ein unbeschreibliches Verlustgefühl. Katharina. Rudolf. Irma ließ sich auf dem Bett nieder, schloss die Augen. Dann schüttelte sie die Traurigkeit ab und erhob sich, um das Zimmer zu verlassen. Es war schon fast sechs Uhr, Zeit für das Abendessen.

Lenya hatte sich bereits um alles gekümmert, hatte Brote

geschmiert und mit nach draußen genommen, für die Kinder sorgsam geschnitten, weil die Kleinen den Rand nicht mochten. Unwillkürlich dachte Irma an Zeiten, an denen sie auf der Brotkante herumgekaut hatte in der Hoffnung, dass sie besser sättigte, je länger man sie im Mund behielt. Eigentlich konnte man ja froh sein, dass die Kinder so etwas nie kennenlernen mussten, dass sie es einfach frei heraus sagen konnten, wenn ihnen etwas nicht schmeckte, und sie nicht gezwungen waren, es zu essen, nur weil es gerade da war und satt machte. Walthers Kinder waren in dieser Hinsicht unkompliziert gewesen, sie aßen, was auf den Tisch kam, da war nur selten gequengelt worden. Nur bei Linsensuppe hatte Hannah schon als kleines Kind gestreikt. Bei der Erinnerung daran musste Irma lächeln.

Lenya hatte sich zu den Kindern gesellt und saß im sicheren Abstand zum Planschbecken auf einer Decke. Vier der kleinen Reitschüler waren noch da, ihre älteren Geschwister hatten Pflegepferde und saßen vermutlich zusammen entweder im Reiterstübchen oder auf der Koppel, während die Kleinen mit Lenyas Kindern im Garten spielten. Wie schön es jetzt hier ist, dachte Irma, als sie sich in ihrem Korbsessel niederließ, wie wunderschön.

Rudolf kam aus dem Bad, sah sie auf der Veranda sitzen und gesellte sich zu ihr. Auf dem Tisch lag ein Roman, aus dem ein Lesezeichen ragte. »Bist du fertig mit dem Zimmer?«

Irma nickte und nahm sich eines der Brote. Was war denn das Grüne? Hatte Lenya im Ort Avocado gekauft? Irma hatte noch nie welche gegessen und biss vorsichtig in das Brot, kaute versuchsweise. Hm, ja, konnte man essen. »Willst du die Briefe haben, die du Katharina geschrieben hast?«

Dass sie diese Frage so beiläufig stellte, brachte ihren Bruder sichtlich aus dem Konzept. »Ähm, gerne.«

Irma aß das Brot auf. Auch, wenn es nicht schlecht war, aber mehr als eines brauchte sie davon nicht. Sie beugte sich vor, goss sich Eistee ein und nahm einen Schluck. Offenbar war Hannah vorhin doch kurz hier gewesen, denn nur sie machte den Eistee auf diese Art, sodass auch Irma ihn mochte. Nicht zu süß und wunderbar erfrischend.

»Ich hatte befürchtet, du könntest deswegen, hm, verletzt sein«, sagte Rudolf nun. Offenbar motivierte ihn ihr Schweigen zum Reden. Das funktionierte also auch andersherum.

»Ja, das war ich … bin ich auch noch, wenn ich ehrlich sein soll. Aber was erwartest du nun von mir? Eine Szene?«

»Natürlich nicht. Es ging auch nie darum, dich zu verletzen. Katharina hat mich angeschrieben, und ich war froh darüber, von ihr zu hören. Ich war nicht mehr wütend auf dich oder so, du warst nur einfach Teil eines Lebens, mit dem ich abgeschlossen hatte.«

So einfach war das. Irma schluckte, spürte, wie ihr wieder die Augen feucht wurden. Ach, das war doch nicht zu glauben. Sie blinzelte, sah in den Garten, damit es wirkte, als triebe ihr die Sonne die Tränen in die Augen. »Die Pollen werden von Jahr zu Jahr schlimmer«, fügte sie sicherheitshalber noch hinzu und zog ein Taschentuch hervor, um sich die Nase zu putzen.

»Ich habe zu lange damit gewartet, nach Hause zu kommen«, sagte Rudolf schließlich.

»Wie meinst du das?«

»In ihren letzten Briefen schwelgte Katharina auf einmal in Erinnerungen. *Weißt du noch, wie Mutters Kirschwaffeln geschmeckt haben? Erinnerst du dich an ihre Quarkstrudel? Weißt du, wie die Luft sich angefühlt hat, wenn der erste Schnee gefallen ist? Erinnerst du dich an das tiefe Grün der Wälder?* Natürlich habe ich mich an nichts davon erinnert. Aber vielleicht hätte mir das sagen sollen, dass Katharina Abschied nimmt vom Leben. Dass das ihre Art war, zu sagen, dass es nun genug sei.«

»War das unmittelbar vor ihrem Tod?« Irma hatte die letzten Briefe nicht mehr gelesen.

»Nein, der letzte kam mehr als ein halbes Jahr zuvor.«

Irma lehnte sich in ihrem Sessel zurück und beobachtete einen Schmetterling, der sich auf einer Blüte niederließ, die Flügel träge auf- und zuklappte. »Du hast gedacht, ich hätte dir dein Erbe streitig gemacht.«

»Anfangs schon. Aber irgendwann war es mir schlicht und ergreifend egal. Ich hatte ein Leben, eines, das ich mir ausgesucht habe. Mehr ist es nicht. Kein jahrelanger Groll, kein Zorn, nichts Hochdramatisches.« Er sah zu den Kindern, die ausgelassen lachten. »Vielleicht war es auch einfach bequemer so. Die Vergangenheit totschweigen, mein Kind behütet von all dem aufwachsen lassen.«

»Bist du damals eigentlich direkt nach Münster gegangen?«

»Nein, ich war eine Zeit lang gar nicht so weit weg, in Rheine. Dort habe ich gearbeitet und mir überlegt, was ich als Nächstes tun soll. Und irgendwie fühlte sich das auf eine verquere Weise trotz all meines Zorns gut an, diese plötzliche Freiheit.«

Irma schwieg.

»Das Geld, das mir von dem Erbe monatlich gezahlt wurde, liegt immer noch auf meinem Konto. Ich habe nur anfangs etwas abgehoben, während des Studiums und der ersten Berufsjahre, danach nicht mehr. Wenn du möchtest, kannst du es haben. Und den Auftrag einstellen, du musst mir wirklich kein Geld mehr zahlen.«

Jetzt taxierte Irma ihn scharf, wollte in einem ersten Impuls ablehnen, tat es dann aber nicht. Es war der Wille ihrer Großmutter gewesen, dass er dieses Geld bekam. Aber es war auch ihr

Wille gewesen, dass er sich hier einbrachte, und den hatte er missachtet.

»Mir tut das alles sehr leid, Irma, das kannst du mir glauben. Aber wahrscheinlich hätte ich mich auch rückblickend wieder genau so entschieden.«

»Wärst du geblieben, wenn ich dich darum gebeten hätte?«

»Vielleicht, ich weiß es nicht. Aber wenn ich jetzt so zurückblicke, merke ich, dass es für mich damals wichtig war, all das hier hinter mir zu lassen. Mein eigenes Leben zu führen. Und wäre ich nicht gegangen, hätte ich Lenya und die Mädchen nicht. Allein um ihretwillen bereue ich nichts. Ich musste meinen Platz im Leben finden, und auf dem Gut war er ganz offensichtlich nicht. Aber in einem Punkt hast du sicher recht – ich hätte viel eher hierher zurückkommen sollen. Jetzt, da ich es getan habe, merke ich, wie sehr ich den Hof, wie sehr ich dich und Katharina vermisst habe. Und dass es nicht ganz so schmerzhaft ist wie erwartet. Im Gegenteil, es ist ein Ort voller Erinnerungen.«

»Du warst also auch einmal glücklich hier?«

»Natürlich war ich das. Seit ich hier bin, ist mir das wieder bewusst geworden.«

Nachdem es sich zum Abend hin abgekühlt hatte, machte Irma mit ihrem Hund einen kleinen Spaziergang. Schwerfällig trottete er neben ihr her, durch nichts aus der Ruhe zu bringen. Rudolf hatte angeboten, sie zu begleiten, aber sie hatte abgelehnt. Auch wenn sie sich nach außen hin gelassen gab, nagte der Umstand in ihr, dass er Teil von Katharinas Leben gewesen war und ihre Schwester geschwiegen hatte. Warum hatte Katharina die Briefe aufbewahrt? Ihr musste doch klar sein, dass Irma sie fand, wenn Katharina vor ihr ging. War ihr das egal gewesen? Irma wünschte, sie hätte nie von den Briefen erfahren. Sie betrachtete die Pferde, die im sattgoldenen Abendlicht auf den Koppeln standen. Auf der angrenzenden Weide sah sie die Jährlinge, wild und übermütig, wie es die Jugend nun einmal war.

Als sie auf den Hof zurückkehrte, ließ sie den Hund von der Leine und sah ihm nach, wie er aufs Haus zulief und sich vor der Tür niederließ. Irma bemerkte Lenya, die auf der Bank unter der Bergulme saß und auf das Display ihres Smartphones tippte. Das dunkelbraune Haar hatte sie zu einem Dutt gedreht, aus dem sich schon wieder vereinzelte Locken gelöst hatten. Mit dieser Frisur und dem zartgelben Kleid – Retroschick nannte man das wohl heute – wirkte sie ein wenig wie aus der Zeit gefallen. Hatte Katharina nie den Wunsch verspürt, ihre Nichte kennenzulernen? Ihr Aufwachsen zu begleiten?

Lenya sah auf, bemerkte Irma und lächelte, dann warf sie noch einen kurzen Blick auf das Display und legte das Handy beiseite. »Ich mag die Stimmung hier abends.«

Irma ging zu ihr, setzte sich neben sie und versuchte, den Hof durch die Augen ihrer Nichte zu sehen. Ja, es war schön, Irma hatte es immer als einen Ort der Geborgenheit empfunden, fand es immer noch schön, selbst als der Verfall immer sichtbarer wurde. Wie eine Lieblingsdecke, in die man sich hüllte, obwohl sie immer schäbiger und fadenscheiniger wurde. Aber Irma war auch Realistin, und sie ahnte, dass die Tage von Gut Grotenstein in der Form, wie es seit Generationen existierte, gezählt waren. Da half alle nostalgische Verklärung nichts.

»Du hast hier überhaupt keine Pensionspferde, oder?«, fragte Lenya.

»Nein, früher war die Zucht größer, und da wurden die Stallungen komplett benötigt. Dann kamen Schulpferde dazu, als wir angefangen haben, hier Unterricht zu geben. Später habe ich dann mal über Pensionspferde nachgedacht, weil das ein schönes zusätzliches Einkommen gewesen wäre, aber die leer stehenden Stallungen sind marode und müssen von Grund auf renoviert werden. So viel Geld habe ich nicht.« Irma dachte an das Geld, das auf Rudolfs Osnabrücker Konto lag. Noch hatte sie sich dazu nicht geäußert, wollte keine Almosen von ihm. All die Jahre ließ er sie allein, und jetzt kam er her, der große Retter, der den Karren aus dem Dreck zog, den Irma hineingefahren hatte. Irma wandte sich ab, als könnte Lenya ihr die Gedanken vom Gesicht ablesen. Sie wollte ja gar nicht so über ihn denken, wollte Rudolf keine Gehässigkeit unterstellen. Sein Angebot war frei von jeder Häme, dessen war sie sich sicher.

»Na ja«, kam es zögernd von Lenya, »daran sollte es nicht scheitern. Also wenn du das nicht als Einmischung empfindest.«

Der Widerspruch wallte beinahe reflexhaft in Irma auf, aber sie hielt inne, noch während er ihr auf der Zunge lag. Was war denn dabei, wenn sie sich Lenyas Vorschlag wenigstens anhörte? Sie verlor ja nichts dabei und konnte immer noch ablehnen. Aber so furchtbar viele Möglichkeiten hatte sie in der Tat nicht mehr, und selbst wenn sie einen Finanzierungsplan aufstellte, war fraglich, ob damit noch etwas zu retten war. »Was stellst du dir vor?«

Lenya wirkte erleichtert. »Ich habe einige Ideen. Zum Beispiel die mit den Pensionspferden. Man müsste nur prüfen, was an den Stallungen getan werden muss. Und du wärst damit ja auch nicht allein, ich kann immer zwischendurch kommen und helfen.«

Unvermittelt wallte Zärtlichkeit in Irma auf, und fast hätte sie die Hand auf die ihrer Nichte gelegt. Sie räusperte sich, hatte danach aber immer noch das Gefühl, dass ihre Stimme belegt klang. »Das Dach ist das größte Problem.«

»Dann kümmern wir uns zuerst um den Dachdecker.«

Als Lenya etwas sagen wollte, ertönte ein melodisches Klingeln. »Entschuldige bitte, das ist Anouk, da muss ich rangehen, wir telefonieren immer um diese Zeit.«

»Ist gut.« Irma erhob sich und ließ ihre Nichte in Ruhe mit ihrer Tochter telefonieren.

Der Streuner lag wie immer vor dem Eingang, und Irma stieg die in einem breiten Halbrund angelegten, säulenbestandenen Stufen hinauf und öffnete die Tür. Sie kochte sich einen Kräutertee und ging damit in die Bibliothek, die in dem warmen Licht des frühen Abends dalag. Diesen Raum hatte sie immer schon geliebt. Als sie klein gewesen war, hatte er sie ein wenig an das Lesezimmer in Heiligenbeil erinnert, den Lieblingsraum ihrer Mutter. Jetzt stand sie vor den Regalen, und ihr Blick fiel auf das Hundefoto, das Lenya vor die Buchrücken gestellt hatte. Ein Lächeln zuckte über ihre Lippen. Hinter dem Foto stand eine ledergebundene Ausgabe von Wilhelm Busch, die so alt aussah, dass sie vermutlich noch aus den Beständen ihrer Urgroßeltern stammte.

Das Buch erinnerte Irma an eine Szene vor vielen Jahren, an einen Tag, als Helga nach dem Tod ihres Ehemanns – es musste irgendwann Mitte der Siebziger gewesen sein – zu ihnen auf das Gut gekommen war. Die Nachricht hatte längst die Runde gemacht, und Irma bemühte sich um eine angemessen betroffene Miene, obwohl sie Helgas Mann Egon nicht hatte ausstehen können. Aber immerhin waren ihre Kinder nun vaterlos, da durfte man ruhig etwas Mitgefühl zeigen.

»Wir müssen uns einfach zusammenreißen. Das ist nicht der richtige Zeitpunkt, um klarzumachen, wie wenig wir ihn mochten«, hatte auch Katharina gesagt. »Alles andere wäre pietätlos.«

Helga betrat die Eingangshalle von Gut Grotenstein, wurde von den Schwestern mit gesenkten Stimmen begrüßt, die begleitet waren von mitfühlenden Blicken, und zitierte frei nach Wilhelm Busch: »Heißa, sprach Frau Sauerbrot, heißa, mein Gemahl ist tot.«

Das Lachen brach so spontan und unerwartet aus Katharina heraus, dass Irma sie nur anstarren konnte. Es hatte nichts von dieser silbrig perlenden Leichtigkeit ihrer Jugend gehabt, und doch erinnerte es daran, auch wenn es so schnell wieder verstummte, wie es gekommen war. Wie eine Spieluhr, deren Deckel man kurz aufklappte, um ihn beim Ertönen der verbotenen Klänge rasch wieder zu schließen.

1971

Hannelore, Ernsts Ehefrau, legte Helga nahe, es doch einmal mit Frauengold zu versuchen. »Es beruhigt, und man lernt mehr Gelassenheit.« Offenbar spielte sie auf den Streit an, der vor zwei Tagen recht lautstark im Haus der Wagners ausgetragen worden war.

»Wenn ich mein Leben nur noch bedused ertrage, hänge ich mich auf, das kommt auf Dauer günstiger«, antwortete Helga.

»Du versündigst dich gegen dich selbst!«

»Damit tue ich wenigstens nur mir weh und niemandem sonst.«

Helga hatte eine Schnittwunde an der Hand, und auf Hannelores Frage hin, wie es dazu gekommen war, hatte sie nur lapidar geantwortet, dem Egon sei das Essen nicht heiß genug gewesen. Daher das Geschrei, das bis auf die Straße zu hören gewesen war, und Hannelores Rat, es doch mit dem Tonikum zu versuchen. Sie selbst schwor darauf. Irma hatte sofort den vollmundigen Werbespruch vor Augen. *Frauengold schafft Wohlbehagen, wohlgemerkt, an allen Tagen.*

»Der Egon hat's ja auch nicht leicht«, sagte Hannelore. »Der ist so selten daheim, da will er sich nicht nur ärgern den ganzen Tag.«

Na, da konnte man ja mal mit Fug und Recht den Teller quer durch die Küche werfen.

Sie saßen zusammen im Freibad in Sögel und hatten sich gerade fettige Pommes mit Mayonnaise geholt. Martin, der Margot endlich im letzten Frühjahr geheiratet hatte, fütterte seine Frau – eine Geste, die Irma immer etwas albern fand. Außer Helga, Ernst mit seiner Frau Hannelore und Irma war noch Walther mit von der Partie sowie eine junge Frau, deren Namen Irma sich gar nicht erst gemerkt hatte, denn sie glaubte nicht, dass die Sache langlebiger war als Walthers bisherige Kurzzeitvergnügen. »Er hat Schlag bei den Frauen«, sagten die Leute immer, halb nachsichtig, halb tadelnd.

Die aktuelle Flamme hatte langes dunkles Haar, kirschrot lackierte Nägel und wäre eigentlich recht attraktiv gewesen, wenn sie nicht ständig »unzweifelhaft« gesagt hätte. Von allen Wörtern, die es gab, hätte Irma nicht geglaubt, dass es dieses sein könnte, das in ihr das dringende Bedürfnis weckte, jemandem rüde über den Mund zu fahren. »Das sind *unzweifelhaft* zu viele Pommes.« – »Es ist heute *unzweifelhaft* zu voll.« – »Meine Güte, das ist ja *unzweifelhaft* der tollste Bikini, den ich je gesehen habe.«

Gerade jetzt drehte sie sich zu Hannelore. »Also ich finde ja auch, dass wir Frauen *unzweifelhaft* mehr Gelassenheit an den Tag legen sollten.«

Irma beobachtete Walther. Trieben ihn die vielen *Unzweifelhaft* nicht langsam in den Wahnsinn? Er stand auf, streckte sich und ging zum Wasser. Na, vielleicht war das Antwort genug. Irma sah ihm nach, bemerkte, wie ihm die Blicke der Frauen folgten. Das entging auch Walthers Begleitung nicht, denn sie erhob sich, schlang mit einer fließenden Bewegung das lange Haar zu einem Zopf, den sie unter die Badekappe stopfte, und folgte ihrem Liebhaber – denn dass er das war, daran zweifelte Irma keinen Augenblick – zum Wasser.

Rudolf war nun bald schon drei Jahre fort, drei Jahre, in denen sie nichts von ihm gehört hatte. Alle hatten fassungslos auf das Testament reagiert, jeder hatte Verständnis für Rudolf – der arme Kerl war ja praktisch enterbt worden. Irma ärgerte sich darüber, denn ganz so war es ja nicht. Irma war zwar als Haupterbin eingesetzt worden, doch ihre Großmutter hatte sich gewünscht, dass sie alle den Hof zusammen führten. Rudolf hatte sie aus verletztem Stolz im Stich gelassen, und das schien niemanden im Dorf zu kümmern.

Irma hingegen hatte nun die doppelte Arbeit, merkte tagtäglich, wie sehr Rudolf auf dem Gut fehlte, denn im Gegensatz zu ihrem Bruder hatte sie überhaupt keine Ahnung von Betriebswirtschaft und musste sich durch alle Unterlagen ihres Verwalters mühsam hindurcharbeiten. Der ursprüngliche Plan war gewesen, dass Rudolf der Gutsverwalter wurde und damit alles in den Händen der Familie blieb. Früher einmal hatte ihr Großvater das Gut verwaltet, und der Verwalter war nur in Ermangelung eines Sohnes eingestellt worden.

Anfangs hatte Irma damit gerechnet, dass Rudolf schon bald einsehen würde, wie überstürzt und töricht er gehandelt hatte. Dann würde er zurückkommen, und sie wäre nicht nachtragend, sondern würde ihm seine Unverschämtheiten verzeihen. Vielleicht – nein, eigentlich ganz sicher – würde er irgendwann heiraten, dann gäbe es Kinder auf dem Hof, er würde das Gut verwalten, und alles hätte seine Ordnung. Immerhin stand ihm ja auch noch sein Anteil an dem Erbe zu, die monatliche Zahlung, die weiterhin auf sein Konto bei der Bank in Osnabrück ging. Irma hatte überlegt, ob sie versuchen sollte, ihn ausfindig zu machen, und manchmal war sie kurz davor, tat es dann aber doch nicht. Immerhin war er es gewesen, der sich so unmöglich benommen hatte, da würde sie ganz bestimmt nicht zu Kreuze kriechen.

»Wollte Thure nicht auch kommen?«, fragte Ernst.

»Ja, aber Maria geht es nicht gut«, antwortete seine Schwester Margot.

»Ist sie endlich schwanger?«, wollte Hannelore wissen.

Die Funktionalität von Marias Fortpflanzungsorganen war ein unerschöpfliches Thema seit ihrer Hochzeit. Irma fand das ermüdend. Vielleicht wollte sie ja noch gar keine Kinder und nahm die Pille, so, wie Irma das seit einiger Zeit tat. Natürlich ließ sie sich diese nicht von einem Arzt in Papenburg verschreiben, sondern hatte sich extra einen Arzt in Osnabrück gesucht. Das war zwar alle drei Monate viel Fahrerei, aber das war es ihr wert, und immerhin hatte sie jetzt ein Auto.

»Die Maria ist ja ein hübsches Ding«, sagte Ernst nun, »aber mit einer Frau, die keine Kinder kriegen kann, würde ich nicht alt werden. Andererseits«, er sah Helga nach, die gerade ebenfalls zum Wasser ging, »mit einer Frau, die *so* aussieht ... Ich frage mich immer, wie Egon da überhaupt kann. Betrinkt der sich vorher, oder ist er nach Monaten auf See einfach verzweifelt?«

Margot fuhr auf und schlug ihm so derbe auf den Oberarm, dass es klatschte. »Du bist ekelhaft«, fuhr sie ihn an.

»Hey, was ist denn mit dir los?«

»Frag doch nicht noch so blöd.«

»Ich hab doch nur gesagt ...«

»Lass es einfach, ja?«, mischte sich nun Martin Aahlhus ein. »Wenn man etwas Bescheuertes sagt, muss man ja nicht immer weiter darauf beharren und es damit noch dazu peinlich machen.«

Ernst schwieg verstimmt, dann stand er auf und ging ebenfalls schwimmen. Helgas zwei Älteste – ein Junge und ein Mädchen – waren ebenfalls mitgekommen und sprangen gerade johlend mit einigen Schulkameraden ins Wasser. Irma streckte sich auf der Decke aus, sonnte sich mit geschlossenen Augen. Irgendwann hörte sie Walther zurückkommen, bekam einige kalte Wasserspritzer ab, als er sich auf seinem Tuch niederließ. Offenbar war er allein. Hatte er sich noch beim Schwimmen von Fräulein Unzweifelhaft getrennt? Nein, da kam sie, sagte irgendetwas, auf das Margot antwortete. Die Worte rauschten an Irma vorbei, und langsam glitt sie in diesen angenehmen Zustand von dämmriger Schläfrigkeit.

Als sie die Augen wieder aufschlug, bemerkte sie, dass sie allein war und jemand den kleinen Sonnenschirm über ihr aufgespannt hatte. Irma drehte sich auf den Bauch, griff nach ihrer Tasche, suchte nach der Flasche, setzte sie an die Lippen und trank das lauwarme Wasser. Dann kramte sie aus dem Seitenfach von Walthers Tasche Zigaretten und ein Feuerzeug. Die Luft roch nach geschmolzenem Eis, warmer Limonade und Frittierfett. Jemand hatte seine Pommes nicht aufgegessen, und auf den Resten hatten sich Fliegen eingefunden, eine wirkte geradezu besoffen, als sie auf den glibberig aussehenden Resten ranzig werdender Mayonnaise krabbelte. Irma hob die Schale auf und warf sie in den Müll, dann zündete sie sich auf ihrer Decke sitzend eine Zigarette an und rauchte.

Margot kam zurück, trocknete sich ab und zog die Badekappe vom Kopf. »Hast du eine für mich?«

»Das sind Walthers.«

»Na, gib schon her.« Margot schüttelte sich eine Zigarette aus der Packung, ließ sich von Irma Feuer geben und atmete mit einem entspannten Seufzen den Rauch aus. »Übrigens meinte Lotte Hahnemann letztens, sie hätte Rudolf in Rheine gesehen.«

Das spurlose Verschwinden ihres Bruders war ebenfalls Gegenstand zahlreicher Spekulationen. Für Maria sicher eine willkommene Abwechslung, wenn nicht immer nur ihr Bauch im Mittelpunkt stand. »Was soll er denn in Rheine?«, fragte Irma nur.

Margot zuckte mit den Schultern. »Keine Ahnung. Vielleicht war's ja auch wer anders, der nur Ähnlichkeit mit ihm hatte.«

Und wenn er doch in der Nähe war? Irgendwo eine Stelle angenommen hatte und darauf wartete, dass Irma sich auf die Suche machte, ihm das übertrug, von dem er glaubte, es stünde ihm zu? Darauf konnte er lange warten. Irma drückte die Zigarette aus, stand auf und ging ohne ein weiteres Wort zum Schwimmbecken.

2018

Es war Freitagmorgen, und Lenya war nun seit zwei Wochen auf Gut Grotenstein. Ihr Vater hatte beim Frühstück angedeutet, dass er in den nächsten Tagen zurück nach Hause wollte. Er hatte mit Irma über die Instandsetzung der Stallungen für Pensionspferde gesprochen. Hannah war begeistert von der Idee, auch wenn die Umsetzung natürlich noch einige Zeit und Mühen in Anspruch nehmen würde und auch nicht vom ersten Moment an der Stall voller Pferde stehen würde. Bis über diesen Weg Geld floss, verging also noch etwas Zeit. Und ob diese Maßnahme das Gut retten würde? Irma hatte sich skeptisch gezeigt, und das wohl zu Recht.

»Hast du mit ihr immer noch nicht über deinen eigentlichen Plan gesprochen?«, fragte ihr Vater.

»Nur über die Instandsetzung des Dachs, damit wir Pensionspferde einstellen können. Für alles andere hat sich noch keine Gelegenheit ergeben.«

»Du kommst aber mit mir zurück? Oder bleibst du noch länger?«

Lenya zögerte. »Ich denke, ich fahre mit dir.« Und dann würde sie mit Alexander sprechen, irgendwie ihr gemeinsames Leben wieder ins Lot bringen. Es würde Streit geben, Konflikte, und so sehr Lenya davor graute, so blieb ihr doch nichts anderes übrig, als sie auszutragen. So wie bisher konnte es nicht weitergehen.

Für manche Frauen mochte das funktionieren, aber für sie nicht, und diese schwelende Unzufriedenheit war ja auf Dauer auch für die Kinder kein Zustand. Irgendwann wären sie älter und würden es mitbekommen, und das wollte sie nicht.

Nach dem Frühstück ging Lenya mit den Kindern spazieren. Immer wieder blieb Marie stehen, um Gänseblümchen vom Wegesrand zu pflücken, während Caros Rocktasche sich bereits ausbeulte, da sie so viele hübsche Steine entdeckt hatte. Mittlerweile kannte Lenya sich in der näheren Umgebung schon ziemlich gut aus. Hannahs Elternhaus, den Hof von Walther Bruns, hatte sie bisher nur im Vorbeigehen gesehen, dieses Mal blieb sie mit den Mädchen an der Hand stehen und sah es sich genauer an. Es war ein schöner alter Bauernhof aus Backstein und Fachwerk – genau so, wie man sich ein Haus dieser Art vorstellte. Die Stallungen waren groß und weitläufig, alles wirkte gepflegt, der Hof war begrünt, es gab altmodische Pflanzenkübel, uralte Bäume, ein Fass, aus dem Rosen rankten.

»Magst du reinkommen?«

Lenya fuhr zusammen. Erst jetzt bemerkte sie, dass Walther Bruns sich aus der entgegengesetzten Richtung näherte, zusammen mit einem großen schwarzen Hund, der sofort neugierig auf sie zustrebte und Caro fast über den Haufen gerannt hätte.

»Aus!«, sagte Walther Bruns, was den Hund nicht kümmerte, er wirkte geradezu außer sich vor freudiger Erregung. »Meine Schwiegertochter meinte, dass wir einen Wachhund bräuchten. Der begrüßt vermutlich jeden Einbrecher mit Freudengeheul.«

»Na ja, wenn er damit das ganze Haus weckt, hat er seinen Zweck als Wachhund ja erfüllt.« Lenya kraulte den Hund.

»Magst du auf einen Kaffee reinkommen? Mein Sohn Tobias ist schon bei den Kühen. Seine Tochter Charlotte ist ungefähr so alt wie deine Ältere.«

»Marie«, half Lenya ihm weiter.

»Hast du auch Kälbchen?«, fragte Marie.

»Ja, sicher. Und kleine Kätzchen, die ein paar Wochen alt sind.«

»O bitte, Mami«, bettelte Caro.

Eigentlich hatte Lenya nicht besonders viel Lust, sie kannte diesen Mann ja kaum und wusste nicht, worüber sie mit ihm sprechen sollte. Andererseits konnte es nicht schaden, die Nachbarn besser kennenzulernen, wenn sie ihr Vorhaben in die Tat umsetzen wollte. Und außerdem hatten die Kinder ihr die Entscheidung bereits abgenommen, zerrten sie aufgeregt Richtung Stall, und so lächelte Lenya und sagte zu.

»Tobias!«, rief Walther Bruns und ließ den Hund von der Leine, der daraufhin zu seinem Wassernapf lief und danach verspielt Lenya die nasse Schnauze in die Hand stupste.

Tobias Bruns kam aus dem Stall und wischte sich die Hände an einem Tuch ab. »Ja?« Er bemerkte Lenya und lächelte. »Oh, das ist ja ein unerwarteter Besuch.«

»Die Kleinen möchten die Kälber sehen.«

»Gerne. Schickst du mir dann auch Lotte raus?«, sagte er zu seinem Vater. Und an Lenya gewandt: »Das ist meine Kleinste, die hat heute Morgen schon gejammert, dass ihr so langweilig ist, weil die Großen sie nicht mitspielen lassen.«

»Das Schicksal der kleinen Geschwister«, antwortete Lenya. Sie wollte noch etwas zu den Kindern sagen, aber bei denen war sie bereits abgemeldet. Jetzt zählten nur noch die Kälber.

Walther Bruns bat Lenya mit einer Handbewegung ins Haus. Der Eingangsbereich war groß mit alten Mosaikfliesen und einer wunderbaren Treppe, an der ein hölzernes Geländer entlangführte, dessen Pfosten am Aufgang mit rankenartigen Ornamenten gedrechselt war. Die Küche war noch größer als Irmas, dabei jedoch sehr modern, taubenblauer Landhausstil. Eine Frau, die Lenya auf höchstens Mitte dreißig schätzte, stand an der Anrichte und drehte sich um, als sie den Raum betraten. Sie hatte kurzes kupferrotes Haar und das Gesicht voller Sommersprossen, an ihrer Seite stand ein vielleicht neunjähriges Mädchen, das aussah wie eine jüngere Version von ihr mit langem Haar. Die Frau lächelte überrascht.

»Jule, das ist Irmas Nichte Lenya. Lenya, meine Schwiegertochter. Und meine Enkelin Nina.«

»Freut mich«, sagte die Frau, nachdem sie sich begrüßt hatten. »Tobias hat schon einiges erzählt. Ich wollte längst mal vorbeikommen, aber hier ist immer so viel zu tun, drei Kinder, die gerade Ferien haben, und dann der Hof ...« Sie lachte und verdrehte die Augen.

Sie wirkte wirklich sehr sympathisch, und Lenya hoffte, dass sich noch die Gelegenheit ergab, sie besser kennenzulernen.

Walther holte Tassen aus dem Schrank. »Lenyas Tochter ist so alt wie Charlotte, schick sie doch zu ihnen raus. Die Mädchen sind mit Tobias im Stall bei den Kälbern.«

»Ich mach' das«, sagte das Mädchen, das ganz offensichtlich die Gelegenheit beim Schopf ergriff, die Küche mit all den Erwachsenen darin zu verlassen.

»Setz dich doch«, sagte Walther und deutete auf einen der Stühle an dem großen Esstisch aus gelaugtem und geöltem Kirschbaum. Es war erstaunlich, wie schnell er zum Du übergegangen war. Lenya kannte das höchstens aus der Schule, wo sich alle Eltern sofort duzten, und von den Freunden und Freundinnen aus Alexanders Umfeld, die nach Luftküssen rechts und links direkt jede Förmlichkeit fallen ließen. Hier waren Lenya die Leute bisher sehr unterkühlt und distanziert vorgekommen.

»Ich muss jetzt auch mal wieder an die Arbeit. War nett, dich kennengelernt zu haben.« Jule Bruns verließ die Küche, und Lenya war mit Walther allein.

Dieser stellte eine Tasse dampfenden Kaffee vor ihr ab. Lenya nippte daran, fand ihn wunderbar stark. Der Vollautomat war der gleiche, den sie auch in Münster hatten.

»Gefällt es dir hier?«, fragte Walther und stellte auch noch ein paar Haferplätzchen auf den Tisch.

»Ja, es ist wirklich schön.«

»Wenn es nicht mehr so heiß ist, solltest du mal das Fahrrad nehmen und die weitere Umgebung erkunden.« Er erzählte ein wenig von der Landschaft, von den Orten, die man unbedingt anschauen sollte. Für Lenya waren solche Informationen interessant und unterfütterten die Idee, die sie für das Gut hatte – jene Idee, von der Irma immer noch nichts wusste.

»Das werde ich ganz sicher tun. Wir bleiben zwar nur noch ein paar Tage, aber ich würde gerne wiederkommen.«

»Na, das wollen wir doch hoffen. Ich habe ein paar alte Fotos rausgesucht. Wenn du möchtest, kannst du sie dir ansehen. Dein Vater müsste auch auf einigen sein. Irma sagt, du weißt nicht viel über seine Zeit hier.«

»Mittlerweile habe ich das ein oder andere gehört.«

»Der Rudolf war noch nie jemand, der das Herz auf der Zunge trägt. Aber dass er dir verschwiegen hat, wo er groß geworden ist …« Walther Bruns schüttelte den Kopf, dann stand er auf und verließ die Küche. Kurz darauf kehrte er mit einem Album zurück, eines von der Art, wie man sie in den Sechzigern und Siebzigern gehabt hatte. Irma schlug es auf und sah sich die Bilder an. Die Fotos zeigten junge Leute in dem Bauernhaus der Bruns, dem Garten und vermutlich einzelnen Wohnräumen des Hauses. Auf den Fotos im Garten sah sie ein Grüppchen junger Frauen und Männer in Badekleidung auf Decken sitzend. Irma erkannte Lenya sofort, und auch ihren Vater machte sie aus.

»Das Mädchen, mit dem er da steht, ist Alma Aahlhus, die wohnte in der Nachbarschaft, ihr Bruder war mit der Schwester von Ernst verheiratet. Sie selbst lebt jetzt irgendwo in Süddeutschland, hab' ewig nichts mehr von ihr gehört. Der im Hintergrund ist Thure.«

Er nannte ihr weitere Namen, erzählte Geschichten zu den einzelnen Bildern. Einige kamen ihr bekannt vor, andere hörte sie zum ersten Mal, aber es war spannend, eine weitere Stimme aus der Vergangenheit ihres Vaters zu hören.

»Das ist Helga.« Er zeigte auf eine jüngere Ausgabe der Frau, die Lenya bereits kennengelernt hatte. »Neben ihr steht ihr Großer. Sind alle was geworden, ihre Kinder.«

Lenya blieb fast eine Stunde, ehe sie sich mit Marie und Caro auf den Rückweg machte. Als sie auf dem Gutshof ankamen, bemerkte sie sofort den weißen Volvo Kombi neben dem Wagen ihres Vaters. Kurz zögerte sie, musste sich sammeln, bevor ihr Blick noch einmal über das vertraute Fahrzeug glitt, innehielt und rasch zurückzuckte. Wie bei diesen Suchbildern. *Finde den Gegenstand, der nicht ins Bild gehört.* Ja, das war ihr Auto. Aber was hatte es auf Gut Grotenstein verloren? Das konnte doch nur bedeuten … Sie hielt in ihrem Schritt inne, während die Kinder munter vor ihr her über den Hof hopsten, dabei keineswegs das Haus ansteuerten, sondern den Stall. Das änderte sich erst, als sich die Haustür öffnete.

»Papa!«, kreischte Marie und rannte auf ihn zu. Caro fiel der Länge nach hin, als sie versuchte, ihre Schwester zu überholen, und im nächsten Augenblick übertönte ihr Wehgeschrei Maries Jubeln.

Anouk drängte sich zwischen ihrem Vater und ihrem Großvater durch die Tür und lief auf Lenya zu, die vor Caro in die Hocke gegangen war. »Mami!« Sie sprang Lenya in die Arme und warf sie hinten über.

»Vorsicht«, rief Lenya lachend. Währenddessen hatte sich Caro aufgerappelt und lief zu Alexander, weinte jetzt und schrie, Marie sei eine Vordränglerin.

Lenya hielt ihre Große in den Armen, atmete den Duft des Kindershampoos in ihren Haaren ein. »Ich hab' dich vermisst, Mama«, sagte das Mädchen und schlang die Arme fest um Lenyas Hals.

»Ich dich auch, meine Süße«, murmelte Lenya.

»Aber mit Papa war es auch toll.« Anouk war kein verschmustes Kind und meist sehr pragmatisch. So löste sie sich auch rasch wieder aus Lenyas Armen. »Ich bin auf Pierrot geritten.«

»Ach wirklich?«

»Papa sagt, das klappt richtig gut.«

Lenya erhob sich, sah Alexander auf sie zukommen. Hier würde er ja wohl keine Szene machen, oder? Vor den Kindern und den Pferdemädchen, die sich gerade vor dem Stall einfanden, hinausdrängten und Alexander anstarrten, den Mund zu einem stummen O geformt.

Alexander hob Caro hoch. »Na, meine Kleine.« Dann wandte er sich Lenya zu, strich ihr mit der freien Hand eine Haarsträhne hinter das Ohr, sah sie mit einem kleinen, leicht schiefen Lächeln an. »Lange nicht gesehen.«

***

Irma beobachtete das Wiedersehen vom Küchenfenster aus, sah die zärtliche Geste, mit der Alexander Fürstenberg Lenyas Gesicht berührte. Kein Begrüßungskuss, aber immerhin lächelte Lenya. Weil sie hier nicht wie eine Voyeurin stehen wollte, wandte sie sich ab und werkelte weiter in der Küche. Ihr erster Eindruck von Lenyas Ehemann war weitaus besser, als ihre Vorurteile es ihr zugestanden hatten.

»Hast du gewusst, dass er kommt?«, fragte sie Rudolf, der in diesem Moment die Küche betrat und sich ein Glas frische Limonade mit Minze und Ingwer einschenkte. Lenya hatte sie in irgendeinem Bioladen gekauft, und Irma, die erst mürrisch angemerkt hatte, dass sich so etwas ja auch leicht selbst herstellen ließ, musste zugeben, dass sie gar nicht so übel war.

»Nein, für mich kommt das auch überraschend.«

Irma sah wieder hinaus. Alexander Fürstenberg hatte auf einmal vor ihrer Tür gestanden, ein Mädchen an der Hand, das sich fast ein wenig schüchtern an ihn gedrückt hatte, als Irma die Tür geöffnet und ihn vermutlich schroffer als beabsichtigt begrüßt hatte. Er hatte sich nicht vorstellen müssen, sie hatte ihn sofort erkannt. Da Lenya nicht da war, hatte sie ihn hereingebeten, war aber froh gewesen, als Rudolf in der Eingangshalle auftauchte, woraufhin Alexander Fürstenberg geradezu erleichtert gewirkt und das Kind begeistert »Opa!« gerufen hatte.

Er war ganz anders, als sie ihn sich vorgestellt hatte, kein bisschen herablassend oder arrogant, stattdessen wirkte er geradezu behutsam in der Art, wie er sich umsah, und er hatte eine offene, unverstellte Freundlichkeit, die es schwermachte, ihn nicht zu mögen. Irma konnte sich nun besser vorstellen, warum Lenya sich in ihn verliebt hatte.

Jetzt stand er neben Lenya, hatte seine jüngste Tochter auf dem Arm, während Marie begeistert neben ihm auf und ab hüpfte, an seiner Hand zerrte und es offenbar eilig hatte, ihn zu den Ställen zu ziehen. Gleichzeitig stand die Älteste ganz dicht neben ihrer Mutter und sprach auf sie ein. Lenya wechselte ein paar Worte mit ihrem Mann, der sich jedoch dem Wunsch der Kinder fügte und sich zum Stall ziehen ließ. Die Große schien unschlüssig, wem sie folgen sollte, wollte wohl einerseits bei der Mutter bleiben, während andererseits die Pferde lockten. Lenya sprach mit ihr, strich ihr über das Haar, beugte sich zu ihr hinunter, um sie an sich zu drücken, und dann folgte das Mädchen dem Vater und den Schwestern. Marie lief voraus, redete dabei wie ein Wasserfall.

Lenya kam ins Haus. »Ich verdurste gleich.« Sie goss sich kaltes Wasser in ein Glas und trank, ehe sie sich an ihren Vater wandte. »Wusstest du, dass er kommt?«

»Warum denkt hier jeder, dass ich mich hinter deinem Rücken mit meinem Schwiegersohn verbünde?«

»Ich habe eben nicht mit seinem Besuch gerechnet. Immerhin fand er den Vorschlag, an einem der Wochenenden hierherzukommen, alles andere als gut.«

»Dann hat er seine Meinung wohl geändert«, sagte Rudolf.

»Sieht ganz so aus.«

»Woher hat er denn die Adresse?«, wollte Irma wissen.

»Die hatte ich ihm dagelassen.« Lenya goss sich Limonade ein und sah aus dem Küchenfenster.

»Die Pferdemädchen sind ja hin und weg. Ich wusste gar nicht, dass Reitsportler diesen Prominentenstatus haben.« Irma folgte Lenyas Blick hinaus, aber Alexander Fürstenberg war nicht mehr zu sehen und ließ sich wohl gerade von Marie die Stallungen zeigen. Hoffentlich folgten ihm die Mädchen nicht wie eine Horde Schleppenträgerinnen.

»Nun ja, das kommt darauf an. Wenn man sich mit dem Reitsport beschäftigt, dann sind einem die erfolgreichen Namen ja durchaus ein Begriff. Alexander hat außerdem mal eine Reihe in einer Pferdezeitschrift begleitet, du weißt schon, diese Hefte, in denen es Pferde-Comicgeschichten gibt und dazu Infos zu

Pferden und Reitsport. Da gab es in einer Zeitschrift eine Sparte, in der bekannte Reitsportler Interviews geben und Leserinnenanfragen beantworten, und in ein paar Ausgaben war das eben Alexander.«

Die Haustür fiel ins Schloss, und kurz darauf betrat Hannah die Küche. »Prominenter Stallbesuch?« Sie grinste Lenya an. »Du meine Güte, ist das ein Geschnatter im Stall. Ich stelle mir gerade vor, wie es gewesen wäre, wenn in meiner Jugend plötzlich Reiner Klimke oder Nicole Uphoff im Stall aufgetaucht wären. Ich wäre außer mir gewesen vor Begeisterung.« Sie sah Lenya an. »Ich habe gehört, du hast heute Papa auf dem Hof besucht?«

Erstaunt sah Irma ihre Nichte an. »Tatsächlich?« Sie hatte nicht den Eindruck gehabt, dass Lenya und Walther mehr als ein paar belanglose Worte miteinander gewechselt hatten.

»Na ja, besucht ist nicht ganz das richtige Wort. Wir sind uns zufällig begegnet, als ich mit den Mädchen einen Spaziergang gemacht habe, und da hat er mich auf einen Kaffee eingeladen.«

»Er meinte, du hättest unschlüssig vor dem Haus herumgestanden.«

»Ich habe es mir angeschaut, das stimmt. Es ist wirklich wunderschön, auch von innen.«

»Ja, nicht wahr?«, antwortete Hannah. »Meine Kinder sind auch immer gerne dort.«

»Hat Walther euch über den Hof geführt?«, wollte Irma wissen.

»Nein, die Kinder waren mit Tobias im Stall, Kälber anschauen, und ich habe einen Kaffee getrunken, während Herr Br… Walther mir Fotos gezeigt und ein bisschen was von früher erzählt hat.«

»Darin ist er gut«, sagte Hannah. »Ich mochte es immer, wenn er mir diese alten Geschichten abends vor dem Einschlafen erzählt hat. Es war wie eine Zeitreise, das hat mich als Kind immer sehr fasziniert.«

Durch das Fenster sah Irma Alexander zurückkommen, begleitet von seinen Kindern, die von beiden Seiten auf ihn einredeten. Auch Lenya sah hinaus, wirkte dabei gedankenverloren.

»Hat er deine Einladung letzten Endes also doch angenommen«, sagte Hannah.

»Tja, sieht ganz so aus, nicht wahr? Die Überraschung ist ihm in jedem Fall gelungen.«

»Hast du nicht gewusst, dass er kommt?«

»Nein.«

Hannah sah Lenya an, den Kopf leicht schief gelegt. »Aber es ist doch eine schöne Überraschung, oder?«

»Ja, das durchaus, allein schon wegen Anouk. Aber ich freue mich natürlich, dass er da ist.« Irma bemerkte jedoch das leise Zögern in Lenyas Stimme. Ganz so unbefangen war die Freude wohl doch nicht.

Irma hörte die Kinder lärmen, als sie das Haus betraten. Ihr Vater schien zu zögern, einfach ohne Vorankündigung einzutreten, denn Marie sagte: »Du musst nicht klingeln, Papa!«

Lenya verließ die Küche und erlöste ihren Mann aus der Bredouille. Sie betraten gemeinsam die Küche, das älteste Mädchen an Lenyas Hand, die beide anderen rechts und links neben dem Vater, sodass nicht erkennbar war, wie das Ehepaar zueinander stand. Womöglich gaben ihnen die Kinder einen willkommenen Vorwand, sich damit nicht auseinandersetzen zu müssen. Noch nicht zumindest.

»So ein wunderschöner Besitz«, sagte Alexander Fürstenberg an Irma gewandt. Kein falscher Ton, keine Unaufrichtigkeit, nichts Schmeichlerisches. Da war keine Arroganz oder Überheblichkeit.

»Die Stallungen müssen dringend instandgesetzt werden«, hörte Irma sich sagen, warf ein Senkblei in seine Worte, um auszuloten, ob sich nicht doch etwas Falsches darin verbarg.

»Das ist bei so alten Gebäuden ja nicht ungewöhnlich«, antwortete er.

Hannah hatte sich bisher im Hintergrund gehalten, trat nun vor und streckte Alexander Fürstenberg die Hand entgegen, um sich vorzustellen. Dabei tauschte sie einen raschen Blick mit Lenya, den Irma nicht so recht zu deuten wusste. Als Lenya ihren Vater flüchtig ansah, war sich Irma sicher, dass hier Dinge unausgesprochen in der Luft lagen, bei denen nicht nur Lenyas Ehemann außen vor war. Und das gefiel Irma ganz und gar nicht.

»Ist es nicht langsam Zeit, ans Mittagessen zu denken?«

Nicht nur Lenya reagierte befremdet auf den schroffen Tonfall. Alexander Fürstenberg, dem der stumme Blickwechsel wohl ebenfalls nicht entgangen war, sah Irma an, ein Moment des Einverständnisses, und in diesem Moment beschloss sie, dass sie ihn mochte.

***

Lenya hatte Alexander auf dem Gut herumgeführt, aber weil die Kinder die ganze Zeit dabei waren, waren sie noch nicht dazu gekommen, ein ernsthaftes Gespräch zu führen. Und wenn sie ehrlich zu sich selbst war, war sie darüber gar nicht so unglücklich. Sie nahm sich vor, spätestens wenn die Kinder im Bett und sie mit Alexander allein war, ihn in ihre Pläne einzuweihen. Jetzt war es allerdings zuerst einmal Zeit für ein anderes Gespräch.

»Hast du einen Augenblick für mich?«, fragte sie, als sie Irma schließlich im leer stehenden Stall fand, den sie für Pensionspferde auserkoren hatte. Irma stand darin und sah sich um, als müsste sie die Sinnhaftigkeit dieses Anliegens noch einmal prüfen.

»Natürlich.« Irma klang immer noch vergrätzt, daran hatte sie auch während des Mittagessens keinen Zweifel gelassen, und Lenya fragte sich, ob Alexanders spontaner Besuch daran schuld war.

»Ich habe vorhin mit Papa gesprochen, wir werden Sonntag ebenfalls abreisen, wenn Alexander zurückfährt.«

In Irmas Gesicht zuckte es, und sie antwortete nicht.

»Aber ich würde gerne wiederkommen.«

»Sicher.« Es klang mechanisch, fast schon abwesend.

»Und es gibt noch etwas, worüber ich mit dir sprechen möchte.«

Irma wandte den Blick, sah sie an, ohne dass Lenya in ihrem Gesicht lesen konnte.

»Ich denke schon seit einigen Tagen darüber nach, wollte aber erst alles gründlich überlegen, bevor ich mit dir spreche.« Ein Vogel flatterte im Gebälk auf, und grober Staub rieselte hinab, brannte Lenya, die ihr Gesicht zum Geräusch hin gehoben hatte, in den Augen. Sie blinzelte, fuhr sich mit dem Handrücken über die Lider.

»So reibst du das nur hinein.« Irma seufzte, als hätte sie ein kleines Kind vor sich.

Ihre Augen tränten, und Lenya hob den Saum ihres T-Shirts, fuhr sich darüber. »Also worüber ich sprechen wollte«, setzte sie schließlich erneut an, »sind die Räume hinter dem Gutshaus.«

»Du meinst den Gesindetrakt?«

»Ja.«

»Hast du die Tür wieder verschlossen? Die Kinder sollen da bloß nicht rein, ich weiß nicht, wie stabil die alte Treppe noch ist.«

»Natürlich habe ich sie wieder verschlossen. Die Treppe wirkte übrigens sehr robust, aber das kann ein Fachmann sicher besser beurteilen als wir. Die Räume stehen schon sehr lange leer, nicht wahr?«

»Schon zu Zeiten meiner Großmutter hatten wir nicht mehr so viel Personal für das Haus, dass die Räume komplett belegt waren. Einige Jahre waren dort Flüchtlinge untergebracht, bis Ende der Vierzigerjahre.«

»Ich finde es eigentlich schade, die Räumlichkeiten so verfallen zu lassen. Die Kammern oben«, sie hob die Hände, als Irma den Mund öffnete, »ja, ich weiß, die Treppe, aber ich habe mich trotzdem hinaufgetraut. Auf jeden Fall war ich oben und fand, dass die Kammern eigentlich ziemlich groß sind, vermutlich waren immer zwei Dienstboten in einem Raum untergebracht, nicht wahr? Also meine Idee ist, dass man den gesamten Trakt renoviert und modernisiert, also Strom- und Wasserleitungen erneuert, die Räume an das Heizsystem anschließt und was noch so dazu gehört. Und dann könnte man anfangen, hier Zimmer anzubieten. Sowohl für Familien, die in diese Region reisen, als auch Reiterferien für Jugendliche.«

Irma starrte sie an, als hätte sie vorgeschlagen, mit einer Planierraupe alles dem Erdboden gleichzumachen.

»Ich weiß, dass das nach viel Arbeit und Kosten im Vorfeld klingt, aber ich bin mir sicher, dass sich das lohnen könnte.«

»Du schlägst mir vor, ich solle hier eine Horde Fremder willkommen heißen, die über meinen Hof trampeln und auf meinen Pferden herumjuckeln?«

»Reitstunden bietest du jetzt doch auch schon an, das wäre doch kein Unterschied. Es wird im Vorfeld nach Anfängern und Fortgeschrittenen sortiert. Wenn die Familien Reiturlaub wollen, dann können sie den dazubuchen, mit einem Extrapreis versteht sich.«

Irma wirkte vollkommen überrumpelt, schien nicht zu wissen,

wie sie darauf antworten sollte. Und ehe sie rundheraus ablehnte, kam Lenya ihr zuvor.

»Bitte, denk darüber nach, ja? Das muss ja gar nicht jetzt entschieden werden. Aber das Gut hat so viel Potenzial. Du wärst auch nicht allein, ich würde immer kommen und mich einbringen, auch mehrere Tage am Stück, wenn es sein muss. Von Münster aus ist es ja nicht so weit, und die Kinder könnte ich über das Wochenende immer mal mitbringen, die würden sich freuen.«

Irma schwieg so lange, dass Lenya schon glaubte, sie überlegte sich, wie sie ein Nein am besten und nachdrücklichsten formulieren konnte. »Ich denke darüber nach«, sagte sie schließlich. »Hast du mit deinem Vater darüber gesprochen?«

»Ja.«

»Und? Was sagt er?«

»Ihm gefällt die Idee.«

»Verstehe.« Irma stieß den Atem in einem langen Zug aus. »Was habt ihr morgen für Pläne?«, wechselte sie abrupt das Thema.

»Das weiß ich noch nicht. Vielleicht ein Ausflug in die Umgebung.«

»Es gibt einige schöne Ecken, an denen du noch nicht warst. Hast du dein Handy dabei?«

Lenya zog es hervor.

»Öffne mal die App mit der Landkarte.« Irma trat näher und sah auf das Display, zeigte auf eine Landschaft, und Lenya vergrößerte den Ausschnitt. »Hier ist es sehr hübsch. Das ist ein alter Emsarm, darum herum liegt ein Naturschutzgebiet, die Tunxdorfer Schleife.«

»Warst du schon oft dort?«

»Früher ja, aber das letzte Mal ist schon so viele Jahre her.«

1972

Es war einer der schönen Tage im April, an denen man den Frühling schon auf der Zunge schmecken konnte, ihn atmete und in der Luft spürte. Irma lag auf dem Rücken im Gras, streckte die Arme über den Kopf und seufzte voller Wohlbehagen. Lächelnd beugte Thure sich über sie, kitzelte sie mit einem langen Grashalm an der Nase, bis sie niesen musste. Dann schlang sie die Arme um ihn, zog ihn auf sich und küsste ihn.

Sie hatten sich am frühen Nachmittag getroffen, waren mit den Fahrrädern die Ems entlanggefahren. Schließlich hatten sie an diesem alten Emsarm gehalten, ein kleines Picknick gemacht, das Irma mitgebracht hatte, waren barfuß in das eiskalte Wasser gestiegen und hatten sich schließlich im kühlen Gras geliebt. Für Irma fühlte sich jeder Moment, den sie Thure aus Marias Leben abtrotzen konnte, wie ein Triumph an. Da gelang es ihr sogar, kurzzeitig zu vergessen, dass Maria hochschwanger war und es jederzeit so weit sein konnte. Der Geburtstermin war für kommende Woche errechnet, aber so genau wusste man das ja nie. Allerdings war es auch nicht so, dass Maria allein zu Hause saß. Thures Vater war da und würde sie im Notfall rasch ins nächste Krankenhaus fahren, wenn die Wehen früher als erwartet einsetzten.

Als Irma Thure auf den Rücken drehte und sich auf seine Brust legte, das Ohr auf seinem Herz, spürte sie wieder diesen mittlerweile so vertraut gewordenen Stich der Verzweiflung. Wie sehr sie sich wünschte, dass er nicht Vater dieses Kindes sein würde. Solange kein Kind da gewesen war, hatte sie immer die Hoffnung gehegt, dass die Ehe vielleicht doch irgendwann auseinandergehen würde. Es waren die Siebzigerjahre, man konnte sich ohne Weiteres trennen. Vielleicht würde es Gerede geben, aber man würde auch Verständnis haben. *Man kann den Thure ja schon verstehen, dass er eine Frau verlässt, die keine Kinder kriegen kann.* Aber nun gab es diese Möglichkeit nicht mehr, Thure würde vielleicht seine Frau, jedoch niemals sein Kind verlassen. Und Irma fragte sich mittlerweile, ob die Ehe mit Maria wirklich nur eine Pflichtübung war oder ob er es insgeheim nicht doch genoss. Fügte sich ja auch bestens für ihn, eine hübsche, nette Frau im Ehebett und seine große Liebe in verstohlenen Momenten, die beide dafür sorgten, dass er ein erfülltes Leben führte.

Irma richtete sich auf, wollte diese gehässigen Gedanken abschütteln. Sie war noch zu jung, um so verbittert zu sein. Aber diese Liebe zu ihm war so schmerzhaft, so verzehrend, füllte alles in ihr aus. Sie wollte nicht nur von geraubten Augenblicken leben.

Die veränderte Stimmung entging Thure nicht, und er stützte sich auf die Unterarme, sah Irma forschend an. »Ist alles in Ordnung?«

»Ja, klar.« Irma strich sich das Haar zurück, das ihr bis auf die Schulterblätter fiel, und sah ins Wasser, schlang die Arme um ihre Beine, während in dem leichten Wind eine Gänsehaut über ihren Körper kroch. Die sommerliche Wärme war eben doch nur ein Hauch im Atem des Frühjahrs, und der war eigentlich noch zu kalt, um hier unbekleidet zu sitzen.

Thure zog sie wieder an sich, und Irma gab nach, beugte sich zu ihm und küsste ihn, liebte ihn mit verzweifelter Hingabe, liebte ihn so intensiv, dass es ihr gleich war, ob man sie sah oder hörte. Danach allerdings, als sie atemlos von ihm abließ, schmolz auch das Gefühl der Gleichgültigkeit, und hastig suchte sie mit den Blicken das Ufer ab. Aber da war niemand, sie waren allein.

Als sie schließlich so weit zu Atem gekommen waren, dass sie wieder sprechen konnte, sagte Irma: »Ich gehe nachher noch zu Walther. Kommst du auch?«

»Eigentlich wollte ich direkt nach Hause. Mir ist nicht wohl dabei, Maria so lange allein zu lassen.« Thure knöpfte seine Hose zu und zog sein Hemd an.

»Sie ist ja nicht allein.«

»Du weißt, was ich meine. Immerhin ist es mein Kind, mit dem sie schwanger ist.«

Doch Irma wollte ihn nicht gehen lassen, wollte ein weiteres Mal diesen kleinen Triumph über Maria verspüren, das Gefühl, dass sie zwar seine Frau war, Irma aber seine große Liebe, für die er alles stehen und liegen ließ. »Ach, jetzt komm. Nur kurz.«

»Wir sehen uns doch bald wieder.«

Sie hängte sich bei ihm ein, schmeichelte, küsste ihn, und schließlich gab er nach. Noch während sie ihre Bluse schloss, lag ein kleines Lächeln auf ihren Lippen. Sie stiegen auf ihre Fahrräder und fuhren zu Walther, eine Fahrt von gut vierzig Minuten. Thure würde als Erster bei ihm eintreffen, während Irma wartete und ihm zehn Minuten später folgte, um keine Spekulationen aufkommen zu lassen, denn Walther würde es ihnen sicher nicht glauben, wenn sie erzählten, sie hätten sich unterwegs zufällig getroffen.

»Schön, dass du noch kommst«, sagte Walther und nahm ihr den leichten Mantel ab. »Wir sitzen im Wohnzimmer.« Er hängte ihren Mantel auf und ging mit ihr ins große Wohnzimmer, wo Ernst, Hannelore, Margot, Martin, Thure und noch einige andere

Freunde von Walther, die Irma nur flüchtig kannte, auf Sesseln, Sofa und dem Boden saßen, Knabberzeug vor sich, und rauchten. Thure blickte von seinem Gespräch mit Ernst auf, sah Irma an und warf ihr ein flüchtiges Lächeln zu.

»Hast du ein neues Telefon?«, fragte Irma Walther und nickte in Richtung des Apparats, der neben der Tür auf einem Telefonbänkchen stand.

»Ja, Gott sei es gedankt. Der Techniker war heute da, das war ja kein Zustand mehr, ohne. Eigentlich war die Telefonleitung das Problem, aber bei der Gelegenheit hat er mir auch direkt ein neues Telefon angeschlossen.«

»Jetzt funktioniert wieder alles?«

»Du kannst mich Tag und Nacht anrufen.« Walther zwinkerte ihr zu, und Irma lachte.

Eine junge Frau kam zu ihnen, hakte sich bei Walther ein, offenbar in der irrigen Annahme, es gälte, Besitzrechte zu klären. Wieder einmal eine von Walthers Bekanntschaften, hübsch, schick, die Nägel elegant lackiert. Sie war Tierärztin in Kiel und besuchte gerade ihre Eltern in Papenburg, erzählte Walther. So, wie die beiden einander ansahen, war es allerdings fraglich, ob die Eltern sie diese Nacht zu Gesicht bekommen würden.

Irma ließ sich neben Margot auf dem Boden nieder, griff in eine Schale mit Erdnüssen, während Walther ihr ein Glas in die Hand drückte. Nachher würde sie sich wie beiläufig zu Thure gesellen, wenn es keinem mehr auffiel. Irma hatte diese Heimlichkeiten so satt.

Nach einer halben Stunde – sie hatte gerade aufstehen und zu Thure gehen wollen – schrillte das Telefon, und Irma fuhr zusammen. »Meine Güte, kann man das nicht leiser stellen?«

Walther hob den Hörer ab, gebot ihnen mit einer Handbewegung, ruhig zu sein. »Bruns. Anno, wie geht's ... Ja, er ist hier.«

Dann lachte er. »Ist gut, ich sag ihm Bescheid. Wünsch ihr alles Gute.« Dann legte er auf. »Thure.« Dieser hatte sich bereits erhoben, mit wohl derselben Ahnung wie jeder im Raum. »Du wirst Vater, bei Maria haben die Wehen eingesetzt.«

Gejohle, Glückwünsche und mittendrin eine Irma, an deren Starre jede Fröhlichkeit zerbrach. Thure hatte keinen Blick mehr für sie, als er seine Jacke anzog.

Es war einer jener Momente, an die man im Nachhinein immer wieder dachte. Wenn man allein war und über das Leben grübelte. Wenn man vor einer Entscheidung stand. Wenn man jemanden verabschiedete. Wenn man jemanden erwartete. *Was wäre, wenn?* Was wäre, wenn Marias Kind nicht an diesem Abend geboren worden wäre? Was wäre, wenn Walthers Telefon nicht an diesem Tag zum ersten Mal wieder funktioniert hätte? Was wäre, wenn Irma nicht darum gebeten hätte, dass Thure den Tag mit ihr verbrachte? Was wäre, wenn er direkt nach dem Treffen heimgefahren wäre? Was wäre, wenn Walther nicht gesagt hätte: »Nimm mein Motorrad, damit bist du schneller.«

2018

Erst als die Kinder im Bett waren – deutlich später als sonst –, hatten Lenya und Alexander Zeit für sich allein. Während Alexander den Kindern vorgelesen hatte, hatte Lenya Hannes geholfen, die Pflanzen zu wässern. Jetzt war es mittlerweile fast neun Uhr, und Lenya ging mit Alexander hinaus auf den Hof, der in abendlicher Stille dalag. Die Pferde waren auf die Weide gebracht worden und die Angestellten nach Hause gegangen, abgesehen von denen, die eine Wohnung auf dem Gestüt über den Stallungen hatten.

»Wie viele Pferde hat deine Tante?«, fragte Alexander.

Diese Unterhaltung willst du jetzt führen? »Ich glaube, rund sechzig.«

»Rentabel?«

»Nein.«

»Das dachte ich mir schon.« Alexander sah sich um, ihm konnten die Anzeichen des Verfalls unmöglich entgangen sein. »Wie schade, dabei ist es ein wirklich schöner Hof.«

»Ja.«

Sie gingen nebeneinander her, ohne sich zu berühren. Lenya wusste nicht, wie sie den Anfang machen sollte, wie all die Gefühle in Worte fassen, die sie endlich zuließ, seit die Reise den nötigen Abstand zwischen sie gebracht hatte. »Ich möchte meiner Tante helfen, das Gut wieder rentabel zu bewirtschaften.«

»Du?«

Es war, als legte er Lenyas gesamtes Leben in dieses Wort und als reichte die Bilanz nicht aus für ihr Vorhaben. Was hatte sie denn schon gelernt, das sie dazu befähigte, gleich ein ganzes Gut zu retten? »Die Frage hätte auch lauten können: Wie?«

»Na schön. Wie?« Er klang ungeduldig und auf eine Art nachgiebig, als ließe er ihr ihren Willen, um später zu den wichtigen Themen zu kommen. Im Grunde interessierte ihn weder das Gut noch das, was Lenya hier zu tun gedachte.

»Du bist wütend«, stellte sie fest.

»Anfangs war ich das. Mittlerweile frage ich mich eher, was hier gerade schiefläuft.«

»Das kannst du dir nicht denken?«

»Nein. Du sagst, du fährst für zwei Tage zu einer Beerdigung, und ich sehe dich zwei Wochen lang nicht. Was soll ich da denken? Außer möglicherweise, dass du gerade eine Trennung auf Zeit führst und mir das nicht so direkt sagen möchtest.«

Langsam gingen sie weiter, kamen am verwitterten Torbogen an, in dem nur die rostigen, schmiedeeisernen Scharniere noch daran erinnerten, dass es einmal ein Tor darin gegeben hatte. Lenya blieb stehen, drehte sich um, betrachtete den Gutshof, der im goldenen Abendlicht dalag. Die Schatten waren lang, mit zerfaserten Rändern, die sie unscharf wirken ließen, weich, als bereiteten sie sich schon darauf vor, sich in der langsam aufziehenden Dunkelheit aufzulösen. Aus dem Stall war ein Wiehern zu hören, in das ein weiteres einstimmte. Eine grau getigerte Katze, die Lenya bisher noch nicht gesehen hatte, saß vor der Bergulme, wirkte aufmerksam, als beobachtete sie etwas, das sich Lenyas Blicken entzog.

»Du hast aufgehört, mich zu sehen«, sagte Lenya schließlich.

»Wie bitte?«

Sie blickte zu ihm auf. »Ich bin die Mutter deiner Kinder, deine Ehefrau, die das Haus in Ordnung hält, für das du zahlst. Aber *mich* siehst du nicht mehr.«

»Das stimmt doch überhaupt nicht.« Die Worte sollten entschieden klingen, und doch hörte sie das kurze Zögern in seiner Stimme.

Lenya war nicht gut in dieser Art von Gesprächen. »Ich habe das Gefühl, hier kann ich diejenige sein, die ich in Wahrheit bin.« Das klang viel zu pathetisch, und sie wartete bereits auf eine bissige Antwort. *Bist du hier auf einer Art Selbstfindungstrip, oder was?*

»Verstehe.«

Die Katze unter der Ulme ging in Lauerstellung, schien sprungbereit. Lenya spähte in die Schatten unter dem Gebüsch, erkannte nach wie vor nichts. Dann sah sie auf, begegnete Alexanders Blick, abwartend wie die Katze, als erahnte er etwas in der dunklen Tiefe von Lenyas Augen, das er nicht zu greifen bekam. So ging das nicht, dachte Lenya. Dieses Vortasten, Herumlavieren. Keiner von ihnen war darin besonders gut. Sie mussten mit dem beginnen, was funktionierte, und darüber in das Unbekannte vordringen.

Lenya nahm seine Hand. »Komm.«

Die Eingangshalle war leer, und Lenya steuerte mit Alexander die Treppe an. Sie stieß die Tür zu ihrem Zimmer auf und drückte sie leise ins Schloss, drehte den Schlüssel darin, dachte noch daran, dass sie nicht vergessen durfte, später wieder aufzuschließen. Dann legte sie Alexander die Arme um den Hals und küsste ihn. Der Rest war ein Selbstläufer.

»Das war nie das Problem zwischen uns«, sagte Alexander, als er wieder zu Atem gekommen war.

Wenn, dann nur die Häufigkeit, dachte Lenya. »Daher habe

ich damit begonnen. Das war schon bei Klassenarbeiten die beste Taktik – beginne immer mit dem, was du kannst.«

Immerhin entlockte ihm das ein kurzes Auflachen, das noch in seiner Kehle wieder erstarb. Lenya sah zum Fenster, das einen in der Dämmerung entfärbten Himmel zeigte, in den die Dunkelheit langsam einsickerte wie ein Tuch, das sich mit Wasser vollsog. »Willst du dauerhaft hierbleiben?«, fragte er schließlich.

Sie drehte sich zu ihm, strich sich das Haar zurück und sah ihn an. Sein Gesicht war nah an ihrem, seine Augen, blau mit grauen Einsprengseln, wie Meersalz, das die Sonne in Steine trocknete. »Nein«, antwortete sie. »Aber ich möchte wiederkommen.«

Eine Locke, die ihr ins Gesicht gefallen war, bewegte sich in seinem Atem, den er langsam ausstieß. Er sah sie aufmerksam an und sagte dann: »Erzählst du mir, was du geplant hast?«

Sie umriss ihre Idee in groben Zügen, beobachtete sein Mienenspiel aufmerksam, damit ihr keine Regung entging.

»Wie hat deine Tante reagiert?«

»Sie sagt, sie müsse darüber nachdenken.«

»Wenn ich sie wäre, würd ich's machen.«

Überrascht hob Lenya eine Braue.

»Wie viele Optionen hat sie denn? Es klingt, als stünde sie kurz vor dem Bankrott. Wenn du frische Ideen hast, dann bringt das vielleicht nicht sofort die große Wende, aber es lenkt zumindest den Kurs um, und sie kann den Hof behalten.«

Lenya malte gedankenverloren mit der Fingerspitze kleine Muster auf seine Brust. Dass er es so sah, nahm ihr den Wind aus den Segeln, sie hatte sich auf lange, ermüdende Diskussionen eingestellt. »Warum warst du so gemein am Telefon?«, fragte sie.

»Weil ich nicht verstanden habe, was auf einmal in dich gefahren ist. Du wolltest nur für zwei Tage fort, und dann rufst du plötzlich an und informierst mich darüber, dass du auf unbestimmte Zeit bleiben wirst. Dann bin ich nach Hause gekommen und habe gemerkt, dass du da warst und wieder gefahren bist, ohne mich auch nur anzurufen.«

»Das war falsch, das gebe ich ja auch zu. Aber mir wurde auf einmal alles zu viel, ich war einfach überfordert.« Sie versuchte, die Sache durch seine Augen zu sehen, die liebevolle Mutter und Ehefrau, immer zuverlässig – und dann dieser Ausbruch. Ein klein wenig Genugtuung bereitete ihr das schon, wenngleich sie ihn verstehen konnte. »Mir ist zu Hause so vieles über den Kopf gewachsen, und ich war gleichzeitig unter- und überfordert. Mir fehlte die Herausforderung, irgendetwas, mit dem ich zeigen kann, dass ich mehr bin als die Ehefrau und Mutter, die alle in mir sehen. Als ich dann zu Hause war und dort immer noch der riesige Wäscheberg in Caros Zimmer lag, war ich so unfassbar wütend. Ich dachte mir, du wartest einfach darauf, bis ich wieder da bin und mich darum kümmere.«

»Ach, das warst gar nicht du?«

»Warum sollte ich so etwas tun?«

»Ich habe das erst an dem Tag gesehen, als du da gewesen bist, vorher war ich nicht in Caros Zimmer. Ich dachte, du hättest einfach achtlos alles aus dem Schrank gezogen beim Packen.«

»Hast du mich jemals so packen sehen?«

»Nein, ich habe dich vorher aber auch nie auf unbestimmte Zeit abreisen sehen.«

Ein kleines Lächeln zuckte über Lenyas Lippen.

»Anouk und ich haben alles aufgeräumt, falls das deine nächste Frage gewesen wäre.«

»Und dann hat deine Mutter mich ständig angerufen.«

»Hör bloß damit auf. Sie hat mich auch angerufen und sich lang und breit über dein Benehmen am Telefon beklagt, daraufhin haben wir uns so gestritten, dass Papa am Telefon dazwischengegangen ist. Seither herrscht Funkstille.«

Lenya drehte sich auf den Rücken und sah an die Decke, nahm Alexanders Hand und drückte sie. Dann hörte sie Schritte im Flur. Vermutlich Irma, ihr Weg ins Zimmer führte an Lenyas vorbei.

»Hier ist dein Vater also aufgewachsen, als er aus Ostpreußen kam?«

»Ja. Und so langsam habe ich das Gefühl, ihn besser zu verstehen. Sein Schweigen, die Angst vor Pferden und davor, im Dunkeln zu schlafen. Auf diesem Gut liegen so viele Erinnerungen begraben.«

»Willst du mir davon erzählen? Ich …«

»Nicht jetzt.« Sie neigte den Kopf und brachte ihn mit einem Kuss zum Schweigen.

※ ※ ※

Irma schaltete die Kaffeemaschine ein und lauschte dem sachten Gluckern, mit dem sie sich in Betrieb setzte. Kurz darauf breitete sich der Kaffeeduft aus, der für Irma zum Tagesanbruch gehörte, seit sie sich zurückerinnern konnte. Schon ihre Mutter hatte jeden Morgen Kaffee aufgebrüht. Daran hatte Irma schon lange nicht mehr gedacht. In der Küche in Heiligenbeil hatte es eine alte, mit Rosen bemalte Kaffeemühle gegeben, die ihre Mutter von zu Hause mitgenommen hatte.

»Die gehörte deiner Großmutter Henriette, sie hat sie mir zur Hochzeit geschenkt, weil ich sie so gerne mochte.«

»Ich mag sie auch«, hatte Irma, das Kind, geantwortet.

»Dann bekommst du sie später, wenn du heiratest.«

Die Kaffeemühle gab es sicher schon längst nicht mehr, und Irma hatte nie geheiratet.

Schritte waren auf der Treppe zu hören, und kurz darauf erschien Lenya in der Küche, ein zartes Lächeln auf den Lippen. Hatte Irma auch so ausgesehen, wenn sie von einem Treffen mit Thure gekommen war? Die Liebe fein, wie mit Pinselstrichen in das Gesicht gezeichnet und doch unübersehbar?

»Schöne Nacht gehabt?«, fragte Irma und reichte ihrer Nichte eine Tasse, aus der Dampf aufstieg.

Das Lächeln bekam etwas Verlegenes und Verschwörerisches zugleich, dann hob Lenya die Tasse an die Lippen.

»Du bist früh wach.«

»Ja, und eigentlich bin ich noch ganz schön müde, aber morgen fahren wir ja schon, und da wollte ich den letzten vollen Tag hier noch auskosten.«

»Ist wieder alles gut zwischen euch?«

Lenya sog kurz die Unterlippe zwischen die Zähne, ehe sie zögerlich antwortete. »Mal sehen. Allerdings habe ich mir das erste Gespräch mit ihm deutlich schwieriger vorgestellt.«

Das kam vielleicht auch darauf an, wo man ein solches Gespräch führte, dachte Irma. Vermutlich war man im Bett deutlich entspannter als in der Wohnstube. »Möchtest du frühstücken?«

»Gerne. Ist Papa schon wach?«

»Ja, er macht gerade seinen Morgenspaziergang.«

Irma hatte gemischte Gefühle bei dem Gedanken an die Abreise ihres Bruders und seiner Familie. Einerseits war sie so viel Trubel den ganzen Tag nicht mehr gewöhnt und nicht unbedingt böse darum, dass wieder ein bisschen Ruhe einkehrte. Andererseits ahnte sie, dass ihr der Verlust ihrer Schwester erst dann so richtig bewusst werden würde, wenn sie allein war, und davor hatte sie fast schon ein wenig Angst. Sie deckte den Tisch, stellte frisches Brot bereit, das ihr einer ihrer Mitarbeiter morgens aus der Bäckerei mitgebracht hatte, und öffnete den Kühlschrank.

Lenya stand immer noch mit ihrer Tasse in der Hand an die Anrichte gelehnt und sah nach draußen. Sie war barfuß, und das Haar hing ihr offen auf die Schultern, war noch feucht an den Spitzen. Das Thema, über das sie gesprochen hatten, hing immer noch zwischen ihnen, die Frage, auf die Irma die Antwort noch schuldig war. Weil sie sie schlicht und ergreifend nicht geben konnte.

***

Nach dem Frühstück weckte Lenya erst Alexander und dann die Kinder. Irma hatte ihren Vorschlag mit keinem Wort mehr erwähnt, hatte über Allgemeines gesprochen, über die Reitschüler, die an diesem Tag noch kommen würden, über Hannah, die die morgendliche Reitstunde übernahm, damit Lenya Zeit für ihre Familie hatte. Jetzt stand Lenya in dem Zimmer, das sie seit etwas mehr als zwei Wochen bewohnte, und sah aus dem Fenster in den Hof. Alexander regte sich im Bett, er war wieder eingeschlafen, nachdem sie den Raum verlassen hatte, um die Kinder zu wecken. In diesem Moment ging die Tür auf, und Marie stürzte mit Indianergeheul ins Zimmer und sprang auf Alexander. Ihr folgte Anouk, die normalerweise deutlich ruhiger war, sich aber von ihrer Schwester anstecken ließ. Caro hatte sich offensichtlich noch einmal in die Kissen gekuschelt und war wieder eingeschlafen.

»So, das reicht jetzt«, sagte Alexander und richtete sich auf.

»Papa ist ein Langschläfer«, rief Marie und warf mit dem Kissen nach ihm, jauchzte auf, als er es zurückwarf.

Anouk war vom Bett geklettert und trat jetzt zu Lenya, schob die Hand in ihre und lehnte sich an sie. »Gehen wir nachher zu den Pferden?«

»Das können wir gerne.«

»Darf ich auch reiten?«

»Ja, ich denke, da hat Irma nichts dagegen.«

»Ich durfte nicht reiten«, beschwerte sich Marie.

»Du kannst es auch noch nicht.« Lenya strich Anouk über das Haar, löste den geflochtenen Zopf und schickte sie los, um sich anzuziehen und die Haare zu kämmen. »Marie, das reicht jetzt«, sagte sie, als ihre Tochter nicht aufhörte, auf dem Bett herumzuspringen. »Geh dich anziehen, ihr könnt gleich frühstücken.«

»Frühstückst du nicht mit?«, fragte Alexander und stand auf.

»Ich habe schon, aber einen Kaffee trinke ich noch mit euch.«

Alexander ging zum Fenster und sah hinaus. »Man kann sich schon vorstellen, wie schön es sein muss, hier seinen Urlaub zu verbringen.«

»Ja, absolut!«

»Was machst du, wenn deine Tante sich nicht auf diese Idee einlässt? Ich meine, das ist ja schon ein großer Schritt, und nicht jeder kommt damit zurecht, wenn auf einmal so viele fremde Leute zu Hause herumlaufen.«

»Na ja, in das Gutshaus selbst sollen sie ja auch nicht, nur in das Gesindehaus, das ist groß genug.«

Alexander nickt langsam. »Schon. Aber die Leute sind ja dann doch hier, in den Stallungen, auf dem Hof, müssen versorgt werden. Was eben so dazugehört. Ob man damit in ihrem Alter noch gut zurechtkommt?«

»Das wird sicher eine Umstellung für sie«, räumte Lenya ein. »Aber das Gut ganz zu verlieren, ist auch keine Option. Ich kann mir nicht vorstellen, dass sie damit besser zurechtkommt.«

Ein Mädchen führte einen Apfelschimmel über den Hof, dem ein langbeiniges Fohlen folgte. »Sie züchtet Holsteiner, ja?«, fragte Alexander.

»Das macht die Familie schon seit Generationen.«

»Das wäre wirklich schade drum.«

Lenya nickte und verschränkte die Arme vor der Brust, während sie seitlich am Fenster lehnte und ebenfalls hinaussah. »Ihre Pferde waren früher sehr gefragt, sowohl bei Freizeitreitern als auch für den Reitsport und die Zucht. Sie selbst mag den professionellen Reitsport nicht, und ihr war es immer wichtig, darauf zu achten, in welchen Stall sie die Pferde abgibt.«

»Ist ja grundsätzlich nicht verkehrt.«

»Mami«, kam es verschlafen von der Tür, und Lenya drehte sich um. Caro tapste gähnend in das Zimmer, rieb sich die Augen. »Marie hat gesagt, sie darf reiten und ich nicht.«

Alexander hob die Kleine auf die Arme. »Da hat Marie etwas falsch verstanden.«

»Darf ich reiten?«

»Ich führe dich nachher ein wenig herum, ja?«

Caro legte den Kopf an seine Schulter und wirkte noch schläfrig. Von allen Kindern war sie diejenige, mit der die Nächte am angenehmsten gewesen waren. Sie hatte mit acht Wochen durchgeschlafen und war am Wochenende nicht schon morgens um fünf Uhr auf den Beinen. Wenn die Tage so angefüllt waren wie hier, brauchte sie viel Schlaf, und den holte sie sich in der Regel auch. Weckte man sie zu früh, legte sie sich einfach nachmittags für eine Stunde hin, und schlafen konnte sie überall.

»Wenn die am Anfang so pflegeleicht sind«, sagten die Mütter in Lenyas Bekanntenkreis, »dann werden sie mit einem Jahr so richtig schwierig.« Als Caro auch mit einem Jahr nicht schwieriger wurde, setzten sie die Grenze bei drei Jahren. »Pass auf, wenn sie in den Kindergarten geht, da gibt es nur Geschrei.« Caro ging problemlos in den Kindergarten und war auch im Umgang mit anderen Kindern nie schwierig gewesen. »Die Pubertät«, hieß es nun, »die wird das Grauen.«

Lenya schob Caro ins Bad, wo Anouk und Marie schon stritten, wer näher am Waschbecken stehen durfte.

»Ich war zuerst hier«, rief die Älteste.

»Stimmt nicht«, kreischte Marie.

»Schluss jetzt!«, sagte Lenya. »Das Waschbecken ist breit genug.«

Während Alexander unter die Dusche ging, bereitete Lenya in der Küche Kakao zu. Dass sie hier mittlerweile werkeln durfte, war für sie ein Zeichen dafür, wie es zwischen ihr und Irma stand. Vor zwei Wochen wäre nicht daran zu denken gewesen, dass sie hier mehr hätte tun dürfen, als sich ein Glas Wasser einzuschenken. Sie kochte noch einmal Kaffee nach, und als die Kinder den Kakao ausgetrunken hatten, erschien Alexander in der Küche.

»Was machen wir heute?«, fragte Anouk. »Am liebsten würde ich den ganzen Tag zu den Pferden.«

»Ich dachte, wir machen einen Ausflug«, sagte Lenya.

»Ja, ein Ausflug!«, rief Marie.

»Ein Ausflug klingt wunderbar«, kam es nun auch von Alexander. »Wir können ja vorher zu den Pferden«, fügte er an Anouk gewandt hinzu.

Das hielten alle für eine gute Idee, und so beendeten sie das Frühstück, und während Alexander mit den Kindern hinausging, fragte Lenya Irma, die gerade in die Küche kam, ob sie eine Picknicktasche hätte.

»Nein, leider nicht. Wir haben so lange kein Picknick mehr gemacht. Wenn, dann organisiert Hannah das, sie hat Taschen, wo man diese Kühlelemente reinstecken kann und den ganzen Kram, der so dazugehört. Aber was ich dir geben könnte, ist ein Picknickkorb, der müsste noch irgendwo herumstehen.«

Sie fand ihn in der Abstellkammer, und Lenya war ganz entzückt von diesem altmodischen Henkelkorb mit den Klappen. »Kühlakkus hast du nicht, oder?«

Doch Irma hatte welche. »Die hat Hannah mir mal irgendwann mitgebracht.«

Während Irma mit ihr zusammen den Korb packte, Obst schnitt, Eier kochte und Brote belegte, wartete Lenya darauf, dass sie auf die Idee mit den Reiterferien einging, aber Irma schwieg, und so hing auch Lenya ihren Gedanken nach. Sie wollte so gerne eine Antwort haben, wusste aber, dass es nichts bringen würde, auf eine zu drängen.

Die Nacht mit Alexander war schön gewesen, und sie hatte gescherzt, dass sie öfter mal für zwei Wochen fortmüsste, wenn er danach zu so einer Hochform auflief. Dass ihre Probleme sich auf diese Weise nicht einfach in Luft auflösten, war ihr klar, aber gut tat es trotzdem. Und vielleicht änderte sich ja wirklich etwas, das würde der Alltag zeigen.

Nachdem der Korb gepackt war, ging Lenya hinaus und sah, dass ein Mädchen Marie auf dem Pferd herumführte, während einige andere Mädchen auf Alexander einredeten. Er lächelte, antwortete, während Caro ungeduldig an seinem Arm zog, vermutlich weil sie auch endlich reiten wollte. Daraufhin bot offensichtlich eines der Mädchen an, mit ihr zu den Pferden zu gehen, aber Alexander hob Caro auf den Arm und ging selbst. Während Lenya sah, wie die Mädchen ihm nachblickten, kam ihr eine weitere Idee. Sie würde mit Alexanders Namen werben, würde Kurse anbieten, die er leitete, das käme bestimmt gut an.

Kurz darauf kam er mit einem Pferd aus dem Stall, eines der Reitschulpferde. Auf dem Rücken saß Caro und jauchzte leise vor Vergnügen. Alexander führte sie auf den Reitplatz, und Lenya lehnte sich ans Gatter, um ihnen zuzuschauen. Hannah trat zu ihr.

»Hängt der Haussegen wieder gerade?«

»Wirkt idyllisch, nicht wahr?«

»Geradezu kitschig.«

Lenya musste lachen. »An seinen Vaterqualitäten hatte ich ja nie etwas auszusetzen.«

»Habt ihr euch ausgesprochen?«

»Ja. Und ich glaube, er versteht mich.«

»Wie geht es jetzt weiter?«

»Das hängt davon ab, was Irma sagt.« Lenya erzählte Hannah von ihren Ideen für das Gut.

»Den Vorschlag mit den Pensionspferden habe ich ihr auch einmal gemacht, aber da war das Argument, dass das Geld fehlt. Mein Vater hätte ihr bestimmt etwas geliehen, aber er wusste, dass sie es nicht annehmen würde. Da steht ihr der Stolz im Weg. Schön, dass sie jetzt offenbar doch offen ist dafür.« Hannah sah in Richtung des Gesindehauses. »Den Hof für Urlauber zugänglich zu machen, ist tatsächlich eine Überlegung wert. Ich hatte schon oft darüber nachgedacht, was man mit dem alten Gesindehaus anstellen könnte, aber darauf, hier Ferien anzubieten, bin ich noch nicht gekommen. Vielleicht, weil ich mir Irma in dieser Rolle nicht so richtig vorstellen kann.«

»Sie sich selbst wohl auch nicht, daher habe ich bisher auch noch keine Antwort von ihr bekommen.«

Hannah sog die Lippen ein und nickte nachdenklich. »Und wenn sie Ja sagt?«, fragte sie schließlich. »Was ändert sich dann für dich?«

»Ich werde öfter hier sein und mich kümmern. Das habe ich Alexander auch gesagt. Ich meine, unabhängig davon werde ich sie ohnehin immer mal wieder besuchen, aber in diesem Fall wäre ich natürlich deutlich häufiger hier.«

»Und das wird dir nicht zu viel?«

»Wenn die Arbeit, die sonst auf mir allein lastet, gerecht aufgeteilt wird, dann nicht. Am Wochenende und in den Ferien könnten die Kinder ja mitkommen. So lernen sie Irma besser kennen und können ihre Ferien hier verbringen. Außerdem will ich, dass mein Vater uns unterstützt, er hat immerhin gelernt, wie man ein Unternehmen rentabel führt.«

Alexander kam mit Caro an das Gatter und begrüßte Hannah. »Meinetwegen können wir los.«

»Wo wollt ihr hin?«, fragte Hannah.

»Zur Tunxdorfer Schleife«, antwortete Lenya.

»Dann habt viel Spaß. Ich kümmere mich mal um meine Schülerinnen, die warten schon.«

Alexander hob Caro auf seine Schultern und sammelte die beiden Großen ein, während Lenya den Picknickkorb aus dem Haus holte. Ihr Vater saß am Tisch in der Küche und trank Kaffee. »Und?«, fragte er. »Wie sieht es aus mit euch beiden?«

»Das wird sich zeigen.«

***

Irma hatte den Nachmittag damit verbracht, den Rest aus Katharinas Zimmer auszuräumen. Tobias würde die Kisten mit der Kleidung später abholen und zu einer karitativen Einrichtung bringen. Die wenigen Dinge, die Irma behalten wollte, hatte sie bereits in ihr Zimmer gebracht.

Obwohl der Raum fast leer war und sich bereits die gepackten Kartons in der Ecke stapelten, schien er noch erfüllt von Katharina, die ihn so lange bewohnt hatte. Irma fragte sich, ob sie ihn jemals würde betreten können, ohne im ersten Moment zu erwarten, Katharina in ihrem Lesesessel am Fenster sitzen zu sehen. Der Sessel würde hier stehen bleiben, das Zimmer künftig als weiteres Gästezimmer genutzt. Vielleicht wollte Lenya das

Zimmer haben anstelle des ehemaligen Zimmers ihrer Urgroßmutter. Irma würde sie bei Gelegenheit fragen.

Der Gedanke brachte sie zu der Frage zurück, die nach wie vor zwischen ihnen stand. Irma versuchte sich vorzustellen, wie es wäre, wenn sich von nun an immer wieder Gäste auf ihrem Gut tummeln würden, fremde Menschen auf dem Hof und in den Stallungen. Mit diesem Gedanken konnte sie sich einfach nicht anfreunden. Andererseits hatte es schon viele Situationen gegeben, die ihr zunächst unmöglich erschienen waren und mit denen sie sich dann doch arrangiert hatte. Was war denn die Alternative? Sollte sie riskieren, das Gut zu verlieren? Denn darauf lief es nun einmal unweigerlich hinaus.

Irma drehte und wendete den Gedanken, während sie sich der niedrigen Vitrine mit den zwei Glastüren widmete, in der Katharina ein paar ihrer Bücher verwahrt hatte. Neben Romanen standen dort auch ein paar alte Filme. *Das Erbe von Björndal, Und ewig singen die Wälder* nach den Romanen von Trygve Gulbranssen, die Irma seinerzeit gut gefallen hatten. Daneben befand sich ein weiterer DVD-Schuber, rosa mit dem Bild einer jungen Angelika Meissner an der Seite von Matthias Fuchs im roten Reitanzug, davor eine jugendliche Heidi Brühl auf einem steigenden Pony – allesamt Schauspielidole aus Irmas Kindheit. Sie hatte mitgefiebert, als der Hof verkauft werden sollte, und war ein klein wenig verliebt in Raidar Müller-Elmau gewesen. Außerdem hatte sie es lustig gefunden, dass die Oma auch Henriette hieß.

An diese Filme hatte sie schon ewig nicht mehr gedacht. Sie zog sie aus dem Schuber. Die beiden Filme aus den Siebzigern mit den Zwillingen mochte sie nicht, nur die ersten drei mit Dick, Dalli und Oma Jansen. *Die Mädels vom Immenhof, Hochzeit auf Immenhof, Ferien auf Immenhof.* Die Rettung des Gutshofs durch einen reichen Investor, sodass die Bewohner ein Ponyhotel daraus machen konnten. Aber das waren Filme, dem Zeitgeist geschuldet, der nach dem Krieg eine heile Welt vorgaukeln wollte.

Irma dachte daran, wie es damals wirklich gewesen war, unmittelbar nach dem Krieg. Als Kind hatte sie ihre Mutter losgelassen, hatte es tun müssen mit dem Pragmatismus eines Kindes, dem keine Zeit blieb, sich an etwas oder jemandem festzuhalten. Es gab ein Ziel, auf das es zuzustreben galt, ein Haus, in dem Wärme und Sicherheit warteten und in das der Sturm ihnen nicht folgen würde. Rudolf hatte sie nicht loslassen können, ihr kleiner Bruder, der sich in ihrer Seele verankert hatte mit kleinen Widerhaken, die man lange Zeit verdrängen konnte, aber die sich dann und wann mit einem Ziepen und einem leisen Schmerz in Erinnerung brachten. Man konnte mit dem Schicksal hadern, man konnte heulen, schreien und vor Verzweiflung die Wände hochgehen – und doch blieb es letzten Endes bei einer einzigen Frage. Und diese stellte sich ihr nun ein weiteres Mal. *Wann ist es Zeit, loszulassen?*

1972

Irma hatte das Gefühl, ihr müsste der Kopf zerspringen. All das, was in ihr tobte und seine scharfen Krallen an den Rändern ihres Bewusstseins wetzte, schien zu groß für sie zu sein, wollte aus ihr heraus, wollte, dass sie schrie und schrie und schrie. Die Lippen zusammengepresst saß sie da, lauschte dem Gottesdienst, lauschte auf vereinzelte Schluchzer von Frauen und auf das harsche, trockene Weinen von Anno Reimann.

Katharina schwieg, und Irma bemerkte im Augenwinkel, wie ihre Schwester immer wieder den Kopf wandte, sie von der Seite musterte, ehe sie wieder nach vorne blickte. Der Geistliche wandte sich nun Maria zu, der trauernden Witwe und Mutter, bat um Beistand für das verwaiste Kind, das seinen Vater nie hatte kennenlernen dürfen. *Wie sehr ich mir wünsche, dass er nie der Vater dieses Kindes sein wird.* Mein Wunsch wurde erfüllt, dachte Irma und krümmte sich leicht vornüber. *Wähle deine Wünsche mit Bedacht.*

»Das ist doch Unsinn«, hatte Katharina am Vorabend gesagt. »Seine Zeit war abgelaufen, daran bist weder du noch sonst jemand schuld.«

Irma hatte ihr nicht die ganze Geschichte erzählt, hatte ihr nicht erzählt, dass er eigentlich zu Hause bleiben wollte, aber sie ihn zum Bleiben überredet hatte. Hatte ihr nicht erzählt, wie sie sich im Gras geliebt und Irma darauf bestanden hatte, er möge doch noch mit zu Walther kommen. Sie hatte ihr nur von ihren verborgenen Wünschen erzählt und davon, dass sie ihn getroffen und gebeten hatte, mit zu Walther zu kommen.

»Und jetzt ist es deine Schuld, dass er tot ist? Wäre er früher los, und ein Auto hätte ihn angefahren, dann hättest du dir wahrscheinlich Vorwürfe gemacht, dass du ihn nicht zum Mitkommen gedrängt hast.«

Niemand wusste, wie Thure auf vollkommen gerader Strecke von der Straße hatte abkommen und gegen einen Baum fahren können. Er hatte sich das Genick gebrochen und war sofort tot gewesen.

»Ich hab's ja immer gesagt, einer von denen bricht sich noch den Hals«, hatte Matilde Thumann vor der Kirche angemerkt.

»Mama! Also bitte!«, war Helga sie angegangen.

Irma presste die im Schoß gefalteten Hände so fest ineinander, dass die Knöchel weiß hervortraten. Sie folgte dem Gottesdienst mechanisch, sah niemanden an, als stünde sie eingewebt in Worte, die all das sichtbar machten, was sie und Thure getan hatten. Als müsste jeder, der sie ansah, es wissen.

Angeblich hatte Maria schon während der Geburt geahnt, dass etwas nicht stimmte. Thure war nicht erschienen, sodass Anno sie ins Krankenhaus hatte fahren müssen. Dort, so wusste Margot zu erzählen, hat man ihr gesagt, Thure warte draußen, damit sie sich nicht während der Geburt auch noch mit diesen Ängsten belastete und womöglich das Kind verlor. Anno hatte allein dort gesessen, und während Maria in den Wehen schrie, verdichtete sich seine Angst zur Gewissheit.

Kurz zuckte Irmas Blick zu Maria in ihrem schwarzen Kleid, fast schon kränklich bleich. Das aufgesteckte blonde Haar war von einem Hut mit feinem Schleier bedeckt, die Lippen wirkten wie entfärbt, die Augen waren rot gerändert mit bläulichen

Schatten darunter, die Finger, die sie ineinandergeschlungen hatte, schienen fast durchscheinend. Irma sah wieder nach unten auf die eigenen Hände, lauschte dem Geistlichen und ließ den Schmerz in sich toben und kreischen, bis er ihr in den Ohren dröhnte und so wild in ihrem Kopf hämmerte, dass sie befürchtete, das Bewusstsein zu verlieren, wenn sie ihn nicht endlich hinausließ. Sie presste die Lippen noch fester zusammen.

Von der Kirche aus ging es zum Friedhof, und Katharina nahm Irmas Hand, während hinter ihnen Margot leise weinte. Maria stand Irma am Grab fast direkt gegenüber, zu ihrer Rechten ihr Vater, auf dessen Arm sie sich stützte. An ihrer anderen Seite war Anno, dieser große, stattliche Mann, der innerhalb weniger Tage geschrumpft schien. Sein Anzug hing an ihm, als hätte man ihn einem Schuljungen angezogen, der noch hineinwachsen musste. Er zitterte, und Irma hoffte, dass Walther, der zu Annos Linken stand, ihn auffing, wenn seine Knie unter ihm nachgaben.

Vögel zwitscherten, Sonnenstrahlen tröpfelten durch das Laubwerk lichte Flecken auf die Gräber, und ein sanfter Wind strich durch das Gras. Thure liebte den Frühling. Hatte ihn geliebt. Auf dem Weg zum Friedhof hatte sich der Schmerz zusammengerollt, hatte Irma einen Moment gegeben, Atem zu holen, hatte sie verschnaufen lassen, während der Geistliche sprach. Nun, da sie zusah, wie der Sarg in die Erde gelassen wurde, entfaltete er sich, ein schuppiges Monster mit weiten Schwingen und krallenbewehrten Klauen, das sich in ihr ausbreitete, ihr Inneres wundkratzte, weil es endlich hinauswollte. Es schnürte ihr die Luft ab, drückte von innen gegen ihre Brust, ließ sie schwindeln. Irrlichter tanzten vor Irmas Augen, als die Reihe an ihr war, ans Grab zu treten, in die Schale mit den Blüten zu fassen. Da stand sie, der Schrei drängte in ihrer Kehle, und sie tat alles, um ihn zurückzuhalten, während sie dastand, die Blüten in der Faust, die sie über das Grab hielt.

Walther trat neben sie, berührte ihre Schulter. »Du musst jetzt loslassen, Irma.«

Ihre Finger lösten sich, und die Blütenblätter regneten auf den Sarg.

2018

Am Tag der Abreise hatte Irma im Esszimmer für das Frühstück gedeckt. Die Fenster waren weit geöffnet, um die morgendliche frische Luft in den Raum zu lassen, ehe die Hitze wieder einsetzte. Es wurde wirklich Zeit, dass es sich abkühlte, auch wenn ein Blick auf die Wettervorhersage diese Hoffnung gleich wieder zunichtemachte. Schon jetzt war der Weidegang schwierig, das Gras war verdorrt und wuchs aufgrund der mangelnden Feuchtigkeit nur spärlich oder gar nicht nach.

Die Haustür ging auf und fiel wieder ins Schloss, und kurz darauf trat Hannah mit zwei Papiertüten im Arm ein. »Ich war beim Bäcker und habe Brötchen und Croissants besorgt.«

»Du bist wirklich die Beste.« Irma nahm ihr eine der Tüten ab, und gemeinsam gingen sie in die Küche. »Kochst du bitte schon einmal den Kaffee?«

Hannah maß Wasser ab und füllte es in die Maschine, dann gab sie Kaffee in den Filter und drückte den Einschaltknopf. »Wann reisen sie ab?«

»Nach dem Frühstück.«

»Wie geht es dir damit?«

»Sie sind ja nicht so weit weg, nicht wahr?« Irma war klar, dass das keine richtige Antwort auf die Frage war, aber sie konnte auch nicht so genau sagen, was sie fühlte. Es war so viel passiert in den letzten zwei Wochen. Katharina war fort, Rudolf wieder da, und sie hatte auf einmal eine große Familie mit Nichte, Großnichten, einem angeheirateten – wie nannte man das eigentlich? – Schwiegerneffen. »Hat Lenya dir erzählt, was sie sich für das Gut überlegt hat?«

»Ja.«

»Und was sagst du dazu?«

Hannah drehte sich zu ihr um. »Die Frage ist doch eher, was du dazu sagst.«

»Mich interessiert deine Meinung aber. Du weißt, dass ich das alleine nie schaffen würde.«

»Die Idee mit den Pensionspferden hatte ich tatsächlich auch schon mal. Das weißt du ja. Was die Feriengäste angeht, denke ich, dass es mit etwas Geld und Hilfe funktionieren könnte.«

»Aber vorher muss investiert werden.«

»Ja. Aber ich vermute, da hat Lenya schon eine Vorstellung?«

»Für sie ist Geld wohl kein Problem, und Rudolf hat auch angeboten, finanziell auszuhelfen.«

»Dann steht dem doch nichts im Wege.«

»Ich bin mir nicht sicher, ob ich damit zurechtkomme, wenn hier auf einmal Horden von Urlaubern einfallen.«

»Es müssen ja keine Horden sein, Irma, das lässt sich sicher über Reservierungen steuern. Die Frage ist doch, ob du willst, dass das Gut in Familienbesitz bleibt, richtig?«

Irma seufzte, während sie das Brot aufschnitt. »Natürlich will ich den Hof nicht verlieren. Gut Grotenstein ist mein Zuhause. Das ist mir in den letzten Wochen mehr und mehr klar geworden. Anfangs dachte ich, wenn ich nur die auflaufenden Schulden bezahle, dann ist das Gut gerettet, aber mittlerweile ist es wie ein Fass ohne Boden, verschlingt alles, was man hineinsteckt. Ich will nicht, dass die Mühen umsonst sind. Dass wir uns verausgaben und den Hof dann doch verlieren.«

»Es muss einfach vieles von Grund auf neu gemacht werden, und da sich das Gestüt nicht mehr allein trägt, brauchst du weitere Einnahmequellen. Ich würde das ganz pragmatisch sehen.«

Das wollte Irma so gerne, aber etwas in ihr sperrte sich dagegen. Sie füllte Brötchen, Brotscheiben und Croissants in zwei Brotkörbe, die Hannah ins Esszimmer trug. Während sie die Thermoskanne aus der Kaffeemaschine nahm und zuschraubte, stellte sie sich vor, wie es wäre, wenn Lenya öfter käme, wenn sie hier gemeinsam einen Ferienhof bewirtschafteten. Die Kinder würden hier zeitweise aufwachsen und das Gut zu einem Teil ihres Lebens werden, ebenso ihre Großtante, anders, als es bei Lenya gewesen war. Und bestimmt würde auch Rudolf sie öfter besuchen.

Sie brachte den Kaffee ins Esszimmer, während Hannah Käse und Aufschnitt auf Platten anrichtete. Das Kompott hatte Irma selbst gemacht aus Erdbeeren und Aprikosen, außerdem gab es Honig von einem Imker in der Nähe und Butter aus Süßrahm. Sie hatte gerade die Eier aus dem Kühlschrank geholt, als Lenya die Küche betrat.

»Guten Morgen«, begrüßte Irma sie. »Möchtet ihr Rührei?«

»Alexander und Marie bestimmt. Vielen Dank.«

»Sind schon alle wach?«

»Ja, Papa packt gerade noch seine Kulturtasche, und Alexander sucht den Kram von den Kindern zusammen.«

Irma stellte die Pfanne auf den Herd. »Ich werde mich im Laufe der Woche nach jemandem umsehen, der sich um den Stall kümmert, in dem die Pensionspferde untergebracht werden sollen. Bestimmt kennt Walther jemanden, er hat erst kürzlich eine Scheune instand setzen lassen.«

»Das freut mich.«

Irma atmete tief ein, hielt einen Moment die Luft an und entließ sie mit einem langen Seufzer. In diesem Moment hatte sie die Entscheidung getroffen. »Und was das andere angeht«, fuhr sie fort, »da sollten wir es auf einen Versuch ankommen lassen. Falls es nicht funktioniert …« Sie ließ den Satz offen.

»Falls es nicht funktioniert, finden wir eine andere Lösung. Wir kümmern uns jetzt erst einmal um das alte Gesindehaus, holen Kostenvoranschläge für die Renovierung, und dann sehen wir weiter. In deinem Haus bleibst du weiterhin für dich, du wirst sehen, Irma, wir bekommen das hin. Zusammen.«

Irma lächelte Lenya an, obwohl sie sich ihrer Sache bei Weitem nicht so sicher war, wie es für Lenya vielleicht den Anschein machte. Aber womöglich brauchte es genau das – einen jungen Menschen mit Ideen. Sie selbst hatte das Gut so weitergeführt, wie es ihre Großmutter getan hatte, und lange war sie gut damit gefahren. Doch nun wurde es Zeit für einen Kurswechsel. Irma nahm ein Ei und schlug es in die Pfanne.

✳ ✳ ✳

Sie mussten noch ein Gedeck mehr auflegen, da Walther Bruns ebenfalls kam. Er begrüßte Alexander mit einem festen Handschlag. »Na, wollen Sie die ganze Familie wieder nach Hause holen?«

Alexander lächelte entwaffnend. »Ich hoffe doch, sie wären auch ohne meinen Besuch zurückgekommen.«

Walther lachte, und sie nahmen an dem großen Tisch Platz. Anouk redete bereits wild auf Irma ein, um ihr zu verdeutlichen, wie sehr sie sich in eines ihrer Pferde verliebt hatte.

»Welches denn, Liebes?« Irmas Stimme klang weich, die frühere Schroffheit nur ein unterschwelliges Kratzen.

»Es heißt Ravenna.«

»Eine gute Wahl, Anouk. Sie ist eine Hübsche, nicht wahr?«

Lenya war die Fuchsstute auch schon aufgefallen, die sehr weiche und elegante Gänge hatte. Ein wunderbares Reitpferd, wenn auch nicht unbedingt für ein Kind, dafür war sie etwas zu willensstark.

»Papa kauft mir auch ein Pferd«, erklärte Marie.

»Sobald du gut genug reitest«, antwortete Alexander.

Es war ein schönes Frühstück in gelöster Atmosphäre. Walther unterhielt sich mit Alexander über den Reitsport, erzählte davon, dass er früher einmal eine Freundin in Münster gehabt hatte.

»In welcher Stadt im Umkreis hattest du eigentlich keine Freundin?«, warf Irma ein.

»Na ja, ganz so umtriebig wie Rudolf war ich nicht«, antwortete Walther.

Lenya konnte sich ihren Vater überhaupt nicht in dieser Rolle vorstellen, sie kannte ihn immer nur ruhig und zurückhaltend. Aber natürlich war in den letzten Jahren auch die eine oder andere Frau an seiner Seite aufgetaucht. Seit einem halben Jahr traf er sich mit Anne, die Lenya sofort ins Herz geschlossen hatte. Sie wohnte in Sendenhorst, war seit drei Jahren verwitwet, Ende sechzig und verreiste viel. Sie sagte, sie hole all die Reisen nach, die sie früher nicht hatte machen können. Ihre drei Kinder waren erwachsen und wohnten mit ihren Familien in der Nähe, Lenya hatte sie zu einer Geburtstagsfeier im April getroffen.

»Reiterferien?«, hörte sie Walther jetzt sagen. »Na, das sind ja tolle Neuigkeiten.« Lenya hatte Hannah von Irmas Einwilligung erzählt, und die hatte es offenbar gerade ihrem Vater mitgeteilt. »Da kommt unser Rudolf zurück, bringt seine Tochter mit, und schon weht hier ein frischer Wind. Dann sehen wir euch also demnächst öfter?«

»Mich auf jeden Fall«, antwortete Lenya. »Und Papa kommt sicher auch hin und wieder mit, nicht wahr?«

Friedrich sah sie an, lächelte. »Ganz bestimmt. Wollen wir noch eine letzte Runde über den Hof drehen, Lenya?«

»Gerne.« Lenya wusste nicht, wann ihr Vater zuletzt einen Spaziergang zu zweit vorgeschlagen hatte. Doch wenn sie ihre Überraschung zu offensichtlich zeigte, würde er sich womöglich nur wieder zurückziehen.

Gemeinsam schlenderten sie zur Pferdekoppel.

»Vermisst du es nicht doch ein wenig?«, fragte sie ihren Vater.

»Das Landleben? Nein, kann ich nicht gerade behaupten. Es war schön, wieder hierherzukommen, Irma wiederzusehen, den Gutshof, die Freunde von früher. Aber wenn ich wählen müsste mit dem Wissen von heute, würde ich mich immer wieder für ein Leben in der Stadt entscheiden. Niemand fragt, ob man zugezogen ist, man wohnt dort und ist dann eben ein Anwohner. Auf dem Land ist das anders. Irma ist heute noch die Zugezogene aus Ostpreußen, und ich bin in den Augen der Leute auch kein Münsteraner oder ein fortgezogener Emsländer, sondern ein Ostpreuße, der in Münster lebt.«

»Und das Gut?«

»Anfangs habe ich es sehr vermisst, aber irgendwann ging es mir besser, und ich habe mich frei gefühlt. Ich musste nicht mehr so tun, als sei mir in der Nähe von Pferden nicht unbehaglich, musste nicht mehr jemand sein, der ich nicht war. Von da an konnte ich mich darauf konzentrieren, das Leben zu führen, das ich wollte.« Er sah sie an. »Und ich kann dir nur raten, dasselbe zu tun. Du musst dich dem Gut nicht verpflichtet fühlen, weil ich hier aufgewachsen bin. Du hast dein eigenes Leben. Wenn überhaupt, bist du nur deinen Kindern gegenüber in der Pflicht.«

»So wie du mir gegenüber.«

Er lächelte. »Ja, so wie ich dir gegenüber. Das Beste, was mir in meinem Leben je passiert ist. Man lernt eine Menge über sich selbst, wenn auf einmal jemand da ist, der einem zeigt, dass die Ängste, die man bisher in seinem Leben hatte, nichts sind gegen die, die man um seine Kinder hat. Einmal warst du nachts viel zu spät zu Hause, erinnerst du dich?«

»Ja, du warst kurz davor, die Polizei zu rufen.«

»In dem Moment habe ich gedacht, dass ich all die Schrecken meines Lebens noch einmal durchleben würde, wenn das der Preis dafür wäre, dass dir nichts zustößt.«

So wie in jener Nacht hatte Lenya ihren Vater noch nie zuvor erlebt, er war bleich gewesen, hatte sie bei ihrer Ankunft gleichzeitig an sich gedrückt und ausgeschimpft. Lenya hatte seine Reaktion damals nicht nachvollziehen können. Dann war sie eben drei Stunden zu spät, was stellte er sich so an? Sie war doch schon sechzehn, fast erwachsen. Im Nachhinein, jetzt wo sie selbst Mutter war, verstand sie ihn natürlich besser.

»Ich fühle mich dem Gut nicht verpflichtet«, kam sie auf die eigentliche Frage zurück. »Ich möchte nur so gerne ein Teil davon sein. Es war, als hätte es in gewisser Weise auf mich gewartet, auch wenn ich nicht gerade mit offenen Armen empfangen worden bin. Im Nachhinein fühlt sich das auch nicht an, als wollte man mich abweisen, sondern als hätte ich mir einfach zu viel Zeit gelassen hierherzukommen, und müsste mich beweisen.«

»Interessante Sichtweise.« Sie kehrten zum Gut zurück, gingen durch den Garten zur Veranda.

Irma kam mit der Kaffeekanne nach draußen und setzte sich zu ihnen. »Dein Mann lädt gerade die Koffer ins Auto. Bleibt denn noch Zeit für einen Kaffee?«

»Natürlich.« Friedrich hielt ihr seine Tasse hin.

»Das ist der dritte heute«, sagte Lenya, während sie sich einschenken ließ. »Denk daran, dass du Herzrasen bekommst, wenn du zu viel davon trinkst.«

»Aber nicht von drei so kleinen Tassen.«

»Da werden die Rollen ganz schnell vertauscht«, sagte Walther von der Terrassentür aus. »Bei Hannah werde ich auch immer wieder zum kleinen Bub.«

»Aber nur, wenn du nicht auf deinen Blutdruck achtest«, antwortete Hannah, die sich an ihm vorbei nach draußen schob. »Helga und Ernst sind da, um sich zu verabschieden. Jetzt stehen sie im Hof und streiten sich. Ernst ist mit dem Auto, Helga mit dem Fahrrad gekommen, und Ernst meinte, sie sei vor ihm in den Hof gebrettert wie eine gesengte Sau, und er hätte eine Vollbremsung hinlegen müssen. Daraufhin sagte sie, dass er schlicht senil sei, sie einfach nicht früh genug bemerkt hätte und er besser seinen Führerschein abgebe, ehe noch was passiere. Er meinte daraufhin, dass es ihm leidtäte, gebremst zu haben.«

»Das Übliche also«, antwortete Walther.

Nachdem sie ihren Kaffee ausgetrunken hatten, erhoben sie sich und gingen durch das Haus auf den Hof. Alexander stand am Auto und beobachtete das ungleiche Paar, das sich im Hof lautstark stritt. Hannes kam vom Stall her und hob die Hand.

»Guten Morgen.«

Marie, die Hannes mittlerweile sehr ins Herz geschlossen hatte, lief zu ihm und erzählte, dass sie heute nach Hause fahren würden.

»Na, das weiß ich doch, kleine Dame.«

»Seid ihr so weit?«, fragte Alexander.

»Ja. Ich fahre mit Papa«, antwortete Lenya.

»Dann will ich auch mit Opa fahren«, rief Anouk.

Es entbrannte ein kurzer Streit, weil Marie und Caro sich nicht entscheiden konnten, bei wem sie lieber mitfahren wollten, sich dann aber anstandslos im Volvo anschnallen ließen. Irma und ihr Bruder umarmten sich zum Abschied ungelenk, danach umfasste Irma sein Gesicht, sah ihn an, als suche sie etwas darin. Vielleicht den jungen Mann, der er einmal gewesen war. Schließlich gab sie ihm einen Kuss auf die Wange. »Bis bald, mein Lieber.«

Danach umarmte sie Lenya, während alle anderen sich mit Handschlag verabschiedeten.

Ernst klopfte Friedrich auf die Schulter. »Warte mit dem nächsten Besuch nicht wieder fünfzig Jahre.«

Sie stiegen in die Wagen, Friedrich ließ Alexander vorfahren, dann setzte er zurück und fuhr vom Hof. Als Lenya sich umdrehte, sah sie sie alle vor dem Haus stehen und ihnen zum Abschied zuwinken.

✳ ✳ ✳

Nachdem sie fort waren, gingen Irma, Walther, Hannah, Ernst und Helga ins Haus. Irma bat auch Hannes mit hinein, aber der winkte ab. »Hab noch im Stall zu tun bei den Fohlen.« Die Pferde würden für ihn immer an erster Stelle stehen, und Hannes hatte mal gesagt, am liebsten wäre es ihm, wenn er sterben würde mit einem letzten Blick auf die Pferde.

Ein wenig Angst hatte Irma vor der Stille, vor dem Alleinsein, mit dem sie sich ab jetzt arrangieren musste. Natürlich würde Lenya immer wieder hierher zurückkehren, Hannah kam fast jeden Tag, und in den Stallungen war den ganzen Tag etwas los, aber das war doch nicht dasselbe wie seinen Wohnraum mit jemandem zu teilen. Irma würde Katharina so furchtbar vermissen.

»Erinnerst du Tobias bitte daran, dass er nachher die Kisten mit Katharinas Kleidung abholt?«

»Die kann ich doch mitnehmen«, sagte Walther. »Wo stehen die? Noch oben?«

Irma nickte.

»Ernst, komm, fass mal mit an, das machen wir direkt.«

»Wollt ihr keinen Tee?«

»Doch, setz ihn ruhig schon mal auf.« Walther ging die Treppe hinauf, gefolgt von Ernst und Hannah. Sie luden die Kisten in seinen Wagen, und Hannah brachte die Fotos aus dem Zimmer mit. »Hier, die lagen auf dem Nachtschränkchen.«

»Ah, vielen Dank.« Irma legte sie auf die Anrichte und kümmerte sich um den Tee.

»Walther sagt, du nimmst Feriengäste auf«, sagte Helga, während sie Teetassen auf ein Tablett stellte.

»Ja, das war Lenyas Idee.«

»Gar nicht mal dumm«, war Helgas Kommentar dazu. »Meine Mutter hat uns nach dem Krieg über Wasser gehalten, indem sie Zimmer vermietet hat. Und da hatten wir nicht dieses, wie nennt man das, Ambiente wie hier. Trotzdem haben die Leute gut gezahlt.«

»Darauf hofft Lenya auch.«

»Und du? Worauf hoffst du?«

»Darauf, das Gut zu behalten.« Darauf, sie wiederzusehen, Lenya, Rudolf, die Kinder. Irma hätte bei seiner Ankunft nicht geglaubt, dass es so wehtun würde, sie wieder fahren zu sehen. Und dieses Mal gingen sie im Guten auseinander, konnten telefonieren, neue Besuche planen. Aber bald würde der Alltag sie wieder im Griff haben, da blieb keine Zeit für Trübsal. Und Lenya würde ja wiederkommen. Sie hatte ihr gesagt, Anfang August hätten sie einen Urlaub geplant im Ferienhaus von Alexanders Familie auf Rügen, aber danach, ab Mitte August würde sie dann in regelmäßigen Abständen bei ihr vorbeisehen, um ihr gemeinsames Vorhaben Stück für Stück voranzubringen.

Nachdem sie zusammen Tee getrunken und ein bisschen über Allgemeines geplaudert hatten, verabschiedeten sich Helga, Walther und Ernst, während Hannah sich um ihre Reitschülerinnen kümmerte. Irma räumte das Geschirr vom Terrassentisch und trug es in die Küche, spülte ab, räumte die Reste vom Frühstück weg, wischte mit einem Tuch über die Flächen und schrieb einen Einkaufszettel. Später stand noch die Wäsche an, außerdem musste sie in die Buchhaltung und alles durchrechnen, um planen zu können.

Auf der Anrichte lagen nach wie vor die Fotos. Irma nahm sie zur Hand, blätterte sie durch und betrachtete längere Zeit Lenyas Hochzeitsfoto. Lenya hatte ihr erzählt, dass sie auf dem Foto bereits schwanger gewesen war.

»Und dann habt ihr sofort geheiratet? Heutzutage muss man sich da doch nicht mehr so beeilen. Zu meiner Zeit war das noch anders.«

»Geheiratet hätten wir früher oder später ohnehin«, hatte Lenya geantwortet. »Und jetzt war es eben etwas früher, weil wir geordnete Verhältnisse für das Kind wollten.«

1977

Irma kontrollierte die Zäune an der Südkoppel, da es in den nächsten Tagen ans Ausbessern gehen sollte. Es gab so viel zu tun, dass sie kaum wusste, wie sie alles bewältigen sollte. Doch so blieb ihr wenigstens kaum Zeit, zu sehr ins Grübeln zu geraten. Natürlich hatte sie ihre Mitarbeiter, und das Gestüt lief gut, sie hatte einige großartige Pferde gezogen. Aber es fiel auch so vieles an. Erst vor Kurzem waren zwei Pferde ausgebrochen, weil das Gatter auf einer der Koppeln morsch war. Gottlob war nicht mehr passiert, als dass die beiden Stuten ein Blumenbeet zertrampelt hatten, um im Vorgarten eines Hauses zu grasen. Irma glaubte zwar, dass der Schaden zu hoch beziffert worden war, aber sie hatte nicht die Nerven, sich um Blumenrabatte zu streiten.

Aschendorf war vor vier Jahren im Rahmen der Gebietsreform Niedersachsen in die Stadt Papenburg eingegliedert worden. Natürlich hatte sich Helgas Mutter darüber aufgeregt. »Wenn ich Papenburgerin hätte sein wollen, wäre ich nach Papenburg gezogen.« Ernst hatte sich für den Ortsrat beworben, den Aschendorf als neuer Stadtteil nach der Gemeindeneugliederung bekommen hatte, und seine Frau Hannelore wurde nicht müde, das bei jeder sich ihr bietenden Gelegenheit zu erwähnen.

Irma war den Koppelzaun zur Hälfte abgegangen, als Maria ihr entgegenkam. Sie hob die Hand, winkte, und Maria, die sie nun auch entdeckt hatte, winkte zurück. Sie hatten ein Verhältnis zueinander, das man als distanziert freundlich beschreiben konnte, und natürlich war die alte Vertrautheit aus Kindertagen trotz allem noch da. Maria sah gut aus, das leicht gelockte Haar etwas kürzer als Schulterlänge, und sie trug eine hellrote, geblümte Bluse zur Jeans. Irma fragte sich, ob Maria ahnte, was zwischen Thure und ihr gewesen war, womöglich sogar, warum er am Tag seines Todes so lange unterwegs war, anstatt bei ihr zu Hause zu sitzen und auf die Geburt des Kindes zu warten.

Sie liefen sich immer mal wieder über den Weg. Maria wohnte natürlich nach wie vor auf dem Reimann-Hof. Seit Anno Reimann im letzten Jahr gestorben war, bewirtschaftete sie diesen allein. Er war seit dem Tod seines Sohnes nie mehr der Alte geworden und zum Schluss nur noch ein Schatten seiner selbst. Man hatte gehofft, dass das Kind ihm Lebensmut verleihen würde, aber obwohl er dieses liebte, hatte ihm das nicht über den Tod seines Sohnes hinweghelfen können. Eines Tages hatte er einen Herzinfarkt erlitten und war noch auf dem Weg ins Krankenhaus gestorben.

»Wie geht es dir?«, fragte Irma.

»Gut. Ich lasse dir später noch deine Obst- und Gemüsekisten bringen.« Maria strich sich das Haar hinter die Ohren, was vergeblich war, denn der leichte Wind wehte ihr umgehend verspielt einzelne Strähnen ins Gesicht.

Irma nickte nur.

»Wir geben Samstagabend ein Essen«, fuhr Maria fort. »Ich telefoniere gleich mal durch, wer alles kommen mag.«

»Bei euch auf dem Hof?«

»Nein, bei Walther.«

Walther half Maria mit dem Hof, und man sah die beiden nun immer öfter zusammen. Hier und da wurde gemunkelt, dass sich das nicht gehöre, so als bester Freund ihres verstorbenen Ehemanns. Andere jedoch fanden, dass es sich gerade dadurch am besten fügte. Maria schien er auf jeden Fall gutzutun, denn sie wirkte so zufrieden und glücklich wie schon lange nicht mehr. Und so kam es für Irma nicht überraschend, als sie ihr verkündete, dass sie sich verlobt hatten und heiraten würden.

»Wir werden es Samstag offiziell machen. Die Hochzeit wird keine große Feier werden, nur die engsten Freunde und Familienangehörige.« Sie legte kurz die Hand auf den Bauch, sog die Unterlippe ein, als überlegte sie auszusprechen, was die Geste nur allzu deutlich sagte. »Im Grunde genommen ist es ohnehin kein richtiges Geheimnis, und man wird es schon bald sehen können. Ich bin schwanger, und wir wollen, dass unser Kind in geordnete Verhältnisse geboren wird.«

Obwohl Irma geahnt hatte, dass die Beziehung zwischen den beiden sich nicht nur auf sehnsuchtsvolle Blicke und Händchenhalten beschränkte, traf sie das im ersten Moment doch. Dann machte ihr ein unerklärliches Verlustgefühl die Brust eng, und sie konnte nur nicken.

»Ist das nicht seltsam?« Sie setzten ihren Weg fort, Maria begleitete Irma und hatte im Gehen eine Blume gepflückt, von der sie nun die Blütenblätter abzupfte, so, wie sie es als Kinder immer getan hatten. *Er liebt mich, er liebt mich nicht.* »All die Jahre bin ich nicht schwanger geworden, obwohl Thure und ich uns wirklich intensiv darum bemüht haben.«

Irma hoffte, dass Maria ihr leichtes Zusammenzucken nicht bemerkt hatte.

»Die ganzen gehässigen Bemerkungen, die Anspielungen, sogar eine Trennung wurde Thure schon nahegelegt, bis es am Ende dann doch geklappt hat. Als Walther und ich … na ja, ich dachte ja, ich sei praktisch unfruchtbar, und war wohl zu unbekümmert. Und dann bin ich praktisch sofort schwanger geworden.«

Irma hatte schon länger gedacht, dass nicht Maria das Problem gewesen war. Sie und Thure hatten zwar aufgepasst, aber das war vor der Pille ja immer auch ein Glücksspiel gewesen, und das eine oder andere Mal war er im Eifer des Gefechts unvorsichtig gewesen. Schwanger war sie nie geworden. Thure war als Kind schwer an Mumps erkrankt, vielleicht lag es daran. Letzten Endes spielte es aber auch keine Rolle mehr. Und Walther? Man konnte ihn durchaus verstehen. Maria war eine sehr attraktive Frau, und außerdem gewann er so nicht nur das Grundstück der Hinnekens, sondern auch das der Reimanns dazu. Walther wäre einer der reichsten Bauern in der Region.

»Ist das der einzige Grund, warum ihr heiratet?«, fragte Irma schließlich. »Deine Schwangerschaft?«

»Nein, natürlich nicht. Mit uns passt es einfach in jeder Hinsicht. Und was das Wichtigste ist – er wird meiner Hannah ein guter Vater sein.«

2018

In der letzten Nacht hatte sie nach langer, langer Zeit wieder von ihrer Mutter geträumt. Irma war im Nachthemd die Treppe des Gutshauses hinuntergestiegen, hatte jemanden in der Küche gehört. Dort stand ihre Mutter, richtete das Frühstück, drehte sich zu ihr um und lächelte.

»Ich bin alt«, war das Erste, was Irma zu sagen einfiel.

Ihre Mutter nickte. »Das ist auch gut so.«

»Rudolf ist zurück.«

»Ich weiß.«

Und erst jetzt bemerkte Irma, dass sie nicht allein waren. Der kleine Rudolf saß auf dem Boden und spielte mit einer Holzeisenbahn, sah auf, schenkte ihr ein verschmitztes Grinsen. Es war der echte Rudolf, der, den ihr der Sturm entrissen hatte.

Im nächsten Augenblick stand sie in der großen Wohnstube und sah draußen auf der Veranda die junge Katharina sitzen, zusammen mit dem halbwüchsigen Rudolf. Irma blickte an sich hinab. Sie genierte sich ein wenig, dass sie immer noch ihr Nachthemd trug, obwohl es doch schon Nachmittag sein musste. Langsam ging sie zur Verandatür, öffnete sie und trat hinaus.

»Ihr seid wieder da«, sagte sie.

Rudolf drehte sich zu ihr um. »Wir waren doch nie weg.«

Als Irma wach wurde, waren ihre Wangen nass. Sie schniefte, und es brauchte einen Moment, ehe sie wieder im Hier und Jetzt war. Am liebsten wäre sie wieder eingeschlafen, wäre wieder bei Katharina und Rudolf gewesen. Und bei Thure, der noch lebte, als die beiden so jung gewesen waren.

Aber Rudolf war ja da. Sie konnte einfach zum Telefon greifen und ihn anrufen. Umgehend setzte Irma diesen Gedanken in die Tat um, nahm sich das Telefon und schlug das Notizbüchlein auf, in dem sie sich Rudolfs Nummer notiert hatte. Mit schwer klopfendem Herzen lauschte sie auf das Tuten im Hörer, dann auf Rudolfs Stimme.

»Czerniak.«

»Ich bin es. Irma.«

»Ah, Irma.« Er klang erstaunt. »Wie geht es dir?«

»Gut.« Sie räusperte sich. »Und dir?«

»Auch gut. Ist etwas passiert?« Angesichts der frühen Stunde war er offenbar alarmiert.

Irma blinzelte, setzte sich mit dem Telefon in einen der Sessel. »Nein, ich wollte mich nur mal melden. Wie geht es Lenya und den Kindern?«, schob sie rasch hinterher, ehe er mit einer Floskel wie »das freut mich aber« antworten konnte.

»Es geht ihnen gut. Lenya kommt heute aus dem Urlaub zurück.«

Davon wusste Irma, sie hatte es sich im Kalender notiert. »Möchtest du nicht noch mal zu Besuch kommen?«, fragte sie unvermittelt.

»Das kann ich gerne tun. Nächste Woche bin ich für ein paar Tage am Meer, aber danach finden wir bestimmt einen Termin.«

Natürlich konnte er nicht einfach zu ihr fahren, er hatte ein Leben. Eines, von dem sie kein Teil mehr war und es vielleicht auch nie wieder sein würde. Sie verabschiedeten sich, und als sie auflegte, weinte sie. Das war nicht Rudolf, das war ein Fremder, der nicht einmal mehr seinen Namen trug. Und doch war er da, sie konnte sich mit ihm arrangieren, und vielleicht reichte die Zeit sogar noch, um ihn lieb zu gewinnen. So, wie sie ihren kleinen Bruder Rudolf geliebt hatte, obwohl er nicht mehr der war, den sie daheim gekannt hatte.

»Irma?« Hannah trat ein, sah sie aus Thures Augen an. Wieder kamen Irma die Tränen. Ausgerechnet ihr, der Heulsusen zuwider waren. »Ist etwas passiert?«

»Nein, alles gut. Es war nur vielleicht etwas viel in der letzten Zeit.«

»Soll ich heute Nacht hierbleiben?«

»Rede keinen Unsinn.« Jetzt war Irmas Stimme barsch.

»Ich mache das wirklich gerne.«

»Papperlapapp!« Irma hatte sich wieder gefangen. »Mir geht es gut. Außerdem ist Hannes da. Wenn es mir nicht gut geht, rufe ich ihn an, er hat es ja nur quer über den Hof.«

Dass Hannah die Verfügbarkeit des fast neunzigjährigen Hannes nicht gerade beruhigte, war ihr anzusehen, aber das war ihr Problem, nicht Irmas. Außerdem gab es ja noch die Angestellten, die auf dem Gut wohnten. Sie war also nicht vollkommen allein.

Hannah frühstückte mit ihr zusammen, ehe sie wieder hinausging, um die Reitstunde zu geben. Nachdem Irma den Tisch abgeräumt und das Frühstücksgeschirr abgespült hatte, beschloss sie, einen Spaziergang zu machen. Das Haus war so furchtbar still. Wenn sie in der Halle stand, war das Einzige, was zu hören war, das Ticken der großen Uhr. Als würde sie die verbleibenden Sekunden ihres Lebens herunterzählen. Irma war in einer morbiden Stimmung, da half nur Bewegung in der Sonne, und morgens war es ja noch nicht so heiß, dass man bei jedem Schritt nach Luft schnappen musste.

Es war Mitte August, und der Sommer setzte ihnen weiterhin zu. Lenyas Idee war gut, das musste sie zugeben, aber Irma fragte sich, ob sie das Gut bis zur nächsten Urlaubssaison überhaupt halten konnten. Durch die Gluthitze waren Ausgaben und Probleme hinzugekommen, die vorher so gar nicht abzusehen waren. Futter war exorbitant teuer geworden, die Preise für Großballen Heu hatten sich zum Teil verdreifacht. Das Futter reichte nicht mehr, musste zeitweise aus Polen und Ungarn importiert werden, selbst das Heu, das aufgrund des Grasmangels schon jetzt zugefüttert werden musste.

Die Weidezeit hatten sie bereits Mitte Juli beendet und nicht wie sonst im November, da die Weiden kahl waren. Als einige der Pferde Koliken bekommen hatten, weil sie aufgrund des kargen Grases die Wurzeln mit Sand fraßen, hatten sie die Reißleine ziehen müssen. Irma hatte bereits von kleineren Betrieben gehört, die aufgeben mussten, und sie fragte sich, wie lange sie das noch würde stemmen können. Alles war so teuer geworden, und es sah nicht danach aus, als würde sich daran in naher Zukunft etwas ändern. Dann würde es bald möglicherweise auch das Gut Grotenstein nicht mehr geben, und von den alten Höfen von damals bliebe nur noch der Bauernhof der Bruns übrig. Walther hatte zwar auch zu kämpfen, so wie alle Landwirte, aber er hatte ausreichend Rücklagen, um den Ausfall irgendwie abzufangen.

Der Hof der Reimanns war an einen Obst- und Gemüsebauern verkauft worden, der einen Teil der Ländereien gepachtet hatte. Das Erbe aus Thures Besitz war komplett an Hannah gegangen, die Ländereien, die Marias Familie gehört hatten, hatten Walther und ihre Kinder geerbt. Ein Teil war verkauft, ein weiterer verpachtet, das Geld klug angelegt. Vom Reimann-Hof bezog Irma auch weiterhin Obst und Gemüse, es wurde wöchentlich geliefert. Was wohl aus Gut Grotenstein werden würde, wenn sie das Gestüt aufgeben musste?

Als es zu warm wurde, kehrte Irma zurück und erledigte die

täglich anfallende Hausarbeit, wusch die Wäsche, hängte sie im Garten auf, machte ihre Rundgänge durch den Stall, bereitete das Mittagessen zu, unterhielt sich mit Hannes, kochte Kaffee und backte einen Kuchen.

Nachmittags kam Walther zu Besuch, brachte Milch und Eier, woraufhin Irma ihn zum Kaffee einlud. »Ich habe gebacken«, erklärte sie ihm. »Den Apfelkuchen deiner Mutter.«

Sie setzten sich auf die Veranda, sahen in den Garten, der nun still und kinderlos dalag. Das Planschbecken hatten die Reitschüler noch hin und wieder genutzt, aber da nun Lenyas Kinder nicht mehr da waren, scheuten sie sich wohl, Irmas Privatgelände zu betreten. Irma hätte das nichts ausgemacht, sie hatte sogar das Gartentor aufgeschlossen, das rostig war, klemmte und ohrenbetäubend quietschte.

Der Hund kam zu ihnen getrottet, trank schlabbernd aus seinem Wassernapf und legte sich zu Irmas Füßen. Ihm setzte die Hitze auch zu, genau wie ihr.

»Wie geht es dir?«, fragte Walther unvermittelt.

Ah, dachte Irma, das war also der Grund, warum er ihr die Lieferung brachte und nicht Tobias oder einer seiner Angestellten. Hannah hatte ihm offenbar erzählt, dass Irma heute Morgen auf sie keinen guten Eindruck gemacht hatte. »Alles in Ordnung«, antwortete sie.

»Tobias fährt mit seiner Frau am Wochenende hoch ans Meer.«

»Und die Kinder?«

»Die Kleine nehmen sie mit, die beiden Großen bleiben auf dem Hof bei mir.«

Irma schenkte ihnen noch eine Tasse Kaffee ein, und während sie tranken, drehte sich das Gespräch überwiegend um die Trockenheit und die Konsequenzen für die Landwirtschaft.

»Ist gar nicht so verkehrt, auf den Tourismus zu setzen.« Walther nahm sich ein weiteres Stück Kuchen. »Ich habe auch schon überlegt, Sommerferien auf dem Bauernhof anzubieten. Also eigentlich nicht ich, sondern Tobias.« Seine beiden jüngsten Söhne lebten nicht mehr auf dem Hof, sondern waren nach dem Studium nach Hamburg und Berlin gezogen. »Der meinte, so etwas sei gerade sehr gefragt. Zurück zur Natur und so.« Walthers Stimme war nicht zu entnehmen, was er davon hielt. Irma hingegen konnte sich schon lebhaft vorstellen, wie er dastand, umgeben von Städtern, die ihm erklärten, wie er seinen Hof nachhaltiger führen könnte, während die Kinder Heuballen zerpflückten und in Misthaufen sprangen.

»Lass uns nächstes Jahr mal wieder richtig feiern«, sagte Walther, »dann laden wir alle ein, auch Rudolf mit seiner Familie.«

»Ja, das sollten wir unbedingt tun.«

※ ※ ※

Lenya hatte den Urlaub auf Rügen mit der Familie genossen, auch wenn es die üblichen Katastrophen gegeben hatte. Die Kinder stritten, die Nächte waren zu kurz. Einmal war Caro plötzlich wie vom Erdboden verschluckt und erst nach einer halben Stunde panischen Suchens – Lenya war kurz davor, die Nerven zu verlieren – wieder aufgetaucht. Sie hatte die ganze Zeit im Garten der Nachbarn auf der Terrasse gesessen und mit den Katzenbabys gespielt. Da die Leute nicht zu Hause gewesen waren, war dieser Besuch so lange unbemerkt geblieben, bis Caro die Lust an dem Spiel verlor und das Grundstück verließ. Aber abgesehen von diesen Zwischenfällen hatten sie sich gut erholt.

Lenya freute sich dennoch auf zu Hause, und so war es ihr schon lange nicht mehr ergangen. Auf sie wartete dieses Mal nicht mehr der übliche Trott, sondern sie hatte ein Projekt, das es in Angriff zu nehmen galt, das ihr Antrieb verlieh, auf das sie sich freute. Die meisten ihrer Freundinnen waren skeptisch, hatten sie gefragt, ob sie sich im Klaren darüber sei, wie viel Arbeit da auf sie zukommen würde. Manche hatten nur den Kopf geschüttelt, gefragt, was denn Alexander davon hielt, dass sie nun so oft nicht zu Hause war. Nur ihre beiden besten Freundinnen hatten sie in ihren Plänen bestärkt.

»So viel Kram«, sagte Alexander, als er den Kofferraum öffnete, in dem sie Koffer und Taschen stapelten. »Man könnte meinen, wir wären mit dem gesamten Hausstand auf Weltreise gegangen.«

Gemeinsam wuchteten sie das Gepäck aus dem Auto, während die Kinder schon ganz aufgeregt vor der Haustür warteten. Das eigene Kinderzimmer war nach einer so langen Reise plötzlich wieder spannend und interessant. Schon auf dem Rückweg hatten Anouk und Marie aufgezählt, womit sie spielen würden und welches Kuscheltier unbedingt mit ins Bett musste. Caro hatte die halbe Fahrt hindurch geschlafen und war auf dem restlichen Weg quengelig gewesen. Jetzt stand sie da und hüpfte von einem Bein aufs andere.

»Mami, ich muhuss.«

Lenya beeilte sich, die Tür aufzuschließen, und die Kinder stürzten ins Haus, Marie rannte an ihnen vorbei, eilte ins Bad und schlug die Tür zu, woraufhin Caro brüllte und die Tür wieder aufstieß.

»Ich bin auf der Toilette!«, schrie Marie. »Raus!«

Lenya verdrehte die Augen.

»Caro, geh auf die Gästetoilette.«

»Ich hab' das aber zuerst gesagt«, rief Caro weinend.

»Anouk, du gehst nach oben«, sagte Lenya, da Anouk bereits auf die Gästetoilette zusteuerte. »So, Caro, komm jetzt.«

Fünf Minuten später stand sie wieder im Flur, in dem Alexander gerade die Koffer und Taschen auftürmte.

»In der blauen Tasche ist die Wäsche«, sagte Lenya, »die sollte jetzt nicht ganz unten stehen.«

Gehorsam schichtete Alexander die Koffer um, und Lenya schleppte die Tasche in den Waschkeller. Die würde sie sich in den nächsten Tagen vornehmen, jetzt brauchte sie erst einmal einen Kaffee. Als sie aus dem Keller kam und in den Flur trat, hantierte Alexander bereits an der Maschine, die auf der Kochinsel stand, und reichte ihr eine Tasse. Es war später Nachmittag, und normalerweise trank sie um diese Zeit keinen Kaffee mehr, aber nach einer längeren Autofahrt brauchte sie den einfach, und Alexander kannte diese Gewohnheit. Er selbst hielt sich an Wasser.

»Was machen wir mit dem restlichen Tag?«, fragte er.

»Ich hatte überlegt, ob ich zu Irma fahre.«

»Jetzt?«

Lenya nickte. »Es ist Freitag, ich könnte den Samstag über dableiben und komme Sonntagabend zurück.«

»Wir waren doch gerade erst weg, willst du nicht ein paar Tage Ruhe haben?«

Sie lachte. »Definiere Ruhe.« Dann wurde sie wieder ernst. »Ich habe Irma jetzt seit einem guten Monat nicht gesehen und kaum gesprochen. Es soll nicht aussehen, als hätte ich da hochtrabende Pläne von mir gegeben, die ich über Bord werfe, sobald mich der Alltag wiederhat. Und wenn ich heute nicht fahre, klappt es erst wieder nächstes Wochenende. Es sei denn, du übernimmst während der Woche die Kinder.« Sie legte den Kopf schief und hob eine Braue.

Ergeben nickte Alexander. »Also gut. Bis Sonntagabend?«

»Spätestens Montag nach dem Frühstück.«

»Oder Dienstag?«

»Nein, wirklich allerspätestens Montag.« Sie legte ihm den freien Arm um den Hals, zog ihn zu sich und küsste ihn auf den Mund.

»Iiiiiih«, rief Marie, die gerade zur Küche hineinlugte.

Lenya zog sich von Alexander zurück und stellte ihre Kaffeetasse ab. »Was gibt's?«

»Anouk hat zwei von meinen Playmobilpferden und sagt, das wären ihre.«

»Sie hat doch auch welche.«

»Das sind aber *meine*.«

Lenya lagen bereits die Worte »ich komme sofort« auf den Lippen, als Alexander sagte: »Klärt das unter euch. Vielleicht schaust du einfach mal in einer der Kisten nach.«

»Darin sind sie bestimmt nicht.«

»Hast du nachgeschaut?«

Marie verdrehte die Augen. »Na guuut.« Sie drehte sich um und lief die Treppe hoch, wobei sie ihre ältere Schwester schon vom Flur her anschrie, sie solle ihr die Pferde zurückgeben.

»Der wahre Grund für deine Fahrt wird immer offensichtlicher«, sagte Alexander.

Lenya grinste und küsste ihn ein weiteres Mal. »Montagmorgen, allerspätestens.«

Sie holte ihren kleinen Koffer, packte ihn rasch, nahm den Kulturbeutel aus dem Urlaubskoffer und steckte noch ein paar Sandalen ein. Nach kurzem Überlegen wanderten auch Reithose, Stiefel, Helm sowie zwei weitere T-Shirts in eine kleine Tasche. Das sollte reichen für ein Wochenende. Bei dem Gedanken an einen ruhigen Abend auf Irmas Veranda, Frühstück in der gemütlichen Küche und zwei ganze Tage auf dem Hof stieg ein Gefühl flirrender Vorfreude in ihr auf.

* * *

»Du lieber Himmel, Hannah, ich bin doch kein Kind mehr.« Trotzdem trank Irma gehorsam ein weiteres Glas Wasser. »So, können wir nun aufhören, so zu tun, als stünde mein Leben auf dem Spiel?«

Hannah legte den Kopf schief, als wäre Irma ein krankes Kind, das nicht einsehen wollte, dass es ins Bett gehörte. »Ich komme dich morgen früh besuchen, und bis dahin ruhst du dich bitte aus!«

»Tu das, Liebes. Und nun hör endlich auf, dir Sorgen zu machen. Es geht mir gut.«

»Du hast vorhin ein wenig geschwankt.«

»Mir ist schwindlig wegen der Hitze. Aber ich verspreche dir, sobald du gegangen bist, setze ich mich in den Sessel, lese noch ein bisschen und gehe früh ins Bett.«

»Und wenn was ist, ruf an, hörst du?«

»Himmel noch mal!«

Hannah nahm Irma den ruppigen Ton offensichtlich nicht übel, sie war Widerspenstigkeit von ihren Kindern gewöhnt. Immerhin wechselte sie nun das Thema. »Wir nehmen die Renovierung der alten Stallungen demnächst in Angriff. Wenn das erledigt ist, spreche ich mit Lenya, damit wir die Anzeige für die Pensionspferde schalten.«

»Die Renovierung wird doch sicher einige Zeit in Anspruch nehmen.«

»Bis Ende Herbst, schätze ich. Wichtig ist jetzt erst einmal das Dach, und der Termin mit dem Dachdecker steht ja bereits.«

Ehe Hannah ging, sorgte sie dafür, dass die Wasserkaraffe aufgefüllt im Wohnzimmer stand, dann gab sie Irma einen Kuss auf die Wange und verabschiedete sich. Irma brachte noch ein paar gefaltete Servietten in die Vitrine im Esszimmer. Auf der Kommode standen neben den Fotos von Irma, Katharina und Rudolf nun auch die Bilder von Lenya und den Kindern, die Rudolf vor langer Zeit Katharina geschickt hatte. Irma war extra nach Papenburg gefahren, um schöne Bilderrahmen zu kaufen. Sie ging zum Fenster, sah hinaus in den Garten. Vielleicht war noch nicht alles verloren, und der Sommer nahm ein jähes Ende, der Herbst käme verfrüht und mit ihm Regen und Kälte.

Unvermittelt dachte Irma an einen Winter vor vielen Jahren, der ungewöhnlich früh über sie hereingebrochen war. 1944. Da war schon abzusehen gewesen, dass sie nicht nur den Krieg verlieren würden, sondern auch Ostpreußen. Für Irma und die anderen Kinder war der Krieg noch weit entfernt gewesen, aber die Erwachsenen mussten gewusst oder zumindest geahnt haben, was noch auf sie zukommen würde. Die Russen waren weit vorgerückt, und die Menschen hatten ausgeharrt, weil die Gauleitung verboten hatte zu fliehen. Und wenn sie trotzdem geflohen wären? Von Heiligenbeil aus hätte man einfach über das Haff gekonnt. Nach Pillau und dann von dort aus weiter. Sie wären mit ihrer Mutter hier angekommen. Mit einer Katharina, die lachen, und einem Rudolf, der sprechen konnte.

Irma ließ sich in ihrem Lieblingssessel in der großen Wohnstube nieder, sah hinaus auf die Veranda. Sie war müde, und selbst das sanfte Licht der frühabendlichen Sonne war ihr auf einmal zu grell. Es zog in ihrer Brust, schnürte sie ein, machte ihr das Atmen schwer, ließ sie schwindeln, während sie das Gefühl hatte, ihr Herz machte kleine Stolperer. Nein, dachte sie, nicht jetzt, es ist noch zu früh. Der Druck ließ nach, ihre Brust weitete sich, das Licht tat nicht mehr in den Augen weh. Erinnerungen überfluteten sie. Rudolf, der über den Hof ging und sich noch einmal zu ihr umdrehte. Katharina, die den Hals bog und lachte. Die Stimme ihrer Mutter, so klar, dass man glauben konnte, sie stünde direkt neben ihr. *Lasst uns all nach Hause gehen.*

Eine Gestalt erschien in der Tür zum Wohnzimmer. Katharina? Irma blinzelte. Wie ähnlich sich Lenya und die junge Katharina sahen. Nicht nur die Locken, die bei der einen blond und der anderen dunkelbraun waren, auch der Mund und die Haltung, die Art, den Kopf zu neigen, wenn sie lächelten. Irma erwiderte das Lächeln.

»Du bist zurück.«

1944

Schon in aller Frühe waren sie aufgebrochen, lachend und plaudernd, die Schlittschuhe zusammengebunden über die Schultern gehängt, Körbe mit Butterbroten, Würsten und süßen Pfannkuchen in den behandschuhten Händen. Natürlich hatte Rudolf mal wieder gequengelt, hatte mitgewollt, und ganz kurz hatte Irma die Befürchtung gehegt, ihre Mutter würde dem nachgeben. Das hätte gerade noch gefehlt, die ganze Zeit auf den kleinen Bruder aufzupassen. Dann jedoch war es Mutter gelungen, ihn abzulenken. Katharina hatte ihn zärtlich an sich gedrückt, ihm einen Kuss auf die Wange gegeben, und versprochen, dass sie am kommenden Tag mit ihm im Schnee spielen würde.

Das frische Haff lag in weiß glitzernder Verheißung eines herrlichen Tages vor ihnen. Wenn sie gewollt hätten, hätten sie bis nach Alt-Pillau laufen können, aber das hatte niemand von ihnen vor, obwohl die Jungen großspurig behaupteten, dass das überhaupt kein Problem für sie wäre. Irma schnallte sich den ersten Schlittschuh um, bekam einen Schneeball ab und sah hoch, bemerkte Arno von Habersfeld, der gerade den zweiten Ball formte, lachend zielte, sie aber verfehlte, da Irma sich schnell genug zur Seite duckte. Dafür traf ihrer genau. Rasch zog sie sich den zweiten Schlittschuh an und fuhr hinaus aufs Eis, klaubte Schnee auf und warf ihn nach Arno. Andere Kinder gesellten sich dazu, und kurz darauf balgten sie sich im Schnee wie junge Hunde.

Einige der älteren Mädchen – so weise und erwachsen – schüttelten darüber nur den Kopf, blickten sich dann aber doch immer mal wieder um, um festzustellen, ob die älteren Jungen ihre anmutigen Drehungen auch wirklich bemerkten. Katharina lief ein wenig abseits, die blonden Locken quollen unter der Pelzkappe hervor, sie trug einen Mantel mit Pelzbesatz an Kragen und Ärmelaufschlägen, elegant, aber ohne jede Koketterie.

»Wie eine russische Prinzessin«, hatte Andrej gesagt, der seit dem vorletzten Herbst auf ihren Feldern arbeitete.

»Herr, halte uns die Russen vom Leib«, hatte jemand daraufhin gebrummt.

Seit dem Sommer waren viele der Jungen verändert, wenn Katharina in der Nähe war. Einige wirkten geradezu unbeholfen, manche schüchtern, andere wiederum übertrieben laut. Auch auf dem Eis suchten sie ihre Nähe, und Irmas Freundin Helene schüttelte darüber nur den Kopf. »Nun sieh dir diese dummen Kerle an.«

Beachtung, die über ein silberhelles Lachen oder einen kurzen Blick hinausging, fand jedoch keiner von ihnen. Das änderte sich erst, als Curt Sombrowski auf das Eis glitt, elegant wie ein Eiskunstläufer. Seinen Eltern gehörte ein Landgasthof in der Nähe. Katharinas Gesicht unter der Pelzkappe war gerötet in der Kälte, und ihr Lachen hatte sich um wenige Nuancen verändert. Derjenige, dem es nun galt, näherte sich ihr.

Katharina drehte sich mit ihm, ihre Hände in den dicken Fellhandschuhen berührten sich, verloren sich, berührten sich erneut, während ein zartes Lächeln auf Katharinas leicht geöffneten Lippen schwebte. Curt war sechzehn, und in den nächsten Tagen würde er aufbrechen. Hitler rief sie alle an die Front.

Mittags versammelten sie sich am Ufer, teilten das Essen aus den Körben, lachten und plauderten, und immer wieder sah

Irma zu Katharina, die gerade mit Curt sprach, der den Kopf leicht geneigt hatte, während er ihr zuhörte. Irma aß einen süßen Pfannkuchen, trank Wasser, das so kalt war, dass sie es im Mund anwärmen musste, ehe sie es hinunterschluckte.

Danach gingen sie wieder aufs Eis, und Irma, die sich müde getobt hatte, fuhr leicht dahin, an ihrer Seite Helene, die davon sprach, dass die Eltern in letzter Zeit so nervös wirkten, dass alles so hektisch und so geheimnistuerisch sei. Helenes großer Bruder schien mehr zu wissen, sagte jedoch nichts.

Irgendwann ließen sie sich auf dem Eis nieder, schoben den Schnee zur Seite und kratzten mühsam mit einem Stein Buchstaben in das Eis. **FREUNDINNEN FÜR IMMER.** Das sah einer der Jungen und fuhr prompt darüber, zerteilte die Worte und lachte, als sei ihm ein besonders guter Witz gelungen. Helene bewarf ihn mit Schnee, was die anderen Kinder herbeirief, und schon bald war wieder eine wilde Schneeballschlacht im Gange. Das ging so lange, bis die älteren Kinder die jüngeren riefen, ihnen sagten, es sei Zeit, nach Hause zu gehen.

Sie packten alles zusammen, schnallten die Schlittschuhe ab und machten sich auf den Heimweg. Bis zum Gut war es eine Dreiviertelstunde zu laufen, und sie beeilten sich, um es noch rechtzeitig vor der Dunkelheit zu schaffen. Die Müdigkeit ließ Irmas Glieder schwer werden, eine satte, zufriedene Erschöpfung. Irma dachte an das Essen, das die Köchin zu Hause vorbereitete, freute sich auf den Duft nach Tannennadeln und Kiefernharz, den die Zweige verströmten, die sie am Vortag gesammelt hatten. Dann, endlich, tauchten die Lichter vor ihnen auf, warm und einladend, buttergelbe Helligkeit.

Die Tür des Gutshauses wurde geöffnet, ihre Haushälterin stand da, nahm ihnen den Korb ab, und Katharina trat ins Haus, schlüpfte in der Eingangshalle aus den Stiefeln. Irma wollte ihr folgen, blieb dann jedoch stehen, sah auf den Hof, auf dem der Schnee zerfurcht war von ihren Füßen. In der Ferne verdichteten sich die Schatten, während rötliches Gold über den Himmel kroch, an den Rändern zu Bleigrau zerfaserte. Stille senkte sich über den Hof, Kinder wurden heimgerufen, die Stimmen verklangen, hier und da noch ein Lachen, dann schlossen sich die Türen. Dicke Schneeflocken schwebten hinab, füllten langsam und stetig ihre Fußspuren. Als wären sie nie da gewesen.

Autorin

Jana Winter ist das Pseudonym einer im Rheinland lebenden Autorin. Mit dem Schreiben begann sie bereits in ihrer Studienzeit und hat bis heute zahlreiche erfolgreiche Romane veröffentlicht. Sie liebt es, zu reisen und zu wandern. In ihrem Roman *Als wir glücklich waren* geht es um eine junge Frau, die versucht, der Geschichte ihrer zerbrochenen Familie auf die Spur zu kommen.